源氏物語注釈史の世界

日向一雅［編］

青簡舎

はしがき

日向一雅

本論文集は源氏物語の注釈・注釈書・注釈史研究の現在を幅広く多様な視点から照射してみたいと考え企図したものである。近年の源氏物語の注釈書、注釈史の研究は写本の複製やデジタルデータの普及によって多くの文献資料が利用しやすくなり、精細な検討による新見が示されるとともに、新資料の発掘、紹介により注釈史享受史の裾野の広がりも明らかにされてきた。それは作品の読みにも関わってくる。そのような研究の現在を展望してみたいと考えたからである。

注釈の始まりから個々の注釈書の成立と注釈史の流れを微視的に精細に幅広く総合的に追尋することができれば、源氏物語を伝えた時代と社会と人々の歴史の実像が立体的に甦るであろう。注釈史の研究は千年を生き延びた古典のそれぞれの時代の読みと記憶を掘り起し、現代と対話することである。源氏物語に命を吹き込んだのが注釈の歴史であるとすれば、それをきちんと受け止めることは現代のわれわれの責務であろう。注釈史を広く深く開拓し明らかにする意義は大きい。

本論文集は、執筆者のもっとも関心のあるところをテーマに選んでいただいたが、全体の構成は内容に即して、Ⅰ「注釈と本文」、Ⅱ「注釈書と注釈史」、Ⅲ「注釈と読みの世界」というふうに分けた。源氏物語の注釈はどのように発生し、どのように展開したか、そもそもなぜ注釈が求められたのか、注釈によって源氏物語はどのように読まれていったのか等々、個々の論文のテーマは異なるが、深いところで問題意識は共有され共鳴している。注釈史研究の精密な広がりと深まりは源氏物語の読みにとどまらず、享受史の文化の実像をもより深く理解させてくれる。本書はそれを提示できたと考える。

以下、各論文の要旨を紹介させていただく。

Ⅰ　注釈と本文

◇伊井春樹「源氏物語注釈の形態―大沢本源氏物語の合点をめぐって―」。本論文は、注釈書の成立について考察したものである。注釈の初期形態を飛鳥井雅有『嵯峨の通ひ路』や『紫明抄』に語られる阿仏尼の源氏物語の読みにあったと考える。阿仏尼の読みは句読点を付し、四声を確認して言葉の意味を説き、さらに引歌や故事、難義の解釈に及ぶもので、それが「口伝」として家々に継承される。「口伝」だけでは対応できなくなった時、注釈が文字化して流布する。注釈の文字化については、池田亀鑑は源氏物語の本文中に書き入れた注を後に切り出して注釈書になったと考えたが、伊井氏は多量な書入れによって写本を汚すようなことはせず、写本には朱の合点を付し、注記は別冊になっていたと考える。多量の書入れを持つ写本としては大島本があるが、これは特異な伝本であり、大沢本の合点に注釈書の成立を見定める。大沢本の桐壺巻を例にとれば、合点は引歌、故事、漢詩、仏典の典拠の指摘である。それが近世になると、合点は引歌の符号になったとする。

◇　伊藤鉄也「『源氏釈』桐壺巻に抄出された本文の性格」。伊藤氏は源氏物語の本文を甲類、乙類に分け、さらに各類を二群に分ける私案を提起している。すなわち甲類第一群は河内本群、第二群は別本群の一部、乙類第一群は青表紙本群、第二群は陽明文庫本という分類である。一方で、「『源氏釈』に抄出された本文の性格を分析することによって、平安朝に脈絡を保つ、より原初の姿を示す源氏物語の本文を知ることが可能となる」という観点から本文研究を進める。本論文は後者の研究の続稿であるが、『源氏釈』抄出本文は乙類第二群に相当し、陽明文庫本と同じグループになるとする。

◇　加藤洋介「三条西家源氏学の本文環境」。本論文は、『弄花抄』『細流抄』『明星抄』という三条西家源氏学の注釈書に引かれる源氏物語本文がどのようなものであったのか、それは三条西家本源氏物語（書陵部蔵本・日本大学蔵本）の本文とどのように関わるのかという問題を考察する。今日源氏物語は青表紙本（定家本）系本文で読むことが一般的であるが、その淵源は三条西家源氏学にあるとされる。本論文では上記の三注釈書に『花鳥余情』を加えてその依拠本文を比較検討する。「三条西家の源氏学においては、物語本文の書写および校合作業と注釈書所引本文とは関連していなかったということにならざるをえない」と断じ、三条西実隆の親しく接した源氏物語本文は身近に入手できるものに限られたとする。『細流抄』の本文認識の問題や注釈方法など三条西家源氏学の実態が照射される。

II　注釈書と注釈史

◇　田坂憲二「内閣文庫蔵三冊本（内丙本）『紫明抄』追考―手習巻を中心に―」。『紫明抄』の代表的な伝本は京都大学本系と内閣文庫本（十冊本）系との二つに大別されるが、内閣文庫本には別に一冊本と三冊本（内丙本）がある。

三冊本（内丙本）は従来十冊本の略本と見なされてきたが、田坂氏はこれを『紫明抄』の初稿本と位置付けられると論じてきた。本論文においても、京都大学本と内丙本とを比較し、内丙本の本文状況や独自項目について手習巻・浮舟巻・蜻蛉巻にわたって検討して、これが「草稿段階の『紫明抄』の姿を残存させているのではないかと考えるものである」と結ぶ。

◇　渋谷栄一「河内本「源氏物語」の巻頭目録と書入注記をめぐって―河内方注釈書の生成と読みの世界について―」は、吉川家本、七毫源氏、平瀬家本、源氏物語古註（水原抄）の四本の写本に見られる「巻頭目録」と「事書標題」について比較検討する。「巻頭目録」と「事書標題」はいうまでもなく物語の内容を指し示すものである。その項目数の増加、内容の精密化と整理、写本相互の影響という過程に注釈の発展を見る。

◇　芝﨑有里子「『百詠和歌』における破鏡説話の改変―源光行の文学的素養を知る手がかりとして―」。本論考は源光行『百詠和歌』第一天象部「月」の項にある「分暉度鵲鏡」の句注の破鏡説話について検討し、光行の文学的素養を考察する。これが『神異経』に依りつつ、『神異経』にない要素として『両京新記』『本事詩』の徐徳言説話の要素を取り込み、また『両京新記』の翻案である『唐物語』の記述に依拠すると分析する。さらに歌語「野守の鏡」の由来譚として『綺語抄』に見える曹文の破鏡説話が平安後期から鎌倉初期の歌学書に広く伝えられ、『注好選』や『今昔物語集』には『神異経』系の蘇規の破鏡説話があることを確認し、光行の語る破鏡説話は漢籍からだけでなく、歌学書や説話集などの国書を経由した可能性があるとする。

◇　河野貴美子「『源氏物語』と漢語、漢詩、漢籍―『河海抄』が読み解く『源氏物語』のことばと心―」。本論文は『河海抄』の注釈を特色づける準拠説、漢籍・仏典の典拠出典、引歌の指摘などの博引傍証の中から、漢語、漢文、漢籍の注釈を対象にして、その注釈の方法を論じる。力説される点は、従来から言われる注疏や類書の利用というにとどまらず、四辻善成とその時代の学問の水準を反映する成果であるという点である。一、二例を挙げると、「紅葉賀」巻の「儺やらふ」の「儺」について、日本伝存の典籍だけでなく、中世以降新たに伝来した『増註唐賢絶句三体詩法』によって詳注を追加し、「須磨」巻の「から国に名を残しける人」の屈原の故事、「宿木」巻の「こがねもとむるゑし」の王昭君の故事についても、ともに新来の漢籍である『集千家註分類杜工部詩』が利用されたことを実証する。屈原や王昭君の周知の故事について、なぜわざわざ新来の杜甫詩注のテキストを引くのか。このような『河海抄』の注釈例がいくつもあることを挙げて、氏は「『源氏物語』のことばを起点として、それを『源氏物語』の内部にのみ留めてしまうのではなく、和語・和文・和歌、漢語・漢文・漢詩によってさまざまに創出される表現世界、文学世界につなげ、ひらいていこうとする（河海抄の）志向があることによるものではないだろうか」と論じる。『河海抄』の注釈の高みを中世の学問世界と関連させて、多くの豊かな問題の所在を明示する。

◇　吉森佳奈子「注釈史のなかの『河海抄』」。本論文は次のような本居宣長の発言を引用して、それを検証しつつ、注釈史における『河海抄』とは何かを問う。『源氏物語玉の小櫛』は、『河海抄』『花鳥余情』が指摘した注がそれと示されずに『弄花抄』や『細流抄』に引かれ、その後の注釈書は「弄」「細」などと記すことが多いが、元は『河海抄』『花鳥余情』の説が多いと心得るべきであると述べる。吉森氏はそれを『河海抄』を引用する『花鳥余情』以下『玉の小櫛』に至る注釈史において検証する。古注釈書では先行注の引用の仕方は恣意的であり、『河海抄』はそのような注釈空間に生きてきた。「善成が著した『河海抄』と、注釈史のなかの『河海抄』とは別のもので、ふたつは決してひとつにならず、『河海抄』が生きてきた道すじは一つの善本に繋がってはゆかない。」「善本をもとめることに終始するのではなく、『河海抄』として手にとられ、派生をふくみながら書写されていった、その現場を問いかける必要があるのではないかと考える」と結ぶ。

◇上野英子『覚勝院抄』にみる三条西実澄の源氏学―「三亜説」の分析を中心に―」。『覚勝院抄』は源氏物語本文を全文載せて、段落ごとに注釈を加える形式であるが、この形式は『首書源氏物語』や『湖月抄』の先蹤とされる。成立は元亀二年（一五七一）。「三亜説」の「三亜」は三条西亜相（大納言）の意味で、実澄（実枝。三光院は追号）を指す。『覚勝院抄』に「三亜説」「三説」「三大説」とある注は全九九例になるが、上野氏はこれらがすべて実澄説であろうとしながら、表記の違いには実澄の講釈を直に聴聞した聞書と、間接的な聞書といった違いがあった可能性が考えられるとする。その上で「三亜説」について、『覚勝院抄』の原型ができたのちに加えられた書入れ注であること、父の公条の『明星抄』と異なる説を示す例や、講釈が物語から離れて脱線した例を確認して、「三亜説」に当時の講釈の雰囲気を読み取る。

◇堤康夫「架蔵『光源氏抜書』に関する考察―新出資料の紹介とその『源氏物語』注釈史上の位置付け―」。本論文は源氏物語の梗概書である堤氏架蔵『光源氏抜書』の紹介と、『源氏小鏡』との比較によりその特色を述べる。『光源氏抜書』は、はじめに目録、巻名一覧、系図、序文を付し、次いで桐壺巻から夢浮橋巻までの梗概を記し、巻末に識語を付す。識語には寛永十四年（一六三三）の書写とあるので、成立はそれ以前になる。本書は『源氏小鏡』と接触した跡は見受けられるが、『源氏小鏡』の異本、あるいは亜流であることを意味しないという。源氏物語の梗概書が、連歌の寄合の語を列記した『源氏小鏡』的な形式のものから、よりスムーズな梗概本文を樹立した『源氏忍草』のような形式のものへ移行したとするなら、『光源氏抜書』はその中間に位置する形式を有しているという。

◇湯淺幸代「湯浅兼道筆『源氏物語聞録』について」は、新出資料『源氏物語聞録』（明治大学図書館蔵）の紹介とその特色について述べる。本書は明和七年（一七七〇）の奥書を持ち、桐壺巻から葵巻までの九帖五冊、表記は漢字カタカナ交じりの注釈書である。寛保元年（一七四三）九月から同三年二月まで約一年半の間に六三回行われた講釈の日付が記される。講師は「華山那和君」、筆録者は「湯浅兼道」。特色としては、引用される注釈書は『湖月抄』が一番多く、次いで『岷江入楚』であるが、『伊勢物語』への言及が非常に多いという。また儒教的倫理観に基づく教訓性を読み取る傾向があり、「阿波」に言及するなど、講師は聞き手である徳島藩の武士に寄り添ったわかりやすい講義を意図しているという。

◇杉田昌彦「『玉の小櫛』注釈部と『源註拾遺』―契沖説の継承と批判―」。本論文は『源註拾遺』を引く『玉の小櫛』の注釈に焦点を当てて、契沖説に対する宣長の受容姿勢について分析し、併せて両者の源氏物語注釈の「位相差」を論じる。『玉の小櫛』に引かれる契沖説は一八六例あるが、宣長が全面的に肯定し継承する注が約五割、全面的に否定する注が約三割強で、残りが判断を保留ないし疑義を呈するものという。この数値が示すように宣長には、契沖の「文法の正確な理解、適切な用例の採集と前後の文脈の構造の的確な把握による語義・文意の帰納法的読解、上古以来の文献に対する深い造詣と学問的教養」、先行注釈書に対する注釈の質の優越など、「契沖文献学の基本的方法」に対する深い信頼と支持があったとする。その一方で、語源や漢字の字義に泥んだ解釈、上代文献のデータを源氏物語の本文解釈にふさわしいかどうかの精査を十分せずに博引傍証する点など、契沖の「衒学的」傾向に対して批判的否定的であったとする。このような宣長の契沖評価が源氏物語の本文読解における両者の差異になっていることを論じる。

III　注釈と読みの世界

◇袴田光康「藤原定家と「高麗人」の注釈―『長秋記』巻三紙背の渤海関係文書をめぐって―」。本論文は藤原定家書写『長秋記』巻三の渤海に関する紙背文書が、桐壺巻の「高麗人」に関わる定家の注釈活動ではなかったかという研究を手掛かりに、桐壺巻の「高麗人」の注釈史を検討し、「高麗《こま》」が源氏物語注釈史においてどのように認識されていたかを問う。紫式部の時代に歴史的には高句麗―渤海―高麗《こうらい》という国家（王朝）の交代があったことは承知していても、高句麗も渤海も高麗も「高麗《こま》」として同一視し、連綿と続いてきた国として認識していたのであったろうとする。そのような「高麗《こま》」観を古注釈の世界は共有し継承してきた。それゆえ渤海使の史実は知っていても、桐壺巻の「高麗人」が渤海人であることを問題にする意識はなかったとする。

◇栗山元子「藤壺像はどのように読まれてきたのか―室町期の古注釈書における〈読み〉の深化をめぐって―」。本論文は藤壺像の把握の仕方を通して、室町期の注釈書の読みの深化を跡付ける。『河海抄』までの注釈書には藤壺の心中を読み解こうとする注記は見られず、『花鳥余情』にも藤壺の光源氏への思いに触れる注はない。今川範政『源氏物語提要』に花宴巻の藤壺の歌に源氏への秘めた思いを読み取る萌芽的な解釈がみられるが、これを初見として以降藤壺の心を掬い上げようとする「鑑賞批評的な注」は『尋流抄』『一葉抄』に広がる。人物の心情に寄り添う注釈態度は宗祇・肖柏らの講義を受ける中で培われたもので、『一葉抄』・肖柏『源氏物語聞書』・『弄花抄』に共通して見られるという。そうした鑑賞的な注釈は実隆『細流抄』で飛躍的に進展し、公条『明星抄』から実枝『山下水』へと三条西家の家学として受け継がれるが、実枝においては実隆・公条に見られなかった「倫理的な人物批評」がみられるようになり、それは『岷江入楚』に影響を及ぼしたという。一方『孟津抄』も鑑賞批評的な注釈態度を継承し、室町期の注釈書が読み解いた藤壺像が近世に受け継がれ、宣長の「もののあはれ」論にも影響を及ぼしたとする。

◇日向一雅「源氏物語古注釈史における『尚書』と周公旦注」は、古注釈史において指摘された漢籍の典拠・出典のうち、主として『尚書』と周公旦を指摘する注釈を中心に、その注釈がどのように発展していったのか、それはどのような源氏物語の読みを導くものであったのかという問題を考察する。『尚書』注の儒教的言説は物語の「君臣の交、仁義の道」という王権の主題を明らかにする上で重要な意味を持ち、『尚書』は『白氏文集』の引用とは異なる次元で物語を内部から支える働きをしていたと論じる。

◇中西健治「源氏物語「御簾のうち」をめぐって」は、調度としての「御簾」が物語の中でどのような役割を果たしているかを考察する。源氏物語における「御簾」について、一「特定の場所に存在する境界物として描く場合」、二「肉身などが対面する場に存在する境界物として描く場合」、三「心を通わす男女関係を前提としての境界的存在として描く場合」の三つに分類し、「御簾のうち」の物語を分析する。狭衣物語・夜の寝覚についても同様の分析をする。

◇横井孝「「宇治十帖のうち第一の詞」―源氏物語における注釈世界―」。本論文は冒頭で「源氏物語における注釈とは何か」と問い、注釈の始原は『更級日記』の「ひかる源氏の物がたり五十四帖に譜ぐして」という「譜」が系図であるとすれば、それを考えてよいであろうとする。注釈が意識化されたのは『源氏釈』『奥入』であるが、それらはともに和歌（引歌）の項目が圧倒的に多く、物語は和歌を拠り所にして読むものと意識されていた。「注釈」の語は『花鳥余情』にはじめて見られ、室町期の「連歌師の活躍する時代は、講釈と注釈は一体のものとして相交錯し」、源氏物語は高く評価されるようになるが、社会的な位置づけは「もてあそびもの」でしかなく、和歌を拠り所とする意識は持続したという。表題「宇治十帖のうち第一の詞」（『細流抄』）は、総角巻の大君の「我がおもかげにはづる比」の言葉が伊勢集歌を引く言葉であることへの批評である。その批評意識に「注釈」の読みが示されるとする。

付記　明治大学古代学研究所は私立大学戦略的研究基盤形成支援事業「日本列島の文明化を究明する古代学の総合

化研究」（代表・吉村武彦）に取り組んでいるが、その一環として二〇一三年度には「シンポジウム源氏物語古注釈史の世界―『光源氏物語抄』を中心に―」を開催した。本論文集もそうした活動の一環であることを記して、ご寄稿いただいた執筆者の方々に感謝申し上げる。

源氏物語　注釈史の世界

目次

Ⅲ　注釈と読みの世界

I　注釈と本文

源氏物語注釈の形態
——大沢本源氏物語の合点をめぐって——

伊井春樹

一　注釈の初期形態

近年は、源氏物語本文の複製が全巻とか一部の巻など出版され、活字本で読むのとまた異なる、表記された文字の伝達だけではなく、料紙との塩梅や丁ごとの様態をも知ることができるようになった。大島本にしても、これまでは『源氏物語大成』の翻刻本文と「校異」によってもとの姿を復元するしかなかったが、複製本によってたちどころに現状の、虫食いから綴じ穴にいたるまで明らかに見てとれる。時代を経ての複数と思われる後人の手による補入や訂正の表現を、大成本ではそのまま底本として採用している事実は、知っていたとはいえ、あらためて現代版の混態本を作成したのではないかとの疑念も生じてくる。その大成本の本文が、定家本の標準テキストとして用いられているだけに、果たしてこれでよいのかどうか、にわかには信じがたい思いがしないわけではない。

複製された大島本の「解題」によると、「当初の姿は校訂も書込みもない綺麗な嫁入り本であった」とし、「大島本がもと河内本の本文であった」「墨・朱書による校訂の多くは、永禄七年以降の行為である」「大島本は江戸時代中期頃までに他の青表紙本で校訂された結果、より青表紙本の特色を持つことになった」とする。室町の永禄から江戸中期にいたる百五十年から二百年ばかりの間、数次にわたって嫁入り本に書入れたというのだが、依拠した青表紙本とはどのような存在だったのであろうか。一人の人間が継続して書入れすることなどできなく、所蔵者は転々としただけに、それぞれの所持者のもとで、識者によって訂正などの書入れがなされたはずで、その折に用いた本文とて一定していなく、身近にあった伝本で、より読みやすくしたのが、現在の大島本の姿ではないのか。

「他の青表紙本で校訂」したため、「より青表紙本の特色を持つことになった」というのはかなり無理な論理展開で、特定のすぐれた青表紙本が厳然と他に存在し、その同じ本文を用いて百年も二百年もの間、幾人もの人物が校訂していった、というのであればまだしも理解できなくはない。ところが大島本には本文の補入、ミセケチが多く、すっかり読めなくなった大量の塗抹も存する。かろうじてまだ読める本文のスリケチも存するため、いつの時点かの校訂者が、依拠したテキストと同一にしようとそのような作業を繰り返したのであろう。訂正とか補入の手を加えれば加えるほど、初めに書写した本文からは遠ざかり、すっかり異なった存在になってしまいかねない。その最終の本文が青表紙本にもっとも近づいた、とするのはどうしても飛躍があるというほかはない。

ここでは大島本の本文について論ずるのではなく、もとの姿が嫁入り本であったとする指摘で、そうだとすると本来は書入れもまったくない美麗な存在であった。ただ、大島本が嫁入り本とするには、一般の概念からは大判すぎるのと、袋綴本であるのが気になる点で、斐紙による枡形程度の列帖装本がふさわしいのではないかとも思う。それに、大島本の訂正前の本文は、誤りも多く、とても読めない箇所も存し、明らかに河内本の性格も一部に持つなど、かなり杜撰な書写態度ではあった。それだけに後人が本文の訂正を繰り返すことによって、結果として三条西家本系統とは異なる、独自の表現を持つ定家から直属すると評価される青表紙本の出現となったのだともいえよう。それはともかく、嫁入り本だと装飾的な機能が優先し、読むにしても女房などが読んで聴かせる程度なので、本文に厳密である必要はなかったのかもしれない。

平安時代の読者ならともかく、後代になればなるほど、現代とは異なるとはいえ、写本そのものを読むのは困難であったはずである。例えば竹河巻冒頭の「これは、源氏の御族《ぞう》にも離れたまへりしのちの大殿《おほとの》わたりにありける悪御《わるご》達《たち》の云々」とする「のちの」について、現代では「後の」とし、漢字でも表記して鬚黒と解釈する。根拠としては、紅梅巻に「後の太政大臣の御女《むすめ》、真木柱離れがたくしたまひし君を」とするのによる。ところが鎌倉期の『紫明抄』では「野道のおほい殿とは、ひげくろの大臣を申」と、「のち」を「野道」と漢字を充てる。素寂は、これについて「人ごとにおぼつかなき事に申さるれど、重代の本にかきをきて侍うへ、行成卿自筆本を見侍しかば、野道とかゝれ侍りしかば、あふぎて信をとりて侍き」と説明する。「のち」については、早くから「のぢ」と濁るか「のち」と清音とするのかで分かれていたようだが、河内家としては先祖代々伝えられ、しかも行成の本文でも「のぢ」(野道)であったため、それを信頼しての立場だとする。ほかにも「侍従大納言行成卿一筆本」とし、『河海抄』も蜻蛉巻の「せり河の大将」の注記で「行成卿自筆本を見侍しかば、せりかはの中将とありき」と、本文の正当性の典拠に用いるなど、行成本は紫式部と同時代の人物だけに有力な伝本として存在したようである。

その穿鑿はともかく、濁点の有無によっても意味を異にしてくるだけに、正確を期そうとすると、そのあたりは厳密に表記する必要がある。ところが写本においてはそうもいかず、嫁入り本であれば古典に通じた者が声に出して読み上げ、姫君などがそれを聞くといった構図であったのであろう。飛鳥井雅有が文永六年(一二六九)九月に為家のもとを訪れ、源氏物語の難儀の教えを受けた折の日記(「嵯峨の通ひ路」古典文庫)には次のようにある。

ひるほどにわたる。源氏はじめんとて、講師にとて、女あるじ(阿仏尼)をよばる。すのうちにてよまる。まことにおもしろし。よのつねの人のよむにはにず、ならひあべかめり。わかむらさきまでよまる。

阿仏尼の読みは世間一般とは異なっており、自分も学ぶべきだとするのは、たんなる今日的な意味での朗読ではなく、「のち」と「のぢ」といった難語の読み、抑揚などによる語義の違いを披瀝し、区切りごとに為家が解釈なり秘説を示したに違いない。夕顔巻においても、夕顔の没後光源氏の二条邸に引き取られた右近について、榊原本で示すと「ふくいとくろくしてかたちなとよからねとかたわに見くるしからぬわかうとなり」と表記して場面の展開を語る。現代のテキストでは「服《ぶく》いと黒うして、容貌《かたち》などよからねど、かたはに見苦しからぬ若人なり」とし、「ふく」は「ぶく」と濁る。

『紫明抄』の記すところによると、源親行は「ひがごとをのみ読む」と聞いているが、それは「あさましけれ」と阿仏尼が批判したと漏れ聞き、すぐさま訪れて理由を問い質す。世間では一般に「ぶく」とし、「喪服」の解釈をするのに対して、阿仏尼は「ふくり」と読み、「ふくらか」の意味だとするのは、むしろ理解できないと親行は反論する。源氏物語の本文を継承する河内家の親行は、講釈などの場において「ぶく」と読んで説明していたのを、阿仏尼が難じたという展開である。阿仏尼は、「五条三位殿（俊成）に故光行申しあはせて、句を切り、声《シャウ》をさして候ひき」と説の伝来の正当性を述べ、夕顔が亡くなったにもかかわらず、初参でもある右近が四十九日もすませないうちに、「服」の喪服を身にして光源氏のもとに出仕するはずはないとも背景を述べ、それだけにこの場面の語義は「ふくらかにいろ黒き人」だと論じていく。

その当否はともかく、「読み」は本文のたんなる朗読ではなく、「句を切り、声《シャウ》をさして」とするように、句読点を付し、四声を確認することによってことばの意味を説き、さらには引歌や故事、難儀の解釈も指摘したはずで、それが家々の「口伝」として継承され、あらたに加えられもし、阿仏尼から雅有へなされたように継承されてもいった。

それらが文字化されたのが注釈書で、さらに重要な家の説になると「秘伝」とか「別伝」として特定の師弟間に授受されもしたのである。

二　本文への注記書入れ

源氏物語の注釈書の歴史を語るにおいて、もっとも注目すべきは、

> 此物語、ひろく《寛》ひろき《弘》年のほどよりいできにけり。しかれども世にもてなすことは、すべらぎのかしこき御代にはやすく《康》やはらげ《和》る時よりひろまり、くだれるたゞ人のなかにしては、宮内少輔が釈よりぞあらはれける。
>
> （『弘安源氏論義』）

とする言及で、源氏物語は紫式部の宮仕えしていた寛弘年間に出現、世に広く読まれるようになったのは康和（一〇九九～一一〇三）のころ、さらに読者の増大にともない生まれたのが宮内少輔世尊寺伊行の『源氏釈』であった。それだけ源氏物語を読む階層が、宮中を中心とする人々から貴族一般にも広まり、当然のことながら知識の差が生じ、その間隙を埋めるためにも口伝だけでは対応しきれず、注釈という文字化しての流布へとつながったのであろう。

現存の『源氏釈』は一つの著作物として流布するが、「伊行の釈の原本は、源氏物語の各巻の本文中に書入の形式をもってなされた注釈書であったのを、後人が思い思いに整理したものに相違ない」（池田亀鑑『物語文学Ⅱ』）とするように、本来は本文の該当する部分に書き込まれていた。伊行所持本は現存しないため確認できないものの、伊行は本文を読みながら、余白に口伝されてきた秘説なり、自ら考証した注記を書入れていたのであろうか。後人がそれを手にし、本文を抄出しながら梗概化し、そこに伊行の注釈も引用したのが『源氏釈』となったとの見解である。ただ

私は、抄出された本文や注記内容の検討により、すべて伊行の所為であったと論じている（『源氏物語注釈史の研究』）。読者の需めに応じ、本文とは別冊の注釈書の発生は、必然でもあった。

これと基本的に共通するのが藤原定家の『奥入』で、所持本の巻末に『源氏釈』を初め自らの勘物を書入れていたものの、人に貸与するうちに書写され、その内容が批判されもした。定家は巻末を切り出して別冊にしたのが『奥入』となったのだが、そのため末尾の本文も一部失われることにもなる。本来定家も、本文の該当箇所に注記を付していたはずで、一覧性のため巻末にまとめることにしたのであろう。ただ伊行や定家などは、たんなる源氏物語の読者としての享受ではなく、諸本を校合してより正統なる本文を求め、考証などに努めて物語の理解を深めようとするなど、いわば研究者の立場であり、その結果を所持本に挿入したにすぎない。本文そのものの流布は多くはなかったはずで、限られた源氏物語の所持者は、孝標女の時代はともかく、理解できないことばがあるからといって、引歌や典拠などの故事を書き入れるといった、いわば本を汚すような営みはしなかったに違いない。嫁入り本などになるとなおさらのことで、美麗な装丁を保持し、箱に保管するなど大切に扱われたことであろう。

アクセントにも留意し、先代からの口伝等も交えた「源氏語り」の阿仏尼、十五世紀には「源氏読比丘尼」と称された祐倫のように、いわば職業的な専門家も出現してくると、人々は講釈の場にテキストを手にして聴聞するとか、口調の魅力に耳を傾けて物語の世界に浸りもしたことであろう。その語りの成果が口伝とか秘説も含む『山頂湖面抄』や『光源氏一部謌』といった注釈書となり、同時代の正徹による『源氏物語歌双紙』にしても、地方での人に求められての「源氏読み」が、歌を抜き出して物語の展開を解説していく一書へと整えられもしていく。しかも『源氏釈』以降、別冊の注釈書や梗概書が続出するにつれ、もはや本文に注記を書き入れる必要もなく、しかも時代を経るにしたがいより専門的で詳細な内容を含むだけに、一般の読者が解釈上において容喙する余裕もなくなってしまう。

本文を手にして読むにしても、傍らに手引きとしての注釈書があればよく、習熟してくれば、声点とか句読点、さらにはどのことばの背後に引歌とか出典が存するのか、本文にメモする程度ですむことになる。その結果が、現存する古写本の多くに見られるように、注記そのものは存在しなく、朱による符号（読みに関する読点、解釈の合点など）の簡略化された書入れへとつながったのであろう。

現存する写本の中では、すでに触れたように大島本はかなり特異な伝本というほかはない。本来は河内本の嫁入り本であったとされながら、江戸中期にいたるまでの度重なる校訂の結果、性格を異にした純粋な定家本の特色を持つにいたったと評価が高く、主要なテキストの底本に用いられもする。このような経過からして、大島本の絶対視は妥当なのかどうか疑問も生じてくるが、その本文論はさておき、注目されるのはおびただしいまでの書入れ、スリケチの痕跡を持つ様態で、もはや当初の面影はほとんど失われているといってもよい。大島本は読むための品格のあるテキストとしてではなく、講釈などの場に用いる、いわば実用的な存在として、所持者により次々と書込みのなされた存在なのであろう。

世に流布する大半の写本ではそうではなく、可能な限り版面を汚さない工夫がなされ、筆を入れるにしてもせいぜい朱による、最低限の注釈表現としての句点とか合点程度にすぎない。大島本も初期の段階ではそうなのだが、以後の大量の書入れにより、過去の痕跡は埋没してしまった感がある。ここでは、従来それほど注目されてこなかった合点について、大沢本の実態を基本にして検証してみたく思う。

大沢本源氏物語については、かつて昭和の初期に池田亀鑑が奈良の大沢家本を調査し、鎌倉期の古写を含む五十四帖であり、いわゆる鎌倉期から分類されてきた青表紙本と河内本とは異なる貴重な別本と確認しながら、戦争の混乱によって行方知れずになったとしていた伝本である。詳細な伝来の経緯や本文の意義については、私自身幾度か発表しているので、ここでは言及しないことにする。その大沢本に、桐壺巻以下前半の巻々の本文に、朱によって合点が付される。写本によっては句点や声点なども見いだせるが、複雑になりかねないため、ここでは注記機能としての合点を対象とする。

大島本桐壺巻は、伝清水谷（一条）実秋筆、生年未詳ながら応永二七年（一四二〇）没なので、おおよその活躍していた時期を知ることができる。大沢本の中心をなす鎌倉期古写本とは時代を異にするだけに、揃い本にするため体裁を整えて補われた巻であった。そこに付された朱の合点は、いわゆる古写本とも濃淡を含め形式を等しくしているというのは、この営為が室町中期以降になされたと知られるであろう。大沢本の所蔵者が、依拠した資料があったのであろう、注記を写本に書き込むのではなく、合点という形式によって付したのである。ただその作業は全巻になされているのではなく、桐壺から伝西行筆とする古写の十三巻までで、あとはまったくそのような痕跡は見られない。何らかの目的で注釈の役割を果たす合点を朱で付しながら、途中で放棄したのであろうか。

三　大沢本合点の性格

写本に合点を付すというのは、その箇所の本文の背後には典拠となる解釈が存すると表示しているだけに、当然のことながら巻末なり別冊として注釈が付随すべき性格を持つ。伊行にしても定家にしても、所持した本文の該当箇所に直接注記を付すのではなく、合点によって特別の意義があることを示し、それを巻末に記すとか、注釈書としてまとめていたはずである。伊行は直接の語句と前後をダイジェスト化した本文を見出しとした『源氏釈』をまとめ、定家は巻末の注記を丁ごと切り出して『奥入』とした。他の写本においても、本文に合点を付すという営みは、その部分には別に注記が存在することを意味しており、理由もなく筆を入れたわけではない。

大沢本を示すと、例えば桐壺巻には二六箇所の朱による合点を見出す。その数だけ、これらの語句には注記が存することを示しており、所持者は本文に直接解釈が示されていないにしても、手もとには別冊の注釈書が存在していたはずである。あるいは逆に、注釈書に該当する本文の箇所に朱を入れ、読む際には別注があることを認識していたかもしれない。「なくてそとはか、るおりにやと見えたり」（一〇オ）を例にすると、『源氏釈』に「なくてそ人はとか、るをりにやと云所は」の項目を立て、「あるときはありのすさみに、くかりきなくてそ人はこひしかりける」とし、『奥入』にも「伊行朝臣勘」として同じ歌を引用するのを意味しているのであろう。大沢本において意味のないまま合点を付したのではなく、この引歌が背景に存するとの指摘をしているにほかならなく、それが確認ができなければ役にも立たない符号に終わってしまう。

「なくてそ」からすぐさま「あるときは」とする『古今六帖』の歌が連想できるのであれば、読者はそれだけ学識の高さが知られようが、全巻にわたってなされた合点からそれぞれの引歌なり故事が理解できるものではない。背後にはどのような注記が存するのか、正確に知るには何らかの典拠が必要のはずで、その種の写本には一般の語釈も含んだ注釈書類か、合点だけを解説した別冊が付随していたに違いない。『源氏釈』の桐壺巻の注記は一一例、『奥入』は数え方にもよるが一八例の注記を見いだすため、所蔵本にはそれとわかる符号が存在したはずである。

大沢本の合点と、『源氏釈』等の古注釈書とを比較すると、右の「なくてぞ」のように大半の注記は重なってくる。具体的に桐壺巻の二六例と、『源氏釈』『奥入』『紫明抄』『異本紫明抄』との四者との関係を示すと次のようになる（上段は大沢本の丁数、下段は『源氏物語大成』のページ、行数。なお引歌の引用は拙編『源氏物語引歌索引』による）。

1おとしめきずをもとめ給人はおほく（四オ・七2）
なほき木に曲れる枝もあるものを毛をふき疵をいふがわりなさ　（後撰集、巻十六、雑二　高津内親王）
紫明抄・異本紫明抄

2われかのけしきにてふしたれば（七オ・八13）
夢にだに何かもみえぬ見ゆれども我かもまどふ恋のしげきに　（万葉集、巻十一）
紫明抄・異本紫明抄

3御からを見る〳〵なをおはするものとおもふが（九オ・一〇5）
空蟬はからを見つつもなぐさめつ深草の山煙だにたて　（古今集、巻十六、哀傷、僧都勝延）
紫明抄・異本紫明抄

4はいになりたまはむを見たてまつりて（九オ・一〇6）
燃えはてて灰となりなむ時にこそ人を思ひのやまむごにせめ　（拾遺集、巻十五、恋五、よみ人知らず）
紫明抄・異本紫明抄

5ひたふるにおもひなりなんとさかしうのたまひつれど（九オ・一〇6）
みよしののたのむの雁もひたぶるに君がかたにぞよると鳴くなる　（伊勢物語、十段）
紫明抄・異本紫明抄

6なくてぞとはかゝるおりにやと見えたり（一〇オ・一〇14）
あるときはありのすさひににくかりきなくてぞ人は恋しかりける　（古今六帖、第五）
源氏釈・奥入・紫明抄・異本紫明抄

7つゆけき秋なり（一〇ォ・一一4）

人はいさことぞともなきながめにぞ我は露けき秋も知らるる（後撰集、巻六、秋中、読み人知らず）

紫明抄・異本紫明抄

8やみのうつゝにはなをおとりけり（一一ォ・一一12）

むばたまのやみのうつつはさだかなるゆめにいくらもまさらざりけり（古今集、巻十二、恋三、読み人知らず）

源氏釈・奥入・紫明抄・異本紫明抄

9やもめずみなれど人ひとりの御かしづきに（一一ォ・一一13）

大般若経云、善現当知、如有女人、瑞巌巨富、若無強夫、所摂護者、易為悪人之所凌辱

紫明抄

10やへむぐらもさはらずさしいりたる（一一ウ・一二4）

やへむぐらしげれるやどのさびしきは人こそ見えねあきはきにけり（拾遺集、巻三、秋、恵慶法師）

源氏釈・奥入・紫明抄・異本紫明抄

11げにえたふまじくない給（一二ォ・一二4）

一眉猶猶耐、雙眼定傷人遊仙窟

紫明抄・異本紫明抄

12いのちながさのいとつらう思給へしらるゝに（一三ウ・一三6）

圧子曰、寿則多辱

紫明抄

13松のおもはむことだにはづかしう思給へ侍れば（一三ウ・一三6）
いかにしてありとしられじたかさごの松の思はんこともはづかし　（古今六帖、第五）
源氏釈・奥入・紫明抄・異本紫明抄
14心のやみもたへがたきかたはしをだにはるゝばかり（一四オ・一三14）
人の親の心はやみにあらねども子をおもふみちにまよひぬるかな　（後撰集、巻十五、雑一、兼輔朝臣）
源氏釈・奥入・紫明抄・異本紫明抄
15いとゞしくむしのねしげきあさぢふに（一六ウ・一五9）
五月雨にぬれにし袖にいとどしく露置きそふる秋のわびしさ　（後撰集、巻六、秋中、近衛更衣）
紫明抄・異本紫明抄
16なき人のすみかたづねいでたりけむしるしのかんざしならましかば（一九ウ・一七5）
これはみな文集の長恨歌なり
源氏釈
長恨歌伝　指碧衣女、取金釵鈿合、各折其半、授使者曰、為我謝太上皇、謹献是物、尋旧好也
奥入・紫明抄・異本紫明抄
17太液芙蓉未央柳もげにかよひけりしかたちを（一九ウ・一七9）
帰来池苑皆依旧、太液芙蓉未央柳長恨歌
紫明抄・異本紫明抄
18花鳥のいろにもねにもよそふべきかたぞなき（二〇オ・一七10）

花鳥の色をも香をもいたづらにものうかる身はすぐすのみなり　（後撰集、巻四、夏、藤原雅正）
　紫明抄・異本紫明抄
19はねをならべえだをかはさむとちぎらせ給しに（二〇ォ・一七1）
又はねをならべ、えだをかはせと云事は、ねがはくは天にあらばはねをならぶるひよくの鳥とならん、ねがはく
は地にあらば、えだをかはすれんりの枝とならんと云事なり、
　源氏釈
在天願作比翼鳥、在地願為連理枝長恨歌
　紫明抄・異本紫明抄
20ともし火をかゝげつくしておきおはします（二一ォ・一八5）
夕殿蛍飛思悄然、秋燈挑尽未能眠長恨歌
　源氏釈・奥入・紫明抄・異本紫明抄
21右近のつかさのとのゐ申のこゑきこゆるは（二一ォ・一八5）
亥一剋、左近衛夜行官人初奏時、終子四剋、丑一剋、右近衛宿申事、至卯一剋、内堅亥一剋奏宿簡、
　奥入・紫明抄・異本紫明抄
22あくるもしらてとおもほしいづるにも（二一ォ・一八9）
たますだれあくるもしらずねし物をゆめにもみじとおもひかけきや　（伊勢集）
　源氏釈・奥入・紫明抄・異本紫明抄
23あさまつりごとはをこたらせ給ひぬべかめり（二一ゥ・一八8）

春宵苦短日高起、従此君主不早朝、

奥入・紫明抄・異本紫明抄

24宇多のみかどの御いましめあれば（二四ウ・二〇7）

これは寛平遺一誡にみせば異国人にはみえ給はじと云事なり

源氏釈

寛平遺誡云、外蕃之人必所召見者、在簾中見之、不可直対耳、

紫明抄・異本紫明抄

25みこたちの御座のするゑに源氏つきたまへり（三三オ・二五10）

而源氏候此座、候四位親王之次、依仰也、奥方壁下也

源氏釈

26はつもとゆひにながき世をちぎる心はむすびこめつや（三三ウ・二六1）

ゆひそむる初もとゆひのこ紫衣の色にうつれとぞ思ふ　（拾遺集、巻五、賀、能宣）

紫明抄・異本紫明抄

以上が大沢本桐壺巻に付された合点の箇所と、それに該当するかと思われる注記を指摘し、引用する注釈書を示した。合点は符号にすぎないため、どのような注記を念頭に置いて付したのか、厳密には知りようがないが、古い注釈書から共通する内容だけを引用してみた。これによると『源氏釈』の、

きりつぼの更衣、あまたのなかにすぐれたる御おぼえを、もろこしにもかゝることにてこそ世はみだれあしき事はいできけれといふは

たうの玄そうの楊貴妃をときめかし給ほどに、世のみだれいできける事也
とする例だけに合点が見られないのと、『紫明抄』にいたっては大半の二五例までが重なりを示す。内容からすると、一五例が引歌、残りが典拠となる故事、漢詩、仏典といったところで、合点の全体的な傾向が知られる。もっとも後の時代になるにつれ、それ以前の注記を包含しながら増補していく諸注集成の傾向があるだけに、そこから抽出したとの考えもできなくはない。ただ、『岷江入楚』などになると、桐壺巻だけで四六四もの項目数があり、二六箇所だけに合点を付すとか、引歌に限っても三〇例存しており、取捨選択する意義はありえない。合点の数と内容に近い、今日流布するような詳細な注釈書ではなく、よりハンディーな内容の注記が本文に付属し、そこから所持者の判断によって筆を入れたのではないだろうか。

四　諸本による合点の性格

古写本等に認められる、多くは朱による合点は、各伝本によってどのような共通や違いがあるのか、帚木巻を例にし、大沢本の本文を引用するとともに、複製本の出ている諸本と比較してみることにする。用いたのは、為家（天理図書館蔵為家本）・飯島（池田和臣『飯島本源氏物語』）・大島（大島本）・承応（承応版源氏物語）である。

1人のものいひさかなさよ（一オ・三五3）

飯島・大島

2しのふのみだれやとうたがひきこゆることもありしかど（一ウ・三五6）

大沢・為家・飯島・大島

3あだ人なりさとにてもわがかたのしつらひまばゆくして（二ウ・三六2）
飯島
4むつれきこえ給ける（三オ・三六6）
大嶌
5心あてにそれかかれかなととふなかに（四オ・三七2）
大島
6まどのうちなるほどはたゞかたかどをきゝつたへて（五オ・三七11）
大沢・為家・飯島
7もとのねざしいやしからぬがやすらかに身をもてなし（八オ・三九10）
大島
8むぐらのかどに思ひのほかにらうたげならむ人の（九オ・四〇6）
承応
9あふさきるさにてなのめにさてもありぬべき人のすくなきを（一一ウ・四一11）
大沢・為家・飯島・大島
10すべなくまたせわづかなるこゑきくばかりいひよれど（一二ウ・四二8）
大島
11くまなきものいひもさだめかねていたくうちなげく（一四ウ・四三14）
大島

12ねぢけがましきおぼえだになくは（一二オ・四四1）
　大島
13うへはつれなくみさをづくりこころひとつに（一五ウ・四四7）
　大島
14みさをづくりこころひとつにおもひあまる時は（一五ウ・四四7）
　大島
15にごりにしめるほどよりもなまうかびにて（一七オ・四五7）
　大沢・承応
16おもてぶせにやおもはんとはゞかりはぢて（二三オ・四九5）
　大島
17ひたやごもりになさけなかりしかば（二六ウ・五一12）
　大寫
18つなびきて見せしあひだにいといたく思ひなげきて（二七ウ・五二7）
　大沢・飯島・大島・承応
19たはぶれにくゝなむおぼえ侍しひとへにうちたのみたらんかたは（二七ウ・五二8）
　大沢・飯島・大島・承応
20たつたひめといはむにもつきなからす（二八オ・五二11）
　飯島・大島

21たなばたの手にもをとるまじくそのかたもぐして（二八オ・五二12）
飯島・大島
22たちぬふかたをのどめてながきちぎりにぞあえまし（二八オ・五二13）
承応
23たつたひめのにしきにはまだしくものあらじ（二八オ・五二13）
承応
24月だにやどるすみかをすぎんもさすがにて（二九ウ・五三13）
為家・大島・承応
25かげもよしなとつゞしりうたふほどに（三十オ・五四3）
大沢・為家・飯島・大島・承応
26にはのもみぢこそふみわけたるあともなけれなど（三〇ウ・五四7）
飯島
27もみぢこそふみわけたるあともなけれなどねたます（三〇ウ・五四7）
飯島・大島。承応
28おらばおちぬべきはぎのつゆ（三二オ・五五7）
飯島・承応
29たまざゝのうへのあられなどのえむに（三十二オ・五五7）
大沢・為家・飯島

30おぼさるらめいまはさりともなゝとせあまりがほどに（三二オ・五五8）
飯島
31やまとなでしこをばさしをきて（三四ウ・五七4）
大島
32ちりをだになどおやの心をとる（三十四ウ・五七5）
大沢・為家・飯島・大島・承応
33かた思なりけりいまやう〳〵わすれゆくきはに（三十五ウ・五八1）
大沢・飯島
34人やりならぬむねこがるゝゆふべもあらむと（三六オ・五八3）
大島
35むねこがるゝゆふべもあらむとおぼえ侍（三六オ・五八3）
大島
36くらべくるしかるべきこのさま〳〵のよきかぎりを（三六ウ・五八8）
承応
37わがふたつのみちうたふをきけとなむきこえごち侍しかど（三七ウ・五九5）
大沢・為家・飯島・大島
38さゝがにのふるまひしるきゆふぐれに（四〇オ・六一1）
大沢

39三史五経のみち〳〵しきかたを（四一オ・六一9）
大沢・為家・大島
40まめ人にはたのまれぬべけれとおぼすものから（四三ウ・六三5）
飯島
41あなかまとてけうそくによりおはすいとやすらかなる（四四オ・六三11）
飯島・大島
42なかゞみうちよりはふたがりて侍けりときこゆ（四四・六三12）
大沢・為家
43なかゞはのわたりなる家なむこのころ水せきいれて（四四ウ・六四1）
大沢・大島
44あるじもさかなもとむとこゆるぎのいそぎありくほど（四六オ・六五2）
大沢・為家・飯島・大島・承応
45こゆるぎのいそぎありくほどきみはのどかになかめ給て（四六オ・六五2）
大島
46とばり帳もいかにぞはさるかたのこゝろもなくては（四七ウ・六六4）
大沢。飯島・承応
47なによけむともえうけたまはらずとかしこまりてさぶらふ（四八オ・六六5）
大沢

48いたづらぶしとおぼさるゝに御めさめて（四九ウ・六七9）
　大島・承応
49心とゞめてとひきけかしとあぢきなくおぼす（五〇ウ・六八4）
　大島
50思ひのしるしある心ちしてとの給（五一ウ・六八13）
　大島
51ありしながらの身にてかゝる御心ばへをみましかば（五五オ・七一6）
　飯島（飯島本は「ありしながら」以下脱文）・大島・承応
52のちせもやとも思たまへなぐさめましを（五五ウ・七一8）
　大沢・為家・大島・承応
53みきとなかけそとておもへるさまけにいとことはりなり（五十五ウ・七一9）
　大沢・大島・承応
54へだつるせきとみえたり（五十七オ・七二11）
　大沢・為家・飯島・大島・承応
55あて人とみえたりめしいれていとなつかしく（五九オ・七四3）
　大島
56ぬる夜なければなどめもおよばぬ御かきざまも（六十オ・七四10）
　大沢・為家・飯島・承応

57は、き、の心もしらで（六五オ・七八6）
　飯島・承応

以上が取り上げた諸本の合点箇所の総数で、大沢本は二二、為家本は一六、飯島本は二八、大島本は三八、承応版は二一例を数え、五本共通するのは四例、後は四本が七例、単独になると大島本の一六例がもっとも多い。大島本を除くと、他の諸本ではいずれかと重なりを示しており、本文の所蔵者がまったく独自に合点を付すのではなく、それなりの影響関係にあったとはいえるであろう。その性格としては、桐壺巻でも述べたように引歌の比率が七割前後なのだが、承応版本にいたってはすべて背景に和歌を持つ表現への指摘となっている。いわば近世にいたるにつれ、合点は引歌の符号として存在するようになったのであろう。そうすると、写本の所蔵者ないし読者は、引歌を中心とする簡便な注釈類を手にし、心覚えとして朱の合点を入れたと考えられる。手を加えたのが室町から江戸期にかけたのことと思われるが、当時流布していた語釈を中心とする注釈書ではなく、あくまでも和歌とか故事に限られた偏りが存しながら、そこから各自取捨選択をしての引用となったようである。

承応本の時代になると、合点とは引歌の指摘として固定化していくようになり、それを具体的に示したのが、一具として出版された『源氏物語引歌』であった。帚木巻には催馬楽を含めて二九首が出典とともに示されてはいるが、本文での合点数は二一例、そのすべてが『引歌』に表示されるため、出版にいたるまでに増補されたはずである。本来の『源氏物語引歌』は、本文と密接な関係のもとに存するはずながら、『待需抄』（宮内庁書陵部蔵）にも「源氏物語引歌」として収載されるように、単独としても書写され、継承されてもいったようである。

源氏物語の写本に存する、おもに朱による初期における合点は、本文に直接注記を書入れるのではなく、心覚えの引歌などを主にする符号であった。それによって、該当箇所には注釈が含まれることを、目にする者は記憶を呼び起こすか、別冊を捲ることによってすぐに確認することができた。所持本の行間や余白に直接注記を書き入れると、テキスト本文との混同が生じる恐れがあるし、第一に書写面を綺麗に保っておくこともできる。注釈の代替ではなく、本文の背後には注記が存するとの心覚えであった。ところが時代とともに注記そのものが複雑になり、数を増やしていくにともない、合点では対応しきれなくなる。読むのに必要な最小限度の注記であっても、合点では処理しきれず、そのつど別冊の注釈を見比べて確認しなくてはならなくなる。現存本に残された合点は、そのような複雑化していく前段階を継承しているため、引歌に比重を置き、注記についても重なりの傾向を示しながら、それぞれの伝本の特性をも保持しているのであろう。それが近世になると、合点は引歌を示す典拠の符号として機能することになったのだといえよう。

『源氏釈』桐壺巻に抄出された本文の性格

伊藤鉄也

はじめに

以前、「『源氏釈』依拠本文の性格（上）（下）―玉鬘十帖における別本の位相―」（『王朝文学史稿　第7号』『同　第8号』王朝文学史研究会、昭和五四・昭和五五年、拙著『源氏物語受容論序説』所収）と題する考察を試みた。それは、世尊寺伊行の『源氏釈』に抄出されている本文の性格を分析することによって、平安朝に脈絡を保つ、より原初の姿を示す『源氏物語』の本文を知ることが可能となる、との視点で考察したものである。現存諸伝本が鎌倉時代以前に遡り得ない中で、この源氏釈抄出本文の考察はさまざまな問題点を提示してくれた。そこでは、源氏釈抄出本文全例の異同傾向を分析した後、玉鬘十帖を取りあげた。そして詳細な検討を行なうことによって、物語の形成過程を考究する場合の諸本の本文異同の有効性を論じた。さらには、陽明文庫本と源氏釈抄出本文との関係が密接であることを明確にした。

本稿ではそれを受けて、さらに諸本の本文異同からその位相を分別しようとするものである。ここでは、池田本を底本として作成した校訂本文を確認する中で、『源氏釈』の「桐壺」巻に抄出されている本文の性格を考察していく。

『源氏釈』の抄出本文は、影印・翻字刊行物及び『源氏物語古注集成16　源氏釈』（渋谷栄一編、おうふう、平成一二年）を参照し、私にデータベース化したものによった。

また私は現在、『源氏物語』の本文は〈甲類〉と〈乙類〉にわかれるという、物語本文の内容から見た二分別私案を提唱している（拙稿「若紫における異文の発生事情　―傍記が前後に混入する経緯について―」『源氏物語の展望　第1輯』三弥井書店、平成一九年参照）。その物差しによると、ここで問題とする『源氏釈』に抄出された本文は、〈乙類〉に属するものと考えるのが妥当である。

本稿では、その〈乙類〉の中でも、さらに二分される本文群の内、第二群に相当するものであることを確認する。

これは、〈乙類〉の中を〈第一群〉と〈第二群〉に分別する場合の、〈乙類第二群〉と新たに呼ぶものである。

この新分別私案は、次のような構造を持つものとして、その類別化を想定している。これは、あくまでも物語本文の内容からの分別私案であることを、重ねて強調しておく。そして、本稿では〈乙類第二群〉の確認に留まることを、あらかじめ了承願いたい。

- 〈甲類〉
  - 第一群（従来の〈河内本群〉等）
  - 第二群（〈別本群〉の一部等）
- 〈乙類〉
  - 第一群（いわゆる〈青表紙本群〉等）
  - 第二群（陽明文庫本、源氏釈抄出本文等）

本稿で考察の対象とする諸本の本文異同については、以下の三九本を用いて校合作成した資料を基にしている。

池田本（底本・天理図書館蔵）
大島本［大］（古代学協会蔵）
陽明本［陽］（陽明文庫蔵）
尾州家河内本［尾］（名古屋市蓬左文庫蔵）
明融本［明］（東海大学図書館蔵）
議会本［議］（米国議会図書館蔵）
国文研三条西本［西］（国文学研究資料館蔵）
御物本［御］（東山御文庫蔵）
国冬本［国］（天理図書館蔵）
麦生本［麦］（天理図書館蔵）
阿里莫［阿］（天理図書館蔵）
大正大本［大］（大正大学図書館蔵）
絵入源氏［絵］（国文学研究資料館蔵）
京女大正徹本［京］（京都女子大学図書館蔵）
国文研正徹本［徹］（国文学研究資料館蔵）
天理河内［天］（天理図書館蔵）
穂久邇文庫［穂］（穂久邇文庫蔵）
日大三条西本［日］（日本大学蔵）

伏見天皇本［伏］（古典文庫）
肖柏本［肖］（天理図書館蔵）
保坂本［保］（文化庁蔵）
高松宮本［高］（国立歴史民俗博物館蔵）
前田本［尊］（尊経閣文庫蔵）
九大古活字版［九］（九州大学図書館蔵）
湖月抄［湖］（国文学研究資料館蔵）
首書［首］（国文学研究資料館蔵）
三条西本（書陵部本）［三］（宮内庁書陵部蔵）
阿仏尼本［仏］（室伏信助校合資料）
慈鎮本［慈］（室伏信助校合資料）
平瀬本［平］（文化庁蔵）
麗子本［麗］（『従一位麗子本の研究』より復元）
或抄物・源氏釈［或］
冷泉本・源氏釈［冷］
書陵部本・源氏釈［書］
前田本・源氏釈［前］
吉川本・源氏釈［吉］

都立本・源氏釈［都］
顕昭切・源氏釈［顕］
寂蓮切・源氏釈［寂］

また、本稿で掲出する校訂本文の末尾には、参照掲載箇所として、次の三種類の所在情報を付してある。

【『源氏物語別本集成　続』文節番号／『源氏物語大成』頁行／『新編日本古典文学全集』頁】

「諸本校異」においては、次の記号を用いて写本の書写状態を示した。

傍記／＝　ミセケチ／$　補入／＋　ナゾリ／&　不読文字／△

一　［陽仏冷書前］に注目

まず、『源氏釈』の最初の項目における本文から確認していく。

私に付した小見出しにより、どのような場面かを想起できる手掛かりとしている。

【小見出し＋校訂本文】

（1）中国での楊貴妃の例まで噂される桐壺更衣は帝の愛情にすがる（010073／五⑧／一七）

唐土にも、かかることの起こりにこそ、世も乱れ悪しかりけれと

ここでの本文異同は、次のようになっている。

【諸本校異】
もろこしにも［池＝大陽尾明議西御国麦阿大絵京徹穂天日伏肖保高尊九湖首三仏慈平冷書前］……010073
ナシ［麗或吉都顕寂］
か丶る［池＝大陽尾明議西御国麦阿大絵京徹天穂日伏肖保高尊九湖首三仏慈平冷書前］……010074
ナシ［麗或吉都顕寂］
ことの［池＝大明御絵肖九湖首］……010075
事の［陽尾議西国麦阿大京徹天穂日伏保高尊三慈平］
人の［仏］
ことにこそ［冷書］
ことにてこそ［前］
ナシ［麗或吉都顕寂］
おこりにこそ［池＝大尾明議西御麦大京徹天穂日伏肖保九三］……010076
をこりにこそ［陽阿絵高湖首平］
おこりにこそ／り＝△△［尊］
おこりにこそは［国］
をこりにてこそ［慈］
終りにこそ［仏］
ナシ［麗或冷書前吉都顕寂］

世も［池＝大尾明議西麦阿大絵京徹天穂日伏肖保高尊九湖首三平］……010077
　世の／の＝も［御］
　世の［国慈］
　よの［吉］
　世は［陽仏前］
　よは［冷書］
　ナシ［麗或都顕寂］
みたれ［池＝大陽尾明議西御国麦阿大絵京徹天穂日伏肖保高尊九湖三仏慈平冷書前吉］……010078
　乱れ［首］
　ナシ［麗或都顕寂］
あしかりけれと［池＝大尾明議西麦阿大絵京徹天日伏肖保高尊九湖首三平］……010079
　あしかりけれは／は＝と［御］
　あしかりしかと［穂］
　あしくはなりけれと［国］
　あしき［陽仏冷書前］
　あしき／き＄［慈］
　ナシ［麗或吉都顕寂］
ナシ［池＝大尾明議西御国麦阿大絵京徹天穂日伏肖保高尊九湖首三平麗或吉都顕寂］……010080

こども［陽仏冷書］
ことうは／こと$［慈］
事は［前］
ナシ［池＝大尾明議西御国麦阿大絵京徹天穂日伏肖保高尊九湖首三平麗或都顕寂］……010081
いてきけれと［陽仏］
いてきけれ［前］
いてきける［吉］
いてくれ［冷書］
なりけれと［慈］

まず、「世も」とある箇所の本文異同について見たい。
ここでは、「世も」「世の」「世は」の三種類の本文が確認できる。助詞一文字の違いである。しかし、これはこの後の諸本の異同傾向を見ていく上で基本となるパターンを見せるものとなっていることを、まず確認しておきたい。
これを整理すると、次のようになる。
世も［池＝大尾明議西麦阿大絵京徹天穂日伏肖保高尊九湖首三平］
世の［御国慈吉］
世は［陽仏冷書前］
ただし、御物本の「世の」は、「の」の右横に異本注記とでもいうべき「も」を傍記している。このことから、「世文と見てよい。

ここで、「世は」の［陽仏冷書前］の五本を記憶に留めておきたい。「冷書前」の三本が『源氏釈』の本文であり、それが［陽仏］と同じ本文のグループにある、ということである。ただし、助詞一文字の異同ということもあり、この場合は確定的なことが言えない例ともなる。

なお、［陽仏］の二本が近似する本文を伝えるものであることは、拙稿「新資料・伝阿仏尼筆本「桐壺」の位相―室伏校合本の検討を通して―」（『大阪明浄女子短期大学紀要　第六号』平成三年、拙著『源氏物語本文の研究』所収）に詳述したところである。

続いて、次の例も諸本の異同傾向が確認できる。

ここでは、「あしかりけれど」と「あしきこともいできけれど」の二つの本文が対立している。後者が、［陽仏慈冷書前］のグループである。

本稿の冒頭に記した本文分別私案によると、前者「あしかりけれど」には、〈甲類〉と〈乙類〉が混在している。しかし、後者の［陽仏慈冷書前］は〈乙類〉の中の別群であり、これを〈乙類第二群〉と呼ぶことにする。

あしかりけれと［池＝大尾明議西麦阿大絵京徹天日伏肖保高尊九湖首三平］……010079
あしかりけれは／は＝と［御］
あしくはなりけれと［国］
あしかりしかと［穂］

あしき［陽仏冷書前］
あしき／き＄［慈］
ナシ［麗或吉都顕寂］
ナシ［池＝大尾明議西御国麦阿大絵京徹天穂日伏肖保高尊九湖首三平麗或吉都顕寂］……010080
ことも［陽仏冷書］
ことうは／こと＄［慈］
事は［前］
ナシ［池＝大尾明議西御国麦阿大絵京徹天穂日伏肖保高尊九湖首三平麗或都顕寂］……010081
いてきけれと［陽仏］
いてきけれ［前］
いてきける［吉］
いてくれ［冷書］
なりけれと［慈］

慈鎮本の「あしきことうはなりけれと」は、〈乙類第二群〉に属するものの、そこには細かな異同が目に付く。これは、本文の伝流途上で異本等の雑音を拾ったからだと思われる。以下、慈鎮本については、この点に注意して見ていきたい。

いずれにしても、この二例から、［陽仏冷書前］の五本が一つのグループを成していることは明らかである。

二 ［仏前］の親密さ

次も、比較的小さな本文異同である。しかし、伝阿仏尼筆本と前田家本『源氏釈』の本文が近いものであることが確認できる例である。

【小見出し＋校訂本文】
（2）桐壺更衣への女房たちの思慕の情（010805／一〇⑭／二五）
「なくてぞ」とは、かかるをりにやと見えたり。

【諸本校異】
なくてそとは／「あるときはありのすさみににくかりきなくてそ人は恋しかりける」〈行間〉［池＝大陽尾明議西御国阿大絵京徹天穂日伏肖保高尊九湖首三慈平冷書都］……010805
なくてそと／と＋は［麦］
なくてそ人はとは［仏］
なくてそ人はと［前］
ナシ［麗或吉顕寂］

ここから明らかなように、引歌に引かれた「人は」という語句を持つかどうかで、二つの本文にわかれている。この場合、『源氏釈』の注記編集時に、引き歌に引かれて「人は」までを抄出して取り込んだものではないと言えよう。伝阿仏尼筆本がそれを支持しているからである。ここから、伝阿仏尼筆本と前田家本『源氏釈』の本文は同一であったことが確認できる。

『源氏釈』の注記に引かれた本文が、どこからどこまでなのか、という認定は、このように微妙な例がある。ただし、諸本との校異を丹念に見ていくと、ほぼ正確に引用本文の箇所が特定できる。そのため、こうした特異な例を確認しておけば、本文資料としては問題はないと判断している。

三　［冷書］が共有する異文と傍記混入箇所

【小見出し＋校訂本文】
（3）亡き更衣の邸では、八重葎で荒れた庭に月影が差し込んでいる（010926／一二①／二七）
草も高くなり、野分にいとど荒れたる心地して

【諸本校異】
草も［池＝大明議西麦阿京徹天穂日伏肖保高尊九首三］……010926
くさも［大尾御国絵湖慈平冷書］
くさ［陽仏］

草〔前〕
ナシ〔麗或吉都顕寂〕
たかく〔池＝大陽尾明西麦阿大絵京徹天穂日伏肖保高尊九湖三仏慈平前〕……010927
たかう〔御〕
高く〔首〕
ふかく〔議国〕
しけく〔冷書〕
ナシ〔麗或吉都顕寂〕
なり〔池＝陽尾明議西御国麦阿大絵京徹天穂日伏肖保高九湖首三仏慈平前〕……010928
成〔大〕
也〔尊〕
ナシ〔麗或冷書吉都顕寂〕
野わきに〔池＝陽明議西麦大高三仏慈〕……010929
暴風に〔大〕
のわきに〔尾京徹保〕
野分に〔阿絵天穂日伏肖尊九湖首〕
のわきに／＝野〔平〕
のあきに〔御国書〕

野あかきに［前］
ナシ／＋のあきに［冷］
ナシ［麗或吉都顕寂］
いと丶［池＝大尾明西麦阿大絵京徹天穂日伏肖保高尊九湖首三平］……010930
いたう［御］
いたうところところ［国］
ところ〱いとう［慈］
ところ〱［陽議仏］
所々［書前］
ナシ／＋所々［冷］
ナシ［麗或吉都顕寂］
あれたる［池＝大陽尾明議西御国麦阿大絵京徹天穂日伏肖保高尊九湖首三仏慈平前］……010931
ナシ［麗或吉都顕寂］
あれたるを［冷書］
心地［池＝尾明西穂日保前］………010932
心ち［大御国麦阿大京徹天伏肖高尊九首三平］
こ丶ち［陽議絵湖仏慈］
ナシ［麗或冷書吉都顕寂］

して［池＝大陽尾明議西御国麦阿大絵京徹天穂日伏肖保高尊九湖首三仏慈平前］……010932-001
ナシ［麗或冷書吉都顕寂］

ここでは、「たかく」と「しげく」の箇所で、諸本が異同を見せている。「ふかく」は「たかく」と関連する本文異同と思われる。すると、「たかく」と「しげく」という二種類の本文があったことが想定できる。［冷書］は共に『源氏釈』に見られる本文なので、この二書が同じ異文を共有していることになる。

また、「いと〻」の例からも、二種類の本文が伝わっていることが確認できる。

ここでは、「いと〻」と「ところ〳〵」の二種類がある。そして、「いと〻」の位置を見ると、国冬本は「ところと」の前に、慈鎮本は「ところ〳〵」の後に、という違いがある。

私は、これまでに『源氏物語』の本文は、〈甲類〉と〈乙類〉の二種類に分別できることを提唱してきた。そこで、『源氏物語』の本文異同において、〈甲類〉は傍記が傍記箇所の直後の本行に混入し、〈乙類〉はその直前に混入する傾向があることも明らかにした（前掲拙稿「若紫における異文の発生事情　―傍記が前後に混入する経緯について―」）。

今、ここで国冬本と慈鎮本で語句が前後することから、それぞれがどちらの〈類〉に属するものかは、これだけの例では確定できない。

ただし、推測できる範囲でこの背景を考えておきたい。

〈甲類〉のすべては、「いと〻」を本行本文とする。この「いと〻」に傍記として「ところ〳〵」とあったとすると、その傍記は直後に混入する傾向があるので、「いと、ところ〳〵」となる。つまり、国冬本の姿である。

これに対して、〈乙類〉は傍記がその直前に混入する傾向がある。〈乙類第二群〉の本行本文は「ところ〳〵」なので、その傍記「いと〻」は直前に混入して「いと〻ところ〳〵」となる。これも、国冬本の姿である。

つまり、国冬本は〈甲類〉と〈乙類〉のいずれにも属する本文であり、ここではその属するグループを決められない。今は、〈乙類第二群〉の中でも混乱した本文を伝えるもの、としておく。国冬本の「いたうところところ」については、その傍記を手掛かりにしての類別は不可能である。これは、この本の特性に起因するものであると考えられる。さらに用例を積み上げて追考していきたい。

また、慈鎮本は前入後入のパターンが当てはまらない本文を伝えている。ここでも、この本が混乱した本文を伝えているものであることがわかる例となっている。

これらの例は、今後の本文異同の類別化において、貴重なものとなるはずである。

四　二分別が明確に確認できる

【校訂本文＋小見出し＋校訂本文】

（4）宮城野の露吹きむすぶ風の音に小萩がもとを思ひこそやれ

とあれど、え見たまひはてず。

祖母君、桐壺更衣入内のいきさつを語り横死のようなさまを嘆く（011094／一三⑥／二九）

命長さの、いとつらう思ひたまへ知らるるに、松の思はんことだに、恥づかしう思うたまへはべれば、

【諸本校異】

え〔池＝大明議西御国麦阿大絵京徹天穂日肖保高尊九湖首三仏慈平冷書〕……011091
えも〔陽〕
ナシ／十え〔伏〕
ナシ／落丁〔尾〕
ナシ〔麗或前吉都顕寂〕

見〔池＝明議西国阿絵京徹天穂日肖尊湖〕……011092
み〔大御麦大保高九首三平〕
見はて〔陽仏〕
みはて〔伏冷書前〕
見もはて〔慈〕
ナシ／落丁〔尾〕
ナシ〔麗或吉都顕寂〕

たまひ〔池＝大明大京徹穂保高尊湖平〕……011092-001
給はす〔陽伏仏慈前〕
たまはす〔議〕
たはす〔国〕
給はて〔冷書〕

給　［西御麦絵天日肖九］
給ひ　［阿首三］
ナシ／落丁　［尾］
ナシ　［麗或吉都顕寂］
はてす　［池＝大明西麦阿大絵京徹天穂日肖保高尊九湖首三平］……011093
はてに　［御］
ナシ　［陽議国伏仏慈麗或冷書前吉都顕寂］
ナシ／落丁　［尾］
いのち　［池＝大陽明議西御国麦阿大絵京徹穂日伏肖保高九湖首三仏慈平冷書前］……011094
命　［天尊或都］
ナシ／落丁　［尾］
ナシ　［麗吉顕寂］
なかさの　［池＝大陽明議西御国麦阿大絵京徹天穂日伏肖保高尊九湖首三仏慈平或冷書前都］……011095
ナシ／落丁　［尾］
ナシ　［麗吉顕寂］
いと　［池＝大陽明議西御国麦阿大絵京徹天穂日伏肖保高尊九湖首三慈平冷書都］……011096
ほとの　［或］
ナシ／落丁　［尾］

ナシ［仏麗前吉顕寂］
つらう［池＝大明議西御阿大絵京徹天日伏肖保高尊九湖首三平都］……011097
つらく［陽仏慈冷書］
つらく／らく＄〈朱〉らう［麦］
つらふ［穂］
つらきを［国］
つらさも［或］
つらさと［前］
ナシ／落丁［尾］
ナシ［麗吉顕寂］
思［池＝明議西麦京徹日伏肖三］……011098
思ふ［大阿］
おもふ［大絵湖首仏慈平］
おもふ／も〈判読〉＆お［陽］
思／思±ふ［尊］
思ひ［御国天都］
思ひ／ひ＄［九］
おもひ［穂保冷書前］

おもへ［高］
ナシ／落丁［尾］
ナシ［麗或吉顕寂］
給へしらるゝに［池＝明西御阿絵京徹天日肖保尊九湖首三］………011099
たまへしらるゝに［大議大穂高平都］
給しらるゝを／給＋へ、を$に［麦］
たまへらるゝに［陽国伏仏］
給へらるゝに［慈冷書］
給へられて［前］
ナシ／落丁［尾］
ナシ［麗或吉顕寂］
松の［池＝明議西麦阿大絵京徹天日肖保尊九湖首三或前都］……011100
まつの［大陽御国穂伏高仏慈平冷書］
ナシ／落丁［尾］
ナシ［麗吉顕寂］
おもはん［池＝陽御国阿大絵伏肖保高尊湖首三仏慈平前都］……011101
思はん［大麦穂九］
おもはむ［明議西京徹天日］

思はむ［或］
思はんに／に$［冷書］
ナシ／落丁［尾］
ナシ［麗吉顕寂］
ことたに［池＝大明議西御国阿大絵京徹天日肖保尊湖首三都］……011102
事たに［陽穂伏高九仏慈平］
ことさへ［冷書］
事も［麦或］
事［前］
ナシ／落丁［尾］
ナシ［麗吉顕寂］
はつかしう思給へ［池＝明西阿絵京徹日伏肖尊九湖］……011103
はつかしうおもふたまへ［大］
はつかしく思給へ［議］
はつかしう思給［大］
はつかしう思ひ給へ［天］
はつかしう思たまへ［穂三］
はつかしうおもへたまへ［保］

はつかしうおもふ給へ［首］
いとはつかしうおもふたまへ［仏］
はつかしうおもひ［国］
はつかしう［陽御高平前都］
はつかしく／く$〈朱〉う［麦］
いとはつかしう［慈］
はつかし［或］
はつかしく［冷書］
ナシ／落丁［尾］
ナシ［麗吉顕寂］
侍れは［池＝大陽明議西御麦阿大絵京徹天穂日肖保高尊九湖首三慈平都］……011104
侍へれは［国］
はへれは［伏］
らるれは［仏］
侍る［前］
ナシ／落丁［尾］
ナシ［麗或冷書吉顕寂］

まず、「見」と「見はて」（［陽仏伏冷書前］）に、諸本間の位相がみてとれる。慈鎮本の「見もはて」も、これまでの類別化と少しずれた位相にあることも変わらない。

また、「給へしらるゝに」と「給へらるゝに」も、［陽国伏仏慈冷書前］が一つのグループを形成していることが明らかである。

同じく「はつかしう思給へ」と「はつかしう」（［陽御麦高慈平或冷書前都］）においても二分別が確認できる。〈乙類第二群〉とする諸本群が、ここでも一つのグループを形成していることがわかる例である。

五 〈甲類〉が認められる本文群の存在

【小見出し＋校訂本文】

（5）祖母君、桐壺更衣入内のいきさつを語り横死のようなさまを嘆く（011163／一三⑭／三〇）

くれ惑ふ心の闇も堪へがたき片端をだに、

【諸本校異】

くれまとふ［池＝大陽明西麦阿大絵京徹天日肖保尊湖三仏慈麗］……011163

ゝれまとふ（くれまとふ）［尾国穂伏平］

暮まとふ［議九首都］

くれるとふ［御］

くれまとふ／＝更衣母詞［高］
ナシ［或冷書前吉顕寂］
心の／〈朱合点〉、「人のおやの心はやみにあらねとも子をおもふ道にまよひぬるかな」〈行間〉［池］……011164
心の［大陽尾明議西御国麦阿大絵京徹天穂日伏肖保高尊九湖三仏平麗前］
こゝろの［首冷書都］
心［慈］
ナシ［或吉顕寂］
やみもたえかたき［池＝御阿穂尊］……011165
やみもたへかたき［大明議西大絵京徹日伏保九湖首三麗］
やみもかたへ／へ＝△〈削〉え［尾］
やみもかたへ／かたへ＄〈朱〉たへかたき［麦］
やみもたえかたき／へ＆え［天］
やみもたへかたき／に〈削〉も［肖］
やみもかたへ［高慈平］
やみも［陽国仏都］
やみに［冷書前］
ナシ［或吉顕寂］

ここでは、「やみもたえかたき」と「やみも（やみに）」の二つにわかれている。『源氏釈』と陽明文庫本・国冬本・伝阿仏尼筆本が〈乙類第二群〉となる。

「たえかたき」の有無とともに、「かたへ」という異文の存在も、その背景にあることを知っておきたい。この「かたへ」を持つ伝本は、私が〈甲類〉としている、いわゆる〈河内本群〉に属する本である。

六　古来問題とされてきた本文異同

【小見出し＋校訂本文】

（6）桐壺帝は祖母君の贈り物から玄宗皇帝と楊貴妃との物語を連想する（011557／一七⑤／三五）

亡き人の住み処尋ね出でたりけむしるしの釵ならましかばと思ほすも、いとかひなし。

【諸本校異】

なき人の［池＝大陽尾明議西御国麦阿大絵京徹天穂日伏肖保高尊九湖首三仏慈平或前都］……011557

なき人［冷書］

ナシ［麗吉顕寂］

すみか［池＝大尾明西麦阿大絵京天穂日伏肖保高尊九湖首三慈平都］……011558

すみかを［議国］

ありか［陽御徹仏或前］

ナシ［麗冷書吉顕寂］
たつねいてたりけむ［池＝大大京徹穂保尊三］……011559
たつねいてたりけん［陽尾明議西絵日伏肖高湖仏慈平或］
たつねいたしたりけん［御前］
尋ね出たりけん［麦阿］
たつね出たりけん［天都］
尋出たりけん［九］
尋ねいてたりけん［首］
たつねいてたる［国］
たつねえたる［冷書］
ナシ［麗吉顕寂］
しるしの［池＝大陽尾明議西御国麦阿大絵京徹天穂日伏肖保高尊九湖首三仏慈平或冷書前吉都］……011560
ナシ［麗顕寂］
かんさしならましかはと［池＝陽尾議西麦国阿大絵天日肖高尊九湖慈平或前］……011561
かむさしならましかはと［大明京徹穂伏保首三］
かんさしならましかは［都］
もんさしならましかはと［御］
かんさしならはと［仏］

かんさしならは［冷書］
かんさし［吉］
ナシ［麗顕寂］
おもほすも［池＝大明西麦阿大絵京徹天日伏肖保尊九湖首三］……011562
おほすも［尾議御国高平］
をもほすも［穂］
おほさる、も［陽慈前］
おほさる、にしも［仏］
おほしめさる、も［或］
ナシ［麗冷書吉都顕寂］
いと［池＝大陽尾明議西御国阿大絵京徹天穂日伏肖保高尊九湖首三仏慈平］……011563
ナシ［麦麗或冷書前吉都顕寂］
かひなし［池＝大陽明議西国麦阿大絵京徹天穂日伏肖保尊九湖首三］……011564
かいなし［御］
かなし［尾高仏平或］
かなしう［前］
くちをし［慈］
ナシ［麗冷書吉都顕寂］

ここでは、「すみか」と「ありか」［陽御徹仏或前］の異同が大きい。また、慈鎮本の「くちをし」も特異である。

なお、これに続く本文には、「尋ねゆく幻もがなつてにても魂のありかをそこと知るべく」という和歌以降に、古来問題とされる「絵に描ける楊貴妃の容貌は……」というよく知られる本文異同がある。この問題はそれだけで大きな問題を内包するものであることから、そのすべては別稿に譲りたい。

七　傍記混入二例

【小見出し＋校訂本文】

（7）弘徽殿女御の傍若無人なふるまいと、帝の政治までもおろそかにしかねない悲しみ（011676／一八⑤／三六）

燈火をかかげ尽くして起きおはします。右近の司の宿直奏の声聞こゆるは、

【諸本校異】

ともし火を［池＝大陽尾明議国麦阿大絵京徹天日伏肖保高尊九湖首三仏慈書前都］……011673

ともしひを［西御穂顕寂］

灯火を［或］

ともし火を／火＝ひ［冷］

ナシ／落丁［平］

ナシ［麗吉］

か丶けつくして［池＝大陽尾明議西御国麦阿大絵京徹天穂日伏肖保高尊九湖首三仏慈或前都顕］……011674
　かきあけつくして／き$か［冷書］
　か丶つくして［寂］
　ナシ／落丁［平］
　ナシ［麗吉］
おき［池＝大尾明議西御国麦阿大絵京徹天穂日伏肖保高尊九湖首三慈都寂］……011674-001
　起き［仏］
　ナシ／落丁［平］
　ナシ［陽麗或冷書前吉顕］
おはします［池＝尾明西麦阿絵京徹天穂日伏肖保高尊九湖首三或冷書都寂］……011675
　をはします［大御国大慈］
　をはしますに［陽］
　おはしますに［議］
　居をはしますに［仏］
　ナシ／落丁［平］
　ナシ［麗前吉顕］
右近の［池＝大陽尾明西御麦阿大絵京徹天穂日伏肖保高尊九湖首三慈］……011676
　うこんの［議］

左近の［仏］
こんゑ／＝うこんイ［国］
このゑ［冷書］
この近衛［或］
ナシ［麗前吉都顕寂］
ナシ／落丁［平］
つかさの［池＝大陽尾明議西御国麦阿大絵京徹天穂日伏肖保高尊九湖首三仏慈冷書］……011677
ナシ／落丁［平］
ナシ［麗前吉都顕寂］
司の［或］

諸本が「おはします」とするところで、伝阿仏尼筆本が「居をはしますに」としている。ここは、その直前の「起き」と結び付く「起き居」と考えられる。ただし、「居」に振り仮名としての「を」が傍記されていたか、「を」に当て漢字が併記されていた可能性もある。

この後に『源氏釈』の或抄物が「この近衛」としているのは、傍記混入である。「近衛」に読み仮名としての「この」が傍記されていたか、「この」に振り漢字としての「近」が傍記されていたと思われる。

『源氏釈』の抄出本文は、〈乙類第二群〉とすべき本である。とすると、傍記は前入するというこれまでのパターンで考えると、基となった親本の本文が推測できる。ここは、「近衛」の「近」の右横に「この」と読みがなが傍記された写本があり、それを転写しているうちに、この傍記「この」が本行の「近」の上に潜り込んだと考えてよい。

このように、傍記が前入か後入かのパターンがわかれば、本行本文と傍記の関係から、その親本に書かれていた本文の姿が明らかになるのである。

まとめ

些細な本文の異同も含めて、諸本の書写状態を確認した。その検討を通して、〈甲類〉と〈乙類〉の内、〈乙類〉を〈第一群〉と〈第二群〉の二群にわけて考えると、『源氏釈』が抄出する本文の位相が明確になることがわかった。本稿では触れる機会がなかった〈甲類〉についても、二つの群にわけると諸本間の位相が整理できることもわかっている。

『源氏物語』の本文は、内容から分別すると二つにわかれ、その〈甲類〉と〈乙類〉とするものも、それぞれがさらに二つにわかれる傾向を確認できている。今後は、この例証と検証を進める中で、諸伝本間の相関関係を明らかにしていきたい。

三条西家源氏学の本文環境

加藤洋介

一　問題の所在

室町期、三条西家源氏学の成果は『弄花抄』『細流抄』『明星抄』といった注釈書として結実してゆくが、現存する三条西家本源氏物語としてよく知られている書陵部蔵本および日本大学蔵本の二本は、これら注釈書の成立に前後して書写されたものである。伊井春樹『源氏物語注釈書・享受史事典』（東京堂出版、二〇〇一年）を参考に、この頃の三条西家源氏学に関わる事項をまとめてみる。

文明八年（一四七六）五月　肖柏、一条兼良・宗祇の講釈を聴聞、『源氏聞書』作成
文明十九年（一四八七）三月　実隆、「青表紙正本帚木巻」を見る
長享二年（一四八八）　実隆、高松宮家本松風巻（耕雲本）書写
長享三年（一四八九）　肖柏、宗祇の講釈を聴聞、『源氏聞書』に追記
長享三年（一四八九）～永正三年（一五〇六）　書陵部蔵三条西家本書写

明応五年（一四九六）十月四日　実隆、「河内守親行加二字」源氏物語を見る
永正元年（一五〇四）頃　実隆、『源氏聞書』を借り受け『源氏抄物』（弄花抄第一次本）作成
永正三年（一五〇六）八月二十二日　実隆、源氏物語売却
永正七年（一五一〇）八月　実隆、増補改訂の手を加え『弄花抄』（第二次本）成立
永正七年（一五一〇）〜十年（一五一三）『細流抄』成立
永正八年（一五一一）〜十年（一五一三）公条、父実隆の講釈を聴聞、『聞書』作成
永正十七年（一五二〇）三月七日　実隆、源氏物語売却
大永八年（一五二八）能登守護畠山義総の求めにより、実隆『桐壺愚抄』公条『聞書』を整理して送付
享禄二年（一五二九）八月八日　実隆、源氏物語売却
享禄四年（一五三一）二月　日本大学蔵三条西家本書写
天文三年（一五三四）義総の再びの求めにより、公条『聞書』を送付
天文八年（一五三九）〜十年（一五四一）公条、『聞書』を整理し『明星抄』成立

実隆は「青表紙正本」や源親行の河内本を実見する機会があったにも関わらず、書陵部蔵本・日本大学蔵本ともに河内本ではないし、定家本（青表紙本）系統の本文であるとは言えるものの、今日復原されている定家自筆本の本文とは異なるところを多分に有すること、(1)これまでの研究史が明らかにしてきたところである。

しかしながらそうであるとすると、書陵部蔵本の「以青表紙證本令書写校合」（桐壺巻）「以青表紙證本終全部書功者也」（夢浮橋巻）や、日本大学蔵本の「以京極黄門定家卿自筆校合畢」（花宴巻）という文言は、いったい何を根拠とし

たものであったのか、疑問を投げかけざるをえない。一条兼良が河内本に拠っていたことは『花鳥余情』の引用本文にも明らかであるし、兼良筆とされる河内本本文を持つ桐壺巻断簡も紹介されているが[2]、これを境に源氏物語の本文環境は、宗祇・肖柏・実隆らによって使用された定家本一辺倒の時代へと急速に展開してゆくこととなる。その淵源をなす三条西家の源氏学において、「青表紙證本」がいかなるものとして、またいかにして認識されていたのかは、見過ごせない重要な課題であると思われる。

一方でこのような疑義は、三条西家の注釈書の記述からも感じられる。

つねなしとこゝらよをみるうき身たに人のしるまでなけきやはする　（蜻蛉1963-08）[3]

薫の数少ない思い人である小宰相の君から、浮舟を喪い悲嘆に暮れる薫のもとへ和歌が贈られてきた。それに対する薫の返歌であるが、「つねなしと」と本文のみ掲げる『弄花抄』に対し、『細流抄』は本文こそ「つねなしと」としているものの、「青表紙はみなつれなしとありこれしかるへきか」と注する[4]。これについて『源氏物語大成』蜻蛉巻所収の伝本（大島本・横山本・池田本・肖柏本・三条西家本（日本大学蔵））五本に加え、穂久邇文庫蔵本・正徹本（書陵部蔵）・書陵部蔵三条西家本・大正大学蔵本（略号「大横池肖三穂徹証正」）を参照してみた異同状況は、次のとおりである。

つねなしと―つれなしと三徹正―つれ（ねイ）なしと三

『細流抄』の注を受けてのことか、日本大学蔵三条西家本は「つれなしと」の本文を採用し、「ねイ」とイ本注記を傍記するが（このイ本注記に関する全般的な検証は今後の課題の一つである）、他に「つれなしと」の本文を採るのは、正徹本と大正大学蔵本しか見当たらないのである。大正大学蔵本は奥書からみて延徳二年（一四九〇）から明応二年（一四九三）頃の書写と推定されており[5]、書陵部蔵三条西家本とほぼ同時期の書写である。書陵部蔵三条西家本と大正大学蔵本とは本文上もきわめて近い関係にあるのだが、[6]ここでは両者は割れている。今日確認できる本文状況からすると、『細流抄』が「青表紙はみなつれなしとあり」というのは、にわかに信じがたいものがある。「青表紙はみな」と断言できるだけの根拠をいかに見いだしたのか、あるいは本文状況とは別にこうした発言をさせる何らかの事情があったのか、これを三条西家源氏学の本文環境として検証してみる必要があろう。

二　『細流抄』の「青表紙」と「河内本」

『細流抄』が「青表紙」に言及するのは、河内本との本文の相違が問題となる場合であることが多い。

> かくしうにありけん　河内本文君といひけんむかしの人もとあり　花鳥河海の説いかゝとあり青表紙はかくしうとあり尤可然なり夜聞レ歌者宿二鄂州一詩也花鳥には娉婷十七八と云句にかゝりてこゝには似あはさると也然共年にはかゝはるへからす只夜うたふ物をきく当座にてかく思出給へし尤かくしうを用へき也　（紅葉賀0256-14）

定家本と河内本の本文異同のなかでも、もっともよく知られている場面の一つである。老女源典侍が琵琶を弾き催馬楽を歌う声の美しさを喩える件、定家本は白楽天「夜聞歌者　宿鄂州」による本文であり、河内本は史記の卓文君の故事によった本文である。『細流抄』が「花鳥河海の説いかゝとあり」というのは、『河海抄』[7]が「両説何も証本なり各可随所好」としながらも、「案之鄂州猶叶物語意歟」と定家本の優位性を指摘したのに対し、『花鳥余情』は「かの鄂州の女は十七八の物」であり、源典侍とは年齢が合わないことから河内本を支持したことを言う。

ここでの『細流抄』の本文認識が、素姓のよい伝本に直接基づいたものとは思われないのは、「河内本文君といひけんむかしの人もとあり」の部分に少々問題があるからである。河内本の本文を確認したならば、「文君なといひけんむかしの人も」（尾州家本）とあってほしいところである。これは『花鳥余情』の引用本文である「文君といひけむむかしの人も」に拠ったものではなかろうか。だとすれば、『細流抄』が「青表紙はかくしうとあり」と断言しているのも、それは正しい認識ではあったものの、『花鳥余情』に「定家卿の本には鄂州にありけん人もかくやおかしかりけんとあり」との記事をもとにしたのに過ぎないのではあるまいか。

御覧せすもやとてこれにも　河内本たれにもとあり花鳥釈義同し然れとも青表紙にはこれとあり心は御息所の詞にきこえぬ程はおほししるらんやとあるをうけてこれにもとみるへしこなたもおなし心と也　（葵0308-03）

葵上死後の晩秋の朝ぼらけ、六条御息所から「きこえぬほとはおほししるらむや」と日頃の疎遠を詫びる言葉とともに弔問の和歌が贈られてきた。光源氏も歌を返すとともに「かつはおほしけちてよかし御らんせすもやとてたれにも」と添えた。この部分「たれにも」とあるのは、定家本系統の伝本十二本（大横榊池肖三穂吉野徹証正）のうちでは大島本と河野本くらいしか見出せず、[8]『細流抄』に「青表紙にはこれとあり」とあるのは間違ってはいない。しかし「河内本たれにもとあり」は、今日から見れば誤った本文認識と言わざるをえない。ここは河内本も「これにも」であったと見るべきであり、[9]本来定家本と河内本との異同は問題にならないところなのである。『細流抄』の誤った本文認識を招来してしまったのは、『弄花抄』にあった「たれにも河本」の注記や、『花鳥余情』の「た（こイ）れにも」という引用本文であろう。

そのようにして見ると、『細流抄』の「河内本」への言及が、『弄花抄』や『花鳥余情』においてすでに指摘されたものに限られることも了解されよう。

さるへき物　河内本にはさるへきふんとあり　（若紫0152-01）

『細流抄』の「河内本にはさるへきふんとあり」という認識は正しいが、これは『弄花抄』に「さるへき物つくり

て　封なと成へし河内方本にはふんと有」に拠ったものであろう（『花鳥余情』はこの項目なし）。

弁命婦　二人の名也河内本には句をきると云々青表紙には弁の命婦とよむ也一人也王命婦かむすめ也但二人によみて心得よかるへきにや　（若紫0175-07）

「河内本には句をきると云々」というのは、『花鳥余情』の「親行本には弁と命婦との間に句をきりて二人の名とす」に拠るものであろう（『弄花抄』はこの項目なし）。ただし河内本諸本には「弁の命婦」とするものがあったり、定家本にも「弁の命婦」の「の」を見せ消ちにする伝本があったりと（榊原本・肖柏本）、本文の側では揺れが生じている。「青表紙には弁の命婦とよむ也」と言うが、定家本系統の伝本は読み方を特定できるように朱点などで句を切ることはまずないので、ここでの「青表紙」は本文系統のことを言うというよりも、「河内本」ではなく「青表紙」を用いる「当流」においてはという意味合いで使われているものと思われる。

御丁屏風なとあたり〳〵したてさせ　河内本にはあたり〳〵たてさせ給ふとありてし文字なし此し文字はやすめ字也　（若紫0191-07）

紫上を迎えた二条院西の対は平時使われていなかったためか調度の準備もなく、惟光を召して整えさせた場面である。河内本はたしかに「たてさせ」で「し」を持たないが、定家本系統でも肖柏本・正徹本なども「し」を持たない。「此し文字はやすめ字也」との注は、『弄花抄』の「し文字未審」を受けてのものであろう。「河内本」が「し」を持たないという根拠は、「屏風ともあたり〳〵たてさせ給ひ」とする『花鳥余情』の引用本文であったのではなかろうか。

七月にきさき　河内本十月とあり七月可然歟其故は皇太后藤温子昭宣公の御むすめ也寛平九年七月中宮に立給昌泰二年七月皇太后たり是等模して書侍るなるへし然者七月可然也　（紅葉賀0262-01）

藤壺立后の時期について「河内本十月とあり」とするが、河内本としては「そのとしの十月」（尾州家本）とあってほしいところである。『弄花抄』が温子などの史実記事のみを挙げるのに対し、『細流抄』はこれを定家本・河内本の是非の根拠として流用しているのだが、河内本が「十月」であるという記述は、『花鳥余情』の「十月にそきさきゐ給ふめりし」という本文引用に拠るのではなかろうか。あるいは兼良の『源氏物語年立』に関係があるかもしれない。このように『細流抄』の「河内本」認識が、『弄花抄』『花鳥余情』の記事や引用本文に基づくものであり、ある伝本の本文を「河内本」として認識し参照していたわけではなかったことは、別の記事からも推測することが可能である。

おほとの、御心　おほい殿と云本もあり葵上の父おと、也同事也（帚木0063-03）

『細流抄』が指摘する「おほい殿」は、現在では河内本の本文であると認められるが、『細流抄』は「と云本もあり」としか言わない。こうした記述に留まってしまったのは、『花鳥余情』や『弄花抄』にはこの項目そのものがなく、「河内本」と認定するだけの材料を持たなかった故のことであろう。実隆は河内本の本文を見ていたのかもしれないが、それを「河内本」とは認識していなかったのである。

くものはるかに　引哥いまたかんかへさる也心は（中略）山ふかくともといふ一本あり心はおなしかるへし（夢浮橋2070-06）

わかりにくい記述であるが、引歌への言及は『花鳥余情』が指摘する古今集歌への疑義によるものであろう。「山ふかくともといふ一本あり」は、このままでは何についての注釈なのか誤解を招きかねない。物語本文「くものはるかにへたゝらぬほとにも侍めるをやまかせふくとも又もかならすたちよらせ給なんかしといへは」、あるいは『弄花抄』「山風吹とも　イ本山ふかくとも」を参照しなければ理解できない。直接には『弄花抄』の注に由来する記述であろうが、「山ふかくとも」は河内本の本文である。『弄花抄』によって異文の存在は指摘できるが、それが河内本の本文であるとは認識できなかったのである。

さい相はとかく　夕霧の息宰相中将也玉かつらのかたへなをつき〳〵しくむすめの事をいへる心歟またはむかしなからのたえぬ思ひをいへるなるへし此詞耕雲の本には無之（竹河1501-06）

竹河巻巻末の「宰相はとかくつきつきしく」を持たないのは、河内本と別本の一部である。ここで「河内本」ではなく「此詞耕雲の本には無之」とわざわざ耕雲本を挙げるのも、『弄花抄』が「耕雲本には無之」と指摘しているからにほかならない。『弄花抄』『細流抄』ともに耕雲本に言及しているのは、この竹河巻の一箇所のみである。『明星抄』[10]によれば「耕雲本　河内本にも非らす青表紙にも非す一様各別の本也」と認識していたことはわかるが、この『細流抄』の記事はほぼそのまま『明星抄』にも引き継がれている。

せんけうたいし　他本くい太子とあり（匂宮1433-09）

「くい太子」が河内本の本文であることは、『花鳥余情』の引用本文から想定可能であったと思われるが、それをしなかったのは『弄花抄』が「せんけう太子」の本文を立て「当流本如此」としながらも「或くい太子云々　用之歟云々」と注したことの影響があったのかもしれない。『細流抄』が「他本」の語を用いるのはここだけである。

これらの事例は、多少の増補はあるにせよ『明星抄』もほぼ同内容の記述を持つことから、実隆も公条も河内本に関しては先行注釈書の範囲内での知識しか持っていなかったと判断してよいであろう。『明星抄』には「爰に定家卿の青表紙正本にして、作者の本意を得たり」「此青表紙は誠に正義にして」とあるが、「河内本」は「青表紙」と比較され、「青表紙」を顕彰するために言及されているに過ぎない。それは河内本を全面的に検証し直した上での議論ではなく、河内本がいかなる本文を持っていたかについては、かなり限定的な知識しか持ち合わせていなかったと見るべきであろう。

かたや『細流抄』の「青表紙」は、今日の定家本と大きく異なるところはないようであるが、先に見たような蜻蛉巻「青表紙はみなつれなしとあり」という見解が何に由来しているのか、依然として判然としない。『細流抄』の「青表紙」はあと一例、

せん大王　一本前王とあり花鳥これによれり青表紙は大王とあり大王とは親王をいへりしからは延喜帝の誰人そ親王に伝給へると其御手より此入道の伝たるなるへし大王と侍る尤可然　（明石0454-14）

この例があるだけだが、「青表紙」の認識についてはとくに問題はないようである。次章で、もう少し範囲を広げて検討してみたい。

三　『弄花抄』から『細流抄』へ

三・一　『弄花抄』の踏襲

成立年時の近さからみて、『弄花抄』の本文に関する記述が、そのまま『細流抄』へと受け継がれていることは容易に想像されるところであるし、実際そうした例を見出すことは難しくない。

（A）すゝめる　すくめると云本ありすゝみ過たる也又はきこつなき女の事也　（帚木0049-04）

『弄花抄』すゝめるかたとおもひしかと　さし過たる心也一本すくめる

（B）あなたになと　一本あたになとゝありいつれも人にしらすなと云心也　（葵0323-01）

『弄花抄』あなかしこあなたなといへは　人々にしらすなと云心也（傍記「あたになとイ不用之」）

(C) うつきのひとへめく　一本のしひとへめく物とありねりぬきをはりてのしをかけたる物也卯月の時分着する物也　（玉鬘0735-09）

『弄花抄』う月のひとへめく物　或はのしひとへと有（傍記「此説不用」）うすきぬの事あやまれり見花鳥　一勘如此のしをかけたるひとへ云々　（玉鬘0748-05）

(D) 十月　一本十一月とありいつれも可然

『弄花抄』十月にそわたり給　イ本　十一月可用之歟

(E) かつらのかけに　はつる或本侍りとあり　（竹河1490-13）

『弄花抄』かつらのかけにはつ（へイ）るには

(A)「すくめると云本」―「一本すくめる」、(B)「一本あたになと」―「あたになとイ」、(C)「一本のしひとへめく物」―「或はのしひとへと有」、(D)「一本十一月」―「イ本十一月」、(E)「或本侍り」―「はつ（へイ）るには」のように、『弄花抄』が示した異文がそのまま『細流抄』でも「一本」「或本」として挙げられている。注釈記事の内容から見ても、『細流抄』が『弄花抄』に拠っていることは明らかであろう。

これに現存する定家本系統の伝本の異同状況（帚木巻十五本（大松池秀肖三明吉尼歴徹証正飯理）、葵巻十二本（大横榊池肖三穂吉野徹証正）、玉鬘巻七本（大横池肖三徹正）、竹河巻十一本（大横陽池肖三吉徹証正幽））を重ねてみると、次のようになる。

(A) す丶める（大池秀肖三明尼徹証正理）―すくめると云本（松吉歴飯）―す丶（クイ）める三

(B) あなたになと（肖野徹証正）―一本あたになと（大横榊池三穂吉）―あな（イ無）たに［朱］徹―あ〔な〕たに証

（C）うつきのひとへめく（大横池三徹正）―一本のしひとへめく物―う月の（のし）ひとへめくものに肖
（D）十月（大横池肖三徹正）―一本十一月―十〈一イ〉月にそ三
（E）はつる（大陽肖三吉）―或本侍り（横池徹証正幽）―はへるに（はつるに）は肖―はつ・（へイ）るには三

（C）（D）の玉鬘巻の例では、「一本」として示された異文は河内本などの非定家本の本文である。（C）では肖柏本の校合後、（D）では日本大学蔵三条西家本の「イ」に関連が見出される。（A）（E）の三条西家本の「イ」も同様である。概ね引用本文は定家本に拠っているといいうるが、（B）はかなり様相を異にする。書陵部蔵三条西家本「証」と日本大学蔵三条西家本「三」とが別本文となることは珍しくはないが（玉鬘巻の「証」は河内本本文のため掲出せず）、「三」が『細流抄』（ほとんどの事例において『明星抄』も）引用本文と異なることは気になるところである。注釈書において本文に関する言及のないところでも、類似の事例はある。

らうろう　牢籠也鳥を籠にいれ獣を牢にいれたるかことし
『弄花抄』おほそうの宮つかへのすちにらうろうせんと　牢籠鳥獣をこめをく心也又は下の心をしこめたる義也爰にては此義相叶へり或本ろうせん是又可然也　（藤袴0923-14）

『弄花抄』『細流抄』（『明星抄』も）ともに「らうろう（せんと）」の本文を示すが、現存伝本でこれに一致するのは「肖徹証正」および河内本であり（藤袴巻の定家本では「各大鎮池肖三穂吉学徹証正飯」の伝本を参照）、『弄花抄』が「或本ろうせん是又可然也」とする本文となっている「三」は「らうイ」と校合跡を残すのみである。書陵部蔵三条西家本「証」と肖柏本が近い関係にあり、それに対して日本大学蔵三条西家本「三」は「より定家の青表紙本の正統である」(11)と言われるのは、こうした事例によるものである。しかしながら『明星抄』までを視野に入れると、三条西家の源氏学においては、物語本文の書写および校合作業と注釈書所引本文とは連関していなかったということにならざるをえない。『明星抄』において物語本文に関する注釈に変更が加えられている例もないわけではないが、[12]そのほとんどは『細流抄』を踏襲している。

三・二　『弄花抄』からの離反

『弄花抄』と比較してみると、『細流抄』が物語本文に関して大きく変更を加えている事例もあること、珍しくない。

うち〳〵にも　内大臣の心也紫上其外の人々也思人たちおほきこと也　（藤袴0923-13）

『弄花抄』うちにもやんことなきこれかれとしころをへて　内にもとは源氏の六条院の内にの事也おもひ人たちおほき事也或本うち〳〵にもと有同心なるへし

ここは定家本・河内本ともに「うち〳〵にも」で異文はない。『弄花抄』は「うちにも」で本文を立て「或本うち〳〵にも」というが、『弄花抄』所引本文の少数派であることを知ったためか、『細流抄』になると何の言及もなく引用本文を改めている

兵部卿宮も　紫上の父也帥宮とある本ありいつれにても蛍兵部卿の御事也　（賢木0374-11）

『弄花抄』帥宮も　蛍兵部卿也

賢木巻の巻末近く、左大臣致仕という逼迫した政治状況から、光源氏と頭中将は文事に憂いを慰めようとするが、この場面の最後に「兵部卿宮もつねにわたり給つゝ、御あそひなともおかしうおはする宮なれはいまめかしき御あそひともなり」の一文がある。この「兵部卿宮」が紫上父であるとすると、光源氏との親しい交流ぶりが不審とされる場面である。『弄花抄』は「帥宮も」の本文を掲げ、後の蛍兵部卿宮と見る。しかしながら賢木巻の伝本中「帥宮」の本文を持つのは、定家本系統（大横榊池肖三穂吉玉徹証正）のうちの「肖徹証正」に過ぎない。『細流抄』はこうした状

況を踏まえて、「兵部卿宮も」の本文を採用し、「帥宮とある本あり」と言及するに留めたかに見える。(13)

しかし同じ賢木巻でも、まったく反対の様相を示す事例もある。

とうの中将　ひけくろの弟也　頭中将頭少将藤少将種々の異本あり（賢木0349-03）

『弄花抄』頭少将　髯黒の弟也

朧月夜との密会から帰る光源氏を目撃した人物は、「承香殿の御せうとのとう少将ふちつほよりいて、月のすこしくまあるたてしとみのもとにたてりける」の本文とその異同状況から、現行の活字本文では「藤少将」とされる。『弄花抄』が「頭少将」であるのに対し、『細流抄』は「とうの中将」を採用し、「種々の異本」として「頭中将・頭少将・藤少将」を挙げる。ところが今日の伝本状況においては、そもそも「中将」とする本自体が少数派であり、「頭中将」は「肖徹証正」のみ、河内本や別本を含めても他はみな「少将」とするばかりで、日本大学蔵三条西家本「三」も「とうの少将」である。『細流抄』はどのような理由によってか、ごく少数派の「とうの中将」を採用し、『明星抄』もこれを踏襲しているため、やはり物語本文と注釈書とで齟齬をきたす結果になってしまったわけである。

この二例からすべてを判断するのは性急にすぎようが、『細流抄』における本文の採否は、本文の系統といった今日的な概念とは無縁のものであったと見るべきではなかろうか。本文の書写に実隆が関与していた「証」はもちろん、「肖徹証正」は室町期に流通していた本文であり、実隆はこれらに親しく接することができたと思われるし、本文上も近しい関係にある。『弄花抄』から離反して新たな本文を立てたという結果は同じであっても、その内実は今日から見れば恣意的な判断に基づいていたということになる。

むろん『細流抄』での検討が、物語本文の書写に活かされているという例も皆無ではない。『弄花抄』所引本文に「せんしやう」と引かれる須磨巻の事例では、

軟障　仮名にはせんしやうとかける本あり只せしやうとよむへし（須磨04 35-01）

『細流抄』は漢字書で本文を掲げ、『弄花抄』のような仮名書の本文もあることを示す。定家本須磨巻（大横池飯肖三吉徹証正）で仮名書「せんしやう」とするのは「肖徹証」で、他は「せしやう」と表記するのが大多数であるなか、一人日本大学蔵三条西家本「三」のみは「軟障」と漢字書になっている。

しかしながら、『弄花抄』から『細流抄』への過程で所引本文を改変し、それが『明星抄』へと引き継がれながら、その改変の結果が日本大学蔵三条西家本「三」と一致しないばかりか、現存本文においてもごく少数の伝本としか一致しない、という事例はやはり目につく。

十一月　一本十一日とあり十一日は神今食潔斎の日なれは也又十一月は神事の月也両本共に用之（若菜下11 46-07）

『弄花抄』十一日過して　十一月にや但諸本十一日云々神今食一段の神事過てにや可証本歟

懐妊を理由に六条院に退下している明石女御への帰参の催促が頻繁にあったことをいう場面であるが、両書が神事に言及するのは、本文に「神わさなとに事つけておはしますなりけり」とある故である。「十一月すくしてはまいり給へき御せうそこうちしきりあれと」の本文について、『弄花抄』は「十一日」の本文を掲げ「十一月にや」と疑問を呈しつつも、「但諸本十一日云々」と言う。この『弄花抄』の本文認識は、現在においても共有できるものである。定家本系統の若菜下巻十四本（大横榊池陽肖三明穂玉徹証正飯）のうち、「十一月」は「大徹証正」の四本が支持するに過ぎない。「両本共に用之」と言うものの、『細流抄』はなぜ室町期書写本にしか見られない少数派の本文を採用するのであろうか。

あたおに、　いかなる怨敵鬼神なりともと也あたをおに、といふ本ありこれしかるへきか心は鬼神はさして我身

にとりてあたをなさんの心なきもあるへし我に怨敵の心のあるうへにて鬼神のかたちあるともと也
（浮舟1921-10）

『弄花抄』あたをおに、　あた鬼（おに、）と有本あり(14)　怨敵鬼神なりともといへり

侍従から見た匂宮の描写「いみしきあたをおににつくりたりともをろかにみすつましき人の御ありさまなり」の部分への注である。やはり「これしかるへきか」と言いながら、『細流抄』は『弄花抄』「あたおに、と有本」の方を本文として引用する。しかしこれも、定家本系統浮舟巻十二本（池横榊平肖三明穂吉徹証正）の伝本のうち、「あたおに、」とするのは「榊穂吉正」の四本のみであり、日本大学蔵三条西家本をはじめとする大多数「池横平肖三明徹証」は「あたをおに、」なのである。

三・三　「左大臣」と「右大臣」

こうした『細流抄』『明星抄』と日本大学蔵三条西家本「三」との乖離が際立って現れるのが、第三部の物語における夕霧の官職である。竹河巻によれば、「左大臣うせ給て右は左にとう大納言左大将かけ給へる右大臣になり給」（1497-06）とあり、夕霧はこの時点で左大臣になったはずであるが、定家本系統の伝本の多くが、夕霧を「右」大臣とし続けている。

この点についての『細流抄』の見解は明解である。

左大臣との　古本作右大臣これも子細なき歟猶左しかるへき也仍近代本皆左ニ改之花鳥釈義其儀にをよふへからさる也夕きりは左大臣なる事分明の事也
（宿木1705-11）

左のおと、　古本右とあり花鳥天暦右大臣なりと云々されともこれはひたりなるへし夕きりの事也

詳しい記事を掲げる宿木巻から引用したが、他の箇所でも『細流抄』は「左」大臣＝夕霧との解釈で一貫している。（宿木1777-04）竹河巻の「右は左に」を「夕霧の右大臣左大臣になり給へり」とする『細流抄』からすれば、「夕きりは左大臣なる事分明の事也」との発言は当然のことであり、この夕霧昇進と同時に「このかほる中将は中納言に」（1497-07）昇進した記事を根拠にすれば、薫が「源中納言」と呼ばれている紅梅巻の夕霧も「左」大臣であったということになる。『細流抄』によれば「古本」（『細流抄』が「古本」に言及するのはこの二例のみ）は「右大臣」であったという。この認識が正しいことは、紅梅巻と椎本巻以降の巻において、定家本系統の鎌倉期書写本（河内本や別本の多くも）は「右」、室町期書写本は「左」とはっきり割れていることが示している。[15] このように『細流抄』および『明星抄』が夕霧「左」大臣との立場を明瞭にしているにもかかわらず、日本大学蔵三条西家本「三」は、一部の例を除いてほぼ「右」大臣なのである。紅梅巻や宿木巻（『細流抄』が取り上げている宿木1705-11）などに「左」大臣とする例はあるものの、大半は「右」のままである。

こうした日本大学蔵三条西家本「三」のありようを、「再びこれらを「右」に戻し」た「より正統な青表紙本の本文に接近している」[16]と積極的な評価をする立場もあろうが、それは物語本文と注釈とが連動していないことと表裏の関係にある。注釈書における成果が全面的に本文書写および校合作業に盛り込まれているというのは近代的な見方であって、必ずしもそれを前提にする必要はなかろう。また、我々が共有しているこの時代の源氏物語伝本に関する情報は、いまだそれほど多いとは言えない状況にある。取り上げられることの多い伝本ではないが、実隆の奥書を持つ蓬左文庫蔵本では、日本大学蔵三条西家本「三」や書陵部蔵三条西家本「証」とはかなり異なる様相を呈している。[17] この時代に流通していた源氏物語伝本に関する情報を、なお幅広く集積した上での検討が求められよう。

四　非定家本の本文による可能性

これまで見てきたところは、主として『細流抄』と『弄花抄』との比較から窺える三条西家源氏学の本文環境であり、多くは取り上げなかったが、ほかにも『花鳥余情』が言及する異文情報に由来するかと思われる記述もある。しかしながら『細流抄』の指摘する異文には、先行の注釈書類には見当たらないものもある。

せんすいたん　一本たきとかける本ありこれも宜歟　（若菜上1080-13）

紫上による薬師仏供養とそれに続く二条院での「御としみ」の場、父式部卿宮が用意した四季の絵の屏風に関する描写であるが、『細流抄』の指摘する「一本たき」の異文は、『花鳥余情』に項目がなく、『弄花抄』にも本文への言及はない。若菜上巻定家本系統の伝本十三本（各大横陽池国肖三明穂徹証正）のうちでは「肖正」に「たき」の本文が見出され、また「三徹証」には「きイ」の傍記がある。

それにませてのちのおや　異本にまかせてよせてなとあり　（少女0676-03）

「のちのおや」は雲居雁の継父「あせちの大納言」である。「まかせて」「よせて」といった異文に関する言及は、『花鳥余情』や『弄花抄』にはないが、「まかせて」の本文は補入による肖柏本のほか、河内本や別本にも見られる。さらに『源氏物語大成』未収の伝本を加えれば、「まかせて証」「よせて徹正」を加えうる。『細流抄』の言う「異本」は「徹証正」といった室町期に流通していた本文に拠ったものかと思われる。これらの伝本によって、先行諸注にない異文情報を収集していたということになる。

このような事例と見合わせてみると、冒頭で紹介した『細流抄』の「青表紙はみなつれなしとあり」という発言は、実隆が親しく接していた源氏物語本文が、現存する「肖徹証正」といった室町期書写本に近いものに限られていたことによる、と推測できることになろう。貴所に蔵されていた素姓のよい古写本をことごとく披見できたかのように思われがちであるが、実際に使用していたのは身近に入手できるものに留まっていたのではなかろうか。

『細流抄』がはじめて紹介する「一本」や「異本」の本文が、現存本文に求められない場合などは、ごく少数派の伝本たとえば非定家本の本文に拠っていた可能性が考えられよう。だがそうした事例は、ごくわずかでしかないようである。

おほきおと丶　一本おほちおと丶と云々　（明石0461-09）

朱雀帝外祖父の死を告げる場面、『細流抄』の言う「一本おほちおと丶」は現存本文に確認できない。この「一本」に従うと、定家本では朱雀帝外祖父の太政大臣就任が確認できないことになってしまう。

これとは逆の例もある。

おほきおと丶　一本おほちとありおなし事也　（賢木0347-13）

桐壺院崩御後の朱雀帝外祖父について、この箇所で「おほきおと丶」とする本文はない。(18)『花鳥余情』『弄花抄』ともにこの項目を持たないが、現存本文は「一本」の「おほちおと丶」で動きはない。ただし同じ賢木巻にはもう一例「おほちおと丶」（0343-04）があり、こちらには河内本や別本に「おほきおと丶」の本文を見出すことができる。しかし定家本系統では賢木巻の二例はともに「おほちおと丶」であり、『細流抄』がここで「おほきおと丶」の本文を立て、「一本」として「おほちおと丶」を挙げた事情はよくわからない。

あらためて　けつく心はかりをとある本あり是しかるへき末の詞にむかしにかはることはならはすと侍り心かはりとあれは詞かさなりてはいか丶と也　（朝顔0651-03）

これは「あらためてなにかはみえむ人のうへにかゝりときゝし心かはりを」の和歌について、「むかしにかはることはならはすなときこえたまへり」と本文が続くため、結句は「心はかりをとある本」に拠るのが妥当かと言う。ここに言う「心はかりを」という本文を持つ伝本はないわけではないが、朝顔巻の定家本系統の伝本十三本（各大為池冬耕肖三吉野徹証正）では「為」（尊経閣文庫蔵伝為家筆本）のみで、他は別本の国冬本くらいしか見当たらない。「かはり」と「はかり」の違いは異文として発生しやすいものだが、『細流抄』が見たのはかなり珍しい本文だった可能性がある。

いときなき　いとけなきと云本ありそれをもいときとよむへし　（桐壺0026-01）

『細流抄』が「と云本」として指摘する「いとけなき」は、桐壺巻の定家本系統十三本（池横肖三大明吉穂徹証正枝保）を見渡しても「吉」（伏見天皇本）にしか見出せない。桐壺巻の別本五本のうち、四本（各陽麦阿）までが「いとけなき」であることからすると、実隆が非定家本の本文を参照していた可能性は否定できない。ただし『河海抄』に「いとけなきといふは僻事也いときなきといふへし」とあることと関係があるかもしれない。『河海抄』の関与が考えられるものは、ほかにもある。

よりてこそ　此五文字おりてこそとある本ありと云々不用之よりてとはなれちかつきてこそと也なれたきと云心也　（夕顔0105-08）

夕顔巻「よりてこそ」の和歌であるが、初句を『細流抄』の言う「おりてこそ」とする伝本は定家本系統（各大横榊池肖三穂吉徹証正）には見られず、一部の河内本（「お」を傍記するものを含む）と別本の陽明文庫本にしかない。この本を実際に実隆が見ていたとすれば、非定家本の本文も参照していたことになろうが、「云々」とあることから見て、これも『河海抄』の「此哥五文字おりてこそとかける本あり」に拠っているのではなかろうか。このほかにも現存本文に確認できない事例はあるかもしれないが、それほど多く指摘できるとも思われない。三条西家源氏学の本文環境というものは、この時代において特別なものではなかったということになる。

注

（1）岡野道夫「証本源氏物語の本文について─特に肖柏本との関係について─」『語文（日本大学）』第二十三輯、一九六六年三月。池田利夫『源氏物語の文献学的研究序説』（笠間書院、一九八八年）の「第一章　三条西家青表紙証本の問題点」。
（2）久保木秀夫「冷泉為相本、嘉吉文安年間における出現─伝一条兼良筆桐壺巻断簡、及び正徹本の検討から─」、日向一雅・仁平道明編『源氏物語の始発─桐壺巻論集』、竹林舎、二〇〇六年。
（3）源氏物語の本文の引用は『源氏物語大成』により、合わせて頁行を付した。
（4）以下、源氏物語古注釈書の引用は、断りのないものは源氏物語古注集成により、『源氏物語大成』の頁行を付した。また物語本文を問題にするのではない記述については、適宜省略したところがある。
（5）上野英子「大正大学蔵『源氏物語』について」『源氏研究』第七号、二〇〇二年四月。
（6）拙稿「定家本源氏物語の復原とその限界」『国語と国文学』二〇〇五年五月。
（7）玉上琢彌編『紫明抄　河海抄』（角川書店、一九六八年）による。
（8）今治市河野美術館蔵伝飛鳥井雅親筆本、愛媛大学古典叢刊『源氏物語　下』（青葉図書、一九七五年）による。
（9）以下、河内本の認定に関しては、拙著『河内本源氏物語校異集成』（風間書房、二〇〇一年）を参照。
（10）源氏物語古註釈叢刊による。
（11）注（1）岡野氏論考。
（12）「かきす丶め　一本すくめとあり」（帚木0061-14）について、『明星抄』はこれを「かきすくめ　一本す丶めとあり」と入れ換える操作をしているが、これは「かきすくめ」が「大肖三歴徹証正」という室町期書写本の本文であったことによるか。また「いてやこはいかに　監き、と、（かイ）めたる也（玉鬘0727-01）」では、「肖徹正」の本文である「いてや」について、『明星抄』は「多分の本までやとあり　可レ用之　耕雲本も如此」と記事を増補している。

(13)『細流抄』が「紫上の父也」と言いながら、「いつれにても蛍兵部卿の御事也」とするのは理解しにくいが、『明星抄』には「紫上の父也　帥宮とある本あり　蛍の兵部卿宮也　いつれも無《キ》レ害《カイ》歟」とある。

(14) 括弧内は陽明文庫本の本文である。

(15) この問題に関する河内本や別本を含めた写本および活字本の状況について、宮田光「竹河巻の昇進の記事をめぐって」(『東海学園　言語・文学・文化』第十一号、二〇一二年三月)に用例を整理した一覧がある。

(16) 藤原勝巳「肖柏・実隆の源氏物語本文と『弄花抄』」『岡大国文論稿』第十七号、一九八九年三月。

(17) 天文二年（一五三三）三条西実枝が作成させた写本であるようだが、早蕨巻以下の巻では「左」大臣の本文を持ち、さらにその多くに「右」へと見せ消ち修正や傍記が施されている。

(18) 河内本のうち一条兼良奥書本に「きイ」と傍記がある。

II　注釈書と注釈史

内閣文庫蔵三冊本（内丙本）『紫明抄』追考

――手習巻を中心に――

田坂憲二

はじめに

内閣文庫には三種類の『紫明抄』が所蔵されている。冊数でいえば、十冊の本（和三一九五四、特一〇の四）、一冊の本（和一七六八七、二〇三の二〇）、三冊の本（和二四八九四、二〇三の二一）である。『紫明抄』の諸本の系統に関しては、従来、京都大学本と内閣文庫本が系統の代表名のように使用されてきた。京都大学には、文学部と図書館に二種類の『紫明抄』が所蔵されているが、これは本文系統が同じであるために、京都大学本系統という呼称と矛盾しない。一方、内閣文庫の三種類は、十冊の本が内閣文庫本系統の呼称の由来となったものであるのに対して、一冊の残存本（桐壺巻から末摘花巻まで）は京都大学の二本に近く本文系統としては京大本系に含まれるので注意を要する。残る三冊本は、従来は所謂内閣文庫本系統に所属するものとされてきたが[1]、内閣文庫本系統の諸本とも距離を有する伝本であり、内容的には初稿本的要素を残存させているものと考えるべきであろう[2]。稿者は、近年『紫明抄』の諸本についていくつかの論考を公にしてきたが[3]、三冊本については、『水原抄』の残巻と思われる『葵巻古注』との関連から述べたために葵巻や賢木巻の考察が中心であった。そこで本稿では、同じく三冊本の特徴がよく現れている手習巻を中心に取り上げて考察してみたい。猶、三冊本は、旧稿と同じく内丙本という呼称を以下使用する。

一　内丙本の特色

内丙本の特色を最もよく表していると思われる箇所を掲出してみよう。一項目だけを抜き出すと恣意的になるから、数項目まとまった箇所で見てみる。手習巻の冒頭から四分の一ぐらい過ぎた部分の話である。

三月下旬の頃、宇治院の裏手で瀕死の状態で横川の僧都に発見された浮舟は、僧都の妹尼の住む坂本の小野に身を寄せていた。季節は夏から秋に移り、僧都から戒を受けた浮舟は手習をしつつ自己の半生を振り返るようになる。そこに尼の婿の中将という新しい人物が現れ、物語は新たな波乱を胚胎させていくというあたりである。

まず『紫明抄』の注釈を京都大学本系統で示してみる。(4)

27なにゝほふらんとくちすさひて（二〇一〇3）

こゝにしてなにゝほふらん女郎花人の物いひさかにくき世に

28あま君まつちの山となん見給ふるといひいたし給（二〇一三7）

いつしかとまつちの山のさくら花まちいてゝよそにきくかゝなしさ〔後撰〕

たれをかもまつちの山のをみなへし秋をちきれる人そあるらし〔小野小町〕

29しかのなくねになとひとりこつ（二〇一五10）

山里は秋こそことにわひしけれ鹿の鳴ねにめをさましつゝ〔古今　忠峯〕

項目の上の数字は、私に付した手習巻の注釈の通し番号である。この部分、京大本系統と内閣文庫本系統とに項目番号の相違はない。括弧の中の漢数字とアラビア数字は当該本文の『源氏物語大成』の頁数と行数、〔　〕の中は割注または細字傍記である。

この部分に該当する内丙本の注釈を掲出してみる。

Rおまへかきをみなへしを折てなに匂ふらんと口すさみて（二〇一〇3）
　こゝにしもなに匂ふらん女郎花人の物いひさかにくき世に

Sあま君まつちの山となむ見給ふる（二〇一三7）
　〔後撰〕いつしかとまつちの山のおみなへし
　誰をかもまつちの山の女郎花秋を契れる人そあるらし〔小町〕

TUまらうとは、いつら、あな心う、秋を契れるはすかひ給ふにこそありけれ（二〇一四6）鹿の鳴くねになとひとりこつ（二〇一五10）
　〔古〕山里は秋こそことにわひしけれ鹿の鳴音にめをさましつゝ〔忠峯〕

アルファベットは、内丙本の注釈の通し番号の代わりに用いたもの。大文字から小文字へと移行する。したがって、Rとは内丙本の第一八番目の項目、Sとは内丙本の第一九番目の項目である。aならば二七番目の項目になる。多少分かりづらいが、数字を使うと京大本の番号と混乱するために、あえて英文字を使った。最後の項目にTUと二項目分の英文字を割り当てたことについては後述する。

さて、上掲の部分を一見すると、丙Rと丙Sが、京大本の二八、二九項目に該当することが分かる。この時点で、内丙本と京大本との項目数の差が十項目であり、内丙本が抄出本と言われる所以でもある。ただし、引用本文が内丙本の方が長かったり独自項目があることから、単純な抄出本と考えるには問題がある。さて、この二項目を比較すると、小異はあるものの「こゝにしも（京大本こゝにして）なに匂ふらん」「いつしかとまつちの山の」「誰をかもまつちの山の」の三種の引歌を掲出する注釈は一致することが分かる。「も」「て」の助詞一文字の相違、集付の位置が上か下か、という微細な相違である。内丙本は、「いつしかとまつちの山のおみなへし」が上の句のみであるが、これはこの写本にはしばしば見られることで、抄出・省略という意識の一つの現れであろう。

注釈部分の近似性に比べると、項目を立項する『源氏物語』からの引用本文では長短精粗の差が著しい。

京大本二七項目の「なにゝほふらんとくちすさひて」の部分の前に内丙本R項目では「おまへかきをみなへしを折て」の部分が加わった形である。「かき」は「ちかき」の「ち」を脱したもので「御前近き女郎花を折りて」の意味である。このように誤写・誤脱が極めて多いことが内丙本固有の性格をわかりにくくしている。「おまへ」の部分も『源氏物語』の主要諸本すべてが「まへ」であって、内丙本が「御」を有している『源氏物語』の本文を引用しているのか、単なる誤写であるのかは不明である。ともあれ、内丙本R項目の方が、京大本に比して引用本文が長く、「をみなへし」の部分をも持っているために、「こゝにしもなに匂ふらん女郎花」の引歌との関連が緊密である。

これに対して、内丙本S項目の「あま君まつちの山となむ見給ふる」は京大本の「あま君まつちの山となん見給ふるといひいたし給」の末尾七文字を省略した形で、この京大本のみに存する「といひいたし給」の部分は注釈には必須の箇所ではない。

この二箇所の『源氏物語』本文の引用は内丙本の方が、京大本や所謂内閣文庫本[5]（引用しなかったが内閣文庫本系統も京大本系統とほぼ同文）よりも適切な引用になっているが、優劣の問題はさておき、現象としての引用本文の長短があることのみ確認しておこう。引用本文の相違は、『紫明抄』の系統を見極める上で重要な要素であるが、この二箇所では、京大本系統・内閣文庫本系統が一致して内丙本に対して共通異文を形成していることを押さえておきたい。

そのうえで、丙TUとして掲出した「まらうとは、いつら、あな心う、秋を契れるはすかひ給ふにこそありけれ、鹿の鳴くねになとひとりこつ」の部分について考えてみよう。これも一見すると、京大本の「しかのなくねになとひとりこつ」にそれ以前の本文が付着した形のように思われ、注釈も同じ『古今集』忠峯の「山里は秋こそことにわひしけれ鹿の鳴音にめをさましつゝ」を引歌として掲出しているから、内丙本R項目（京大本二八項目）と同様に、注釈内容も同じで、引用本文の長短だけの差異と思いがちである。しかし、内丙本では一続きで記されている「まらうとは、いつら、あな心う、秋を契れるはすかひ給ふにこそありけれ、鹿の鳴くねになとひとりこつ」は『源氏物語』の本文に照らしてみれば「まらうとは、いつら、あな心う、秋を契れるはすかひ給ふにこそありけれ」と「鹿の鳴くねになとひとりこつ」とは、二首の和歌を間に挟み、五〇〇字以上隔たった場所にあるのである。とすればこれは、元来は別々の項目であったものと考えるべきではなかろうか。本来の形として、次のような姿を想定すべきであろう。

Tまらうとは、いつら、あな心う、秋を契れるはすかひ給ふにこそありけれ（二〇一四6）

（注釈本文）

U鹿の鳴くねになとひとりこつ（二〇一五10）

〔古〕山里は秋こそことにわひしけれ鹿の鳴音にめをさましつゝ（忠峯）

これが何らかの事情でTの注釈が記されなかったがために、TとUの引用本文同士が隣り合ってしまい、さらには一続きのものと認識されて、一文のように記されたのが、内丙本の形なのであると推察される。「秋を契れる」は、第二八項目（丙本S項目）の「待乳の山」の注釈と同じく「誰をかもまつちの山の女郎花秋を契れる人そあるらし」の小町歌に依るものだから、立項したものの再掲することをためらったか、略記されたか何かで短い注釈であったものが後に省略されたか、誤脱したかで、引用本文のみが残ったのであろう。現在の内丙本が、実に多くの誤写誤脱を経ているということも、こうした誤認の背景にあるだろう。本節の冒頭で、この部分にＴＵの二つの英文字を割り当てたのは、本来は別々の項目であったという認識による。

「はじめに」で述べたごとく、内丙本を除けば、『紫明抄』は、京都大学本系統と内閣文庫本系統に二大別される。従って両系統とそれぞれ比較しなければならないが、京大本系統と内閣文庫本系統が一致して内丙本と対立する箇所がほとんどであるので、煩瑣を避けて京都大学本系統の京大文学部本で代表させているが、内閣文庫本系統が京都大学本系統と異なる本文の場合は、当然それをも目配りに入れなければならない。

ここでは、京大本第二七項目（内丙本Ｒ項目）が問題になってくる。内閣文庫本系統の東大本によれば以下のようになっている。

27なにしほふらんとくちすさひて（二〇一〇3）

こゝにしてなにしほふらん女郎花人の物いひさかにくき世に

「なに匂ふらん」の部分、『源氏物語』の本文も引歌も、京都大学本系統も内丙本も同文であるが、内閣文庫本系諸本はここが、「なにしほふらん」である。『源氏物語』の諸本では、河内本・青表紙本ともに「にほふらん」であるが、単純な誤写とも言い難いようである。別本陽明文庫本は「しほふらん」の本文を持ち、『紫明抄』内閣文庫本系統の本文が孤立しているわけではないということを指摘しておこう。

本文の問題で関連して言えば、丙本Ｓ項目の注釈「いつしかとまつちの山のおみなへし」の三句目は、京大本のように「さくら花」が正しい。次の小町歌の三句目の目移りによるものか。

二　複数項目の合体

本節では、前節のTUの例のように、複数の注釈が一続きになって、通常の『紫明抄』に対して異文を形成する場合の代表的なものをみてみよう。

まず手習巻冒頭を京大本と内丙本で掲出する。

1てしのなかにもけんあるしてかちしさはく（一九八九10）　弟子　験　加持
2なか〻みふたかりて（一九八九13）　長神
3しそくへきいんをつくりつ〻（一九九〇14）　退　印
4きつねの人にへんけするとむかしよりきけと（一九九一5）　変化
5しんこんをよみ（一九九一10）　真言
6ひさうのけしからぬ物（一九九一11）　非常
7むかしありけんめもはなもなかりけんめおに〻やあらん（一九九二13）

文殊楼無目児事歟

ABCD故朱雀院おほん領にて宇治院といひし所（一九八九14）もの〻ゐたるすかたなりきつねのへんけしたるにこそ見あらはさむ（一九九〇11）かしらのかみあらはふとりぬへき心地す（一九九〇14）むかしありけむめもはなもなかりけんおに〻やあらん（一九九二13）

女鬼　文殊楼無目児事歟　惣持院

内丙本は、京大本の七番目の項目の注釈を持っているが、引用本文は実は異なる四箇所からの引用をつなぎ合わせた形になっている。『源氏物語大成』の頁数行数から分かるように、内丙本は、京大本の第一から第六までの項目を持たずに、その代わり、「宇治院」「きつねのへんけ」「かしらのかみ…ふとりぬ」の三つの項目を内包させている。いづれも注釈が必要と考えても不思議ではない部分で、内丙本の祖本はこれらの項目に注釈を付する予定であったのであろう。猶、「きつねのへんけ」は、京大本第四項目と同じように見えるが、本文引用箇所は別の部分である。

以下、京大本二五・二六項目の箇所、三六・三七項目の箇所、三九項目、四五項目の注釈を取り上げる。四つに分けて見てみる。

25すいはん（二〇〇八1）　水飯

26はすのみ（二〇〇八1）

藕実〈一説云、蓮子ハ盃之一名也、是ハ盃ヲイタセルヲイフニヤト云々〉

〈但ス、シヤカニウルハシキハスノミ、トソ心ウヘキ〉

NOPQ世中にあらぬ所はこれにやあらんとそかつは思ひなされける（二〇〇六8）

かきほにうへたるなてしこもおもしろくをみなへしき、やうなとさきはしめたり（二〇〇七2）人々にすいはんなどやうの物くはせ君にもはすのみやうの物いたしたり（二〇〇八1）うちたれかみの見えつるは（二〇〇九7）

垣ほに植たる瞿麦女郎花桔梗　水飯　藕実

ここでも「すいはん」「はすのみ」の項目の前に二項目、後ろに一項目繋がる形になっている。そのうち内丙本の二番目の項目Oは「垣ほに植たる瞿麦女郎花桔梗」と漢字を宛てる形の注釈が付されている。一番目Nと四番目Qの項目には該当する注釈がない。おそらく前者は「これにやあらん」という文章が下接していることから、引歌か出典を予想したもの、後者は「うちたれかみ」の語釈ででもあろうか。このうち項目Nについては、『花鳥余情』が、「世の中にあらぬ所もえてしかな年すきにけるかたちかくさん」の『拾遺集』の和歌を挙げている。(6) Qについては、現代の注釈書が「髪の様子から、凡々たる女房の身分ではないと見た」(7)などと注するが、古注では特に目に付くものはない。内丙本は、引用本文が複数連接するときも、最後の引用本文に対して注釈を付するのが一般的であるが、ここは最終項目の「うちたれかみの見えつるは」に注釈がない。これは注釈が誤脱したか、項目立項のみで注釈が付されなかったかであろう。

36ほさつ（二〇一七10）　菩薩

37まひあそふ（二〇一七11）　舞遊

bcdこくらくといふなる所には菩薩なともみなか、る事をして天人まひあそふこそたふとかなれ、をこないまきれつみうへき事か（二〇一七10）みなこと物とこゑやめつるをこれにのみめてたると思ひて、たりたんな、ちり〳〵たりたんな、とかき返しはかりにやひきさひ、ことはともはかりなくふるめかし（二〇一八2）

和琴をひきたるていなり

京都大学本では「ほさつ」「まひあそふ」が独立項目であるが、内丙本は長文を引用することで一続きとなっている。二つの注釈が繋がったと考えて丙本のbc項目とした。ただし、「菩薩」「舞遊」などの漢字を宛てる注釈は脱している。bcの本文の後に丙本独自の項目が後続する。これは小学館『日本古典文学全集』などが「難解で、古注釈以来諸説ある」(8)とするところであるが、通常の『紫明抄』では立項されない。これを内丙本は「和琴をひきたるていなり」と簡潔ながら明瞭な注釈をする。「古注釈以来諸説」を多少掲出すれば「此は笛のねのかくきこゆる也それを和琴に尼君のひきたる也唱哥なとにおなし後拾遺哥云笛のねの春おもしろくきこゆるは花ちりたりとひけはなりけり」

(『花鳥余情』)、「笛の唱哥を和琴にうつし引たる也」(『弄花抄』[9])などと記されている。

39ふたもとは又もあひきこえんと思給人あるへし（二〇二〇8）

はつせかはふる川のへにふたもとあるすきとしをへて又もあひみんふたもとあるすき

efたきの葉にをとらぬほとにをとつれわたるいとむつかしくもあるかな（二〇一九3）二本は又もあひこん〈きえイ〉と思ふ人あるへし（二〇二〇8）

初瀬川ふるかはのへに二本ある杉年をへてみもあひみん二本の杉

ここでは「ふたもとは又もあひきこえん」の注釈の前に、内丙本の引用本文が一つ接続した形になっている。例によって誤写が甚だしいが「たきの葉」は原文「をきの葉」、「あひこん〈きえイ〉」は「あひきこえん」である。異文校合もおそらくは「きこえイ」とあるべきところで、内丙本の祖本は他本もきちんと参看したらしいが、現存本に至る過程で多くの誤写を重ねているようである。猶e項目の「ほとに」は『源氏物語』の大部分の伝本は「ほと〳〵に」であるが、河内本系鳳来寺本が「ほとに〳〵」、別本が「ほとに」であるから、これは誤写ではないかもしれない。e項目は、おそらくは引歌の存在を推量したのであろうが、究明できずに注釈が空白となり、そのために「二本の杉」の項目と繋がってしまったのであろう。この引歌は『花鳥余情』により『後拾遺集』の「荻のはに吹過て行秋かせの又たかさとをとろかすらん」、『源註拾遺』により『後撰集』の「秋風の吹くにつけても訪はぬかな荻の葉ならば音はしてまし」[10]などが指摘されている。

45たまのきすあらん心ちし侍（二〇二一14）

毛詩曰、自圭之玷、尚可磨也、斯言之玷、不可為也、玷〈タマノキス〉

hi玉にきすあらん心地し侍るといふ（二〇二一14）ひとつ橋あやうかりてかへりきたるりけむ物のやうにわひし

くおほゆ（二〇二三14）

京都大学本第四五項目の毛詩の注釈は内丙本にはない。「玉にきす」云々の文章に「ひとつ橋あやうかりて」以下の文章が直結する。後続の文章は内容から考えて何らかの出典があると思われる箇所である。さればこそ内丙本の祖本は立項したのであろう。『河海抄』にはこの注釈はないが、『花鳥余情』には「此事の縁いまた勘得すなをたつぬへし」とあり、『弄花抄』に至り「諸注に見えす師説とて云身を投んとおもひとりて行人の道に一はしの有を渡るとてあやうかりて帰りしと云何の書に見えたるとはなし但此心叶へり手習も既に身をなけんとて出し人の不意に命ありて今又老尼にやくはれんとおちたる心にたとへたり此外難心得」と注されるに至る。後代まで具体的な出典は究明されないが、古来難義とされていた箇所であったのである。

三　明瞭な独自項目

前節では二つ以上の項目が接続してその中に独自注を意図して立項されている本文がある例を見たが、本節では、内丙本が独自の注釈を意図していることが明瞭に分かる例を見てみよう。

京都大学本第二〇項目「ひと丶せたらぬつくもかみ」（二〇〇二14）の注釈は内丙本でも継承されている。引用本文の「ひと丶せたらぬつくもかみおほかる所」が内丙本では「ひと丶せたらぬつくもかみ」と短く、引歌も「も丶とせにひと丶せたらぬつくもかみわれをこふらし面影にみゆ」の上の句のみ掲出など、内丙本の省略性がここでも窺われる。その次の項目に「門田のいねかるとて所につけたる物まねひしつ丶ひた引ならすもをかし」の文章があり、数字分あけて、「しからみかけてたれかと丶めし」と次の項目の引用本文が見られる。「（ひた引）ならすもをかし」と「しからみかけてたれかと、めし」は同じ行に書かれているが、明瞭に区切れ意識があり、内丙本の書写者の段階でも、別項目と意識していたことが窺われる。

さて、「門田のいねかるとて所につけたる物まねひしつ、ひた引ならすもをかし」はどのような注釈を意図した物であろうか。おそらくは「門田のいねかるとて」の出典を探そうとしたのか、「ひた」の語釈を付けようとしたのか、あるいはその両方であろう。『河海抄』では「かと田のいねかるとて所々につけたる物まねひしつ、わかき女こはうたうたひ」の部分に「ゐなかなりけれは田からんとて」云々の『伊勢物語』五十八段の長岡の女の話を引用している。さらに「ひたひきならすをともおかし」を立項しているが、これには注釈がない。(11)『岷江入楚』などを見ても、「門田の稲かる」の注釈は『河海抄』を引用するだけで、「ひた」は項目立項のみである。

京大本第二一項目は内丙本も有しているが、二二項目は省略されている。その次の行に内丙本は「我かくてうき世の中にかくるとも誰かはしらん月のみやこに」（二〇〇五9）と一行で記している。これは内丙本の独自項目である。自己の半生を回想する浮舟の哀切なまでの和歌であるが、注釈としては「月のみやこ」で『竹取物語』を引用しようとしたものであろうか。古注釈では『岷江入楚』が「秘尤あはれなる哥也とりあつめてよろつの事をおもひたるさま也」(12)と述べている。内丙本の文章はちょうど丁の変わり目で、次項（京大本二三項目、内丙本M項目）の「むかし見し都鳥に似たる事なし」の注釈は改丁一行目から書き始められている。

次に、京都大学本第六二、六三項目と、それに対応する内丙本nop項目を見てみよう。

62松門にあかつきいたりて月に徘徊すと法師なれといとよしゝくはつかしけなるさまにての給（二〇三六14）

　松門暁到月徘徊、枯城盡日風蕭瑟

63かみはいつへのあふきをひろけたるやうにこちたきすゑつきなり（二〇三八6）

冬扇有三重五重

n松門に暁いたりて月に徘徊すとほうしなれといとよし〳〵しくはつかしけなるさまにての給（二〇三六14）

松門暁到月徘徊　｜

oけふはひねもすに吹風の音もいと心ほそきにおはしたる人もあはれに山ふしはかゝる日そねはなかるなるかしといふ（二〇三七1）

p〔かみはいつへ扇をひろけさるにこちたき末つき也〕（二〇三八6）（頭部余白書入）

冬扇有三重五重

京都大学本六二項目に内丙本n項目が該当する。引用本文が短くなっており、出典の漢詩も上句のみで、以下略すという意向なのか直線を短く引いている。改行後、「けふはひねもすに」云々の項目oの文章が二行にわたって記されている。次の項目は、引用も注釈も記されているが、引用文は一度脱しかけたのか、頭部余白に細字で記入されている。いずれにせよ、丙本独自項目の存在が明瞭な例である。

この部分の注釈は二つの可能性があろう。「ひねもすに吹風の音もいと心ほそきに」か、「山ふしはかゝる日そねはなかるなるかし」か、どちらかに出典があると考えたのであろう。後者については特段典拠となるものはなかろう。前者は、六二項目で引用されていた下句「枯城盡日風蕭瑟」が該当するのであるが、繰り返しになるので掲出を迷って、引用本文のみが残ったものであろうか。それとも項目nで敢えて上句のみ掲出し、項目oで下句を示そうとしたのであろうか。現在の注釈書では、岩波書店『新日本古典文学大系』が、「松門に暁到りて月徘徊す」の部分の注釈に敢えて原文を挙げずに、「ひねもすに」の部分にいたって「「松門に……に」に続く「枯城盡日風蕭瑟たり」による。」(13)と注するのがやや近い立場を取る。古注釈では『岷江入楚』が、この漢詩を二箇所に分けて注を付し、「けふはひねもすにふく風」の箇所で「枯城盡日風蕭瑟白氏文集私皆つゝきたる句也」と記している。

四　手習巻のその他の項目

その他の内丙本の注目すべき項目を一括して述べる。

京大本第三一項目（内丙本W項目）の「あたらよを」（二〇一五13）云々の引歌の注釈の後、内丙本は「なにかをちきなさともにか心み侍ぬれいつらいそたちこととりまいれ」の文章がある。後半は、京大本三二項目「いつらくそたち」（二〇一六11）と共通し、その前に「なにかをちきなさともにか心み侍ぬれ」（二〇一五14）の引用本文があって、二つの項目が直結した形になっている。例によって内丙本独特の誤写があるようで多少不分明であるが、これは中将の言葉「何か、をちなる里も、こころみはべりぬれば」にの部分である。「をちなる」を「をちきな」と誤読し、「さとも」を「さともにか」と衍字が生じた結果であろう。当然「をちなる里」に引歌を想定すべきところで、現行の注釈書では、「引歌があるらしいが未詳。また宇治川右岸を「をちかた」の略とする説もある(14)」などと述べる。古注では『花鳥余情』が「哥の詞あるへしいまた見出し侍らす」、『弄花抄』が「引歌未見云々」、『岷江入楚』が「秘引哥未勘哥なくては心得かたき也箋」などと述べている。猶三二項目と共通する部分で、内丙本「いそたち」の「い」の横に「くイ水原」と記していることが注目される。

内丙本r項目では、京大本六五項目と共通する「かたちこそみ山かくれのくちきなれ」の引歌を指摘した後、改行して「氷わたれる水の音さへせぬ心ほそくて春やむかしと」と記し、「月やあらぬ春やむかしの春ならぬ我身ひとつはもとの身にして」と注する。ここも「氷わたれる水の音さへせぬ心ほそくて」（二〇四〇14）と「春やむかしと」

（二〇四一10）の二項目が続いてしまった例である。内丙本の祖本の意図は、「氷わたれる」とか「水の音せぬ」という表現の背景を探ろうとしたものであろうか。『岷江入楚』では「箋宇治はこほらぬ川音也こゝはこほりて水の音のせぬもさひしきと也、私小野の山川なとは音もさひしき物也冬はこほりて音のせぬも又さひしきといへる歟如何」などと述べている。

次に丙本H項目は京大本一九項目と同じであるが、京大本などが「兎道稚郎子皇子活生事〈在日本紀〉」と短く記すのに対して、内丙本は以下のような長文の文章を引用する。

Hつゐにかくていきかへりぬるかと思もいみしう口おし（二〇〇一12）

兎道稚郎子皇子活生事〈在日本紀〉

太子、我知不可奪兄王之志。豈久生之、煩天下、乃自死焉。時大鷦鷯尊、聞太子薨之經三日、時大鷦鷯尊、摽擗叨哭、不以所如。乃解髮跨屍、以三呼曰、我弟皇子、乃應時而活、自起以居、爰大鷦鷯尊、語太子曰、悲兮、惜兮、何所以之自逝之、君死者有知、先帝何謂我乎。向天皇々々之御所、具奏兄王聖之、且有讓矣。然聖王聞我死、以急馳遠路。豈無勞乎、乃進同母妹八田皇如、雖不足納采、僅於掖庭之數。乃且伏棺而薨。於是、大鷦鷯尊素、爲之發哀、哭之甚慟。仍葬於菟道山上。大鷦鷯尊為弟日本紀第十一死亡者活生例太子索服事

ところどころ誤写もあるせいか読みづらいが、おおむね仁徳天皇即位前紀[15]に一致する。古注釈でこの部分でこうした引用をするものは見あたらない。

五　浮舟巻・蜻蛉巻の例

手習巻には内丙本の独自項目が多いが、近接する浮舟巻・蜻蛉巻にも同様のものが多少存する。それらについても、簡単に見ておく。まず浮舟巻から。

丙本I項目として「つらかりし御ありさまを中〳〵なに、たつね出けむなとの給（一八七九5）」の本文がある。注釈はなく、京大本第一八項目（丙本J項目）「袖の中にそと、め給へらんかし（一八八一3）」の引用本文に直結する。「中〳〵なに、たつね出けむ」に引歌の可能性を見たのであろうか。多少類似の表現では「思ひねの夢といひてもやみなまし中々なにに有りとしりけん」『後撰集』八七二番、「いくよしもあらじさくらをゆく春の中々なににのこしおきけむ」『道命阿闍梨集』二二四番などがある。(16) 完全に一致するものではないので古注釈書がこれらの和歌を掲出することはない。『花鳥余情』は「二条院にての事也」と述べる。

京大本と共通の「おのかきぬ〳〵」の項目の後、内丙本は改行してL項目として「あやしかりける里の契りなとおほす（一八八一13）」を立項する。「あやしかりける里」について注釈しようとしたものか、引歌を考えたのか不明である。古注釈書でこの項目を立項するものはない。改行してM項目として「ありやなしやときかぬまや見えたてまつらんもはつかし（一八八三10）」を立て「心ありてとふにはあらす」と注する。『弄花抄』は「実否の事也、匂宮の疑ひ給へはみえにしと也、又匂宮に人のいか、聞けん其実否をきかてははつかしと也」と注する。

京大本二三項目（内丙本O項目）「さむきすさきにたてるかさ、き」の注釈の後、内丙本は改行してP項目として「柴つみ舟のところ〳〵に行ちかひたるなとほかにては（「め」ミセケチ）なれぬこと、ものみとりあつめたる所なれは（一八八七13）」を立項する。注釈として「いとひてはたれか別のかたからんありしにまさるけふはかなしも」の引歌を掲出するが、これは次項（京大本二四項目、内丙本Q項目）の注釈であって、例によってQ項目の引用本文が脱落して二つの項目が繋がってしまったもの。内丙本P項目は「柴つみ舟」の語釈や用例などを博捜しようと意図したものであろうか。古注釈書でこの項目を立項するものはない。

京大本三五項目「おやのかうこ（一八九七1）」と三六項目「ましりなは（一八九九6）」は内丙本にもそのまま存するが、内丙本ではその間に独自項目Zとして「あやしかりし夕暮れに（一八九七12）」「いつとても恋しからすはなけれともあやしかりける夕暮の空」がある。前後が改行されていて、独自項目であることが明瞭な例である。小異はあるが、『小町集』一〇一番「いつとても恋しからずはあらねどもあやしかりける秋の夕ぐれ」を指摘したものである。『河海抄』は「いつとても恋しからすはあらねとも秋の夕はあやしかりけり」を掲出する。こちらは『古今集』五四六番の小町の歌を挙げたもので、四句五句が転倒している。

京大本五六項目「すこしおすかるへき（一九一七7）をそかるへき歟」の部分は、内丙本はi・j項目の二つの見出しが接続した形で「をのつから草もつみてん（一九一七4）すこしおひすかるへき事を思ひよる（一九一七7）をひすかるとは追つく心也」となる。前半の項目は、当然「忘れ草つむ」という語句を含む和歌を掲出すべきところ。ただあまりに頻用されるために『岷江入楚』では「箋引哥に及はすたゝをのつから程へは忘れんとなり諸抄不載引哥」と注している。両本共通の部分では「おすかる」という語が分かりにくかったために京大本では遅いの意味であろうかと注しているが、内丙本では「おひすかる」の本文を立てて「追つく心也か」と注している。内丙本の祖本が『源氏物語』の本文を誤読したものか。ただ河内本御物本は「おすする」などとしており、理解に苦しむ部分であったようである。『紫明抄』の中でも判断が揺れていて面白い。

京大本六〇項目は「山かつのかきねのをとろむくらのかけにむかはきといふ物をしきておろしたてまつる（一九二一6）匂宮宇治におはしましたるに、薫大将きひしくかため給へるによりて、侍従君をむかへて、むかはきをしきて、対面し給し事をいへる也」というものである。これが内丙本では引用本文が「この侍従をいてまいる（一九二一3）山かつの垣根のをとろむくらのかけにむかはきといふ物をしきておろしたてまつる（一九二一6）」となっている。注釈部分はほぼ同文である。これまでの例から考えれば「この侍従をいてまいる」と「山かつの垣根のをとろむくらのかけに」云々の本文が隔たっているから、二つの注釈があり、「この侍従をいてまいる」では侍従の人物説明などがあるかとも考えられるが、そうではなかろう。上の引用本の中では、河内本「むかはき」青表紙本「あをり」との対立箇所であるが、敷物の名称がいずれにせよ、河内本の注釈は（匂宮が）「侍従の君をむかへて、むかはきをしきて、対面し給」という本文なのである。通常の『紫明抄』の引用本文では「侍従君」が不分明であるが、内丙本のように数十字前の「この侍従をいてまいる」の一文があることによって注釈が明解になる。ここは、人物関係を鮮明にするために、少し前の本文から引用し、中略をして立項したと考えるべきであろう。

蜻蛉巻の京大文学部本の第二三項目は「いとしけき木のしたにこけをおましにて（一九五六12）」と引用本文を立項するだけで注釈はない。京大本の図書館本も同様で、内閣文庫本系統の十冊本、東大本、龍門文庫本、島原松平文庫本、神宮文庫本まで、この部分を有する『紫明抄』のすべての本が注釈を欠いている。ところが内丙本は「こけのおましにて」と引用本文を短くする一方で「苔御座也」と漢字を宛てる注釈を付している。おそらく他の伝本の共通祖本が早くにこの注釈を脱したのに対して、内丙本のみに残った珍しい例ではないかと思われる。

「こけのおましにて」の注釈から改行して、内丙本は「いかなるさまにていつれのそこのうつせにましりけけん（一九五七10）」を立項し「うつせとは貝也　身のなきをいふ歟」と注する。この項目自体も、他本には存しないものである。このあたり他の『紫明抄』の祖本に誤脱か何かを想定すべきかもしれない。『河海抄』では「うつせとはむなしき瀬也、うつせかいなといへり」と述べており、おそらく源泉を同じくする注釈であろう。『河海抄』にはさらに、「かたの、物語にありと云々　水原抄」記述のあることも注目される。「うつせ貝」「かたの、物語」ともに『水原抄』を淵源とする注釈である可能性もあろう。とすれば内丙本『紫明抄』のこの項目は『水原抄』からの引用かもしれない。「かたの、物語」と同じく散逸物語である「せりかはの大将のとほきみの（一九七二14）」の部分は二つの物語か一つか意見の分かれるところであるが、[17]京大本が「古物語」とだけ述べるのに対して、内丙本が逸文と思われる文章を引用していることも注目される。

蜻蛉巻では冒頭の項目も注目される。内丙本では「かしこには人〳〵おはせぬをもとめさわけとかひなし物語のひめ君の人にぬすまれたらん朝のやうなれはくはしくもいひつ、けすあしすりをしてなくさまわひしき子の様也」と三行にわたって一続きで記しているが、『源氏物語』の本文では「くはしくもいひつ、けす」と「あしすりをして」との間は四百字近く離れている。通常の『紫明抄』は「あしすりをして」の項目の前に「身をなけたまへるか」の別の項目が入っていて、冒頭の文章はない。内丙本は、『紫明抄』他本の第一項目を省略する代わりに、冒頭の部分の注釈を意図したと思われる。「物語のひめ君」の出典を探そうとしたのであろうか。『河海抄』は「古物語の今世につたはらぬおほし」とし『花鳥余情』は「住吉の物語」の可能性を示唆し、『弄花抄』は「浜松の物語と云に有」と後代の諸注釈書も苦労しているだけに、素寂としても考察はしてみたものの結論に至らず、最終的には削除されたものであろうか。

おわりに

内丙本『紫明抄』は省略本でありながらも、他の『紫明抄』諸本のどの本も持たない項目を立項することがある。ただそれは、全体に均等に見られるのではなく、葵・賢木巻のあたりと、宇治十帖の後半部分に集中している。花宴・葵・賢木の三巻に二〇項目、浮舟・蜻蛉・手習の三巻で二五項目もあるのに対して、花散里巻から夕霧巻までは独自項目は一項目もない。それ以外の巻でもところどころに一項目程度出現するだけである。こうした独自項目の偏在性と、誤写誤脱の多い現存本の限界性から、内丙本の祖本の本質が見えなくなっていると言わざるを得ない。

本稿では内丙本の特質を少しでも明らかにすべく、手習巻を中心に取り上げてみた。その結果、『紫明抄』諸本の中での揺れのようなものを提示できたのではないかと考える。転写の段階で誤脱してしまった可能性は皆無ではなかろうが、内丙本の独自項目が項目立項に留まって、具体的な勘注がないものがほとんどであったことは、やはり無視できないものである。注釈を意図したものの、具体的な究明が出来なかったか、立項すること自体が不適切と考えたか、最終的にはそれらの項目は削除されていったのではないかと思われる。内丙本は、やはり京大本などに先行する草稿段階の『紫明抄』の姿を残存させているのではないかと考えるものである。

注

（1）「内閣文庫三冊本は、十冊本の内容を少し省約したと思われるもの」『源氏物語事典』東京堂、一九六〇年。「三冊本は内閣文庫本のみで、同じ本文系統（稿者注、内閣文庫本系統）の略本である」『日本古典文学大辞典』岩波書店、一九八四年。
（2）田坂「『水源抄』から『紫明抄』へ」「内閣文庫蔵三冊本（内丙本）『紫明抄』について」『源氏物語享受史論考』風間書房、二〇〇九年。猶、岩坪健は京大本が内丙本に先行するとする（「『紫明抄』の成立過程―『異本紫明抄』との関係―」『古代中世文学研究論集』2、一九九九年）。
（3）「二種類の『紫明抄』（『源氏物語本文の再検討と新提言』3、二〇一〇年）、「内閣文庫本系統『紫明抄』の再検討」（『源氏物語本文の再検討と新提言』4、二〇一一年）、「京都大学本系統『紫明抄』と内閣文庫本系統『紫明抄』」（豊島秀範編『源氏物語本文の研究』、二〇一一年）、「『紫明抄』校異の試み」（『源氏物語本文データ化と新提言』I、二〇一二年）、「表記情報から見た内閣文庫本系『紫明抄』」（『日本古典籍における【表記情報学】の基盤構築に関する研究』I、二〇一二年）、「対校資料としての京都大学図書館本『紫明抄』」（『源氏物語本文データ化と新提言』II、二〇一三年）
（4）『紫明抄』の京都大学本系統の本文は『紫明抄・河海抄』角川書店、一九六八年、の文学部本による。
（5）京大本三五項目「あつまこと　和琴」という簡潔な注が、内丙本では「女にては昔あつまことをこそ事もなくひき侍しは」と無要に長文化している、逆の例などもある。
（6）『花鳥余情』の本文は『源氏物語古注集成』第一巻、桜楓社、一九七九年、の松永本による。
（7）小学館『日本古典文学全集』二九六頁頭注九。
（8）三〇九頁頭注一四。
（9）『弄花抄』の本文は『源氏物語古注集成』第八巻、桜楓社、一九八一年、の内閣文庫本による。
（10）『源註拾遺』の本文は『契沖全集』第九巻、岩波書店、一九七三年、の天理図書館蔵自筆本による。
（11）『河海抄』の本文は『紫明抄・河海抄』角川書店、一九六八年、の天理図書館本による。
（12）『岷江入楚』の本文は『源氏物語古注集成』第十四巻、おうふう、一九九三年四刷、の専修大学本を使用したが、『源氏物語古註釈叢刊』第九巻、武蔵野書院、二〇〇〇年、の国会図書館本を参照して一部改めた箇所がある。
（13）三七三頁脚注三六。

（14）『日本古典文学全集』三〇六頁頭注五。
（15）『新編日本古典文学全集』二六～二八頁。
（16）和歌の引用は原則として『新編国歌大観』によるが、表記を一部私に改めた箇所がある。
（17）連続する二つの物語の可能性を考えるのが玉上琢彌「昔物語の構成」（『源氏物語研究』角川書店、一九六六年）。小木喬は諸説を詳細に検討した上で一つの物語が妥当とする（『散逸物語の研究平安・鎌倉時代編』笠間書院、一九七三年）。

河内本「源氏物語」の巻頭目録と書入注記をめぐって

――河内方注釈書の生成と読みの世界について――

渋谷栄一

はじめに

現在、尾州家河内本「源氏物語」がカラー版で刊行中だが[1]、河内本はそのようなきれいな本文形態のものばかりではない。岩国・吉川家本「源氏物語」（毛利家伝来本）や東山御文庫蔵「七毫源氏」には、本文中の訂正跡のみならず、各巻の巻頭には目次的な巻頭目録や本文中には見出し的な「―事」とある事書標題をはじめ、さまざまな書入注記が存在している。そして吉川家本や七毫源氏ばかりでなく、平瀬家本や源氏物語古注（水原抄）などにも、巻頭目録こそないが、本文中にはやはり見出し的な事書標題やさまざまな書入注記が見られ[2]、そこには大変に興味深い世界がある。

本稿では、吉川家本や七毫源氏、平瀬家本、源氏物語古註に存在する巻頭目録と本文中の事書標題やさまざまな書入注記を比較検討していきながら、河内本「源氏物語」の共通基盤的な注釈の背景とそれぞれの読みの世界を明らかにしていきたい。

一　吉川家本の巻頭目録と事書標題について

（1）吉川家本の巻頭目録と事書標題の基本的な性格について

はじめに、岩国・吉川《きっかわ》家本「源氏物語」（毛利家伝来本）の概要について、稲賀敬二氏の著書から引用しよう。「岩国吉川家に蔵せられる源氏物語は、沢瀉の紋入の蒔絵塗箱に収められる豪華な品である。各帖タテ二〇・五センチ、ヨコ一六センチ、楮紙数枚を一くくりとし、これを重ね一冊とする。全五十四帖の揃いである。表紙は藍地に金で水辺草木をあしらい、表紙見返しは二重丸唐草を配した模様を浮かす。表紙中央にタテ八・五センチ、ヨコ二・二センチの色変りの紙で題簽を付す。本文は一面九行、和歌は二字下げ、朱の書入れの存する巻もあり、わずかではあるが異本との校合・補入・訂正が同筆で書き入れられている。各巻の冒頭の一丁に、多くはその巻の目次とも見られる項目が漢文で記され、時あってその漢文事項目次の次に、それを和文で書き下したものをも追加している。巻末には伊行の源氏釈と多く一致する勘物が付されている。(3)」

吉川家本の巻頭目録と本文中の事書標題についてまとめると、次のとおりである。

①吉川家本には、漢文目録とそれを訓み下した和文目録がある巻（A）と漢文目録のみの巻（B）とがある。そして後補の巻（C）には巻頭目録は無い。また勘物（源氏釈）も無い。

②吉川家本の巻頭目録の記述の仕方は、誰が何をしたという、いわば主語—述語の構文で、その段落内容を簡潔に要約したものである。しかし、一部の巻では、述部を伴わずに、ただ何々という注釈項目的な巻（△）もある。

③吉川家本の巻頭目録は項目のみを挙げている。ただし例外的に、項目の末尾を「—事」と結ぶ巻（□）が存在

する。

④吉川家本の巻頭目録における人物呼称は現在官職名で記している。ただし例外的に、極官名で記している巻（｜）がある。また宇治十帖では「総角大君」「通昔中君」「手習三君」という吉川家本「夢浮橋」巻末の古系図中の呼称名が記されている。(4)

⑤吉川家本は、本文中に朱筆による句点や見出し的な事書標題、さまざまな書入注記が存在する。しかしその一方で朱筆による書き入れのない巻（×）もある。

⑥その一方で、吉川家本の本文中の事書標題及び人物に関する書入注記は、極官名と現在官職名や「夢浮橋」巻末の古系図にある呼称などが混在して表記されている。

以下、整理して一覧に示そう。

A…桐壺・空蟬×・夕顔・若紫・末摘花・紅葉賀・賢木・花散里×・須磨×・明石×・朝顔・初音・胡蝶・螢△・常夏・篝火・野分△・行幸・藤袴・真木柱・若菜上・若菜下・柏木・横笛・鈴虫・御法・幻（27帖）

B…帚木・花宴・葵×・澪標×・絵合×・梅枝×・藤裏葉・匂宮・紅梅・竹河・橋姫・椎本・総角・早蕨・宿木×・東屋×・浮舟×・蜻蛉×・手習×・夢浮橋×（20帖）

C…関屋×・蓬生×・松風×・薄雲×・少女×・玉鬘×・夕霧×（後補の巻7帖）

つまり、吉川家本には基本的な巻と例外的な巻とがあり、吉川家本の巻頭目録と本文中の事書標題の本来的性格は、例えば玉鬘十帖の「胡蝶」「蛍」「篝火」「野分」などのような、項目数も少なく、内容も注釈的項目なども含んだ雑纂的なものであったのではあるまいかと考えられる。

（2）吉川家本の巻頭目録の例外的な巻について

吉川家本の巻頭目録の例外的な巻として、「桐壺」「帚木」「澪標」（一部混在）「藤裏葉」（一部混在）「柏木」（一部混在）「匂宮」（一部混在）「橋姫」「東屋」「浮舟」（一部混在）が挙げられる。

①「橋姫」は中でも特別例外的な巻である。巻頭目録の各項目の末尾に「―事」とあること。薫の人物呼称を極官名で記していること。八宮に対して「給」という敬語表現が使用されていることである。さらに言えば、七毫源氏とそっくり同内容であることである。

②「東屋」と「浮舟」（ただし一部）の宇治十帖の巻には巻頭目録の各項目の末尾に「―事」とあることである。

③「桐壺」と「帚木」の冒頭の巻々に光源氏の人物呼称に「六条院」という極官名が使用されていることである。

④「澪標」「藤裏葉」「柏木」「匂宮」などの一部に極官名の混在が見られる巻々は、源氏物語中でも中程の巻々である。とすると、あるいはこのような混在はむしろ本来的な性格であったかもしれないように思われる。

⑤また吉川家本の巻頭目録において、相対的に七毫源氏のそれよりも項目数が多い巻は、吉川家本の本来のものに増補された巻と見做してよいだろうと思われるのである。

二　七毫源氏と平瀬家本、源氏物語古註の巻頭目録と事書標題について

（1）七毫源氏の巻頭目録と事書標題の基本的な性格について

次に、東山御文庫蔵「七毫源氏」の概要について、池田亀鑑編『源氏物語事典下』「諸本解題」（大津有一氏執筆）から引用しよう。

「〔冊数〕四十四帖。桐壺、花宴、朝顔、初音、常夏、藤袴、若菜上、柏木、鈴虫、匂宮の十帖欠。〔体裁〕縦九寸

一分、横六寸八分の楮紙袋綴。〔筆写〕後醍醐天皇、二条為明卿、尊氏将軍、浄弁、慶雲、兼好、頓阿の七人の筆というところから『七毫源氏』の名がある。〔内容〕本文系統は河内本。朱墨の書き入れ、付箋による校合があり、書き入れとしては注の性格を帯びるものが主である。各冊の終りに「教弘」の朱印がある。〔略〕〔奥書〕空蟬、夕顔、葵、玉鬘、螢、篝火、野分、真木柱、藤裏葉、早蕨、蜻蛉、夢浮橋等の帖末には耕雲本にみえる跋歌が記されている。(5)」

七毫源氏について「空蟬」以下12帖の巻末に耕雲山人明魏の和歌を載せていることや、各冊の終りに「(多々良)教弘」の朱印があることを指摘していたが、巻頭目録の存在については言及していなかった。

七毫源氏にはほとんどの巻に巻頭目録があるが(A)、若干の巻で巻頭目録のない巻が5帖ある(B)。なお欠帖が10帖ある(C)。

なお、本文中には、引き歌の指摘や句点、人物や漢字に関する注記のほかに、本文中に見出し的な「―事」と記した事書標題がある巻(○)と無い巻(×)とがあるが、後者の無い巻が圧倒的に多い。全体的には事書標題が有っても1ないし2項目、または3、4項目くらいなのだが、中でも特に多い巻もある(｜)。

以下、整理して示すと次のようになる。

A…帚木×・空蟬×・夕顔×・末摘花×・紅葉賀○・葵○・賢木○・花散里×・須磨×・明石×・澪標×・蓬生×・関屋×・絵合×・松風○・薄雲○・少女×・玉鬘×・胡蝶×・螢×・篝火×・野分×・行幸×・梅枝×・藤裏葉○・若菜下○｜・横笛○・御法○・紅梅×・竹河○・橋姫○｜・椎本○・総角○｜・早蕨○・宿木○｜・東屋×・蜻蛉○・手習×・夢浮橋○(39帖)

B…若紫×・真木柱○・夕霧×・幻○・浮舟×(5帖)

C…桐壺・花宴・朝顔・初音・常夏・藤袴・若菜上・柏木・鈴虫・匂宮(欠帖10帖)

七毫源氏の巻頭目録と事書標題についてまとめると、以下のようになる。
①七毫源氏の巻頭目録は漢文目録のみである。例外は無い。
②七毫源氏の巻頭目録は「―事」という文体で統一されている。例外は無い。
③七毫源氏の巻頭目録における人物呼称は極官名で記されている。
④七毫源氏の巻頭目録では貴顕の人物に対して「御」「給」などの敬語表現を使用している。
⑤人物呼称に関して、巻頭目録では宇治八宮の三姉妹に対して「姉宮」「中ノ宮」「浮舟」などという通称名が使われている一方で、事書標題では、「総角大君」「通昔中君」「手習君」という呼称が見られる。
⑥要するに、七毫源氏の巻頭目録は吉川家本に比すれば、より整理統一されているといえる。
⑦七毫源氏の事書標題の項目数は、わずか1項目のみの巻（紅葉賀・賢木・薄雲・藤裏葉・幻・椎本・蜻蛉）あるいは2項目の巻（葵・真木柱・横笛・早蕨）というのが多く、基本的には極めて少ないといえる。
（2）七毫源氏の事書標題の例外的な巻について
①七毫源氏の事書標題が多く存在する「若菜下」（23項目）「橋姫」（7項目）「総角」（7項目）「宿木」（5項目）は例外的である。
②七毫源氏の例外的な巻の事書標題は、吉川家本のそれとの対応関係が窺えて、両本の関連性が考えられるのである。
（3）「平瀬家本」と「源氏物語古註」（水原抄）の概要と事書標記その他書入注記の性格について
次に、平瀬家本の概要について、池田亀鑑編『源氏物語事典下』「諸本解題」（大津有一氏執筆）から引用しよう。

〔冊数〕五十四冊。ただし竹河は狭衣物語第二が混入したもの。〔体裁〕縦五寸五厘、横五寸。これは桐壺の寸法で、末摘花は縦五寸二分、横五寸五分という風に一定していない。斐紙または楮紙胡蝶装の桝形本。表紙に山水を描いた巻もある。〔筆写〕不詳。（略）時代も鎌倉末期とするもの、鎌倉末期、吉野朝、室町期にわたるとするものもある。補写十三冊は勧修寺尚顕の筆。〔内容〕一面八行、九行、十行、十一行と巻によって異なる。大部分は河内本であるが、澪標、少女、浮舟、夢浮橋と補写の夕顔、若紫、葵、絵合、松風、薄雲、初音、行幸、梅枝、鈴虫、椎本、東屋、蜻蛉と合計十七冊は青表紙。関屋、朝顔、紅梅、総角、早蕨の五冊は別本系統である。〔奥書〕（略）」[6]

平瀬家本には巻頭目録は存在しないが、本文中に見出し的な事書標題が存在する。これらの巻はいずれも河内本である。その特徴は次のとおりである。

①平瀬家本の事書標題の項目数は吉川家本や七毫源氏のそれに比して多い。

②平瀬家本の事書標題における人物呼称は、極官名で呼称する巻（○）と現在官職名で呼称する巻（△）そして通称名で呼称する巻もある。

桐壺（14項目）・玉鬘○（8項目）・若菜上（34項目）・若菜下△（40項目）・柏木○（11項目）

以上の5帖である。

次に源氏物語古註の概要について池田亀鑑氏の解説から記そう。

「七海兵吉氏蔵無外題の源氏物語古註一巻は、縦一尺三分、横一尺五寸五分位（多少の出入りあり）の烏の子二十八枚、同じく三寸位のものを一枚継ぎ合はせ、これに縦八寸四分、横八分五厘の薄墨の堺を施し、頭の余白一寸二分、脚の余白七分、一行二十字前後の割合にてその堺の中央に源氏物語の本文を書写してゐる。巻は葵の残簡であつて、巻首「よのなかかはりて云々」にはじまり、「夜中にもなりぬれはやまのさすなに」の行までできれ、その後は闕脱してしまつてゐる。装幀は、もと冊子であつたものを後から巻子本に改装したものではなく、本来巻子に仕立て、これに界を施して書写したものである。書写年代は断じて鎌倉末期を下るまいと思はれ、能筆とは言はれないが、ある原本があつて、それを忠実に摸写しようとする意図を自ら示してゐる。（略）この古写本は、上述のやうに、あらゆる点から考へて、水原鈔の性質と形態とを完全に具へてゐると云ふことが出来る。(7)」

この上巻は複製本として公刊されたが、その後に、後半部「くれのそうつたち」から始まり末尾の「けにおろかなへきことにそあらぬ」までが発見され、現在「源氏物語古註　葵巻二巻（七海本・吉田本）」として翻刻されている。(8)松田武夫氏もその解説の中で「吉田本の新出資料によって、池田説を鞏固にする結果を招くに至るものと思われる(9)」と述べ、池田亀鑑氏の「水原抄」説を支持している。「水原抄」とは「河内方の注釈書の最初のものとして、研究史上特筆すべき地位にある(10)」ものである。池田亀鑑氏はその内容について仮名に漢字をあてた簡単な語釈から源氏物語中の人物事件などについて考証したものまで8種類に整理している。

源氏物語古註にも、巻頭目録は存在しないが、本文中にさまざまな書入注記がある中で、見出し的な事書標題（6項目）が存在する。その中で、人物呼称の記し方として、誕生したばかりの夕霧について「夕霧大臣」という極官名で記しているのが注目される。

三　吉川家本と七毫源氏、平瀬家本、源氏物語古註の関連性と共通基盤性

（1）吉川家本と七毫源氏の「橋姫」の巻頭目録

ところで、吉川家本と七毫源氏の「橋姫」の密接性については既に指摘したが、その後さらに考察を進めたところ、吉川家本は七毫源氏をそっくりそのままに書写したものではないか、という確信を持った。

吉川家本の本文中の朱筆による書入注記が七毫源氏の書入注記とまったく重なる。ただしかし、引き歌に関してはその注記のし方を異にする。

吉川家本には本文中の語句「花もみちの色をもかをもおなし心に見ハやし給し」（5オ1）に対して、「君ならでたれにか見せむ梅のはな色をも香をも知る人ぞ知る」という古今集歌（38）が指摘されている。まず、吉川家本と七毫源氏では本文中の字母も基本的に同じ（ただし、「見」―「み」の異同あり）、朱句点の位置も「る」「の」「も」「見（み）」字の下にそれぞれ打たれている。

ところが引き歌の注記の位置が、吉川家本ではその語句の左側に朱筆で一行書に注記されているのに対して、七毫源氏ではその語句の行頭欄外に場所を異にして注記しているのである（5オ3）。また和歌の内容は同じであるが、漢字と仮名の表記の差異が窺える。

さらにもう一箇所留意しておきたいのは、「見（み）ハやし給しにこそ」の最初の「し」についてである。吉川家本の「し」は明瞭に「う」と読める字体である。対して七毫源氏の「し」は筆が左から右に入っているので、「う」にも見紛えられそうな字体であるが、やはり「し」であることだ。

引き歌の注記の仕方や誤写の発生事由等から見て、七毫源氏から吉川家本へという転写の流れが自然である。

もう1例挙げておこう。七毫源氏「橋姫」7丁裏・8丁表と吉川家本「橋姫」6丁裏・7丁表の両見開きどうしの中に引き歌・人物呼称・書入注記が5か所過不足なく合致している例がある。その中で、「硯には」の引き歌について、七毫源氏はその行頭欄外に「みる石のおもてにものハ／かゝさりき／ふしの／やうしはつかハさらめや」（7ウ6）とある。対して、吉川家本はその右側に朱筆で「みるいしのおもてにもしはかゝさりきふしのやうしハつかハさらめや」（6ウ9）とある。「もの」と「もし」との本文異同であるが、吉川家本は書写者が「硯」から「文字」という思い込みによって生じた誤字であろう。こうした誤写発生からも吉川家本が七毫源氏を直接に書写したものであるということが推測されるのである。

（2）吉川家本と七毫源氏の「帚木」の巻頭目録

吉川家本の「桐壺」「帚木」は極官名だけが七毫源氏と共通である。「東屋」は「―事」だけが共通している。一部混在が見られる巻は措き、いずれかの条件を満たしている巻どうしを比較してみたい。今、七毫源氏で欠いている「桐壺」「浮舟」は除き、巻順にしたがって人物呼称が極官名で記されている「帚木」からその関連性を見ていく。

【表3―1】吉川家本と七毫源氏「帚木」の巻頭目録

吉川家本	七毫源氏
01 桐壺帝御物忌	01 雨夜品定事
02 雨夜品定	02 六條院中河御方違事
03 左馬頭物語	03 其時空蟬ヲ被御覧事
04 藤式部丞物語	04 小君左衛門佐初参六條院事
05 致仕太政大臣〈于時／頭中将〉物語	05 六條院渡御空蟬許事
06 六條院〈于時／中将〉中河方違	
07 同人会合于空蟬君	
08 小君〈空蟬／弟〉使事	

まず、吉川家本で源氏を「六條院」、頭中将を「致仕太政大臣」と極官名で呼称していることを確認しておこう。

敬語表現に関していえば、七毫源氏の02「御方違」に対して吉川家本は「方違」、七毫源氏の03「御覧」に対して、吉川家本は07「会合」というように、吉川家本では敬語表現が見られない。そのことは「桐壺」においても同様である。

さて、七毫源氏の5項目に対して吉川家本は8項目ある。両本の巻頭目録の項目の対応性について見ると、吉川家本は、七毫源氏が01の1項目しか挙げていなかったところを、02から05まで雨夜品定の三人の体験談についてそれぞれ見出しを付けて項目立てている。しかし、七毫源氏の05の項目は吉川家本では無い。とはいえ、総じて七毫源氏の項目よりは詳細なものになっているといえよう。

（3）吉川家本と七毫源氏の「東屋」の巻頭目録

次に「―事」という共通点のある「東屋」の関連性について。

【表3―2】　吉川家本と七毫源氏「東屋」の巻頭目録

吉川家本	七毫源氏
01　手習三君高貴事	01　常陸守執聟事
02　昔大将子左近衛少将手習君気装事	02　浮船参中ノ宮ニ事
03　同人会合常陸介女〈母昔中将／君〉事	
04　手習君参昔《ママ》通中君〈匂宮／北方〉御所事	
05　内御使蔵人式部丞〈常陸介一男／本妻腹〉参匂宮事	
06　薫大将参昔《ママ》通中君二条院給常陸介北方〈昔中将君／手習君母〉奉見事	

07　匂兵部卿宮初対面手習君事	03　兵部卿宮見給浮舟事
08　大宮御悩事	
09　薫大将向宇治事	04　宇治寝殿ヲ為堂給事
10　同人来臨於手習君旅所事	05　大将会合浮舟事
11　同人伴手習君向宇治事	06　浮舟渡住宇治事

まずは吉川家本の項目の末尾が「―事」と記されてことを確認しておこう。

七毫源氏の6項目に対して吉川家本11項目というように、「東屋」でも吉川家本が圧倒的に多く詳細である。両本の巻頭目録の項目の対応性について見ると、吉川家本の01と七毫源氏の01には対応関係は見られないが、以下のところではほぼ対応性が見られる。しかし単純に増補されたものと見ることはできない。

人物呼称について見ると、極官名か現在官職名かという視点からは判別することはできないが、宇治八宮の三姉妹の人物呼称について、相違が見られる。まず浮舟について、吉川家本では「手習三君」「手習君」と呼称しているのに対して、七毫源氏では「浮船」「浮舟」といういわば通称名で呼称している。また宇治中君については、吉川家本では「昔通（ママ）中君」（「通昔」の誤写）と呼称しているのに対して、七毫源氏では「中ノ宮」と呼称していることである。

なお、敬語表現についても、七毫源氏の03「見給」に対して、吉川家本は07「初対面」としている。吉川家本は「帚木」同様に敬語表現を使っていない。

（3）吉川家本と七毫源氏の巻頭目録の項目数

ところで、吉川家本と七毫源氏の「帚木」「東屋」の巻頭目録を見ると、いずれも吉川家本が豊富で詳細であるのに対して、七毫源氏は少なく簡略であったが、実は巻全体で見ると、両本の巻頭目録はその項目数においてほぼ拮抗する数なのである。

【表3―3】 吉川家本と七毫源氏の巻頭目録の項目数（吉川家本の和文目録は除く）

巻名	吉川家本	七毫源氏	巻名	吉川家本	七毫源氏	巻名	吉川家本	七毫源氏
帚木	8	5	胡蝶	3	2	橋姫	5	5
空蝉	3	3	螢	3	3	椎本	9	6
夕顔	12	9	篝火	2	3	総角	16	6
末摘花	2	5	野分	2	7	早蕨	4	3
紅葉賀	9	9	行幸	4	8	宿木	14	13
葵	13	17	梅枝	7	5	東屋	11	6
賢木	11	15	藤裏葉	7	8	蜻蛉	10	11
花散里	3	3	若菜下	15	21	手習	10	9
須磨	5	8	横笛	4	7	夢浮橋	3	3
明石	6	8	御法	2	3			
澪標	20	18	紅梅	1	2	計	240	241
絵合	6	3	竹河	10	7			

吉川家本と七毫源氏の巻頭目録が共に存在する33巻において、巻頭目録の項目数は、吉川家本240目対して七毫源氏241項目で、ほぼ同数なのである。また巻数においてもおよそ半々なのである。

以上、「帚木」と「東屋」について比較考察してきたが、これらの巻は吉川家本においては例外的な巻であることに留意しておきたい。そうした例外的な性格をもった巻において吉川家本が七毫源氏の巻頭目録よりも豊富で詳細なものになっているということは、吉川家本のこれら例外的な巻は、七毫源氏の巻頭目録的なる先行資料を踏まえながらそれを整理し増補したものではないかということを推測させるのである。それとともに、吉川家本の巻頭目録と七毫源氏の巻頭目録におけるそれぞれの捉え方の相違をも見てきた。

四　耕雲本の目録的なものとの関連性について

（1）吉川家本・七毫源氏・平瀬家本・源氏物語古註の事書標題の関連性

次に、吉川家本や七毫源氏、平瀬家本、源氏物語古註の本文中の事書標題の関連性について見ていきたい。まずは平瀬家本に事書標題が存在している5帖と源氏物語古註「葵」の計6巻から見ていく。

事書標題の項目数と人物呼称の記し方について見ると、平瀬家本の項目数が最も多く、吉川家本の項目数を圧している。人物呼称の記し方では、源氏物語古註が極官名、吉川家本と七毫源氏は現在官職名（吉川家本では例外的に「桐壺」が極官名）、そして平瀬家本は極官名から現在官職名そして通称名まで3通り見られる。

【表4―1】　吉川家本・七毫源氏・平瀬家本・源氏物語古註「葵」の事書標題の項目数と人物呼称

	吉川家本		七毫源氏		平瀬家本		源氏物語古註	
桐　壺	12	極官名	欠帖		14	通称名	―	
葵	ナシ		2	現在官職名	―		6	極官名
玉　鬘	後補巻		ナシ		8	極官名	―	

若菜上	21	通称名	欠帖	34	通称名	―
若菜下	22	現在官職名	23 現在官職名	40	現在官職名	―
柏木	5	現在官職名	欠帖	11	極官名	―

（2）耕雲本の目録的なものとの関連性

ところで、河内本における巻頭目録ないしは事書標題のような目録的な記事の存在について、稲賀敬二氏は『源氏物語大成　研究資料篇』所載の金子元臣氏蔵「耕雲本」の「若菜上」の巻末写真[11]に関して、「金子氏本が備えている年立に似た目録的なものも耕雲本に本来存していた可能性がある。この目録は、吉川家本の同巻頭に見られる目録よりも遥かに詳しい。[12]」というように、耕雲本に「年立に似た目録的なもの」のあることを指摘していた。それは「朱雀院御悩事、女三宮事、西山御寺造立事、春宮行□朱雀院事、夕霧中納言為源氏御使参給事[13]」とある記事である。「大成研究資料篇」掲載の「金子氏本若菜上奥書」写真によれば、それはそのうちの2行分を指摘したもので、その頁の写真全体では16行以上及ぶ膨大な量であるから、およそ50項目に及ぶ項目数が並んでいたことになる。そしてそれらがいずれも「―事」と表記されているものである点に注意したい。

そもそも、この耕雲本とは高松宮家本「桐壺[14]」の奥書にあるように「畊雲山人明魏」が源氏物語の本文中に彼の「粗陳臆説」と「毎篇各詠和歌一首」を書き入れた本である。池田亀鑑氏は「金子氏本によれば、巻末に、巻名、主要人物の年紀、各巻の内容の摘記等が加へられてゐる。東山御文庫蔵七毫源氏の中にもこれに類するものが見える。七毫源氏の方は別筆で後記補入したものと考えられるが、金子氏本はさうとは思はれない[15]」というように、その「各巻の内容の摘記」と七毫源氏との類似性についても論及していた。

いま、金子氏本「若菜上」の「各巻の内容の摘記」について、七毫源氏は欠帖となっているので不明であるが、吉川家本の巻頭目録及び本文中の事書標題、さらに平瀬家本の事書標題と比較してみよう。

【表4―2】 金子氏本・吉川家本・平瀬家本「若菜上」の内容摘記・巻頭目録・事書標題

金子氏本	吉川家本	平瀬家本
①朱雀院御悩事 ②女三宮事 ③西山御寺造立事 ④春宮行□朱雀院事 ⑤夕霧中納言為源氏御使参給事 （以下判読不明）	01　女三宮着袴 02　朱雀院御出家 03　玉鬘尚侍献若菜於六条院 04　法皇取聟六条院 05　法皇遷御西山寺 ①源氏御逝去事（3オ1） ②朱雀院女三宮着裳事（20ウ7） ③朱雀院御出家事（22オ2） ④女三宮申付六条院給領状事（26オ9） ⑤六条院四十御賀事（29ウ9） （略） ⑰夕霧任右大将事（60ウ1） ㉑柏木衛門督春見女三宮事（89ウ7） （注）01から05は巻頭目録、①以下は事書標題	①朱雀院御違例事（1オ2） ②弘徽殿大后宮二条大相国母朱雀院母后崩御事　九月（1オ7） ③藤壺女御先帝源氏宮　母三宮母女御朱雀院女御卒事（2オ9） ④春宮行啓朱雀院事（3オ7） ⑤柏木于時頭中将任右衛門督事（17ウ5） ⑥朱雀院女三宮御着袴事（24オ6） ⑦朱雀院御出家事（26オ4） ⑧六条院御対面朱雀院事（27オ5） ⑨朱雀院女三宮申付六条院給事（31オ5） ⑩六条院女三宮領状事（31ウ10） ⑪六条院与紫上問答女三宮事（33ウ4） ⑫六条院四十御賀事（36ウ7） （略） ㉖夕霧任右近衛大将事（77オ2） ㉝柏木奉見女三宮事（118ウ4）

金子氏本の①「朱雀院御悩事」は、平瀬家本の事書標題の①「朱雀院御違例事」（1オ2）と対応するものであり、②「女三宮事」は、その順序からいって、女三宮の身の上、将来の不安に関わることで、吉川家本の事書標題の②「朱雀院女三宮着裳事」（20ウ7）とは無関係であろう。吉川家本の事書標題①「源氏御逝去事」（3オ1）は女三宮の母藤壺女御に関することである。平瀬家本の③「藤壺女御先帝源氏宮　母三宮母女御朱雀院女御卒事」（2オ9）が対応する。金子氏本の④「春宮行□朱雀院事」は1字不明だが、平瀬家本の④「春宮行啓朱雀院事」（3オ7）と対応するものだから「幸」が入る。金子氏本の⑤「夕霧中納言為源氏御使参給事」は夕霧が源氏に代って朱雀院に病気見舞いに参ったという項目である。

対して、吉川家本では冒頭内容は①「源氏御逝去事」（3オ1）だけで、次は後の②「朱雀院女三宮着裳事」（20ウ7）へと大きく飛んでいる。平瀬家本は金子氏本と同様に冒頭内容は①「朱雀院御違例事」（1オ2）から④「春宮行啓朱雀院事」（3オ7）までは詳細であるが、次はやはり⑤「柏木于時頭中将任右衛門督事」（17ウ5）へと大きく飛んで、いずれも金子氏本の⑤の項目がない。

以上、対応関係を中心に見てきたが、その対応関係が窺える一方で、金子氏本「若菜上」では冒頭内容を詳細に項目立てていることが理解されるのである。平瀬家本が吉川家本や七毫源氏との間では事書標題の項目数が最も多かったが、それ以上に豊富で詳細な耕雲本（金子氏本）が存在していたのである。

次に吉川家本・七毫源氏・平瀬家本「若菜下」の3本間における事書標題の対応性について表示して明らかにしていこう。

【表4－3】吉川家本・七毫源氏・平瀬家本「若菜下」の本文中の事書標題（対照表）

吉川家本	七毫源氏	平瀬家本
①六条院射的事（2オ9）	①蛍兵部卿宮合槙柱上事（9オ6）	①蛍兵部卿宮會合槙柱上事（7ウ9）
②枝柱上蛍兵部卿宮会合事（7オ4）	②冷泉院在位事（12ウ5）	②冷泉院在位十八年譲位事（10ウ2）
③冷泉院去位給事（9オ8）	③今上即位事（13オ4）	③今上朱雀院御子　御母承香殿女御御即位事（10ウ10）
④今上即位事（9ウ5）	④致仕太政大臣上表事（13オ6）	④致仕太政大臣上表事（11オ2）
⑤致仕太政大臣上表事（9ウ7）	⑤鬚黒任右大臣摂録天下事（13ウ3）	⑤鬚黒左大将任右大臣摂籙天下事（11オ7）
⑥髭黒左大将任右大臣摂政天下事（10オ1）	⑥今上一宮立給春宮事（13ウ7）	⑥承香殿女御今上御母左大臣女卒去事（11オ9）
⑦今上宮立春宮事（10オ4）	⑦夕霧任大納言事（14オ1）	⑦立坊今上一宮御母明石中宮事（11ウ2）
⑧夕霧右大将任大納言事（10オ6）	⑧紫上有出家志事（15オ7）	⑧夕霧任権大納言事（11ウ5）
⑨六条院并紫上明石中宮同明石上同尼公為果遂明石入道立願住吉詣事（11ウ6）	⑨六条院并紫上明石中宮同明石上同尼公為果遂明石入道立願住吉詣事（16オ5）	⑨紫上出家志事（13オ4）
	⑩紫上今上女一宮かしつきたてまつり給事（25ウ7）	⑩六条院并紫上明石中宮同明石上同尼公為果遂明石入道立願詣住吉給事（14オ3）
	⑪花散里君夕霧御子藤内侍のすけはらをやしなひ給事（26オ2）	

⑩女三宮叙二品事（17ウ9） ⑪朱雀院明年五十賀事（19ウ4） ⑫朱雀院五十御賀事先内御沙汰事（22オ3） ⑬紫上御祈祷三十七事（36ウ9） ⑭紫上病悩事（41ウ1） ⑮紫上遁世事（42ウ9） ⑯柏木右衛門督任中納言事（44ウ1）
⑫朱雀院五十御賀事先内沙汰事（31ウ1） ⑬御賀試楽六条院にて被執行事（33オ3） ⑭紫上病悩事（61ウ5） ⑮柏木衛門督任中納言事（66オ6）
⑪女三宮叙二品事（23オ9） ⑫朱雀院五十御賀事（26オ7） ⑬朱雀院御賀今上御沙汰事（30オ4） ⑭女試楽事　用意（30オ8） ⑮女三宮御年事（31オ9） ⑯朱雀院御賀試楽六条院執行給事（31ウ8） ⑰御方々童部装束事（32ウ1） ⑱六条院女試楽事（33ウ10） ⑲女三宮御容皃六条院見給事（38オ7） ⑳明石中宮御容皃事（39オ3） ㉑紫上容皃事（39ウ6） ㉒明石上容皃事（40オ4） ㉓六条院与夕霧大将春秋定勝者給事（41ウ9） ㉔紫上御祈禱事（53ウ6） ㉕北上《ママ》僧都卒事（54オ3） ㉖紫上違例事（61オ3） ㉗紫上依違例移住二条院事（62ウ10） ㉘柏木衛門督任権中納言事（65ウ10） ㉙柏木権中納言兼衛門督會合女二宮朱雀院女宮号落葉宮事（66オ5）

⑰柏木中納言参女三宮事（48オ4） ⑱女三宮病気事（53ウ1） ⑲女三宮懐妊事（61ウ8） ⑳朧月夜尚侍出家事（74オ4） ㉑朱雀院御賀事（89オ9）	⑯柏木権中納言女会合女二宮〈朱雀院第二女／号落葉宮事〉（66オ8） ⑰柏木中納言参女三宮事（71ウ5） ⑱紫上与源氏物語事（85ウ7） ⑲女三宮懐妊事（92ウ1） ⑳朧月夜尚侍出家事（110ウ6） ㉑女二宮〈号落葉宮／柏木中納言北方〉参朱雀院事（115オ7） ㉒明石女御々産事（122ウ4） ㉓朱雀院御賀試楽事（124ウ3）	㉚柏木権中納言奏女三宮事（71ウ6） ㉛紫上絶入事（82オ6） ㉜紫上剃頂上受戒事（90オ9） ㉝女三宮懐妊事（92オ7） ㉞柏木権中納言艶書六条院御覧付事（98オ10） ㉟朧月夜尚侍出家事（110オ5） ㊱槿斎院出家事（112オ3） ㊲朧月夜尚侍出家後於二条院被調彼装束事（113ウ7） ㊳皇子降誕母儀明石女御事（122オ6） ㊴朱雀院御賀試楽事（124オ7） ㊵朱雀院御賀事（134ウ2）

これら3本の中でも、平瀬家本の本文中の事書標題がもっとも豊富で詳細である。七毫源氏がこれに次ぎ、かつ割注で精確に記しているのが特徴的である。そして吉川家本が最も少ない。なお、七毫源氏の「若菜下」は例外的な巻であることに留意したい。ところで、これら3本の事書標題にはそれぞれ対応関係が指摘できるのである。このことは、これら3本が生み出されてくる共通基盤的な注釈の背景とその捉え方にそれぞれ注記者の読みの相違を窺わせる

のである。

（4）七毫源氏・源氏物語古註・高松宮家本の和歌作者の書入注記

最後に、耕雲本との関連性という視点から、七毫源氏と源氏物語古註と高松宮家本の和歌作者の書入注記を比較したい。なお吉川家本「葵」には朱筆による書き入れが無いので比較不能。七毫源氏と高松宮本「葵」は共に巻末に耕雲山人明魏の「うかりけるもの見車の我からにめくりあふひのけふもうらめし」という和歌を載せている。七毫源氏は耕雲本の一種には算え入れられていないが、「葵」には巻末に耕雲の跋歌を載せているので、その意味では耕雲本といってもよい巻である。

【表4―4】「葵」の和歌の作者名の書入注記

和歌初句（歌番号）	七毫源氏（耕雲跋歌）	源氏物語古注（水原抄）	高松宮家本（耕雲本）
「かげをのみ」（109）	六条御息所	六条御息所	御息所
「はかりなき」（110）	六条院	六条院	源
「ちひろとも」（111）	紫上	紫上	紫上
「はかなしや」（112）	源典侍	源典侍	源内侍
「かざしける」（113）	源氏	六条院	源
「くやしくも」（114）	源内侍	源典侍	源内侍
「そでぬるる」（115）	六条御息所	御息所	御息所
「あさみにや」（116）	源氏大将	六条院	源
「なげきわび」（117）	御息所	―	御息所
「のぼりぬる」（118）	源氏	六条院	源

「かぎりあれば」(119)	源氏	六条院	源
「ひとのよを」(120)	御息所	御息所	御息所
「とまるみも」(121)	源氏	六条院	源
「あめとなり」(122)	三位中将	致仕	頭中将
「みしひとの」(123)	源氏	六条院	源
「くさがれの」(124)	源氏	六条院	源
「いまもみて」(125)	葵上母宮	大宮　葵上母	大宮
「わきてこの」(126)	源氏	六条院	源
「あきぎりに」(127)	槿宮	槿斎院	槿姫宮
「なきたまぞ」(128)	源氏	(切取)	源
「きみなくて」(129)	同上	(切取)	同
「あやなくも」(130)	源氏	(切取)	源
「あまたとし」(131)	源氏	六条院	源
「あたらしき」(132)	葵上母宮	大宮　葵上母	大宮

源氏の人物呼称に注目すると、七毫源氏は極官名「六条院」と現在官職名「源氏大将」が各1例ずつと通称名「源氏」の3通りが見られ、そのうち通称名が最も多い。ところが、源氏物語古註ではすべて極官名「六条院」で捉えている。対称的に高松宮家本ではすべて通称名「源（氏）」である。また頭中将についても、七毫源氏では現在官職名、源氏物語古註では極官名、そして高松宮家本では通称名という関係である。つまり河内方の最も初期の捉え方は極官名であって、時代が下るにしたがって、通称名また略称へと変化していっていることが推測されるのである。

おわりに

そもそも巻頭目録が生まれるには、それ以前に本文をよく読み、本文中に書き入れられた注記を摘出するという段階があったはずである。その書き入れが何であったかはその人の読みにかかわる問題であろう。その人にとっての心覚え的な事柄から、注記的な事柄、あるいは見出し的な事柄まで、さまざまなものが本文中には書き入れられたであろう。そうしたさまざまな書き入れがそれぞれの方向に収斂されていったとき、それが注釈書の項目となり、あるいはまた、巻の目次的な巻頭目録のようなものになったのであろう。

そうした読みの営みが河内本「源氏物語」の背景には蠢いていたのである。おそらくその初めは、吉川家本のような項目の数も少なく、また内容もいろいろと雑纂的なものであったろう。そしてその営みは読みの深まりと研究の進展にともなって、七毫源氏のような項目数も増加し、内容もより精密さを増し整理されていったものと推測される。そして相互に影響し合って今日の吉川家本や七毫源氏のようになったものであると考えられる。

ところで、源氏物語古註の書入注記において、注釈のための「―事」と付した事付注記と見出し的な事書標題の2種類が存在していることは興味深い。なぜならば、注釈項目に「―事」と記す発想法は、「異本紫明抄」(16)における「―と云事」という注釈方法に連環していく方法であり、対して素寂の「紫明抄」(17)の注釈項目では原則的に「―事」は付けていないからである。それと似たことが吉川家本の巻頭目録の「―事」を付けない記述法と七毫源氏の「―事」を付ける記述法に見られる。

その一方で、吉川家本や七毫源氏の人物呼称には、宇治中君について「通昔中君」という呼称が見られるが、それは「源氏物語古系図」では、為氏本・実秋本・正嘉本等に見られる呼称で、九条家本・帝塚山本・秋香台本には「故郷離中君」とあるのである。[18]吉川家本・七毫源氏の人物呼称は、当時の古系図とも関連して興味深い問題である。

河内本「源氏物語」の巻頭目録や事書標題、書入注記には河内方注釈者の幾流かの読みの世界が窺われる。そうした読みの営みの中から古系図や巻頭目録のような古注釈書が生成されていったのであろう。

注

（1）名古屋市蓬左文庫監修『尾州家河内本　源氏物語』（全10巻　八木書店　二〇一〇年〈平成二二年〉一二月～、一三年〈平成二五年〉一二月完結予定）

（2）拙稿「岩国・吉川家本「源氏物語」（毛利家伝来）と「七毫源氏」の巻頭目録と事書標題について　附表・河内本源氏物語の巻頭目録と事書標題―河内方の初期の注釈研究と人物呼称を中心に―」（『源氏物語本文の再検討と新提言』第4号二〇一一年〈平成二三年〉三月）

（3）稲賀敬二『源氏物語の研究　成立と伝流』（50頁　笠間書院　一九六七年〈昭和四二年〉九月）。

（4）拙稿「岩国・吉川家本「源氏物語」の巻末系図と人物呼称について　附・翻刻」（『高千穂論叢』第43巻2号　二〇〇八年〈平成二〇年〉八月）

（5）池田亀鑑編『源氏物語事典下』（143頁　東京堂　一九六〇年〈昭和三五年〉三月）

（6）注5書、143頁。

（7）池田亀鑑「源氏物語古註解説　全」（1、14頁）。

（8）『源氏物語研究と資料―古代文学論叢第一輯―』（武蔵野書院　一九六九年〈昭和四四年〉六月）

（9）注8書、273頁。

(10)　注5書、111頁。
(11)　池田亀鑑『源氏物語大成　研究資料篇』(212頁「金子氏本若菜上巻奥書」中央公論社　昭和三一年一月)
(12)　注3書、145頁。
(13)　注3書、144頁。
(14)　『高松宮家御蔵河内本源氏物語　第一帙』(全4帙　臨川書店　一九七三年〈昭和四八年〉九月)。
(15)　注11書、213頁。
(16)　『ノートルダム清心女子大学古典叢書　紫明抄』(全5冊　福武書店　一九七六年〈昭和五一年〉五月―一九七七年〈昭和五二年〉一月)
(17)　『京都大学国語国文資料叢書　紫明抄　上下　京都大学蔵』(全2冊　臨川書店　一九八一・八二年〈昭和五六・五七年〉四・四月)。
(18)　注4論文。

付記　本稿は平成二三年度科学研究費補助金基盤研究(C)「源氏物語本文関係資料の整理とデータ化及び新提言に向けての再検討」課題番号二三五二〇二四一の研究成果の一部である。

『百詠和歌』における破鏡説話の改変
――源光行の文学的素養を知る手がかりとして――

芝﨑　有里子

はじめに

源光行（一一六三～一二四四）といえば、『源氏物語』の本文校訂や注釈作業に着手し、河内方源氏学の端緒を開いた人物である。河内方源氏学の祖として名高い光行であるが、そもそも彼はどのような文学的素養を持ち合わせていたのであろうか。

その一端をうかがうことができるのが、元久元年（一二〇四）、光行四十二歳の時に著した『蒙求和歌』『百詠和歌』である。両書は幼童の教育を目的に、当時幼学書として読まれていた『蒙求』『李嶠百詠』に掲載されている漢故事を翻訳し、それにちなんだ和歌を詠み付したものである。(1) この他に『新楽府和歌』もあり三部作であったが、『新楽府和歌』についてはすでに散逸して伝わらない。後年光行は、漢学の師である藤原孝範にも三部作を見せており、孝範は跋文を草してその労をねぎらっている。

これらの著作を検討することは、光行が漢故事をどのような書に由来し、いかに理解していたかを解明する手がかりとなる。さらに「蒙求注曰」「百詠注曰」といった形で『原中最秘抄』や『紫明抄』にも引用されており、(2)『蒙求和歌』『百詠和歌』を分析することは、同時に河内方源氏学の基層を探ることでもある。

　本稿では『百詠和歌』第一天象部「月」「分レ暉度二鵲鏡一」の句注として引かれる夫婦離別の破鏡説話を取り上げて検証したい。後述するようにこの話の原典は、すでに先行研究に指摘されている。しかし破鏡説話は、平安後期に漢故事への興味関心が昂揚する中で、説話集や歌学書にも散見する。夙に池田亀鑑氏の指摘にあるごとく、『百詠和歌』に見える学風は光行個人の傾向であるとともに、「時代の精神と好尚の中に成長したもの(3)」である。よって平安後期に流布していた破鏡説話との関連を視野に入れ、再度検討を試みたい。

　なお、『百詠和歌』の当該箇所は、のちに『七毫源氏』の須磨巻に引用されており、『源氏物語』注釈とも無縁ではない(4)。

一　『百詠和歌』研究の限界

『百詠和歌』は、『李嶠百詠』一二〇篇について、張庭芳注本によって各詩から二句を選び、それに関する故事を翻訳し、さらに和歌を付したものである。『李嶠百詠』は初唐の詩人李嶠の詠物詩で、日本おいても幼学書の一つとして流行した。『百詠和歌』の序文に「夫鄭國公始賦二百廿詠之詩一。以諭二于幼蒙一。張庭芳追二述数千言之注一。以備二于後鑑一(5)」とあることから、光行の所持していた『李嶠百詠』も張庭芳注を伴っており、『百詠和歌』の漢故事も、この注に基づき翻訳したものとされている。しかし張庭芳注の伝本は日本に残る①天理図書館蔵本系、②慶應義塾図書館蔵本系、③陽明文庫蔵本系の三系統で、十本に満たない。このうち②の系統を代表する慶応義塾図書館蔵本（室町時代写）が、書写年代も古く完本であることから最も善本とされている。張庭芳注は『和漢朗詠集私注』『幼学指南鈔』をはじめ諸書に引用されているが、現存本との隔たりもあることから、改竄増益がなされ、平安時代すでにさまざまな異本を生じていたと考えられている。(6)

池田利夫氏の研究によると、『百詠和歌』の記述は陽明文庫蔵本に近いという。しかしながら、陽明文庫蔵本は、第四嘉樹部、第五霊禽部、第六祥獣部しか現存しないことに加え、陽明文庫蔵本が残っている箇所でも、慶應義塾図書館蔵本の記述に近いものや、どちらに依っても説明できない注がかなりあるという。(7)このように光行が参照した『李嶠百詠』張庭芳注の実態が明らかにならないところに、『百詠和歌』の創作過程を追究することの限界がある。

しかし一方で池田氏は、「注は注である限り、説明であって繁簡は自由である。興が乗り、知識が加われば原拠より詳しく語ろうが一向差支えはない。だから百詠和歌が、どちらかの注と一致して、一方とは合わない、というような整頓された形で結果が出ないのは寧ろ当然(8)」と、作者の創作性をも重視されている。その後の研究においても、慶應義塾図書館蔵本との比較ではあるが、張庭芳注に引用されているもの以外にも漢籍を参照した痕跡があることや、和歌表現や『源氏物語』をはじめとする物語に影響を受けたと考えられる表現が含まれていることも報告されている。(9)

本稿で取り上げる『百詠和歌』第一天象部「月」に対応する『李嶠百詠』張庭芳注も陽明文庫蔵本を欠いているため、慶應義塾図書館蔵本に基づき検証していくことになる。そのため『百詠和歌』独自の記述が光行の創作に基づくものか否か、最終的には保留せざるをえない。しかし『百詠和歌』の破鏡説話は、どのような要素から成り立っているのか、たとえ張庭芳注に依ったものであったとしても、どの文献に基づき破鏡説話を理解していたのか、光行の素養について検討するという次元において、その検証結果は有効なものであると考える。

二　『百詠和歌』所収の破鏡説話

『百詠和歌』第一天象部「月」「分レ暉度ニ鵲鏡一」の句注には以下のようにある。

月の一の名に破鏡と云。光をわかつとは月の影はじむるなり。昔女おとこありけり。①世のみだれにあひて、わかれてとをき國へゆくとき、鏡をわりてかた鏡づゝ取て、かたみとしてさりぬ。②この女心ならず夫してけり。時にかたかゞみかさゝぎになりてはるかにとびて、おとこのかゞみと一になりぬ。おとこあはれとおもひしりぬ。後の人鏡をいてうらにかさゝぎをうつせり。③このことは鄭の人曹文といへり。

　へだてこし昔のかげもかへりきてあひ見る月の鏡なりけり

それに対して『李嶠百詠』第一乾象部「月」「分レ暉度ニ鵲鏡一」張庭芳注は、『神異経』を指摘する。

神異経曰、昔有ニ夫婦一。将レ別打レ鏡破、方執ニ一片一以為レ信。其妻与レ人和通。其片鏡化為ニ飛鵲一、至ニ夫前一。夫乃知レ之。後人鋳レ鏡因為レ鵲安ニ背上一也。[10]

〈神異経に曰く、昔夫婦有り。将に別れんとして鏡を打ちて破り、方に一片を執り以て信と為《す》。其の妻人と和通す。其の片鏡化して飛鵲と為りて、夫の前に至る。夫乃ち之を知れり。後人鏡を鋳るに因りて鵲を為りて背上に安くなり。〉

張庭芳注の引く『神異経』（成立は漢代というが晋代以降の偽作か）は、『百詠和歌』の「昔女おとこありけり」以降と対応している。夫婦離別、形見としての半鏡、妻の不義、鵲と化した半鏡の飛来、鵲鏡の由来など、『百詠和歌』の記述は、張庭芳注の引用する『神異経』を和文化したものと思われる。一方で『神異経』にない要素も加わっている。

傍線部①のように夫婦離別の理由を「世のみだれにあひて、わかれてとをき國へゆくとき」と具体化する点、②のように、妻が新しい男を儲けた心境を「この女心ならず夫してけり」と描写する点である。また③の曹文についても張庭芳注では言及していない。

三　『百詠和歌』所収破鏡説話における徐徳言説話の要素

前掲の『百詠和歌』のうち傍線部①と②は、徐徳言説話の要素が入り込んだものと考えられる。

徐徳言説話は、唐代の地理書『両京新記』（韋述撰、開元年間〈七一三~七四一〉成立）の「延康坊」「西南隅、西明寺」条に見え、その後『本事詩』、『独異志』、『太平広記』、『太平御覧』、『類説』、『続釈常談』、『古今詩話』などに多少の改変・省略を経つつ採録されている。その本文を『両京新記』により示すと以下の通りである。

本隋尚書令越國公楊素宅。（中略）有㆓美姫㆒。本陳太子舎人徐徳言妻、即陳主叔寶之妹。才色冠代、在㆑陳封㆓樂昌公主㆒。初與㆓徳言㆒夫妻情義甚厚。屬㆓陳氏將㆒㆑亡、徳言垂㆑泣謂㆑妻曰、「今國破家亡、必不㆓相保㆒。以㆓子才色㆒、必入㆓帝王貴人家㆒。我若死、幸無㆓相忘㆒。若生、亦不㆑可㆓復相見㆒矣。雖㆑然、共為㆓一信㆒」。乃擊㆓破一鏡㆒、各收㆓其半㆒。徳言曰、「子若入㆓貴人家㆒、幸將㆓此鏡㆒令㆘於㆓正月望日市中㆒貨㆖㆑之。若存、當㆘冀㆓志之㆒知㆗生死㆖耳」。及㆓陳滅㆒、其妻果為㆓隋軍所㆒㆑没。隋文以賜㆑素、深為㆔素所㆓寵嬖㆒。為營㆓別院㆒、恣㆓其所㆒㆑欲。陳氏後令㆘閹奴望日齎㆓破鏡㆒詣㆖㆑市、務令㆓高價㆒。果値㆓徳言㆒、徳言隨㆑價便酬。引㆑奴歸㆑家、垂㆑涕以告㆓其故㆒、並取㆓己片鏡㆒合㆑之。仍寄㆓其妻㆒題㆑詩云、

鏡與㆑人倶去、鏡歸人不㆑歸。

無㆓復恒娥影㆒、空餘㆓明月輝㆒。
陳氏得㆑鏡、見㆑詩、悲愴流㆑涙。因不㆑能㆓飲食㆒。素怪㆓其惨悴㆒而問㆓其故㆒、具以事告。素憯然為㆑之改㆑容、使㆑召㆓徳言㆒、還㆓其妻㆒、並衣衾悉與㆑之。陳氏臨㆑行、素邀令㆓作㆑詩叙㆑別、固辭不㆑免、乃為㆓絶句㆒曰、

今日何遷次、新官對㆓舊官㆒。
笑啼倶不㆑敢、方驗作㆑人難。

時人哀㆓陳氏之流落㆒、而以㆑素為㆓寛惠㆒焉。[11]

陳氏（楽昌公主）は陳の後主叔宝の妹で、もとは陳の太子舎人徐徳言と夫婦であった。しかし陳末期の戦乱に巻き込まれ、陳氏と徐徳言は離別を余儀なくされる。そこで一つの鏡を割り、それぞれその半分をとって形見とした。その際徐徳言は陳氏に、貴人の家に召されたならば、この鏡を正月十五日に市に売るようにと言う。生死を確認する手がかりにするためである。陳の国が滅亡するにあたり、陳氏は隋軍の捕らわれの身となり、その後隋の文帝から越公楊素に下賜された。陳氏は楊素の格別な寵愛をうけていたが、徐徳言との約束を守り、宦官に鏡を市場で売らせる。やがて徐徳言はその半鏡を発見し、陳氏に詩を贈った。これを受け取った陳氏が涙にくれていると、楊素はそれ見とがめ理由を問いただした。事情を知った楊素は、徐徳言を呼び寄せて陳氏を返してやった。世間の人々は楊素の寛恵を称賛した。

鏡を半分に分けて離別する点、妻に新しい男ができるという点で、徐徳言説話も『神異経』の類話と言えるが[12]、徐徳言説話では、夫婦は再会し、妻はもとの夫のもとに返され添い遂げるところが『神異経』とは異なっている。

『百詠和歌』所収の破鏡説話の出典として徐徳言説話を指摘することはすでに杤尾武氏の『百詠和歌注』（汲古書院、一九七九年）[13]にあり、『神異経』と『本事詩』があげられている。『本事詩』は、唐の光啓二年（八八六）に孟棨によって

撰せられた詩話集である。『両京新記』とではその叙述に差異があり、それについては、すでに諸氏により検討が行われている。(14) よってこれらを参照しつつ、『百詠和歌』における徐徳言説話の要素について再度検討してみたい。また『唐物語』（第十話）には、『両京新記』に基づき翻案された徐徳言説話が掲載されている。(15) これも検討に含めたい。まず、『百詠和歌』が、離別の原因を「世のみだれにあひて、わかれてとをき國へゆくとき」（傍線部①）としていた点である。『神異経』ではただ「将に別れんとして鏡を打ちて破り」とあるのみであった。それに対して徐徳言説話では、「屬二陳氏將一レ亡」（『両京新記』）、「時陳政方亂」（『本事詩』(16)）とあり、ともに陳滅亡に伴う戦乱によるとしている。なお『唐物語』においても「思のほかに世中みだれて」とあり、翻訳物同士『百詠和歌』に近い表現となっている。

しかし傍線部②の新しい男を儲けた時の女の心情を「心ならず」と説明する点については差異が生じてくる。『両京新記』では以下のようにある。書き下しの形で示す。

陳の滅ぶるに及びて、其の妻果たして隋軍の没する所と為る。隋の文以て素に賜ひ、深く素の寵嬖する所と為る。為に別院を營み、其の欲する所を恣にす。

陳氏が楊素のもとに至った経緯について、隋軍の捕虜となり隋の文帝から楊素に下賜されたと説明しており、これは『隋書』の記録とも合致する。楊素は陳征圧の際の功労者であり、陳氏の下賜はその戦功をねぎらったものであった。(17) このことから、楊素のもとへ引き取られたのは陳氏の意志ではなかったことが察せられる。一方の『本事詩』はと言うと、「陳亡ぶるに及び、其の妻果して越公楊素の家に入り、寵嬖殊に厚し。」とあるのみである。

陳氏が半鏡を市場に売りに出す場面においても、『両京新記』では、「陳氏後に閹奴をして望日破鏡を齎し市に詣らしめ、務て高價にせしむ。」とある。楊素に寵愛され何不自由ない生活を送っていたにもかかわらず鏡を売りに出し、しかもなるべく高値で売ろうというところに、今なお消えることのない夫徐徳言への愛情と、余人の手に渡ることなく、確実に徐徳言に見いだされようという気概がうかがえる。『本事詩』では、

徳言流離辛苦し、僅に能く京に至る。遂に正月望日を以て都市に訪ふ。蒼頭の半照を賣る者有りて、大に其の價を高くす。人皆之を笑ふ。

と、徐徳言の流離の方に重点が置かれ、陳氏が鏡を売りに出した様子は描写されていない。『本事詩』においても、徐徳言との約束を守り、鏡を売りに出しているのであるから(18)、陳氏は徐徳言を思い続けており、楊素のもとへ引き取られたのは、彼女の意志ではなかったことが読み取れる。しかしその時の状況を直接説明しているという点では、『両京新記』の方がより近い。

すでに知られているとおり、この相違は両者の視点の違いに由来するものである。『両京新記』は、地理書として延康坊の「西南隅、西明寺」の来歴を語ることを目的としている。そのためこの場所に楊素の邸宅があったことが説明され、楊素にまつわるエピソードとして陳氏の一件が語られる。よって、楊素と陳氏に関することに詳しく、徐徳言側の動静については自ずと簡素化されている。それに対して、詩が詠まれた経緯を語る『本事詩』において、当然西明寺についての説明はない。『本事詩』は、「徐徳言夫妻の数奇な運命を語るところに主題」があり、「楊素は主人公から脇役」に転じている(19)。そのことを最も端的に表わすのが最後の締めくくりである。『両京新記』では、「時の人陳氏の流落を哀みて、素を以て寛恵と為す。」と陳氏を徐徳言のもとへ返してやった楊素を「寛恵」とする世評を載せて閉じる。それに対して『本事詩』では、「遂に徳言と江南に歸り、竟に以て終老す。」と陳氏と徐徳言が終生添い遂げたことをもって終わっている。

また『両京新記』の翻案である『唐物語』では以下のようにある。

時の親王にておはしける人にかぎりなくえ思かしづかれてとし月をふるに、ありしにはにるべくもなきありさまなれど、このかゞみのかた〳〵をいちにいだしつゝ、むかしの契をのみこゝろにかけてよのつねはしたもへにてのみすぐしけるに、

親王が『両京新記』で言えば楊素にあたる現在の主人である。親王に寵愛されていたものの、「むかしの契」を忘れることなく心の底では徐徳言を思い続けていたとある。増田欣氏によると、このように陳氏の心情を詳述するのは『両京新記』から『唐物語』へと翻案される際に発生した改変要素のひとつであるという。(20)

以上のように『百詠和歌』の徐徳言説話の要素は、夫婦離別の理由については『両京新記』『本事詩』どちらにも当てはまるが、陳氏の心境に言及している点を見るに、『両京新記』あるいはその翻案である『唐物語』の記述に依ったと見なければならない。

四　末尾の曹文説話について

『百詠和歌』の末尾に「このことは鄭の人曹文といへり。」(傍線部③)とあるのも、張庭芳注に引く『神異経』にはない要素である。曹文にまつわる破鏡説話は、藤原仲実の歌学書『綺語抄』に歌語「野守の鏡」の由来譚として見える。

昔①曹文と云ける人ありけり。②おほやけにつかまつりて仰をうけ給はりて、とをきゐ中へくだりけるが、③かさゝぎのかたをうらにいつけたりけるかゞみを、中よりわりて、かさゝぎのはねをこなたあなたにつけて、かた〳〵をばめにとらせ、いまかた〳〵をばおのれもちて、女のをとこせん事は、このかゞみにてしらん、我も女せ

ん事は、このかゞみにてしれとちぎりて、めを京にをきてくだりたりけるに、さてをんなのをとこをしたりければ、④このかさゝぎのかたはねつきたるかゞみがはるかにとびて、曹文がもたりけるかたにつきにけり。それをみて、ちぎりたがへておとこしてけりとなんしりにける。日本記に委はあり。[21]

やはり『神異経』の類話であるが、独自な点として、傍線部①主人公の名前が曹文で、②夫婦離別の理由を勅使として田舎へ下向するためとしている。さらに『神異経』や『百詠和歌』では鏡が鵲と化して男のもとに飛んできたのであり、それにちなんで鏡の裏に鵲の模様を鋳るようになったとあったが、曹文説話では、③のようにあらかじめ鏡には鵲が鋳られており、④でこの鏡自体が飛来する。

曹文説話を引く「野守の鏡」は、『綺語抄』の他、『俊頼髄脳』、『和歌童蒙抄』、『奥義抄』、『顕秘抄』、『袖中抄』、『和歌色葉』といった平安後期から鎌倉初期の歌学書に頻出する歌語である。野守とは、禁猟の野を見張る番人をさすが、『袖中抄』によると野守の鏡の由来には、曹文の破鏡説話の他に①雄略天皇（または天智天皇）の鷹の居場所を野守がたまり水を鏡として映し出したこと、②徐君が持っていた人の心の中を映す鏡、③鬼の持っていた人の心の中を映す鏡、④始皇帝の持っていた五臓六腑を映す鏡、⑤この始皇帝の鏡を高祖が咸陽宮で見つけたという説、⑥構のことと諸説ある。その中で曹文の破鏡説話に言及するのは『綺語抄』の他、顕昭撰の『顕秘抄』『袖中抄』のみで、そこでは「又綺語抄云、曹文が破鏡の事にやと釋たり。其は鵲鏡也。はし鷹の野守の鏡と云べからず。[22]」と否定されている。しかし曹文の説話を採用していない歌学書も、諸説あるうちの一説として、曹文説話を把握していた可能性は十分にある。また『綺語抄』の末尾に「日本記に委はあり。[23]」とあることについて、黒田彰子氏は「日本紀にむしろ鵲鏡譚はないから、これは日本紀の注と考えるべき」であると想定されている。このように曹文説話は当時さまざまな分野で比較的流布していた説話であったと考えられる。

五　平安後期における破鏡説話の展開

曹文説話だけではない。平安時代後期には『神異経』の類話が他にも伝えられている。『注好選』『今昔物語集』では、主人公の名前を蘇規として採録されている。『注好選』上巻「蘇規は鏡を破る第七十五」により引用する。

此の人は、勅使と為て外の州に行く。即ち妻に談じて云はく、「吾が鏡を二つに破りて、半ばは君に得せしめ、半ばをば吾賫たらむ。由は、若し吾他の女を娶ぎせば、此の半ばの鏡飛び来りて君が鏡に合へ。若し君他の男に有らば、亦以て此の如し」と。妻許諾して、之を得て箱の内に置きて思惟らく、「実に然ること難し」と。即ち蘇規家を出でて十日有りて、妻犯すこと有り。半ばの鏡、蘇規が所に飛び来りて合ふこと約の如し。[24]

夫婦が相思相愛の証として鏡を割り別れたものの、妻が欺いたため、半鏡が夫のもとへ飛んでいった。粗筋は『神異経』と同じである。また夫が勅使として地方へ下るという設定、あるいは鏡が鵲と化すことなくそのまま夫のもとに飛来するのは曹文説話と同様である。一方で、傍線部のように妻が夫を欺く経緯を詳述している点が特徴的である。「実に然ること難し」と夫の言葉を信用しておらず、妻が積極的に新しい男と通じたということになっている。なお、この蘇規の破鏡説話は、同話が『今昔物語集』巻第十第十九話に採録されているが、そこでは再婚にいたる経緯は次のように描写される。

其ノ後、程ヲ経テ、妻、家ニ有リテ他ノ男ニ娶ニケリ。蘇規、其ノ事ヲ不知ズシテ外洲ニ有ル間、妻ノ半鏡、忽ニ飛ビ来テ蘇規ガ半鏡ニ合フ事、沙ノ如シ。[25]然レバ蘇規、我ガ妻忽ニ約ヲ誤テ、他ノ男ニ娶ニケリト云フ事ヲ知テ、契ヲ違タル事ヲ恨ケリ。然レバ、実ノ心ヲ至ス時ニハ、心無キ物ソラ如此クゾ有ケルトナム語リ伝ヘタルトヤ。

ここではむしろ蘇規の言動に詳しく、裏切られた蘇規の姿を描き出すことにより、妻の不貞が浮き彫りになっている。また、末尾の評語も『注好選』にはないなど、粗筋は同じながら多少の差異がある。

その他『散木奇歌集』にも『神異経』の故事をふまえたと考えられる一首がある。

修理大夫顕季の八条の家にて人人こひの歌よみけるによめる
ますかがみうらづたひするかささぎに心かろさのほどをみるかな　（『散木奇歌集』第八、恋部下一一二四）[26]

と、ここでも「心かろさのほどをみるかな」と相手の心変わりを詠んでいる。このように平安後期においてもまた、『神異経』の類話は、「女の不義」「心変わり」をテーマとする説話として享受されていた。

一方で徐徳言説話も伝来していた。『両京新記』については、『日本国見在書目録』、『入唐新求聖教目録』、『通憲入道蔵書目録』に書名が見える。[27]そして前述の通り『唐物語』の徐徳言説話は、『両京新記』に基づき翻案されたものであった。その他、『為忠家後度百首』（「寄鏡恋」為経、六六一）の「からひとのいもとわかちしからかがみわれてもきみにあはむとぞおもふ」をはじめ、とくに「寄鏡恋」の題で和歌に詠まれるようになる。[28]

六　『百詠和歌』における改変

このような破鏡説話の展開に『百詠和歌』を位置づけるのであれば、『神異経』の類話のひとつであり、そこに徐徳言説話の要素が融合したものと説明できる。

まず『百詠和歌』の記述には、曹文説話や蘇規説話など、『神異経』から派生した類話の方に影響を受けたかと思われる記述がある。男が妻に離別し「とをき國へゆくとき」とあるのは、曹文説話に「とをきゐ中へくだりける」とあるのに影響されたものであろうか。前掲の蘇規説話でも「勅使と為て外の州に行く」(『注好選』)、「国王ノ使トシテ遙ニ遠キ洲へ行ケルニ」(『今昔物語集』)とあり、夫が地方へ下るというのは、『神異経』の類話に共通する要素であった。また『百詠和歌』で、飛んできた鵲が「おとこのかゞみと一になりぬ。」とあるのは、曹文説話の「曹文がもたりけるかたにつきにけり」や、蘇規説話の「半ばの鏡、蘇規が所に飛び来りて合ふこと約の如し」(『注好選』)などに影響を受けたものかも知れない。『神異経』では、ただ鏡が鵲となって飛来したというだけで、男の半鏡と合わさり一枚になったとは明言していない。このように『百詠和歌』の破鏡説話は、単なる『神異経』の和文化ではなかった。

そしてここに徐徳言説話の要素が取り入れられたことにより、さらに一話のテーマは変容を来している。前述のように、『神異経』や平安後期に流布した『神異経』の類話では、妻の不義は重要な構成要素であった。しかし『百詠和歌』では、その点を徐徳言説話により「心ならず」と、妻にとって再婚が不本意なものであったとすることにより、『神異経』やその類話において決定的であった妻の背信性が緩和されている。一方で妻の再婚を知った夫の心境も「あはれとおもひしりぬ」と描写しており、簡潔な叙述の中に、仕方なく再婚することになった妻と、その妻の思いを知るよしもなく約束が破られたことを悲嘆する夫、という夫婦それぞれの苦悩が提示されている。夫の悲嘆を描くことは、『今昔物語集』の蘇規説話にもあるが、そこでは妻の裏切りが強調されるに留まっている。

『百詠和歌』では、夫婦離別の理由が「世のみだれ」とされたことも相俟って、一話の趣意は、妻の不義よりも運命に翻弄される夫婦の姿やそれに付随する苦悩へと移り変わっている。そして徐徳言説話を取り入れつつも二人が再会しないことで、より厳しい状況を呈している。

池田利夫氏によると、『百詠和歌』『蒙求和歌』は、単に幼学書の内容をわかりやすく和訳するだけでなく、故事に含まれる「人間くさい葛藤」や「男女の機微」を解き明かすことも目的の一つであると言い[29]、『百詠和歌』の序文にも「十歳の昔此文を讀傳て、四旬の今心をしるしあらはせり。」とある。また諸氏の注釈作業では、句注の翻訳に留まらない、他の漢籍からの引用や和歌表現の摂取、さらに光行独自の見解と見るべき箇所も報告されており、中には心境描写を加筆した例もある[30]。

このように『百詠和歌』の記述がある程度自由なものであり、そのまなざしが登場する人物（時に動物）の葛藤に向けられていたとしても、種々の改変がどの程度光行独自の着想であったのかについては、なお慎重に判断しなければならない。当該箇所においても、曹文説話は原拠が不明であり、さらに前述の通り、平安後期において比較的流布していたことが考えられる。その中で現在伝わっている『綺語抄』の引く曹文説話は、『百詠和歌』が「このことは鄭の人曹文といへり」というには少し径庭がある。『綺語抄』では曹文が鄭の国の人であるということも明かされていない。してみると『百詠和歌』の展開に近い曹文説話が他に存在し、光行はそちらを参照した可能性がある。つまり徐徳言説話の要素との融合もすでに曹文説話の段階で行われており、融合したものを光行が参照したということさえ考えられる[31]。『百詠和歌』があらかじめ曹文のこととして翻訳していないところをみると、光行の見た張庭芳注に曹文説話のみが記載されていた可能性は低く、やはり中心は『神異経』であり、それを翻訳したものと思われる。そもそも『神異経』には、再婚にいたる妻の心境もそれを悟った夫の悲嘆も描かれていなかった。あらかじめ徐徳言説話の要素が融合された曹文説話を参照したのかもしれないが、それを取り入れることにより、『神異経』の女の不義というテーマを超えた世界に仕立てたのは、光行の選択であったと考えてよいのではないだろうか。

おわりに

『百詠和歌』所収の破鏡説話の構成要素について、中国の原典に加え、平安後期における受容を含め再検討を行った。『百詠和歌』所収の破鏡説話は、『神異経』をベースに、『両京新記』『唐物語』による徐徳言説話、さらには曹文説話をはじめとする『神異経』の類話の要素も加えられて構成されており、先行研究で指摘されているよりもさらに重層的で混沌とした要素から成り立っていた。これらはいずれも平安後期に流布していた破鏡説話の範囲に収まるものであり、時に歌学や日本紀注の領域とも関わるものだとすると、光行が破鏡説話に触れた経路として、漢籍からの直線的な引用だけでなく、説話集や歌学書をはじめとする国書を経由した可能性も考えられる。

どこまでが光行の創作であるのかは保留せざるをえないが、『百詠和歌』では、『神異経』やその類話とは異なった夫婦それぞれの苦悩や生き難さを描き出しおり、それを実現させたのが徐徳言説話の要素であった。

今後も一話ずつの検討を積み重ねることで、光行の学問的素養やそれにより表現された文芸性がどのようなものであったのかを明らかにしていきたい。その上で『源氏物語』研究についても光行の文学活動の一環として照射し、再度位置づけを試みたい。

注

（1） 池田利夫氏は読者について、当時十三歳であった新将軍源実朝に献上されたものかと推測されている。（池田利夫『新

訂河内本源氏物語成立年譜攷』貴重本刊行会、一九八〇年参照。）

（2）『百詠和歌』では、『原中最秘抄』末摘花巻に第四嘉樹部「松」「鶴栖君子樹」、『光源氏物語抄』『紫明抄』明石巻に第二坤儀部「野」「獨在傅巖中」の各句注が引用されている。『源氏物語』注釈書に引用された『蒙求和歌』『百詠和歌』については、稲賀敬二「蒙求和歌と紫明抄—光行の方法と素寂の方法—」『源氏物語の研究—成立と伝流—』（笠間書院、一九六七年）、池田利夫「源氏物語研究の初期と蒙求」『源氏物語の文献学的研究序説』（笠間書院、一九八八年、一九八六年初出）、山部和喜「翻訳における和歌の機能—『蒙求和歌』と『百詠和歌』を基点として—」『説話文学研究』三二（一九九七年六月）などに詳しい。

（3）池田亀鑑「河内本とその成立」『源氏物語大成』巻七（中央公論社、一九五六年）。池田氏は、説話集の他に隣接する分野として、「和漢の辞書の編纂」「文選・蒙求・漢書・白氏文集等の訓釋」「和漢朗詠集・新撰朗詠集・梁塵秘抄等の編纂」をあげる。さらに池田氏もまた、『蒙求和歌』『百詠和歌』における翻訳作業は「光行の學殖とその學風を物語るものであつて、その基盤の上に萬葉集・源氏物語などの劃期的な研究業績が打ち樹てられるに至つたのである」とされる。

（4）稲賀敬二「中世源氏物語注釈の一問題—『正和集』から『原中最秘抄』へ—」『源氏物語の研究—物語流通機構論—』（笠間書院、一九九三年、一九七二年初出）、山崎誠「百詠和歌の一伝本の紹介と翻刻」『広島女子大学文学部紀要』二〇（一九八五年二月）参照。『源氏物語』注釈としての当該箇所の意義についての検討は別稿に譲りたい。最近では、太田美知子「七毫源氏「須磨」巻の頭注「百詠注」について—破鏡の寓意がもたらすもの—」（豊島秀範編『源氏物語本文の研究』國學院大學文学部日本文学科、二〇一一年）がある。

（5）『百詠和歌』の本文は、杤尾武編『百詠和歌注』（汲古書院、一九七九年内閣文庫蔵本、図書番号二〇一—三五九の影印）により、濁点や句読点等は補った。

（6）張庭芳注については、以下の論考を参照した。神田喜一郎「『李嶠百詠』雑考」『神田喜一郎全集』第二巻（同朋舎出版、一九八三年、一九四九年初出）、池田利夫「百詠和歌と李嶠百詠」『日中比較文学の基礎研究　翻訳説話とその典拠　補訂版』（笠間書院、一九八八年、一九六九年初出）、山崎誠「「李嶠百詠」雑考　続貂」『中世学問史の基底と展開』（和泉書院、一九九三年、一九八三年初出）、胡志昂「日本現存『一百二十詠詩註』考」『和漢比較文学』六（一九九〇年一〇月）、

福田俊昭『李嶠と雑詠詩の研究』（汲古書院、二〇一二年）。なお敦煌本残簡も同系統の注ともされる。諸書に引用された張庭芳注については、柳瀬喜代志『李嶠百二十詠索引』（東方書店、一九九一年）を参照されたい。

（7）前掲注6、池田氏著書。たとえば「雁の「寄語能鳴伴」に対する荘子の逸話」について、「陽明注の方が簡略であるが、慶応注でも、足りないばかりか、話が少し違う」とする。

（8）前掲注6、池田氏著書。

（9）前掲注2、山部氏論文。胡志昂・山部和喜・中村文・山田昭全「『百詠和歌』注釈（一）〜（三）」『埼玉学園大学紀要人間学部篇』七〜九（二〇〇七年一二月〜二〇〇九年一二月）

（10）張庭芳注の本文は、胡志昂編『日藏古抄李嶠詠物詩注』（上海古籍出版社、一九九八年）による。句読点などは補った。

（11）『両京新記』の本文は、辛徳勇輯校『両京新記輯校大業雑記輯校』（三秦出版社、二〇〇六年）による。返り点等は私に付した。

（12）小林保治『唐物語』（講談社、二〇〇三年）第十話評説参照。なお、『唐物語』の本文引用も本書による。

（13）『百詠和歌』の当該箇所については、前掲注9、「『百詠和歌』注釈（二）」『埼玉学園大学紀要　人間学部篇』八（二〇〇八年一二月）胡氏注にも詳解がある。

（14）古田島洋介「『唐物語』第十話原拠再考」（『比較文学・文化論集』一、一九八五年三月）、新間一美「大和物語蘆刈説話の原拠について—本事詩と両京新記—」『平安朝文学と漢詩文』（和泉書院、二〇〇三年、一九九一年初出）、増田欣「「陳氏の鏡」と両京新記—唐物語の翻案手法—」『中世文藝比較文学論考』（汲古書院、二〇〇二年、一九九七年初出）、日向一雅「平安文学における『本事詩』の受容について—徐徳言条・崔護条を例として—」『源氏物語　東アジア文化の受容から創造へ』（笠間書院、二〇一二年、二〇一一年初出）

（15）『唐物語』が『両京新記』により翻案されたことについても、前掲注14の諸論文を参照されたい。

（16）『本事詩』の本文は、内山知也「本事詩校勘記」（『隋唐小説研究』木耳社、一九七七年）による。

（17）楊素については、前掲注14、増田氏著書に詳しい。

（18）『両京新記』と『本事詩』では、半鏡を分けた時の徐徳言の発言が多少異なっている。『両京新記』では、「子若入ニ貴人家一、幸将二此鏡一令下於二正月望日市中一貨上レ之。若存、當下冀三志之一知中生死上耳」とあり、徐徳言は半鏡を陳氏の安否を知るつてとしたいと言うのみである。それに対して『本事詩』では、「以二君之才容一、國亡必入二權豪之家一、斯永絶矣。儻情縁未レ断、猶冀相見。宜レ有二以信一レ之。」と再会することを期待している。

(19) 前掲注14、日向氏著書。

(20) 前掲注14、増田氏著書。

(21) 『綺語抄』の本文は、『徳川黎明會叢書　和歌篇四』(思文閣出版、一九八九年)徳川美術館蔵本の影印により、濁点や句読点は補った。

(22) 引用は『袖中抄』による。『日本歌学大系』(風間書房)を参照した。

(23) 黒田彰子「野守鏡考―俊頼髄脳から謡曲『野守』まで―」『中世和歌論攷―和歌と説話と―』(和泉書院、一九九七年)

(24) 『注好選』の本文は、『新日本古典文学大系』(岩波書店)による。

(25) 『新日本古典文学大系』(岩波書店)脚注は、「沙」について、「注好選「如レ約」。本集の誤読であろう。」とする。なお、『今昔物語集』の引用も本書による。

(26) 和歌の引用はすべて、『新編国歌大観』(角川書店)による。

(27) 前掲注14、新間氏、増田氏著書参照。『本事詩』についても、『大和物語』第一四八段の蘆刈説話に影響を及ぼしており、伝来していたものと見られる。これについては、前掲注14、日向氏著書を参照されたい。

(28) 佐々木孝浩氏は、『唐物語』が「漢故事題歌を詠む際の手引き書的」役割を果たし、歌学書に準じる性格を有しているのではないかと指摘される。(佐々木孝浩「歌書としての『唐物語』」『説話文学研究』三九、二〇〇四年六月)

(29) 池田利夫「源光行の生涯とその文学」吉岡曠編『源氏物語を中心とした論攷』(笠間書院、一九七七年)

(30) 前掲注9、胡氏・山部氏・中村氏・山田氏注釈。例えば、陽明文庫蔵本張庭芳注のない箇所であるが、第二坤儀部「原」「長在鶺鴒篇」の句注がある。張庭芳注の指摘する通り、『詩経』小雅の「常棣」を踏まえた句である。『百詠和歌』の一節に、「この鳥、水をはなれて原にあり、古郷の浪をこひてとびともをよびてなく、と云り。」とあるのは、『毛詩鄭箋』の「鶺渠水鳥。而今在レ原。失二其常処一。則飛則鳴求二其類一。天性也。猶三兄弟之於二急難一。」に拠るとされる。しかし

『百詠和歌』の「古郷の浪をこひて」にあたる描写はない。山部氏の注では、この加筆が「舊里はさぞなこひしき水鳥のおもはぬくさの原になく聲」の和歌を導き出す役割を担っているいると指摘されているが、水辺を離れた鶺鴒の望郷の思いを描き出している点でも注目される。『百詠和歌』注釈（三）」を参照されたい。

（31）後世になるが、『一滴集』（永享十二年〈一四四〇〉成立、正徹著）では、あらかじめ曹文のこととして語り出される。

鄭人曹父《ママ》遠國ニユク時鏡ヲ破テカタ〳〵ヲ妻ニアタフ。此事ヲ思トイヘリ。此女心ナラス夫シケルニ此片ノ鏡鵲ト成テ飛テ舊夫鏡トヒトツト成レリ。後人鏡裏ニ鵲ヲ鑄ツクル也。

「曹父」とあるのは「曹文」の誤りであろう。特に「此女心ナラス」以降の後半は、『百詠和歌』の叙述とも近似しており、なんらかの影響関係があろうか。『一滴集』は奥書によると、正徹が「或人源氏本之巻々首書等」を書き写したものだが、旅の際携帯しやすいよう要約したという。

『源氏物語』と漢語、漢詩、漢籍
――『河海抄』が読み解く『源氏物語』のことばと心――

河野貴美子

はじめに

『源氏物語』は、日本の「古典」として、他に類をみないほど多くの注釈書が早くから生み出されてきた。古典テキストに対する注釈が、時代の経過とともに次々と積み重ねられていくことは、古代中国における古典注釈と同様の現象といえる。しかし、『源氏物語』の古注釈は、まず、「作物語」を対象とすることからして、中国古典学と比べた場合、非常に特異な、日本独自の存在といえるものでもある(1)。

それでは、『源氏物語』の古注釈は、『源氏物語』の和文世界に対してどのようにアプローチしていったのか。小稿では、古注釈が、主として漢語、漢詩、漢籍の情報とともに注解を加える箇所に注目し、そこにいかなる資料が用いられ、いかなる問題意識のもと、いかなる解釈が行われているのか、整理検討を試みる。そして、「漢」の世界との対比を通して古注釈が見出した『源氏物語』の意義や魅力はいかなるものであったのかをたどってみたい。

具体的な考察対象としては、博引旁証という点で『源氏物語』古注釈の中でも群を抜く四辻善成撰『河海抄』（一三六二年頃成立）を取りあげる。『河海抄』は、『源氏物語』の典拠と考えられる故事や有職故実に関わる「和漢の先蹤」を徹底的に列挙するのみならず、『源氏物語』本文を構成する一語、一字に及ぶまで、しばしば漢字、漢語との関係を追究する。(2) これは、当時の学問の方法と水準を示す一典型といえよう。以下、『河海抄』が『源氏物語』のことばと心を「漢」との関係においていかに読み解き意味付けているのかをみるとともに、日本古代の知と学問の具体相と特質についても考察していきたい。

一　『毛詩』と『毛詩音義』の利用

まず、四辻善成『河海抄』が経書の引用とともに注解を施す例をみる。

左にあげるのは、朱雀院から山菜に添えて届けられた手紙を見ている女三の宮のもとを源氏が訪ねる場面で、「例ならず御前近」くに「らいし」があるのを源氏は「なぞ、あやし」と御覧になる、その、「らいし」という語に対する『河海抄』の注釈である。

御まへちかきらいしどもを

罍子。又櫑子〔和名〕。疊子〔同上〕。罍〔音雷。又作鐳〕。玉罍〔遊仙窟〕。韓詩云、天子以玉飾、諸侯大夫皆以黄金、士以梓。是等皆酒器也。然而我朝摸彼形歟。詩ニ金罍とあるは酒罇也。もたいと訓ぜり。礼記、山罍其形似壺、容也一斛、刻而尽之為雲雷之形也云々。たかつきのすがたにて上はぬりをけのふたをあをのけたるやうなる物也。をきふちをたかくしたる物也。内は朱漆外は黒漆也。螺鈿様々也。菓子などを入らるゝ也。内蔵寮に被納之。

（『河海抄』巻十四・横笛。〔 〕は小字双行、以下同。）

「らいし」という一語をめぐって、それに当たるさまざまな漢字表記が列挙され、また、「らいし」に関わる複数の漢籍の記述（『韓詩』、『詩』、『礼記』）が並べられている。『河海抄』の典型的な注釈方法である。また、異国中国での記事をあげ、ここではその酒器の形を「我朝」で摸したものか、と、異国の事例と日本のもの（ことば）との関係を説明するのも、『河海抄』にたびたびみられる方法である。

それでは、四辻善成はこれだけ多くの情報をいかにして収集したのか。

注釈のはじめに列挙される漢字は、注記にみえるように『和名類聚抄』からの転引である（網がけ部分が『河海抄』と一致）。

櫑子：唐韻云、櫑〔音雷、字亦作罍、本朝式云、櫑子〕、酒器也。
疊子：唐式云、飯椀、羹疊子、各一〔楊氏漢語抄云、疊子、宇流之沼利乃佐良〕。遊仙窟云、麟脯豹胎、紛綸於玉疊〔今案以玉為疊子也〕。

（『和名類聚抄』器皿部・漆器[3]）

そしていま注目したいのは、続く『韓詩』『詩』『礼記』からの引文が、実は『毛詩』周南・巻耳とその「音義」（唐・陸徳明『経典釈文』）から一括して引用されたものであることである。

我姑酌彼金罍、維以不永懐。
《釈文》罍：盧回反。酒罇也。韓詩云、天子以玉飾、諸侯大夫皆以黄金飾、士以梓。礼記云、夏曰、山罍其形似壺、容一斛、刻而畫之為雲雷之形。

（『毛詩』周南・巻耳[4]／『経典釈文』毛詩音義上[5]）

「らいし」とは「櫑子」であり、「罍」の字も当てられること、それによって「金罍」の語を有する『毛詩』巻耳とその音義（『経典釈文』）に至った、という『河海抄』の考察の道筋が想像される。そして、『毛詩』巻耳の詩語とともに『経典釈文』が引用されたということは、当時『毛詩』が唐代以来の伝統的「釈」である『経典釈文』とともに読み学ばれていたという、そうした四辻善成当時の『毛詩』学習の状況の一端をも窺わせる。なお、『河海抄』の注釈には、「もたいと訓ぜり」という記述もある。これもまた、『毛詩』の訓読、学習の中で行われていた「読み」の反映と考えられる。

ちなみに、『河海抄』の伝本のうち、覆勘本系統に先立つ中書本系統では、「詩」への言及のあとに「礼記」と「韓詩」の引用が続く形となっており、覆勘本系統よりも「毛詩音義」の原形に近いものとなっている。

　御まへちかきらいしどもを
　疊子。又櫑子〈和名〉。疉子〈同上〉。罍〈音雷　又作鐳〉。玉罍〈遊山窟〉。
　たかつきのすがたにて上はぬりをけのふたをあをのけたるやうなる物也。をきふちをたかくしたる也。内は朱漆外は黒漆。螺鈿様々也。菓子などを入らる丶也。内蔵寮に被納之。
　詩に金罍とあるは酒也。もたいと訓之。礼記、山罍其似壺、容一斛、刻而畫之為雲雷之形也。
　韓詩云、天子以玉飾、諸侯大夫皆以黄金等以梓。是等者皆器也。然而我朝摸彼形歟。
（『河海抄』巻十四・横笛〈中書本系統〉）

さて、『毛詩』の引用は、『河海抄』には他にも多くみえるものである。そのうちもう一例、『河海抄』が『経典釈文』とともに『毛詩』を引用する例をみよう。

　わらびつく〱し
　蕨《ワラビ》〈毛詩〉。薇〈同〉。虌《ヘツ》〈同注〉。土筆《ツク〱シ》。
　草《ケツ》木疏《ショニ》云《ク》、周秦曰《ニハ》レ蕨《ケツト》、斉魯曰《ニハ》レ虌《ヘツト》。俗云、其《ソノ》初《テ》生《ル時》似《リ》ニ虌《カメノアシニ》脚一、故《ニ》名レ之《ヲ》云々。薇《ヒハ》各別《ノ》物歟。園豆也といへ

り。然而和国ニハ通用歟。（『河海抄』巻十八・早蕨）

「早蕨」巻の冒頭近くに現れる「わらび」の語に対する注釈である。ここで『河海抄』が参看しているのは、『毛詩』召南・草虫とその注（毛伝等）および「音義」（『経典釈文』）である。

陟彼南山、言采其蕨。

《毛伝》南山、周南山也。蕨、鼈也。

《釈文》其蕨：居月反。虌也。草木疏云、周秦曰蕨。斉魯曰虌。

虌：卑滅反。本又作鼈。俗云、其初生似虌脚故名焉。

陟彼南山、言采其薇。

《毛伝》薇、菜也。

《孔穎達疏》伝薇菜：正義曰、陸機云、山菜也。茎葉皆似小豆蔓生。其味亦如小豆。藿可作羮、亦可生食。今官園種之、以供宗廟祭祀。定本云、薇、草也。（『毛詩』召南・草虫／『経典釈文』毛詩音義上）

『河海抄』は、「わらび」について、『毛詩』草虫にみえる「蕨」「薇」字と、「注」にみえる「虌」字を掲げ、『経典釈文』から「草木疏云……」の解を引用する。そして、「蕨」と「虌」が同じものであること、また「薇」は別物のようであるが、「和国」では通用しているということか、と説く。なお、『河海抄』の注解に「（薇は）園豆也といへり」とあるのは、『毛詩』草虫の正義（孔穎達疏）が陸機の説を引いて「薇菜」は「官園」に植える「小豆」のようなもの、とすることに関連する説解かと思われる。

『河海抄』の当該部分は、『源氏物語』の巻名ともなっている「わらび」という和語と漢字・漢語との対応を詳密に検討する注解であり、国語史、語彙史研究にも資する情報といえる。

ちなみに、「蕨」字に対する「毛伝」の訓詁「虌也」には諸本間で異同がある。『経典釈文』は当該字を「鼈」と掲出し、「本又作虌」としている。また、右にあげた『河海抄』（覆勘本系統）は「鼈」字に作るが、中書本系統では草冠のない「鼈」字に作っており、『経典釈文』の掲出字と一致する。なお、当該字の諸本間の異同について阮元『毛詩注疏挍勘記』(6)には次のようにある。

蕨虌也：相臺本虌作鼈。閩本・明監本・毛本同。小字本作虌。案釈文鼈、本又作虌。小字本依釈文又作也。釈文旧或誤、今正詳後考証。

『毛詩』草虫・毛伝の訓詁「蕨、虌也」の「虌」字を「鼈」（あるいは「鼈」）に作る『河海抄』は、宋本『経典釈文』等にみえる「古い」本文を反映しているものと考えられ、『河海抄』の引文はわずか一字の異同ながら重要な情報を含むものとして注意すべきであろう。すなわち、『河海抄』における漢籍の引用状況を通して、当時日本でいかなる経書テキストが用いられていたかを推察する手がかりを得ることも可能となるのである。

さて、以上のように、ある字句に対して、経書をはじめとする漢籍とその注疏や音義類（辞書）を参看引用して注解を施すのは、中国はもちろん、これ以前の日本の注釈書でも行われてきた伝統を引き継ぐものである。例えば、奈良期以降大量の成果が残されている仏典注釈書や、『令集解』あるいは『三教指帰』に対する注釈書等にはいわゆる漢唐訓詁学的な注釈方法が継承されている。

またそれら古代の注釈書においては、注解に際して類書が利用されることも常套の方法である。『源氏物語』の古注釈においても、例えばすでに『光源氏物語抄』に『太平御覧』が書名とともに引用されていることが確認できる(7)。

ところが、『河海抄』においては、『太平御覧』から転引された注解もあるものの、数種にわたる漢籍からの引文が列挙される注釈が、すべて注疏や辞書、類書類からの転引によってなされているわけではない。『河海抄』の撰述に際しては、中世以降新たに大陸からもたらされた漢籍の情報が随所に利用されているようである。そこで次に、『河海抄』が、新たに伝来した漢籍の記載を取り込みつつ注釈文を構成している箇所をみよう。

二　詩と詩注の利用

（1）『三体詩』と詩注による注釈

『河海抄』をはじめ、『源氏物語』の古注釈においては、年中行事に関わる記述に対してしばしば詳細な注解が加えられる。その中の一例をみる。

「紅葉賀」巻で、まだ幼い紫の上の遊び相手犬君が「儺やらふ」といって雛道具をこわしてしまった、という場面。『河海抄』は、次にあげるように、「儺」、すなわち「追儺」について詳細な注釈を施す。

なやらふとて　追儺《ヤラフナ》《ツイナ》〔十二月晦日也〕

A金谷園記曰、為陰気時絶陽気始来。陰陽相激化為疾癘之鬼、為人家作病。黄帝使防相氏、黄金四目、身着朱衣、手把桿楯、口作儺々之声、以駈疫癘之鬼。至今歳除夜為之。

B月令曰、季冬命有大儺旁磔。注曰、此月有癘鬼、将随強陰出害人。故旁磔於四方之門。

C随用斎制曰、季冬晦選楽人二百四十人為儺。赤幘褠衣赤布袴以逐悪鬼于禁中。其日戌夜三唱儺集。水上刻皇帝御殿儺入。春秋冬皆儺。

D南部新書曰、除夜儺入、殿前然蠟、熒煌如昼。

E唐志曰、太卜、季冬、師侲子堂贈大儺。天子六隊、太子二隊。方相氏右執盾導之、唱十二神名、以逐悪鬼、鼓吹署令師鼓角、以助子之唱。

F論語曰、郷人儺《ヲニヤラフトキニ》朝服而立阼階。孔安国曰、儺駆逐疫鬼也。恐驚先祖故朝服立阼廟之阼階也。

G文選曰、卒歳大儺《ヲハリノトシヲニヤラヒシ》、駈《カリ》ニ除《ハラフ》群癘《ヲ》一。方相《ハウサウノヲホントトリ》秉レ鉞《マサカリヲ》、巫覡《フケキノトリ》《カンナキ》操レ茢《アハカラヲ》。侲子《シンシノコワラヘ》万童、丹《ニシテ》首玄製《アカキカシラクロキヨソヲヒセリ》。

桃《モヽノユミヲトロノヤ》弧棘矢、所《ロ》レ発《ハナツ》無《シ》レ臬《カキリ》。飛礫《ヒレキノツフテ》雨《ノコトクニ》散《アラケテ》、剛癉《カウタンノヲニ》必斃《スタフル》。

H王建宮詞詩云、金吾除夜進儺名、画袴朱衣四隊行。院々焼燈如白日、沈香火底坐吹笙。

文武天皇慶雲元年〔甲辰〕十二月、此年天下諸国疫疾百姓多死、始作土牛始追大儺。……

（『河海抄』巻四・紅葉賀）


まず、「儺」の解として、F『論語』〔郷党篇〕と孔安国注、またG『文選』〔東京賦〕を引くことは、『光源氏物語抄』や『紫明抄』にすでにみえるものである。(8)

それでは、それ以外の幾種にも及ぶ漢籍からの引用を『河海抄』はいかにして成し得たのか。

まずAの『金谷園記』は、『河海抄』において、これ以外にも三箇所に引用が確認できる。
・五日節：金谷園記曰、昔楚人屈原……。（「篝木」巻）
・ほしあひみる人もなし：金谷園記云、七月七日夜、洒掃於庭露……。（「幻」巻）
・ふすくまいらせ給へり：粉熟〔金谷苑記云、献赤粉餅〕。（「宿木」巻）
『金谷園記』は佚書。『新唐書』芸文志・丙部子録農家類に「李邕金谷園記一巻」と著録されるが、その全貌は知られない。しかし、『河海抄』の引用計四例の内容からすると、農事あるいは各種年中行事に関する記述によって構成されていた書物かと推察される。

日本に伝存する典籍に残る佚書佚文集成の労作である『本邦残存典籍による輯佚資料集成 続』(9)には、『年中行事抄』『年中行事秘抄』『明文抄』『倭名類聚抄』『和漢朗詠註略抄』『師光年中行事』から計十四条の『金谷園記』の佚文が輯集されており、いま『河海抄』紅葉賀が引く「儺」に関する記述も、ほぼ同文が『年中行事秘抄』（撰者未詳、鎌倉初期成立）に存することが指摘されている。『河海抄』が引く『金谷園記』は、年中行事に関わるこうした書物のいずれかを参看して転引されたものと考えられるのである。

なお、『本邦残存典籍による輯佚資料集成』は輯佚の際の資料として『河海抄』など『源氏物語』古注釈は利用していない。そして右に掲げた「宿木」巻の『金谷苑記』佚文は輯集されていない。また『河海抄』には、『本邦残存典籍による輯佚資料集成』が輯佚する佚書『成都記』（「須磨」巻）あるいは『南仲記』（「藤裏葉」巻）の引文が存するが、これらはいずれも『本邦残存典籍による輯佚資料集成』には輯集されていない。『源氏物語』古注釈にみえる各種漢籍からの引文は、今は失われてしまった佚書の佚文を残す資料としても今後より精密に調査活用されるべきであろう。

さて、再び『河海抄』の「追儺」についての注解に目を戻す。ここでいま、さらに注目したいのは、B『唐令』、C「随用斎制」、D『南部新書』、E『唐志』の引用についてである。実はこれらの記述は全て、Hの「王建宮詞詩」を収める『三体詩』の注（『増註唐賢絶句三体詩法』）に一括して載るものである。

宮詞二首（後首或以為杜牧之作）王建

金吾除夜進儺名（応劭曰……顔師古曰……）

画袴朱衣四隊行（此章皆隋宮事。C隋用斉制。季冬晦選楽人二百四十人為儺。赤幘構衣赤布袴以逐悪鬼于禁中。其日戌夜三唱儺集。上水一刻皇帝御殿儺入。春秋冬皆儺。冬八隊、春秋四隊。）

院院焼燈如白日（D南部新書曰、除夜儺入、殿前然蠟、熒煌如昼。）

沈香火底坐吹笙〔続世説……〕

《増註》職林……古今註……B月令、季冬命有司大儺旁磔。注、此月有厲鬼、将随強陰出害人。故旁磔於四方之門。E唐志、太卜、季冬、師侲子堂贈大儺。天子六隊、太子二隊。方相氏右執盾導之、唱十二神名、以逐悪鬼、鼓吹署令師鼓角、以助侲子之唱。侲音正。

（『増註唐賢絶句三体詩法』巻上）[10]

『河海抄』の当該注釈がこの『三体詩』注に基づいて書かれたことは間違いなかろう。

『三体詩』（一二五〇年成立）は、宋・周弼が編纂した唐詩の撰集で、室町期以降の日本で非常に流行したものである。もっとも普及したのは、いま右にあげた、天隠注（一三〇五年）と裴庚（季昌）注（一三〇九年）を加えたいわゆる増註本（『増註唐賢絶句三体詩法』）であった。『三体詩』を日本へ伝えたのは中巌円月（一三〇〇～七五）とされる[11]。以後、五山の禅僧を中心に広く学ばれ、その詩作に大きな影響を与え、また数々の注釈書（抄物）も作られ、江戸期を中心に多くの版が刊行されたのであるが、『河海抄』にみえる当該書の利用は、日本における『三体詩』注受容の最も早い一例といえるのではないか。

そしてもう一点、ここで特に強調しておきたいのは、『河海抄』が『源氏物語』に対する注釈において、このように「（漢）詩」をしばしば用いることである。『源氏物語』においては、例えばしばしば白居易の詩句を題として和歌が詠まれたり、漢詩句が和語に訓読された形で口ずさまれたりする。『源氏物語』の文に限らず、日本のことばと文学は、漢語、また漢詩との密接かつ複雑な関係のもとで形成、変化を遂げてきた面が大きい。『河海抄』をはじめとする『源氏物語』の古注釈においては、『源氏物語』本文の和語に対して和歌と漢詩を並挙する注記や、後にもふれるように、『源氏物語』中の和歌に対して漢詩を参看する注釈がしばしばみられる。これらは、『源氏物語』のことば、ひいては日本のことばと文が、漢詩との出会いによって育まれ、豊かさを獲得していったことと密接に関わろうし、また、そうしたことばや文の世界に対して、古注釈を撰述した文人や学者らがいかなる自覚や意識を持って向き合い、いかなる考察や読解を行っていったのかを反映する具体例として興味深い。

さて、『河海抄』には、もう一例、『三体詩』を利用したと思われる注釈が存する。桂の院へ源氏が訪れた際、君達が小鳥をつけた荻の枝をみやげとして参上した、という場面である。

ことりしるしばかりひきつけたるおぎのえだなどつとにて

小鳥付枝事

……西円法師といふもの草に枝あるべからずといふ義を執して木の枝とよみけり。親行にあひてさまざまに問答しけるよし水原抄にも載之……。案之両人問答猶理不尽にや。惣じて草の枝なしといふ義さらにあるべからざる事也。和語にはおのづからしどけなき事ありといふとも詩には専鳥獣草木の名をしるを用とすといへり。一事も実なき事あるべからず。それになを草の枝を作れる唐人の詩句おほし。折残枝など十日菊にも作れり。其例不可勝計。而西円是を難ぜば眼前に枝ある草は無異論荻薄などは現量にえだなき物也、仍荻の枝薄の枝とよめる作例やあるといはば其謂あるべき歟。荻のふるえばかりすてたるふるねを枝ににせたる也。此事猶秘説あり。（『河海抄』巻八・松風）

『河海抄』は、まず、草に枝はあるのか、ということを巡っての西円法師と親行の問答を載せ、「両人問答猶理不尽にや」とコメントしたうえで、自説を展開する。四辻善成の結論は「草の枝」ということはある、というものであるが、左にあげる『論語』陽貨篇の言辞（「小子何ぞ夫の詩を学ぶ莫きや。詩は……多く鳥獣草木の名を識る」）を重ね合わせて展開される『河海抄』の議論（「和語にはおのづからしどけなき事あり」「詩には専鳥獣草木の名をしるを用とす」）は、和語と詩とを対比し、和語と詩のそれぞれの特質を自覚し、分析、認識する発言として興味深い。

子曰、小子何莫学夫詩。詩可以興、可以観、可以群、可以怨。邇之事父、遠之事君、多識於鳥獣草木之名。
（『論語』陽貨篇）

そして「草の枝」ということを証する「唐人の詩句」の例として『河海抄』があげるのは、「折残枝」の詩句を含む鄭谷の「十日菊」詩である。その鄭谷の「十日菊」詩も『三体詩』に収められているものである。[12]鄭谷の詩に中世の日本人が触れたのは、『三体詩』以外のテキストに拠った可能性も考えられる。『河海抄』もここで『三体詩』に拠ったとは明言していない。しかし、善成当時の日本で鄭谷「十日菊」詩を知るルートは『三体詩』を通してであった可能性が高いのではないだろうか。

ともかく、ここで『河海抄』は、先行の注釈者達が本文をどう読み取るべきか議論を重ねてきた箇所について、新たに「詩」句を材料として解答を導き出そうとしているわけである。そして以下にみるように、詩と詩注を用いた注釈は、『河海抄』の『源氏物語』読解の方法、姿勢の一特徴としてみえ、そこに、『河海抄』が目指した「源氏学」の一方向を推察することもできるように思われる。

（2）李嶠『百二十詠』詩と詩注による注釈

詩と詩注を用いた注釈として、『河海抄』には李嶠『百二十詠』とその詩注を用いた箇所もある。李嶠『百二十詠』注は平安期からたいへんよく利用された書物ではあるが、『河海抄』での使用状況についても確認してみよう。

これも月にはなる、物かは

比巴の撥は隠月におさむる故也。

又李嶠琵琶詩曰、半月分絃上。

王元長同詩曰、於月如可明。

〔奥〕呉均詩、一箭一列作琵琶、自辟規心覚照月。

（『河海抄』巻十七・橋姫）

宇治を訪れた薫が姫君達を垣間見る場面。雲に隠れていた月が現れ、中の君は、「(扇ではなく) 琵琶の撥でも月を招くことができた、これも月に縁遠いものではないから」と言う。

『河海抄』はここで、琵琶を題とし、月を詠みこむ李嶠詩を引く。そして「李嶠琵琶詩」に続いて引かれる「王元長琵琶詩」と「呉均詩」は、いずれも李嶠『百二十詠』の当該詩の張庭芳注にみえるものである(13)。

また次にあげる例は、詩注をともに引用するものではないが、『源氏物語』中の「和歌」(出仕が決まった玉鬘が兵部卿宮に送った返歌)を読み解く注釈として、「漢詩」である『百二十詠』詩が引かれる、という点で注目したいものである。『百二十詠』詩と和歌との結びつき、ということでは、すでに源光行の『百詠和歌』が著されてはいるが、『河海抄』の注釈もまた、『源氏物語』中の和語、和歌世界と、『百二十詠』詩の表現世界とを結び、ことばと文学の連想を広げてみせるものとも捉えることができる。

心もてひかりにむかふあふひだに朝をく霜を、のれやはけつ

傾心比葵藿　朝夕奉堯曦兮〔百詠〕

〔文選曰〕蘘荷依陰、時藿向陽、緑葵含露、白薤負霜〔藩安仁閑居賦〕

葵は日にむかひて葉を傾て根をかくす物也。鮑牽為斉侯ニ刖足らる。孔子聞曰、鮑庄子之智ハ不及葵々能衛其足《モト》トいへり。

（『河海抄』巻十一・蘭）

なお、ここで『河海抄』は、『百二十詠』詩と『文選』閑居賦の引用に続いて、刖《あしきり》の刑に処せられた鮑牽について孔子が「鮑牽の知は葵にも及ばない」と評したという『春秋左氏伝』成公十七年伝の記事を、一部和文に抄訳した形で載せる。本来漢文で記された記事や故事を、簡潔に和文によって載せることは『河海抄』の他の箇所でもみられる。

「和漢の例」「和漢の先蹤」を徹底して追究していくがごとき『河海抄』ではあるものの、このように、漢籍の原典にまで立ち戻ろうとはせず、和語和文による説解も同時に存する。このことは、日本における「漢故事」の受容と和語・和文への消化ということ、そしてそれを反映した「古典注釈」の方法として注意しておきたい(14)。

（3）杜甫詩と詩注による注釈

『河海抄』においては、また、杜甫詩とその注を引用する注釈がある。そして以下にあげる例は、『河海抄』が参看したテキストが、おそらくは、『集千家註分類杜工部詩』（徐居仁編、黄希・黄鶴補、一二一六年刊）であったことを伝えるものと思われる(15)。これもまた、先にみた『三体詩』注と同様、新来のテキストを利用した、「新たな」時代の注釈といえる。

から国に名を残しける人よりも行ゑしられぬ家ゐをやせん

楚の屈原がはなたれたりし事をいふ歟。

楚辞〔漁夫序〕曰、漁夫者屈原之所作。漁夫避俗時遇屈原恠而問之。遂相応答。屈原既放身舟遊江潭。戯水側。行吟沢畔〔履荊棘也〕、顔色憔悴。

杜詩注曰、屈原有宅在帰州。

後漢郡国志注曰、荊州記、稀帰県北一百里有屈平故宅、方七頃累石為屋基、今地名楽平。

（『河海抄』巻六・須磨）

右は、須磨へ流される途次、「から国に名を残し」た屈原を思い、行く末の不安を歎き詠んだ源氏の和歌に対する注釈である。『河海抄』はまず『楚辞』「漁夫」を引く(16)が、それに続く「杜詩注」及び「後漢郡国志注」は、いずれも『集千家註分類杜工部詩』巻二十五所収の杜甫詩「最能行」の注釈にみえるものである(17)。

……若道土無英俊才、何得山有屈原宅〔洙曰、屈原有宅在帰州。定功曰、後漢郡国志註、荊州記、稀帰県北一百里有屈平故宅、方七傾累石為屋基。今地名楽平。〕

（『集千家註分類杜工部詩』巻二十五「最能行」）[18]

同様に、『河海抄』において、杜甫詩の詩注部分のみが転引される例はもう一箇所ある。

こがねもとむるゑしもこそなどうしろめたくぞ侍やと

蒼舒《サウシヨ》云《カク》、漢元帝《ノ》宮《ノ》人頗《ル》多《シ》、嘗令《シテ》画工《クワコウヲ》二図《セ》レ之《ヲ》、有《レハ》二欲《スル》レ呼《ヨハント》者《ノ》一被《ラル、ツセ》レ図以召《メス》、故宮《ニ》人多《ク》行《テ》賂二於画工《ニ》一、王昭君《ノ》姿《スカタ》容甚麗《ミヤヒカ也》、無レ所二苟《イヤシクモ》求レ工《コウニ》、遂《ツイニ》毀《ソコナフ》二其状《ノカタチヲ》一、後匈奴《ニケウト》求《ム》二美女《ヲ》一、帝以《テ》二昭君宛《アツ》レ行《ニ》、既《ニ》召《テ》見《ル》帝悦《テ》レ之《ヲ》而名字已《ニ》去《ル》、遂不《ニ》レ復レ留《ト、マラ》、帝怒《イカツテ》殺《ス》二画工毛延寿《モウエンシユヲ》一。〔杜詩注〕

（『河海抄』巻十八・宿木）

右は、薫が、大君の絵を残したい、というのに対して中の君が、「賄賂に黄金を求める絵師などであったら心配だ」と述べる場面。ここに踏まえられているのは王昭君の故事であるが、『河海抄』が引くのは、杜甫詩「詠懐古跡三首其三」の注にみえる王昭君故事である。

……画図省識春風面、環珮空帰月夜魂〔蒼舒曰、漢元帝宮人頗多、嘗令画工図之、有欲呼者被図以召、故宮人多行賂於画工、王昭君姿容甚麗、無所苟求工、遂毀其状、後匈奴求美女、帝以昭君充行、既召見帝悦之而名字已去、遂不復留、帝怒殺画工毛延寿。〕

（『集千家註分類杜工部詩』巻三「詠懐古跡三首　其三」）

誰もが知る王昭君の故事をわざわざ杜甫詩注から引くのは、新来の、かつ善成当時人気を得ていた杜甫詩に付随する情報を載せることに意義が見出されていたからかもしれない。

また、次にあげるのは、前項で「李嶠琵琶詩」の引用を確認した「橋姫」巻の「月」の場面の直前の箇所である。

雲かくれたりつる月のにはかにいとあかくさしいでたればあふぎならでこれしても月はまねきつべかりけるとて

……後嵯峨院御時此物語の御談義ありけるに以扇招月事諸道に尋られけるにいづれも無所見。後日基長卿云、漢書ニ以扇月をまなぶと云事あり。つ与ふ五音通ずる故歟。然者まなぶと可心得歟〔水原〕。
杜詩云、月生初学扇、雲細不成衣。〔注曰、初――謂未甚円也。不成衣言細也。趙曰、李義甫詞、鏤月成歌扇、
裁雲作舞衣。〕
案之まねくとあるを押てまなぶと心えん事もすこし理不尽にや。扇を古来月に喩たる事勿論也。されば扇こそ
月にはたとへあれども撥も月にはなるゝ物ならねば扇ならでもまねきつべかりけりと女の心になにとなくいへ
るにや。次の詞にも入日をかへすばちこそありけれとあるも偏にまねく心也。学にはあらざる歟。
或詩注云、月円似扇、故云月扇。

（『河海抄』巻十七・橋姫）

雲に隠れていた月が現れたのを、中の君が、扇ではなく「これ（琵琶の撥）」でも月は「まねく」ことができた、という本文について、『河海抄』はまず、ここは「まねく」ではなく「まなぶ」の意で捉えるべきだという議論がかつてあったことを記す。

続いて『河海抄』は、「月生初学扇」という句をもつ杜詩「復愁十二首　其二」[19]を注とともに引き、「月が扇に学ぶ」という表現が杜詩に存することを指摘するが、結論として、『源氏物語』の当該部分を「まなぶ」という意で捉えようとするのは「理不尽」なことである、と述べる（傍線部）。

これは、ある「文学的表現」の検証の過程で、杜甫詩の表現が好例として選び利用されている注釈ということができよう。

また、『河海抄』が杜甫詩を注釈に取りあげる際、「詩の心」が物語に「かなう」こと、あるいは詩の「心詞」が物語に「相通」じるということをコメントする場合がある。

ふるきのかはぎぬ

貂裘《テウキウ》。貂〔フルキ。和名。てんといふ獣也〕如鼠といへり。
杜詩云、季子黒貂裘。注曰、蘇季子未レ用《レ》黒貂裘弊《ヤフレタリ》。又出遊数歳大困《ニシテ》而帰《ル》兄弟嫂妹妻皆切《ニ》笑也。
又曰、兎応疑二鶴髪一、蟾《モ》亦恋《フ》二貂裘《ヲ》一。斟酌嫦娥寡《ナリ》、天寒《シテ》奈《イカン》二九秋《ヲ》一。〔月詩〕詩の心貧家の服にかなへり。……
（『河海抄』巻三・末摘花）

ここで『河海抄』が引く「杜詩」は、「奉送魏六丈佑少府之交広」詩とその注[20]、及び「月」詩[21]である。『河海抄』は、末摘花が身につけていた「ふるきのかはぎぬ」の注解としてこれらの杜甫詩を引き、「詩の心貧家の服にかなへり」、すなわち、杜甫詩の意趣がこの場面と合致すると説く。

同様の例をもう一つあげよう。

蓬生事　杜詩曰、蓬生非無根、漂蕩随高風。天寒落万里、不復帰本叢。客子念故宅、三年門巷空。此詩心詞自相通乎。
いかでかく尋きぬらんよもぎふの人もかよはぬわが宿のみち〔拾遺〕
（『河海抄』巻七・蓬生）

右の例で、『河海抄』は、「蓬生」の巻名に対して杜詩「遣興」[22]を引き、「此詩心詞自相通乎」とコメントする。これらの注解において、『河海抄』が、『源氏物語』の本文の構想にはおそらく直接は関与しなかったであろう杜甫詩をとりあげ、詩の「心」「詞」が物語に通じると述べることには、どのような狙いがあるのだろうか。なおここには、『拾遺集』所収の「よもぎふ」を詠じた和歌が並記されている。この和歌をここに引くことについて『河海抄』は何もコメントを付してはいないが、同一の語に対して、杜詩と和歌を並べ引く『河海抄』のこの注釈には、源氏物語のことばを漢詩と和歌双方の表現世界との重なりや広がりの中で捉えようとしている意図が感じられるとはいえないだろうか。

（4）蘇東坡詩と詩注による注釈

『河海抄』における詩と詩注を用いた注釈として、もう一点注目されるのは、蘇東坡詩とその詩注による注釈が存することである。

人のいみじくおしむ人をばたいさくも返し給なり

宋玉為屈原作招魂詞曰、帝告巫陽曰、有人在下、我欲輔之、魂魄離散、汝巫与之。王逸楚詞章句曰、帝謂天帝也。巫陽、神医也。

余生欲老海南村、帝遣巫陽招我魂〔東坡〕

（『河海抄』巻二十・蜻蛉）

「蜻蛉」巻で、浮舟が入水し、突然人々の前から姿を消した際、乳母と思われる人が、「たいへん惜しまれている人ならば帝釈天もお返しになるというのだから、せめて亡骸だけでもお返し下さい」という場面である。『河海抄』が引く「東坡」詩は「澄邁駅通潮閣二首　其二」の句で、遠く海南島へ追放され、仕方なくそこで余生を送ろうと思っていたところ、中国本土へ戻るようにと命を受けた蘇東坡がその喜びを述べるものである。蘇東坡はこれを、その昔天帝が巫陽に命じて、非業の死を遂げてばらばらになってしまった屈原の魂魄を呼び集めたことになぞらえて、一度死んだ自分の魂がいま帝によって呼び返されたようなものだと詠んだのである。『河海抄』は、遠く打ち捨てられた魂も呼び戻されることがある、という例を加えるために、蘇東坡詩と、その詩句の基となった『楚辞』「招魂」及び王逸注を引いたものかと考えられるが、実はこの注釈に引かれた記述は全て当該の蘇東坡詩の注（『王状元集註分類東坡先生詩』）に確認できる。

澄邁駅通潮閣二首　其二

餘生欲老海南村、帝遣巫陽招我魂〔縯曰、宋玉為屈原作招魂詞、其中曰、帝告巫陽曰、有人在下、我欲輔之、魂魄離散、汝筮与之。思文曰、王逸楚詞章句曰、帝謂天帝也。女曰、巫陽。按山海経、開明東巫彭巫陽、巫凡皆神医也。」

（『王状元集註分類東坡先生詩』巻一）[23]

『王状元集註分類東坡先生詩』は、王十朋（一一一二～七一）による編纂とされ、蘇東坡の詩に関する宋代の注釈家の諸説を集めたものである。四辻善成は、この蘇東坡詩注にも目を通していて、注釈部分もろともに引用、利用したのであろう。

しかし、『河海抄』には、『王状元集註分類東坡先生詩』に収載されない蘇東坡詩も引用される。

ふしまちの月わづかにさしいでたる心もとなしやはるのおぼろ月よ、

春宵一刻直千金、花有清香月有陰。歌管楼台声細々、鞦千院落夜沈々。（蘇東坡）（『河海抄』巻十三・若菜下）

ここに引用されるのは、蘇東坡詩として非常に有名な「春夜」詩であるが、当該詩は宋版の東坡集や『王状元集註分類東坡先生詩』などの注釈書には収載されない、いわゆる集外詩である。しかし例えば、当該の詩は、南宋・劉克荘編『分門纂類唐宋時賢千家詩選』[24]等には収められており、日本でもこうしたテキストを通じてよく知られるようになったものかと考えられる。

さて、蘇東坡（蘇軾。一〇三六～一一〇一）は北宋の詩人であり、『源氏物語』の成立よりも時代が下る。『源氏物語』よりも明らかに後代の漢詩を『河海抄』が注釈に引用するのはいかなる意図によるのか。これは、『河海抄』には、『源氏物語』の世界そのものに深く立ち戻り、その意を究めようとする方向がある一方、『源氏物語』のことばを起点として、それを『源氏物語』の内部にのみ留めてしまうのではなく、和語・和文・和歌、漢語・漢文・漢詩によってさまざまに創出される表現世界、文学世界につなげ、ひらいていこうとする志向があることによるものではないだろうか。[25]

そして、『源氏物語』のことばを、『三体詩』や杜甫詩注、あるいは蘇東坡詩注といった新たな「詩」テキストを用いて、積極的に詩・詩語と結びつけ味わい、解そうとする『河海抄』のこうした態度は、次にみる通り、「詩にも――と作れり」というコメントが複数繰り返されることにも表れているように思われる。

三　詩語の引用と歌学、歌学書

『河海抄』は注釈においてしばしば、『源氏物語』の表現に関連する「詩語」が漢詩に存することを指摘する。以下、「詩にも――と作れり」という型によって、『河海抄』が、『源氏物語』に関連する「詩語」を提示していく箇所を列挙してみよう。

①さけしゐそしなど

敍〔ソス〕。詩にも酔敍とつくる也(26)。

（『河海抄』巻六・明石）

②大覚寺のみなみにあたりてたき殿の心ばへなどおとらずおもしろきてらなり

……今案云、古人此等の会尺共に推量の義ときこえたり。只泉殿といふ心也。大覚寺の滝殿にもおとらずおもしろきといふ也。詩に滝を飛泉、曝泉など作之、無差異者也。

（『河海抄』巻八・松風）

③雪のいたうふりつもれるうへにいまもちりつゝ松と竹とのけぢめおかしうみゆる

勁松彰於歳松といふ心歟。松竹同事也。詩にも十八公栄霜後彰、一千年色雪中源など作れり(27)。

（『河海抄』巻九・槿）

④ひなのわかれになど

おもひきやひなの別におとろへてあまのなはたきいさりせんとは〔古今〕
ひなは夷也。ゐ中のわかれ也。
或物云、南海に一の鳥あり。雛をそだて、成長の時おきへつれてゆきてはなつ也。其後は互に行衛をしらず。
是をひなのわかれといふ也云々。
案之、漢朝古事歟。孔子在衛曲聞桓山之鳥生四子、羽翼既成、将分離、悲鳴以相送といへり。是を四鳥の別と
号す。詩にも別離に作来れり。此事歟。
（『河海抄』巻十・玉鬘）

⑤むしのことも
虫籠。一蕃語雕籠など詩にも作れり。
（『河海抄』巻十一・野分）

⑥さむげにいらゝひらきたるかほして
さむき時はとりはだのたつをいふ也。詩に鶏皮といへり、是也。
（『河海抄』巻十七・橋姫）

⑦ゆきいとゝ空もとぢぬべう侍りと
雲とづるなどいふ同事歟。凍雲合など雪の詩に多作れり。
（『河海抄』巻十七・椎本）

⑧かしらのかみあらばふとりぬべき心ちするに
たとへば身毛竪躰の心歟。唐人詩にも髪如竹など作れり。同心也。
（『河海抄』巻二十・手習）

右にあげた①〜⑧の注釈においては、四辻善成が具体的にいずれの詩に基づいてこれらの「詩語」を取り出してい
るのか未詳のものもあるが、関連する「詩語」を提示し、そして、網がけを施した「無差異者也」（②）、「此事歟」
（④）、「是也」（⑥）、「同心也」（⑧）と述べる部分に明白なように、四辻善成は、『源氏物語』の和語表現と漢語、漢
詩表現とのつながりを積極的に発見、提示しようとしているようにみえる。

また、④では、「ひなのわかれ」という表現について、『光源氏物語抄』などが既に関連を指摘している『古今和歌集』雑下・九六一の小野篁歌「おもひきやひなの別に……」を引きつつも、さらに「案之」として「漢朝古事」（「桓山之鳥」の故事は『孔子家語』等にみえる）を加え、なお重ねて「詩にも別離に作来れり」と述べ、漢文、漢詩世界との連関、広がりを指摘する。

そして、このように、和語、和文、和歌と漢語、漢文、漢詩を合わせ捉えていこうとする『河海抄』の態度をみるとき、こうした注釈は歌学書の態度や成果と深く繋がり合うものなのではないかということが、当然ながら予想される。

ありとみてゝにはとられずとれば又ゆくゑもしらずきえしかげろふ

あるかなきかのとれいのひとりごちたまふ

陽焔。涅槃経云、受者熱時之炎。疏曰、熱炎輪但有其名而無其実。華厳経曰、譬如春月時衆生見炎気、愚者謂為水。又同経ニ野馬多アリ。

夏の月ひかりをましてゝる時はながるゝ水にかげろふぞたつ

たとへてもはかなき物はかげろふのあるかなきかの世にこそ有けれ

かげろふのそれかあらぬか春雨のふるひとなれば袖ぞぬれける

かげろふのさやにこそみめむば玉のよるの人めは恋しかりけり〔以上六帖哥〕

かげろふのほのめきつれば夕ぐれの夢かとのみぞ身をたどりける〔後撰〕

淮南子曰、水蠆為蜧〔カケロウ〕。

列子曰、蠛蠓生朽壌之上因雨生覩陽而死。

かげろふは詩にも色々にいひて一様ならず、遊糸或野馬など、もいへり。されど荘子にも野馬ハ塵埃也ト云テ天地ノ気ノごとくなる物也。或ハ陽炎ともいふ。これも日の光にけぶりのやうにみゆるを云也。或又能因が哥枕には春の空にとぶ小虫をいへり。軒ばにあそぶといふ蜻蛉とはこれ歟。（『河海抄』巻二十・蜻蛉）

右にあげたのは、「蜻蛉」巻の巻末、薫が宇治の姫君たちを回想して人生のはかなさを詠じ、独り言をつぶやく場面。『河海抄』は、まず、「陽焔」に関する記述を仏典（『涅槃経』『華厳経』）から引き、「かげろふ」を詠んだ和歌を列挙し、次に『淮南子』『列子』そして『荘子』等の漢籍の記述、さらには『能因歌枕』の解に及ぶ。

いま、歌学書の中に類似の記述を探すと、『顕注密勘』（承久三年（一二二一））に、次のような類同の記述を見出すことができる。

かげろふのそれかあらぬか春雨のふる人みれば袖ぞぬれぬる

かげろふと云物はありともなく、なしともなく、慥にもみえぬ物なれば、それかあらぬかとたどらんとて、かげろふとはおけり。かげろふは、詩にも歌にもさま〴〵に云て、一すぢならず。遊糸は或有無とも作れり。野馬は遊糸とは同物ともいへり。また蜻蛉をかげろふといへり。……(28)

網がけを施した部分の「説き方」が、『河海抄』（傍線部）に継承されていることが確認できる。すなわち、先に列挙した「詩にも――に作れり」という『河海抄』の注釈は、院政期以降の歌学書の体例を引き継ぐものだと考えられる。なお、歌学書の体例と、『源氏物語』古注釈との関係ということについて、もう一例をあげてみる。

みやびかなり

閑麗。又窈窕《ヨウテウトミヤヒカ也》〔文選〕。又閑《ミヤヒカ》〔白氏文集〕。又膃《ヲツ》肭《トツ》《ミヤヒカナリ》〔遊仙窟〕。（『河海抄』巻十八・早蕨）

出家した弁の姿を表現する「みやびかなり」という語に対する注釈である。このように、『源氏物語』文中の和語に当たる漢字を列挙する注釈は『河海抄』においてしばしばみられるものである。

一方、顕昭の歌学書『袖中抄』第五（文治元～三（一一八五～八七）年頃）には、次のような記述がある。

一、みやび

……文集にも閑の字をみやびかなりと読り。閑麗なりと云も、やさしくこびたる心にや。源氏物語にも此詞は侍り。私云、閑麗をば日本紀にはきらぎらしと読り。……

毛詩云、彼美孟義、洵美且都、閑也。〔注云、都閑也。[29]〕

文選上林賦云、安妃之徒、絶珠離俗、妖冶閑都。[30]

同第十三云、奈々都人子、雅歩擢繊腰。[31]

世説第七云、有履声甚都。[32]

都良香詩云、神齢朽邁雲骨自閑都。[33]

和語について、漢詩、漢籍所載の関連字句を取りあげ、漢字・漢語の「読み」、すなわち訓読を確認しつつそれぞれの語彙を検討、考察していくスタイルは、『河海抄』にそのまま通じる。いま、「みやびかなり」の語に対する『河海抄』の注釈と『袖中抄』の記述は全く一致するというわけではないが、「和語に漢字を当てる」注が、歌学書の体例に学び、それを受け継ぐものであることは明確である。

「漢字を当てる」注や「「複数流派の釈義の並列」という注釈スタイル」が『懐中抄』等の歌学書と『異本紫明抄（『光源氏物語抄』）』等の『源氏物語』注釈書に共通することはつとに浅田徹氏らによる指摘がある。[34] また、『河海抄』など『源氏物語』古注釈にしばしばみえる、「――と読めり」「――と書けり」といった注釈の体例等が、藤原清輔撰『奥義抄』（一一三五～四四年頃成立）以降の歌学書に見えることも、乾善彦氏による指摘がある。[35] さらには、顕昭を中心とする歌学、歌学書の『河海抄』における摂取については近年松本大氏による研究があり、[36]『河海抄』に「〜の心なり」という歌学書における語彙説明の常套句が用いられていることにも注目して考察が行われている。『河海抄』が、『源氏物語』のことばにこだわり、さまざまな漢籍を用いつつ、漢字、漢語、漢詩、漢文との対応の中で『源氏物語』を読み解こうとしたことは、それ以前から綿々と蓄積されてきた歌学の知識や方法に拠るところが大きいのではないか。なお、四辻善成がこのように歌学の方法やスタイルに基づきつつ『河海抄』を撰述したのは、善成が、当代の歌人・連歌師を代表する二条良基（一三二〇〜八八）の猶子であったことを考えれば、当然のことともいえる。

しかしまた、小川剛生氏が指摘するように、[37]二条良基が、漢学へも関心を寄せ、特に晩年はさかんに「和漢聯句」を行ったということを合わせ考えると、従来の歌学、歌学書の成果にもまして、漢語、漢詩と和語、和歌との関係のいっそうの追究が目指される、四辻善成はそうした時代に存在したのだと想像される。四辻善成をして、『河海抄』のごとき博引旁証な注釈書を作らせたのは、そうした当時の文芸と学問の状況が背景事情にあったのではないだろうか。

おわりに

以上、『河海抄』の注釈方法について、特に漢語、漢詩、漢籍の情報が用いられている箇所に注目し考察を行った。そして、そこには、伝統的な漢唐訓詁学的方法による詳密な字義の追究がなされる注解があることとともに、宋代以降の新しい典籍を含むさまざまな資料を駆使しながら、『源氏物語』の「ことば」と「心」を解き明かそうとする試みも随所に存在することをみた。そして特に、『河海抄』において、詩と詩注による注釈が加えられている箇所が特徴的にみえること、そこには、『源氏物語』の和文世界に漢詩の詩語の世界を重ね合わせて、その「ことば」と「心」のもつ奥行きや広がりを豊かに引き出してみせる積極的な読みが提示されているのではないか、ということを述べた。『源氏物語』の、「和」と「漢」、そして特に「ことば」と「心」という二事に対する『河海抄』の意識は、例えば、次にあげる記述に明確にみえるものである。

……此巻名師説如此。又以愚案加潤色了但再三。案之真実の義は夢の一字の外に別の心なし。うきはしは夢にひかれて出来詞也……所詮作者の本意を推するに此物語ははじめにいふがごとくに其趣荘子寓言に一同せり。而彼荘周は胡蝶夢に死生の変をあかせり。是物化の謂也。且有大覚而後知其大夢ともいへり。漢家の寓言も百年の夢に化し和国の寓言も一部の夢にきはまる也。

(『河海抄』巻二十・夢浮橋)

はじめにも述べたように、『源氏物語』という「作物語」が、学問研究の対象となり、日本を代表する古典となりえたことは、日本の「古典学」の最も顕著な特徴だといえる。それは、そこに和歌や有職に関する豊富な資料、資源が蔵されているからのみでなく、和と漢のことばと心が交錯しつつ形成展開してきた日本の語文の重要な特質がまさに内包されているからではないだろうか。『河海抄』をはじめとする古注釈は、そうした『源氏物語』の豊かな魅力と可能性をさまざまな角度から引き出し、発掘してみせてくれるものといえる。『源氏物語』古注釈、そしてその前後周辺に存する辞書や歌学書など、ことばをめぐる古代の学問の成果や蓄積から、我々が知りうることはまだ多く残されているように思う。

※『河海抄』の引用は、玉上琢彌編、山本利達・石田穣二校訂『紫明抄　河海抄』(角川書店、一九六八年六月)に

より、句読点、濁点等を適宜加えた。また中書本系統『河海抄』は天理図書館善本叢書和書之部編集委員会編『天理図書館善本叢書和書之部　河海抄伝兼良筆本』一、二（天理大学出版部、一九八五年三月、五月）による。

注

（1）前田雅之「『源氏物語』はどのように注釈されたか―『花鳥余情』の力学―」（陣野英則・新美哲彦・横溝博編『平安文学の古注釈と受容』第二集、武蔵野書院、二〇〇九年九月）、小川剛生「源氏物語の注釈書　四辻善成の河海抄を中心に」（佐藤道生編『注釈書の古今東西』慶應義塾大学文学部、二〇一一年十一月）等参照。
（2）『源氏物語』古注釈における漢籍や漢詩の利用については、河野貴美子「古注釈からみる源氏物語と唐代伝奇」（日向一雅編『源氏物語と唐代伝奇　『遊仙窟』『鶯鶯伝』ほか』青簡舎、二〇一二年二月）、同「和語と漢語が紡ぐ文―古注釈を通してみる『源氏物語』と『白氏文集』―」（仁平道明編『源氏物語と白氏文集』新典社、二〇一二年五月）、同「古注釈書を通してみる『源氏物語』の和漢世界―『河海抄』、『花鳥余情』―」（中野幸一編『平安文学の交響　享受・摂取・翻訳』勉誠出版、二〇一二年五月）等で検討を行ってきた。小稿はこれらに続く考察である。
（3）京都大学文学部国語学国文学研究室編『諸本集成倭名類聚抄』（臨川書店、一九九三年三月再版）参照。
（4）阮元『十三経注疏附挍勘記』（芸文印書館影印）及び星野恒校訂『漢文大系　第十二巻　毛詩　尚書』（冨山房、一九八八年九月増補版）参照。
（5）『経典釈文』の引用は中国国家図書館蔵宋刻宋元逓修本（上海古籍出版社影印、一九八四年十二月）による。
（6）『毛詩注疏挍勘記』の引用は文選楼本『十三経注疏挍勘記』による。
（7）「桐壺」、「よもきふ」、「おとめ」、「あつまや」。なお「おとめ」「あつまや」の引用では『太平御覧』の巻数も示されている。
（8）ただ『光源氏物語抄』と『紫明抄』の当該箇所において『文選』は「文選ニアリ」とあるのみで本文は引用されていな

い。

(9) 新美寛編、鈴木隆一補、『本邦残存典籍による輯佚資料集成　正・続』（京都大学人文科学研究所、一九六八年三月）参照。

(10) 『増註唐賢絶句三体詩法』の引用は明応三年（一四九四）刊の五山版（国文学研究資料館蔵、和古書請求記号：99—138—1）による。なおCの部分に「春秋冬皆儺」とあるところを、江戸期の刊本『増註唐賢絶句三体詩法』（早稲田大学図書館蔵寛永二十年（一六四三）刊本（請求記号：へ18—3154）等）は「春秋皆儺」に作り、「冬」字を缺くが、『河海抄』の引用は五山版と一致し、古い段階の本文を残している。

(11) 中田祝夫編著『増註唐賢絶句三体詩法幻雲抄』坪井美樹「解説」（勉誠社、一九七七年六月）参照。

(12) 『三体詩』巻上、鄭谷「十日菊」「節去蜂愁蝶不知、暁庭還繞折残枝。自縁今日人心別、未必秋香一夜衰。」

(13) 李嶠撰、張庭芳注、胡志昂編『海外珍蔵善本叢書　日蔵古抄李嶠詠物詩注』（上海古籍出版社、一九九八年八月）参照。

(14) 和語和文によって中国故事を抄訳紹介することは『花鳥余情』に至るといっそう増加するが、それら『源氏物語』古注釈書の方法と、例えば説話や軍記において和文によって中国故事を語り紡ぐ言説との相互の関連や交渉についても、より詳細に検討を深めるべきではある。この問題については後考を期したい。

(15) 杜甫詩とその詩注の伝本及び日本への伝来については、興膳宏氏のご教示を得た。また小川剛生氏も「南北朝期の源氏物語研究—四辻善成を中心に」（第五十八回国際東方学者会議発表資料、二〇一三年五月二十四日）で、『河海抄』の引用に『集千家註分類杜工部詩』と一致するものがあることを指摘されている。

(16) 『河海抄』の引文は『楚辞』「漁夫」と王逸注文とが混在している。すなわち冒頭の「漁夫者……相応答」は王逸注、また小字双行の「履荊棘也」の他「戯水側」も王逸注であり、「身」字も王逸の注文「身斥逐也」が混入したものと考えられる。

(17) 旧稿（「『河海抄』の『源氏物語』注—和漢の先蹤計ふるに勝ふべからず」（小林保治編『中世文学の回廊』勉誠出版、二〇〇八年三月）では、当該部分について『分門集註杜工部詩』を利用したものとしたが誤りであった。『分門集註杜工部詩』は「後漢郡国志稀帰注曰」に作り、『河海抄』の引文にはない「稀帰」の二字を含むなど小異がある。なお、『集千家註批点杜工部詩集』（劉辰翁批点、高崇蘭編、一三〇三年序。『天理図書館善本叢書漢籍之部第四巻　集千家註批点杜工部詩集下』（元末明初刊、八木書店影印、一九八一年三月）参照）の当該詩の注文も『河海抄』の引用とは異同が目立つ。『河海抄』の引用は『集千家註分類杜工部詩』とほぼ一致し、『集千家註分類杜工部詩』を利用したものと考えられる。

(18)『集千家註分類杜工部詩』の引用は国会図書館蔵五山版（永和二年（一三七六）刊）による。

(19)『集千家註分類杜工部詩』巻二十五には「復愁十一首」としてあげ、注に「同作十二首、一首見節令九日」とする。

(20)『集千家註分類杜工部詩』巻二十二に当該詩を収め、「洙曰」としてほぼ同文の注がある（洙注は「妻」を「妻妾」に作る）。

(21)『集千家註分類杜工部詩』巻十二所収。

(22)『集千家註分類杜工部詩』巻六所収。

(23)引用は長澤規矩也編『和刻本漢詩集成第十一輯』（汲古書院、一九七五年十一月）所収明暦二年（一六五五）刊本『（増刊校正王状元集註分類）東坡先生詩』による。

(24)『分門纂類唐宋時賢千家詩選』（台湾商務印書館、一九八一年）参照。

(25)このことは『花鳥余情』に至るとより顕著に感じられるものとなる。

(26)「酔殺」の語は李白「陪侍郎叔遊洞庭酔後」詩、賈至「春思」詩等にみえる。

(27)「十八公栄霜後彰、一千年色雪中源」は『和漢朗詠集』雑・松部所収の源順「歳寒知松貞」詩。

(28)『顕注密勘』の引用は、久曽神昇編『日本歌学大系』別巻五（風間書房、一九八一年十一月）による。「かげろふの…」は『古今和歌集』巻第十四・恋歌四・七三一番歌。

(29)『毛詩』鄭風・有女同車に「彼美孟姜、洵美且都」、その毛伝に「都閑也」とある。

(30)『文選』司馬相如「上林賦」に「宓妃之徒、絶殊離俗、妖冶嫺都」とある。

(31)『文選』陸雲「為顧彦先贈婦二首」に「粲粲都人子、雅歩擢繊腰」とある。

(32)『世説新語』第十四・容止に「庾太尉……聞函道中有屐声甚厲、定是庾公」とあるのを引いたものか。待考。

(33)『袖中抄』の引用は久曽神昇編『日本歌学大系』別巻二（風間書房、一九五八年十一月）による。

（34）浅田徹「中世の古今集注―多義性の二つの型―」（増田繁夫他編『古今和歌集研究集成第三巻　古今和歌集の伝統と評価』風間書房、二〇〇四年四月）、慶應義塾大学附属研究所斯道文庫監修『古今集注釈書影印叢刊3　古今集素伝懐中抄』浅田徹「解題」（勉誠出版、二〇一〇年十月）等参照。
（35）乾善彦『漢字による日本語書記の史的研究』第三部第五章（塙書房、二〇〇三年一月）参照。
（36）松本大「『河海抄』における歌学書引用の実態と方法―顕昭の歌学を中心に―」（『詞林』五〇、二〇一一年十月）、同「『河海抄』巻九論―諸本系統の検討と注記増補の特徴―」（『中古文学』九一、二〇一三年五月）参照。
（37）小川剛生『二条良基研究』（笠間書院、二〇〇五年十一月）。

付記　小稿は第五十八回国際東方学者会議（ICES）東京会議・シンポジウムⅢ：「源氏学」という学問―古注釈の方法古記録・漢籍・仏典・古典学の書（二〇一三年五月二十四日）における口頭発表（「『源氏物語』と漢語、漢文、漢籍―古注釈が読み解く『源氏物語』のことばと心」）の前半部分に基づき、補筆修正を加えたものである。

注釈史のなかの『河海抄』

吉森　佳奈子

一

『首書源氏物語』（刊記と跋によれば、寛永一七年＝一六四〇年成立、寛文一三年＝一六七三年刊）や『湖月抄』（延宝元年＝一六七三年成立、刊行はその数年後か）によって『源氏物語』享受史はかわった。それは江戸のゆたかな出版文化が可能にしたことで[1]、結果としてそれ以前とは異なる『源氏物語』享受が展開することとなった。それ以前の注釈書では、本文を適当な長さで抜書して注を記すかたちで、『源氏物語』本文は別に持たなければならなかったが、『首書源氏物語』、『湖月抄』では本文全文が載せられ、注（頭注、傍注）と一覧しながらよむことができるかたちがとられた。これらの他にも、『万水一露』は、版本跋によれば[2]、必須の注釈書であると指摘される『河海抄』、『花鳥余情』、『弄花抄』、『細流抄』の主要な説を忠実に引用して一覧しながらよむことが目論まれた。版本は物語全文をあげており、めざす方向としては『首書源氏物語』、『湖月抄』と同じであったと推測される。しかし形式としては、本文を適当な長さに区切って、それについての注を記すそれ以前の注釈書を踏襲しており、物語本文をとおして掲げて、注と一覧できる『首書源氏物語』、『湖月抄』のかたちが格段によみやすい。本居宣長『源氏物語玉の小櫛』が、「湖月抄の事」として次のようにのべていることも、『湖月抄』が出版後、ひろく受けいれられていたことをうかがわせる。

此物語、今の世、これかれあまたの本どもある中に、たよりよきまゝに、おほくは湖月抄を見る事也、それにつきて、こゝろうべき事どもあり、まづ此抄の本、おほかたはよろしき中に、をり〳〵あしき事、又詞のおちたるところなどあるは、今他本《コトマキ》とよみくらべて、みなえり出て、奥にしるせるがごとし、又此抄、すべて句読《ヨミキリ》いとみだりにして、誤リおほく、中には句《ヨミキリ》によりて、いたく語の意をも、誤ること多し、その心してよむべし、清濁《スミニゴリ》も、わろきことおほし、仮字づかひのこと〳〵くたがへるは、後の世のおしなべたることなれば、わきていふべきにもあらず、さていはゆる引歌の例に、――の点をかけたるに、引歌ならぬところおほし、引歌とは、古き歌によりていへる詞にて、かならず其歌によらでは、きこえぬ所也、然るに此抄、河海花鳥などに、引歌とはなしに、たゞ詞の例などに、古歌を引たるをも、そのわきまへなく、引歌といふ物と、ひとつに心得て、かの点をかけたるところの多き也、又註の中に、河海抄花鳥余情などにある事を引るには、河また花と標《シル》すべきわざなるに、それをばおきて、後の抄に引たるかたによりて、哢あるは細などしるせる事つね也、されば哢細などとて引たるには、河海花鳥の説おほしと心得べし、大かたこれらの事ども、今思ひ出るまゝに、一ッ二ッしるしぬ、なほもあらむは、なすらへても心得べき也、さておのれ今此小櫛を物するにも、世にあまねく見る本なるゆゑに、たよりよからむために、何事も、此湖月抄につきていふことおほし、巻々の、そのひらひらとしるすたぐひなり、[3]

『源氏物語』がよみやすいかたちで普及した、ということと同時に、それ以前の注釈書の説が『湖月抄』によって見られるようになったということに留意したい。宣長が、物語本文も、注釈も、『湖月抄』に依拠しすぎる傾向をやや警告的に指摘していることはむしろ、これが広く浸透していたことをあらわし出す。たとえば、契沖(『源註拾遺』)、賀茂真淵（『源氏物語新釈』）所引の『河海抄』が、『湖月抄』経由であったらしいことについては、「日本紀」の注を中心に考察したことがある。[4] 簡単にくりかえしておくと、たとえば、

①

とはかり

［細］時ばかり也しはらくと也［孟］時［日本紀］（『湖月抄』絵合巻）[5]

と、『湖月抄』は「孟」としており、たしかに、『孟津抄』に、

とはかりうちなかめ給へり

時［日本紀］しはし斗也（『孟津抄』絵合巻、上巻三八一ページ）[6]

と見られるが、これらは、

とはかり

時《トハカリ》［日本紀］しはし計也（『河海抄』絵合巻、三四四ページ）[7]

とあるように、『河海抄』の注であると見られる。これを『源註拾遺』は、

とはかりうちなかめたまへり

［細］時はかり也。しはらくと也。［孟］時［日本紀］○今案、日本紀にとはかりといふ詞なし。後拾遺雑二門

おそくあくとて帰にける人のもとにつかはしける　和泉式部

なかしとて明すやはあらん秋の夜はまてかしま木のとはかりをたに

歌によめるはこれ初歟。思ひ絶なんとはかりをなといふは仮名にて、これにおなしからす（『源註拾遺』絵合巻、三一五ページ）[8]

のように、「孟」としてあげている。また、『湖月抄』が、

②

わりなく

無別［日本紀］無破

（『湖月抄』桐壺巻）

のように、注釈書の出典を記さずにあげているものについては、『源註拾遺』も、

わりなくまつはさせ給ふ

○今案、わりなくの注に無別［日本紀］無破とあり。日本紀に無別の言またくなし。無破は菅家万葉にあり

（『源註拾遺』桐壺巻、二三八ページ）

と見られ、これは、

わりなくまとはさせ給あまりに

無別《ワリナシ》［日本紀］無破　纏［マトウ］

（『河海抄』桐壺巻、一九三ページ）

と見られるのであるが、『河海抄』とはしていない。用例の見あわせからわかるかぎりで、契沖、真淵は『湖月抄』の範囲を超えない。

他方、宣長は、自ら『首書源氏物語』を用いて校訂、書入した『湖月抄』を用いて『源氏物語』をよみ、講義をしていたと推測されることが、杉田昌彦『宣長の源氏学』(9)によって指摘されている。杉田は、宣長手沢本『湖月抄』（本居宣長記念館蔵）の宣長自筆書入の性格と、意図について検討し、『首書源氏物語』による『湖月抄』の注の増補という基本姿勢が認められること、注釈書本文の校異も必要に応じ書入されていることを指摘する。先掲『玉の小櫛』「湖月抄の事」に、「又註の中に、河海抄花鳥余情などにある事を引るには、河また花と標《シル》すべきわざなるに、それを

ばおきて、後の抄に引たるかたによりて、哢あるは細などしるせる事つね也」とあるように、宣長は、『河海抄』や『花鳥余情』の注であっても、『細流抄』や『弄花抄』等、後の注釈書によって引用されていることについて注意を促しているが、杉田は、このような『湖月抄』の態度が不充分と認識されたために、『首書源氏物語』による書入がなされたのではないかと推測する。

一方で、「宝暦二年以降購求謄写書籍」に、「河海《七両》［廿五六冊］」とあり、(10)宣長は、七両という破格の金額で購った『河海抄』、その他を所有していたことがわかる。『花鳥余情』、『仙源抄』、『弄花抄』、『細流抄』、『明星抄』、『孟津抄』、『岷江入楚』、『帚木抄』、『源氏論議』、『紫家七論』、『源氏雲隠同抄』、『源註拾遺』、それに『湖月抄』等、『源氏物語』にかんする書名が見られ、少なからぬ数の個々の注釈書類が所有されていた。先掲杉田は、宣長が『紫文要領』（宝暦一三年＝一七六三年）、『玉の小櫛』（寛政八年＝一七九六年）を書き、『源氏物語』講義をする際、『河海抄』は所持していなかったと推測するのであるが、具体的にいつ『河海抄』その他が購入されたかは不明というほかない。個々の注釈書を所持していたからこそ、『湖月抄』が「後の抄」で引用するプライオリティ認識のなさを指摘できたのではないかという推論も可能である。いずれにせよ、宣長は、『湖月抄』によるというのである。本文理解、注釈書の引きかた等々、問題がないわけではないが、「世にあまねく見る本」であるという理由をあげて、『湖月抄』に依拠するといわれている。宣長にとっては、注釈書や本文の権威や素性、また、孫引きであるか等々は大きな問題ではなく、指摘が『源氏物語』理解にとって正当であるかどうかが重要であるということであると思われるが、『源氏物語』注釈史の側から、宣長のいた場所――『湖月抄』でよんでゆくという立場――はどのような帰着であったのか。

『湖月抄』の『河海抄』に注目すると、直接引用ではないと見られる。たとえば、先掲①は、『孟津抄』が『河海抄』の注をそうと記さずにあげたものを、『湖月抄』が「孟」として引いている例であるが、『湖月抄』の『河海抄』

は『孟津抄』経由かというと、その範囲にとどまらない例が多く見られる。具体的に見ると、『孟津抄』の、

③

ともし火なときえいるやうにてはてぬれは

如煙尽燈滅［法花経］

論衡曰人之死也猶火之滅也而燿不照人死而智不慧

（『孟津抄』薄雲巻、上巻四二八ページ）

は、『河海抄』の

ともしひなとのきえいるやうにてはて給ぬれは

如烟尽燈滅［法花経］

論衡曰人之死也猶火之滅也而燿不照人死而智不慧

（『河海抄』薄雲巻、三五九ページ）

とほぼ一致しているが、『孟津抄』は『河海抄』であると記さない。『湖月抄』の『河海抄』が『孟津抄』経由だとしたら「孟」等と記される筈であるが、『湖月抄』は、

燈なとのきえいるやうにて

［河］如《シ》二煙尽《ツキ》燈滅《キユルカ》［法華経］　［抄］薄雲の臨終のさま也源氏の君縁ありて此臨終にあひ給ふ也

（『湖月抄』薄雲巻）

のように、『河海抄』の注であることを明示する。

④

けさう人は世にかくれたるをこそよはひとはいひけれ

大夫監か辞なり　仮借人［貞観政要ニハナツカシウトアリ］気装人［新猿楽記］又仮相人［同］夜這人《ヨハイ》［同］

竹取物語云よるはやすきもゐもねすやみの夜に出てもあなをくしりかいはみまとひあへりかゝるよりなむ夜は
ひといひける
（『孟津抄』玉鬘巻、中巻五二～五三ページ）

も同様で、『河海抄』の

けさう人はよにかくれたるをこそよはひとはいひけれ
仮借人［貞観政要ニハナツカシウストヨメリ］気装人［新猿楽記］又仮相人［同］夜這人［同］
竹取物語云よるはやすきゐもねすやみの夜にいてゝもあなをくしりかいはみまとひあへりかゝる時よりなん夜
はひとはいひける
（『河海抄』玉鬘巻、三八五ページ）

とほぼ一致するが、『孟津抄』は先行する注釈書の説として『河海抄』の名をあげていない。『湖月抄』は、

けさう人は
［抄］草子地とみえたり師説抄に同し　［河］仮借《ケサウ》［貞観政要ニナツカシウス］気装人《同》　仮相人夜這人《ヨバイヒト》竹取物語
に夜はやすきいもねすやみの夜にいてゝも穴をくじりかいまみまどひあへり、かゝる時よりなんよばひとはい
ひける
（『湖月抄』玉鬘巻）

のように、これを『孟津抄』ではなく『河海抄』としている。また、『孟津抄』の、

⑤
斎宮はこそうちにいり玉へかりしをさま〳〵さはる事ありて
大内のうちに左衛門のつかさに入玉へきをいふ也
（『孟津抄』葵巻、上巻二一九ページ）

のような注に、『湖月抄』は、

さい宮はこそ内に

［細］いまた此本《モト》の宮にましまます也内に入給ふとは諸司に入たまはん事也大内のうちに左衛門の司に入給へきを云也　［河］九月神宮祭礼の月也延喜式云凡斎王将入太神宮之時自九月一日迄卅日云々

（『湖月抄』葵巻）

と、『河海抄』の、

斎宮はこそうちにいり給へかりしをさま〳〵さはる事ありて此秋いり給九月にはやかて野の宮にうつろひ給へけれは二たひの御はらへ

うちに入給とは諸司入事也九月神宮祭礼月也

延喜式云凡斎王将入大神宮之時自九月一日迄卅日云々

（『河海抄』葵巻、二八九ページ）

の注から載せている。『湖月抄』には、

⑥

いとあへなくて

［河］最無《イトナシ》レ敢《アヘ》

（『湖月抄』桐壺巻）

のように、『孟津抄』には見られない『河海抄』、

いとあへなくて

最無敢《アヘ》　専《イト》

（『河海抄』桐壺巻、一九六ページ）

による注も見られ、『湖月抄』の『河海抄』は『孟津抄』経由ではないことはたしかめられる。

しかし一方で、

⑦

もろこしにもか丶る事のおこり《起一説矯》にこそ

殷紂《チウ》は妲己《タツキ》ヲ愛し周の幽王は褒姒を寵して天下を乱る唐玄宗の楊貴妃にいたるまでも其例おほし
（『河海抄』桐壺巻、一九一ページ）

とある『河海抄』の注を、『孟津抄』は、

もろこしにもかゝる事のおこりにこそ
起と驕と両義あり起よろし
こゝを一段にみる也殷紂は妲己を愛し周幽王は褒姒を寵して天下をみたる唐玄宗の楊貴妃にいたるまで其例おほし
（『孟津抄』桐壺巻、上巻一〇ページ）

のように、『河海抄』とせずに引き、『湖月抄』は、

もろこしにもかゝること
［細］殷《イン》の紂《チウ》が妲己《ダツキ》を愛し、周《シウ》の幽《ユウ》王は褒姒を寵せしより、世のみたれたる事等を引て云也

ほぼ同様の内容を『細流抄』として引くような例も少なからず見られ、『湖月抄』の『河海抄』が何であったか、具体的に捉えだしにくい。

『湖月抄』「凡例」に、

一　予先年箕形如庵《ミカタジョアン》［八条宮に奉仕］に此物語の講義を聞、十五ヶの秘訣三ヶの口伝等を請得たり、又先師逍遙軒貞徳に桐壺一巻の講尺を聞て、此物語の口伝等再開し侍し、此如庵老人はもと称名院三光院殿より相つたへて、八条の宮の御前にても講ぜち申され侍しとかや、其故に此講尺には細流を以てもとゝせられ侍し、又逍遙軒は九条の東光院のきみにしたがひたてまつりて此物語の奥義を極めて後、九条大閤幸家《ユキイヘ》公の御前にて折々御とひに応せしよし侍し、されば是は常に孟津抄を尊み申されし、よりて此抄にも細流孟津の両抄をもとゝして河海花鳥の

要をとり、弄花明星をひろひける処の師説を交へ、かつをろかなる辟案をくはへて初心の人のたすけとするもの也

とあるように、北村季吟が、師である箕形如庵の学統（如庵は三条西公条、実枝の学をうけついでおり、故に『細流抄』を研究のよりどころとする一方で、九条植通に師事した貞徳から桐壺巻講義をうけている関係で、『孟津抄』も重視する。因に『細流抄』は、『河海抄』を意識した謙譲的な書名であるが、『花鳥余情』に近い態度で、『河海抄』を具体的にあまり引かない）を尊重する態度であったことは指摘されているとおりである。[11] しかし、このような検討の結果で、『湖月抄』と先行注との具体的な引用関係はいえない。「師伝」、「学統」を追うことによって注釈書類の所引関係を解くことができるわけではないのである。

二

それは、『湖月抄』以前、個々の注釈書類はどのように生きていたのかという問題にほかならない。先行する注釈書類が、後のものに直接引用されなくなってくるのはどのあたりからか。

ひきつづき『河海抄』で見ると、『花鳥余情』には約四七例『河海抄』の注に言及するところがあるが、[12] その大半の約三三例は、

⑧

そむきもせすたつねまとはさんともかくれしのひすか〻やしからすいらへつ〻

そむきもせすは男の尋きたるにそむかすあひしらふ也　人女の男にたつねまとはされんともかくれしのまぬな

り　河海抄の説いか、とおほえ侍り　（『花鳥余情』帚木巻、二六ページ）[13]
そむきもせすとたつねまとはさむともかくれしのひすか、やかしからすいらへつ、
はしめに世をそむきぬへき身なめりといひしにいまたそむかてありとて男の尋まとはすにもけしからすもかく
れしのはすしてつゐにはひかくれたるといふなりか、やかしからすははちか、やく心也
（『河海抄』帚木巻、二二三ページ）

⑨

は、なくをしつ、み給へるさまなと
河海につ、み文をたて文の事にいへるおほつかなし　つ、み文は宇治の巻にも見えたり　たてふみにてはある
ましきにや　嫁娶記にみえ侍り　艶書のつ、み様は仮令紫或紅薄様二重に歌をかきてをした、みて引むすひて
墨を引て其を又薄様一重にて薬若は砂金なとのことくつ、みておなしくうす様をほそくきりてひねりて頸をゆ
ふ也　これに墨を引不引は両説也
（『花鳥余情』若紫巻、四九ページ）
はかなくをしつ、み給へるさまなともさたすきたる御目ともにはめもあやに
をしつ、むとはたてふみたる也艶書をもたてふむ事本儀也堀河院艶書合にもあり　公実遺康資女母イ おなし大納言紅のうすやう
にたてふみて
年ふれといはてくちぬる埋木のおもふ心はふりぬ恋かな
さたは央也顔師古曰未央《ヒワウハ》猶未半《ハンノ》又王逸《イツハ》楚辞ノ注ニ曰央尽《ヤウハシン》さたすきたるは半すきたる年齢也百とせの半の義歟
五十あまりの心歟一説云さたは比也中さたも中比也さたすきは比すきたる也たとへはさかりの比すきて也　万
葉十一云

おきのなみへなみのきよるさたの浦のこのさた過てのちこひんかも
是もこの比也
めもあやとは一説あやめ同事也云々今案之其心かはるへし目おとろく心也
（『河海抄』若紫巻、二五九〜二六〇ページ）

⑩

わたくしさまにはこしのへてなと
蟄居せる人のほかへ出ありくをはこしをのすと云也　左のおと丶致仕の表をたてまつりて隠居のよしを申なからわたくしには又ありくといはれんもの丶きこゑをは丶かる心也　河海抄之義あやまれるにや
（『花鳥余情』須磨巻、一〇〇ページ）

わたくしさまにはこしをのへてなと
腰を屈するは宮仕ノ礼也いまこしをのふるとあるは休退の心也
（『河海抄』須磨巻、三〇九〜三一〇ページ）

のように、『河海抄』にたいする批判的否定的な言葉を伴う。

⑪

御てのさきはかりはひきたすけきこえん
源氏玉かつらの君と蜜事あるといふ河海の説大かた相違なきにや　た丶し其実なくともなれ〳〵しさはことを枕にして物かたり有しなと実事のなきはかり也　さるにとりては御てのさきはかりひきたすけんときこえ給へるもことはりはかなひ侍るにや
（『花鳥余情』真木柱巻、二三一ページ）

かのせはよき道なかなるを御てのさきはかりはひきたすけきこえてんとほ丶ゑみ給て

善道なしといふ也渡此河亡人は必趣三悪道之故也云々
一説云過路なき歟亡人必河を渡故によくへき道なしといふ歟又云善道中歟冥途へおもむく道中歟しかれとも十王経以下の文には二七亡人渡奈河受種々苦とみえたり善道の義いはれさる歟但よき道なき也或説云御手のさきはかりはひきたすけむとあるは最初に嫁合の夫必此河を引わたすといふ説あり此義ならは源氏すてに玉鬘と本意を遂られたる歟しかるを其実なきよし所々にみえたりもしうはへには隠密のよしにてくみはみねともなといへとも内々はおほししることゝもあらんかし世になきなれ〳〵しさもとある歟但うしろやすさもこの世にたくひなきとあり如何これは女のためを思はれて大将をむことり給へるをうしろやすきとある歟　定家卿歌には
せめて思今一たひのあふことはわたらん河や契なるへき《以前の心歟》
案之過《ヨキ》路無かなるをと読へし其故は六帖第三歌
わすれ川よくみちなしときゝてしはいとふのうみのたちはよりけれ《り歟》とあり如此心歟玉鬘の歌にみつせ河わたらぬさきにあはときえんとあるを源氏此川をよきて行《与奇道》へきみちなしとの給也但万葉集ニ
神さきの荒磯もみえす波たちぬいつこよりゆかんよき道はなしにといへり　然者善道一義歟此義可秘蔵矣
玉鬘尚侍通鬚黒大将事
尚侍満子［内大臣高藤女］通大将定国是等例歟
（『河海抄』真木柱巻、四三一～四三三ページ）

のように、部分否定的なものが約一例、『河海抄』を踏襲した注は、

⑫
ふくいとくろくして
ふくりとこえて色くろき心清少納言枕草子とおなしき説尤しかるへし　くはしくは河海に見えたり

（『花鳥余情』夕顔巻、四三ページ）

ふくいとくろくしてかたちなとよからねとかたわにみくるしからぬわかうとなり
清少納言枕草子にふくいとくろきおとこのしらはりきたるとあり　源光行俊成卿に申談して此物語の句をきり声をさしける時こゝにいたりて筆をおさへて右近《ウコン》初参の時分且又隠密事也着服不可然之由申されけるに清少納言枕草子にもありとてすみて声をさゝれけり此事をしらさる人〳〵服の義を立歟ふくりとくろき也い与り五音横通の字也いつれも通用つねの事也たとへはふくらかにて色くろき也着物によりて容《カタチ》の善悪を書へからさる也
一説服最《イト》黒歟君の服を着事枇杷《ヒワ》大納言延光一生之間着村上天皇御服不憚出仕云々　此等例歟俊成卿女阿仏禅尼なと此義を立けり中院事書にも猶服の義を存する歟如何

（『河海抄』夕顔巻、二五〇ページ）

⑬

くろ木の鳥井
くろきは皮つきたる木をいふへし　河海の次説を用へし
くろきの鳥ゐともさすかにかう〳〵《神々》しく

（『花鳥余情』賢木巻、八九ページ）

或説黒木とはくろもんさといふ木也云々
只又皮つきの木をもいふ歟
くろきの屋仁徳天皇の御時はしまる云々

（『河海抄』賢木巻、二九五〜二九六ページ）

等、約一二例にすぎない。もともと『花鳥余情』は、序に、

是によりて世々のもてあそひ物となりて花鳥のなさけをあらはし家々の注釈まち〳〵にして雪蛍の功をつむといへともなにかしのおとゝの河海抄はいにしへいまをかんかへてふかきあさきをわかてり　もとも折中のむねにか

なひて指南の道をえたり　しかはあれと筆の海にすなとりてあみをもれたる魚をしり詞の林にまふし丶てくいせをまもる兎にあへり　のこれるをひろひあやまちをあらたむるは先達のしわさにそむかされは後生のともからならんそしたかはさらむや　つゐに愚眼のおよふ所を筆舌にのへて花鳥余情と名つくるところしかなり

（『花鳥余情』三ページ）

とあるように、『河海抄』を意識し、その誤りをただそうとする意図が明確で、右に見るような言及の具体的なありようは当然の帰結であるといえる。

ここで留意すべきなのは、批判、踏襲いずれの場合も、『河海抄』本文を引用するところがないという点である。『河海抄』以後もっとも近い成立の注釈書の段階ですでに直接引用がされていない。『花鳥余情』は一条兼良が、応仁の乱によって京の邸と蔵書の多くを失い、奈良に疎開していたときの著であり、手許に『河海抄』がなかったとも推測される。一方で、先掲⑬は、「河海の次説」を指示しており、『河海抄』を別にもつことが想定された書きぶりで、手にはしていたが引用する煩を避けたとも考えられる。『花鳥余情』の、『河海抄』を引用しない態度に戦乱がかかわるか否かは知ることができないが、以後の注釈書類でも、『河海抄』は必ずしも直接引用されているといえないところがあり、『源氏物語』の注釈空間のなかでどのように生きていたのか、具体的にたしかめにくい。

『花鳥余情』から十年ほど後に成立した『尋流抄』は、内容や人物関係にかんする初歩的な注が多く、注釈書の説を引用する場合にも、適宜訓点を補ったり、意訳的にわかりやすくしたりしており、連歌師たちの『源氏物語』理解を具体的にうかがわせる早い例といえるが、たとえば、

⑭

あぢきなく

史記には無為と書白氏文集には高紀と書日本紀ニハ無道と遊仙窟ニハ何須とも無事とも無情とも書レ之解脱上人の舎利講之式ニハ無端と書

（『尋流抄』桐壺巻、五ページ）[14]

⑮　あちきなう

無為《アチキナシ》［史記高紀　白氏文集　古語拾遺　老子経］無道［日本紀　此心歟］無状［同］無事《アチキナシ》［遊仙窟］何《ナンソ》須《アチキナク》［同］无情［同］無端《アチキナシ》［舎利講式解脱上人］

（『河海抄』桐壺巻、一九一ページ）

子をしると云は

史記ニハ明君知レ臣明父知レ子日本記ニハ知レ臣莫レ若レ君知レ子莫レ若レ父といへり

（『尋流抄』少女巻、二三五ページ）

こをしるといふはそらことなめり

明君知臣明父知子［史記］　択子莫如父択臣莫如君［左伝］

知臣莫若君知子莫若父［日本紀］

（『河海抄』少女巻、三七四ページ）

のように、『河海抄』に依拠したと見られるものについて出典を記さない場合が少なくない。さらに⑭の例を見ると、『河海抄』が「無為《アヂキナシ》」の典拠として記す「史記高紀　白氏文集　古語拾遺　老子経」を、『尋流抄』は「白氏文集には高紀と書」と誤解したことをうかがわせる注となっており、実際に『河海抄』を手にし、意訳的に引いたり、場合によっては誤解したりしていたかと見られるのである。[15]

⑯　もちろん、

とのゐ物の袋

花鳥ニ云雖レ非ニ指事一秘事と云習せる事なれは輙分《ヒ》不レ及レ注ニ河海には殿上の宿直人の名字書たる簡を日給簡と号す其を入たる袋と云又一年中の公事の旨を注して官家より公家執柄大臣家に献する袋草帋の事と云

（『尋流抄』賢木巻、一三二ページ）

さふらひにとのゐもの、ふくろおさ〳〵みえす

殿上宿直人の名字かきたる簡《フダ》［号日給簡］を納むる袋事歟云々

一説云一年中の公事の上日をしるして官家より公家執柄大臣家に献する袋草子事歟云々

此事有殊秘説注別紙

（『河海抄』賢木巻、三〇〇ページ）

のように、「河海」と記した例もあり、このような、恣意的ともいえる先行注の記し方は、古注釈書では珍しくないことが、井爪康之によって指摘されているが(16)、「河海」と明記されないものは、『河海抄』が出典つきで引いている例を、結果として、その出典そのものから引いたように見せてしまうような注となっている。

『万水一露』にも、

⑭

あちきなう人のもてなやみくさになりて

［閑］無為《アヂキナシ》［白氏文集］無道《アヂキナシ》［日本紀］無事《アヂキナシ》［遊仙窟］無情《アヂキナシ》　無端《アヂキナシ》［舎利式］無状《アヂキナシ》［日本紀］何須《ナンゾアヂキナシ》［遊仙窟］

（『万水一露』桐壺巻、①一一ページ）

のように見られることに留意したい。これは先掲の『河海抄』と出典表示についても一致しており、それによると見られるが、『万水一露』は、筆者永閑の説であることをあらわす「閑」と記し、『河海抄』と表示していない。先述の

ように、『万水一露』は、『河海抄』、『花鳥余情』、『弄花抄』、『細流抄』の、「肝要たるところをさのみ省略せす書あつめ」(『万水一露』跋、⑤四一三ページ)という基本方針であるにもかかわらず、このような例が見られるのである。

ところで、執筆時に『河海抄』を手許にしていたかよくわからない『花鳥余情』と異なり、『尋流抄』は、『河海抄』と記さず引く場合が少なくないが、実際に見ていたと推測される。先掲⑯の例は、同時に引かれている『花鳥余情』を介した引用ではないことは、その注、

⑯

さふらひにとのゐもの丶ふくろおさ〳〵見えす

ことなる事なけれと秘事といひつたへたる事なれはあらはにしるすにおよはす

(『花鳥余情』賢木巻、九二～九三ページ)

を見るとあきらかである。『万水一露』も『河海抄』を手にしていたと考えられるが、一方で、先掲桐壺巻の注のような例も見られ、それは、永閑執筆時に『河海抄』が手許にあったか、貞徳による増補訂正時にはどうであったか、という方向からも考えなければならない問題である。実際に手にされていたとしても現在考えるような意味での直接引用とは一概に捉えられないということだ。

三

ことは『河海抄』諸本の問題にもかかわる。『河海抄』伝本について、善本はないと指摘するのが通常で[17]、研究の少なからぬ部分は善本をもとめることに向かっていたといえる。しかし見てきたような状況は、善本という問題のた

て方の発想自体が問いなおしを必要とすることをあらわしだしているのではないか。

たとえば、学習院大学蔵『河海抄』巻第二十奥書は、

此抄一部廿巻手自令校合、加覆勘畢。可為治定之証本焉。儀同三司源判。則或両本校合朱了。本云、寛正六年孟夏下旬之候終一部之写功了。洞院大納言［公数卿］家本弁室町殿春日局本彼是見合了。春本者中書之本、洞本者覆勘之本也。仍彼是不同事等有之、料紙左道右筆比興也。堅可禁外見。穴賢々々。権大納言源判。文明四年三月廿二日未下刻立筆、翌日申刻終書写之功了。右此抄借請中院亜相［通秀卿］本染愚翰了。惣而一部書写之望雖有之、当時宇治可覧之間、先此四帖［自十七至廿］卒写留之。雖卑紙多憚悪筆有恥、憖依数寄深切屢励生涯懇志。如形終書木之切、烏焉之訛謬須繁多。一部書写之次、早可令清書。深蔵之函底勿許外見者也矣。于時文明［壬辰］姑洗下旬候、左少将藤(18)

は、所謂覆勘本の伝来を知ることのできるものとして、諸本研究の際にしばしば引用される。中院通秀が、所謂中書本系統の春日局本と、所謂覆勘本系統の洞院公数本を見あわせながら書写した本を、三条西実隆が写したという過程が記されており、『河海抄』が、貸し借りされ、書写されていた状況がうかがわれる。

一方で、見てきたように、『河海抄』が生きてきたのは、必ずしも直接引用されないままひろがってゆく注釈空間であった。先にふれた宣長は、『河海抄』を所持していながら、実際に用いていたのは『湖月抄』の『河海抄』であり、それがとくに極端な事例でないことは、『花鳥余情』以降、『河海抄』がどのように引用されてきたかを見ることでたしかめられる。善成が著した『河海抄』と、注釈史のなかの『河海抄』とは別のもので、ふたつはひとつにはならず、『河海抄』が生きてきた道すじはひとつの善本に繋がってはゆかない。

夙に契沖が

此物語抄物の大部なるは河海その初歟。然るに暗記の違へる歟、草案歟、伝写の誤歟、日本紀万葉等にありとてひかれたる事の本書になき事すくなからす。後によき人〳〵のつゝきてつくり給へる抄とも、これを本にて、信すへき人のしたまへることなれは、いつれもつたへて根源を考かへすひかるゝほとに、たゝ此一書のみならす、仮名物語に出来といてくる抄とも其あやまりをうけすといふ事すくなし。まことに本みたれぬれは末をさまらすといふ事よろつにわたりてつゝしむへき事なり

（『源註拾遺』大意、二二三ページ）

と指摘していることに注目したい[19]。契沖は、記憶違いや、書写の誤り、さらに、新しく書き換えられ、もともとのものが変えられてゆく状況、『河海抄』そのものの流布のなかで手が加えられ変化してゆくことについて指摘する。それがさらに引用をくりかえすことで内容がうごいてしまうことは、注釈には不可避にあることと考えられていた。

このような認識が共有されていたからこそ、宣長は、うごいてゆくものではなく『湖月抄』で見る、という選択をしたのではないか。彼が『湖月抄』を選びとったのは、これが広く流布しているからという理由だけではなく、うごいてしまうものは採らないという基本姿勢によるものと考えられ、先にふれた手沢本『湖月抄』の書入の意味も、そのことをふくんだうえで問いなおす必要があるのではないか。

たしかに、中書本、覆勘本という捉え方は早くからあったことが先掲学習院大学蔵本奥書からもうかがわれ、書写する際にも意識されていた。一方で、早い段階から必ずしも直接引用されず、うごいてしまうものと認識されて伝わってきたものを、奥書等によって分類整理し、善成の『河海抄』により近い「善本」に帰着させようとしてしまってよいか。善本をもとめることに終始するのではなく、『河海抄』として手にとられ、派生をふくみながら書写されていった、その現場を問いかける必要があるのではないかと考える。

注

（1）一七世紀、江戸時代の万治、寛文、延宝の頃、『源氏物語』に限らず、頭書形式の、古典普及に適した書がしばしば出版された状況については、片桐洋一の指摘がある（和泉書院刊『首書源氏物語』「解説」）。

（2）『万水一露』は、「此物語書はじむる年号の事」のなかに「又寛弘元年よりことし天正三年乙亥までは五百七十二年歟」（『万水一露』の引用は、おうふう刊『万水一露』第一巻〜第五巻により、巻名、巻数、ページ数を記す。①六ページ。なお、以下、資料の引用で、論旨にかかわらない範囲の表記等の変更を行ったところがある）とあることから、天正三（一五七五）年頃の成立と推測されているが、東京堂出版刊『源氏物語注釈書・享受史事典』は、これは増補本で、初稿本の成立は天文一四（一五四五）年かと指摘する。これは、筆者永閑自身の説であることをあらわす「永」、「閑」、師の宗碩の説であることをあらわす「碩」等の肩付をもたない本であるという。写本として伝わっていたが、奥に承応元（一六五二）年の、松永貞徳による跋を載せた版本が寛文三（一六六三）年に刊行された。それらのあいだで貞徳による増補訂正がどの程度なされていたか、問題がある。『万水一露』が成立し、版本が刊行されるまでのあいだに、『首書源氏物語』はこれを利用していることが、先掲片桐洋一によって指摘されており、これらの影響関係について検討が必要である。

（3）筑摩書房刊『本居宣長全集　第四巻』、一八二〜一八三ページ。

（4）小論「『日本紀』による注―『河海抄』と契沖・真淵―」（『中古文学』二〇〇四年五月）。

（5）『湖月抄』の引用は、延宝版本により、巻名を記す。引用文中の［　］は、分注、肩付をあらわす。以下同じ。

（6）『孟津抄』の引用は、桜楓社刊『孟津抄』上中下巻により、巻名、上中下の別、ページ数を記す。

（7）『河海抄』の諸本については、考察すべき問題が多いが、今現在最も広く用いられているであろう本文ということで、ここでは、角川書店刊『紫明抄　河海抄』により、巻名、ページ数を記す。

（8）『源註拾遺』の引用は、岩波書店刊『契沖全集　第九巻』により、巻名、ページ数を記す。

（9）二〇一一年、新典社。

（10）筑摩書房刊『本居宣長全集　第二十巻』、三九五ページ。

（11）東京堂出版刊『源氏物語事典』、先掲『源氏物語注釈書・享受史事典』等。

（12）『花鳥余情』は、成立後、兼良自身によって手を加えられたという事情があって現存諸本間に相違があり、数字は概数で示すこととする。

（13）『花鳥余情』の引用は、武蔵野書院刊『花鳥余情　源氏和秘抄　源氏物語之内不審条々　源語秘訣　口伝抄』により、巻名、ページ数を記す。なお、以下、『河海抄』とかかわる『花鳥余情』の注は、批判、踏襲の対象となっている『河海抄』の注を併記して示す。

（14）『尋流抄』の引用は、笠間書院刊『尋流抄』により、巻名、ページ数を記す。

（15）「白氏文集には高紀と書」というのは、他の注釈書類には見られない。

（16）『尋流抄』「解題」。

（17）新潮社刊『日本文学大辞典』、岩波書店刊『日本古典文学大辞典』等。

（18）先掲『源氏物語事典』から引用した。

（19）但し契沖は、これを「日本紀万葉等」に注目すると、それらの本には見られないものが『河海抄』に少なからずあげられていることの指摘としていう。『河海抄』所引「日本紀」と契沖の問題については、注四先掲小論で考察した。

付記　小論成稿後（二〇一三年一〇月）、松本大「『湖月抄』の注記編集方法―『岷江入楚』利用と『河海抄』引用について―」（『詞林』二〇一三年一〇月）に接した。『湖月抄』の引用する『河海抄』はどういうものかという問題意識は小論と共通するが、校正時に松本の論の全体にあいわたる検討を加えることはできなかった。いずれ稿をあらためて考察することとしたい。

『覚勝院抄』にみる三条西実澄の源氏学
――「三亜説」の分析を中心に――

上野英子

『源氏物語聞書　覚勝院抄』（以下、覚勝院抄と略）は、『湖月抄』の先蹤ともなった〈物語本文〉と〈注釈書〉一体型の資料である。いつ頃の成立かといえば、冒頭に記された料簡相当部分の「時代」項に「…然者元亀二年マデハ五百七十四才歟」という記述のみえることから、かつて伊井春樹氏は

当時の注釈書において、料簡の年号はその作業に着手した年月を表す場合が多く、従って本書も、元亀二年から執筆に取りかかったと考えられる。(2)

と解釈されていた。元亀二年（一五七一）といえば、室町幕府が滅亡する二年前、ちょうど織田信長が比叡山を焼き払った年でもある。(3)

かかる『覚勝院抄』について、稿者はこれまでに諸本の分類、物語本文の位相と作者圏、成立経緯等について分析を試みてきたが、(4)本稿では「三亜説」という注記を取りあげたい。「三亜説」は『覚勝院抄』諸本に共通してみられるもので、その点において穂久邇文庫本系諸本のみに共通した青墨等による〈三大注〉とは大きく異なっており、おそらくは『覚勝院抄』なるものの成立にも深く関わってくる注記とみられるからである。

本稿では『覚勝院抄』における「三亜説」の全体像をおさえたうえで、書写の様態からその特徴や書き入れ時期を

推定し、さらに「三亜説」を三条西実澄説とみて『明星抄』『山下水』『岷江入楚』等とも比較しつつ、その位相について分析してみようと思う。

一　『覚勝院抄』の原型と「三亜説」

『覚勝院抄』の原型なるもの、つまり基本型は、〈巻頭注〉〈物語本文〉〈聞書注〉で構成されたようである。たとえば『覚勝院抄』では、内題（巻名）のあとに当該巻の並びや巻名の由来・年立などを記すが、これらを〈巻頭注〉と呼ぶならば、桐壺巻の場合はこの〈巻頭注〉に、称名院から直接披見を得たという〈切紙〉を充てている。内容は『弄花抄』の料簡部分とほぼ一致し、そのことは『覚勝院抄』にも「此聞書此紙一丁詞称名院仍覚被遂一覧、逍遥院作云々。弄花ノ序也。逍ト肖相読也」（二オ）として書き添えられている。

ということは、覚勝院は逍遙院（三条西実隆）が編纂したという『弄花抄』の序（料簡）を、称名院（三条西公条）から直接、切紙伝授されたことになる。公条が出家し仍覚と号し称名院と別称したのは天文一三年（一五四四）、示寂したのが永禄六年（一五六三）のことであるから、この切紙伝授は、出家以降示寂以前になされたことになる。その後覚勝院はこの切紙を自らの著作を保証する象徴として、冒頭に飾ったのではあるまいか。

もっとも、『覚勝院抄』の原型における称名院の影響は、冒頭の切紙だけにとどまらない。夕顔巻内題下に「逍称名院講尺ノ聞書」（二オ）とあることから、同巻の〈聞書注〉は称名院講釈によったことが窺われるし、他の諸巻においても「称名院殿説也」（桐壺四六オ）、「逍遥院今案の由也、称名院講釈の時の説也」（箒木四一オ）、「称名院説也」（箒木九〇ウ）、「称名院ナドハ河海説可然と也」（空蟬九八ウ）、「称名院殿かやうにみ給也」（賢木一一六オ）といった文言を散見するからである。

伊井春樹氏によれば、覚勝院は永禄三年（一五六〇）に九条稙通が張行した源氏物語竟宴和歌に出詠していたという(5)。この時の稙通序文によれば、仍覚（称名院）の源氏講釈は弘治元年（一五五五）閏一〇月から永禄元年（一五五八）一一月まで、場所も二条春良他の屋敷で開催されていたらしい。おそらく覚勝院も、その前後に、称名院の源氏講釈を全巻聴聞し切紙を授かった可能性がある。

そして『覚勝院抄』を読むと、当時の仍覚（称名院）の源氏解釈が、かつて『明星抄』を執筆していた頃よりもさらに進化していたことが窺われるのである。一例をあげよう。『明星抄』は公条時代、すなわち天文八から一〇年（一五三九～四一）頃の編纂かとされているが、当時彼は桐壺巻の源氏が元服するくだり「おとゞけしきばみ聞え給ことあれど」について、次のように解釈していたのであった。

おとゝけしきはみ給事あれと　今ひきいれの大臣聟《ムコ》にとり給へき也　さて吾亭へ賞し申さるゝ事なり　葵の父（ナシ）
おとゝなり
（『明星抄』桐壺巻一九頁）(6)

加冠役を務めた左大臣は、添臥しに予定していた葵上のことを、源氏にそれとなくほのめかしたと解釈しているようである。それが『覚勝院抄』になると、

…おとゞけしきばみ給ことあれどとあるを、致仕の大臣の源氏を聟にせうずるとの事をそこにての給へども、源氏のいらへ給はぬと尺する人在之。以外の悪説也。此心はおとゞけしきばみ給事あれど、云は、元服以前親王の座に付給、元服以後ははやたゞ人に成給ほどに、親王の座を立て平民の座へうつり給べき事なるを、聊けしきばみ給へ共、源氏の君いまだ幼稚に御座あれば、あひもかへ聞え給はぬことを、かやうにいへる也。何事に平〳〵と我聟にせうずるなど、はの給まじき事也。悪き云也。
（『覚勝院抄』桐壺巻四五ウ～四六オ）

と変化した。聟の話をほのめかしたというこれまでの解釈は悪説であって、席次の問題だったというのである。しかも注の天辺余白には「称名院殿説也」「前ニハ皆聟ノ事ニ見タルヲ称名院如此ニ出サレタル也　可然説云々」という書き入れがあって、新説だったことが二重に強調されている。

そして同様の注は、永禄三年の源氏物語竟宴和歌会を主催した九条稙通の『孟津抄』や、当該歌会に松夜叉磨として出詠していた中院通勝の『岷江入楚』にもあり、彼らもまた「称名院入道右府の今案のよし被講也」（『孟津抄』(7)）と述べているからである。この一例だけをみても、覚勝院は稙通や松夜叉磨同様、『明星抄』成立後の仍覚（称名院）説を吸収していたと判断できよう。

だが『覚勝院抄』の特徴はそれだけではない。称名院の息三光院の説も加わっており、しかも講釈時の口吻を伝えるかのような実に生き生きとした姿で伝わっているからである。三光院は、実世から実澄、そして実枝と名前を替え、出家して豪空・玄覚と号したものの、僅か二日後に示寂、三光院と追号されたわけなのだが、『覚勝院抄』に見える「三亜説」とは、実澄時代のものと思われる。その根拠は『覚勝院抄』賢木巻にみえる次の付箋である。

天皇、大后宮ハ当帝ノ祖母也。皇太后宮ハ当帝ノ母儀ヲ云、（＊ママ「后宮ハ」等脱文あるか）＊当帝ノ后ヲ云也。是ヲ三宮ト云也。中宮ハ皇后宮ヨリ又成アカリテノ事也。是ヲ加ヘテ四宮ト云也。サレドモ同ジ后宮ヲ二ツ被置事心得ヌ事トテ、職原抄ニモ本朝ニ二宮ヲ並ベ置事、理ニ不叶由ヲ被注タル也。然レドモ后宮ヨリ昇進シテ中宮ニ被成昇ヤウニ見ヘタル也。是ハ中古后宮方ニいづれをイヅレトモ差別セラレニクキ時、両人ノ后宮ヲナダメラレ（ママ）ベキタメニ中宮ヲ被置タル歟ト云事也。紅葉賀ニ弘徽（。殿）ノ大后ヲ引コシテ藤壺ヲ中宮ニ被置タルト書タレハ、是ニテ分明ニ聞ヘタル事也。三亜実澄説也

付箋の末尾に「三亜実澄説也」とあり、「三亜」を三条西亜相（亜相は大納言の唐名）の略とみるならば、三条西実

澄ということになるからである。

なお穂久邇本の場合、この付箋は賢木巻の一一六丁表、桐壺院が崩御してのち、入道の后（藤壺）の御封が止められたくだりに添付されてあるのだが、本来はその裏面の〈聞書注〉天辺余白から行間にかけて「聞書　三宮トハ御門ノ后后宮、同御母皇宮、同御祖母皇后宮、中宮ヲ加テ四宮ト云也…」に付けられたものだろう。

ともあれ付箋の内容は、後宮に関する有職故実であって、三宮に中宮を加えて四宮と称すとして、中宮が設けられた経緯について語っている。とはいえ、準拠を示したり、二后並立の歴史的背景を説明することもなく、〈中宮は后宮からの昇進であって、かかる中宮を置いたのは「両人ノ后宮ヲナダメラレ（ママ）ベキタメ」であった〉と、簡にして要、少々世俗的だが、それだけに分かりやすい内容となっている。実はこの単純明快さこそが「三亜説」の特徴の一つなのだが、今はひとまず「三亜説」を実澄の説と定位して、論を進めていくことにする。

二　「三亜説」と「三説」、そして「三大説」

では覚勝院が受講した「三亜説」とはどのようなものであったのか。穂久邇本をもとに該当本文を拾い上げてゆくと、「三亜説」と同筆で、肩付きに「三説」とある注も多数見つかった。

またそれ以外でも同筆の注で、「河」など先行書の肩付きがあるもの、逆に肩付きの全く無いものも多数みつかった。しかし問題点が拡散してしまうので、これらについては本稿では採り上げない。だが「三亜説」との関係で気になるのは「三説」である。「三説」は単に「三亜説」を省略しただけなのか、それとも実澄以外の説なのか。

しばらく問題点を抱えたままで『覚勝院抄』から「三亜説」および三亜説関連注記を拾い上げてみた。その結果を

【表1】「三亜説」等、各巻用例数

巻名	三亜説	参考1（三説）	参考2（その他）	総計
桐壺	18	10	1「三大実澄説也云々」	29
箒木	5	16	1「三［大］説也」	22
空蝉	6	1	0	7
夕顔	7	17	0	24
葵	1	0	0	1
賢木	1	0	0	1
未通女	1	0	0	1
柏木	1	0	0	1
紅梅	3	0	0	3
竹河	9	3	0	12
小計	52	47	2	101

一覧表にしたのが、上に掲げた【表1】である。なお『覚勝院抄』の場合、見出し語をあげて当該語の注を記す一般的な注釈書とは異なり、物語本文の間に注が記されている。そのため、どの注がどの本文にかかるものなのか、また頭注や行間注などに分散された注のどこまでが一連のものなのか、それらの判定は個人の読みに負わざるをえない場合がある。用例数の計算もそれに拠ったものであることをお断りしておく。

この表によれば、用例数では「三亜説」（五二例）が多いが「三説」（四七例）もそれに近い数値となっている。果たして「三説」も実澄注なのか、この問題を考える上で興味深い事例が、【表1】の「参考2（その他）」にあげた桐壺と箒木の例である。

穂久邇本の場合、桐壺と箒木の「三亜説」と「三説」の筆は同じとみてよいのだが、桐壺で

…三大実澄説也云々。（桐壺三五丁裏）

と記した人物が、箒木になると

…と云々三説《大》也。（箒木七一丁表）

と「大」の文字を傍書したからである。この、傍書という点が如何にも微妙であろう。仮にこれが傍書ではなく、補入記号を添えた訂正であったならば（現に穂久邇本以外では当該本文を「三大説」とする写本も多いのだが…）、箒木七一丁表の例も又、桐壺三五丁表と同じ「三大説」ということになる。つまり『覚勝院抄』には三亜実澄説が五二例、三大実澄説が二例取り入れられている、そして誰の説かは特定しがたいが「三説」もまた四七例加えられている、ということになるからである。

だが実際は訂正ではなく、傍書である。この書き入れ者はあくまでも「三説」という典拠は堅持しつつ、しかし「三説」もまた「三大実澄説」であるという認識があって、かかる傍書を施したかと考えられるからである。だとすれば実澄の説は「三亜説」「三説」「三大説」と呼称を替えて、一〇一例全てが彼の説ということになるだろう。

稿者にはそのいずれとも決しがたいのだが、但し「…三大実澄説也云々」（桐壺）の「云々」に注目するなら、これは実澄から直接聞いたものではなく、間接的な聞書かとも疑われる。「三亜実澄説」と「三大実澄説」とは同じ実澄説とはいうものの、前者が直かにその講釈を聴聞しての聞書であったのに対して、後者は間接的な聞書だった可能性も考えられるのではあるまいか。ともあれ、『覚勝院抄』には受容の仕方を異にしたであろう何種類かの実澄説が含まれている可能性のあることを示唆した上で、以後は「三亜説」と明示された五二例に絞ってみていくことにしたい。

なおここで紹介した「三大実澄説」（桐壺）「三説《大》」（箒木）に関連して、断っておきたいことがある。今回の調査では、かかる記述は上記二例しか見つからなかった。但し同じく「三大」と称してはいるものの、『覚勝院抄』諸本中、穂久邇本系諸本にのみ共通する青墨等によって書き入れられた〈三大注〉と、この二例とは、筆跡も記された時期も全く異なるものである。

例えば、「三《大》説」は、こののち、青墨等によって書き入れられた〈三大注〉の加筆者によって、抹消線を引かれ、さらに注の頭には「不讀とも」というコメントまで加えられている。また「三大実澄注」は実澄という名を用いていたが、青墨等によって書き入れられた〈三大注〉では、実澄のことを「三光院」と呼んでおり[8]、おそらくは彼が示寂した天正七年（一五七九）以降の書き入れとみられるからである。

三　書写の様態からみた「三亜説」

書写の様態をみる限り、「三亜説」は『覚勝院抄』の原型ができたのちに加えられた、書き入れ注である。なぜならば、

・どれ一つとして本行として記されたものは無いということ
・一見すると〈巻頭注〉のようなものでも、実際は内題（巻名）前の遊紙に記されており、内題の後には本来の〈巻頭注〉が記されていること
・本行が漢字平仮名書きなのに対して、それよりも文字が小振りで、かつ大半が漢字片仮名書きで表記されていること
・既存の〈聞書注〉に対して付けられたと判断できる例があること

などの理由が挙げられるからである。

最後の例について補足しておく。例えば、未通女巻の頭注に記された

三亜相ハ、良相《ヨシワウ》トヨム由、説也（二八丁表）

という「三亜説」がある。しかし「良相」という人名は物語本文中（「おもふやうありて大学のみちにしばしならはさむのほいはべるにより…」）には無く、その傍らに記された注（本行と同筆）の「同源氏ノ御詞也。西三条ノ大臣良相公ハ、閑院ノ左大臣藤原ノ冬嗣公の子也…」に登場する。よってこの頭注「三亜説」は、本行と同筆の既存注「良相」に対して、その訓みを示すために加えられたことになるからである。

以上、「三亜説」は『覚勝院抄』の原型が出来てからの書き入れ注記であることを確認した上で、さらに書写の様態から抽出できる事柄を二点ほど示したい。

第一点は、「三亜説」の書き入れが特定の巻に集中し、分量も少ないことである。五十四帖中「三亜説」が見られるのは、桐壺・箒木・空蝉・夕顔・葵・賢木・未通女・柏木・紅梅・竹河の僅か一〇帖に限られており、しかもそれらの巻に記された回数も思いの外少ない。たとえば最も多い桐壺でも一八例、次いで竹河の九例、一方葵・賢木・未通女・柏木の場合は僅か一例ずつに過ぎないからである。かかる数字をみるとき、ふと思う。はたして覚勝院は実澄の講釈を全巻聴聞できたのか、ごく一部の巻しか聴聞できなかったのではないかと。

第二点は、穂久邇本から推定できる「三亜説」書き入れの時期についてである。穂久邇本は寄合書だが、なかには桐壺巻のように、初期稿本的な様相を色濃く呈した冊も混じっている。他の転写本では、本行も書き入れ注も同筆で均されてしまって判別できないが、穂久邇本桐壺の場合は影印だけをみても、本行と書き入れとは筆が違っていることが明かである。次に問題にしたい当該箇所を翻刻してみよう。

三亜説
大昔源氏物語ト云物在之依其光ト云字ヲ上ニ置テ光源氏ノ物語ト云也乍去前ノ源氏物語ト云物ハ姿ヲモ見タル人モナキト也

源氏物語聞書　或説并料簡加之

・桐　壺　第一　此聞書此紙一丁ノ詞称名院仍覚被遂一覧逍遥院作云々　弄花ノ序也　逍ト肖相讀也

・時代寛弘ノ初造出之　康和流布　寛弘ヨリ文明十年迄四百八十余年也　然者元亀二年マデハ五百七十四歳歟

・作者紫式部ハ藤原ノ為時カ女也・或説見河海抄并花鳥余情等也

・作意大齋《ヲホサイ》院選子内親王・村上ノ第十御子也皇女中宮ヨリ所望　……　（桐壺二丁オ）

本行の内容は『弄花抄』の料簡にほぼ一致し、「時代」項の割注「寛弘ヨリ文明十年迄四百八十余年也」も同書から採ったもの。しかし『覚勝院抄』はそれに続けて「然者元亀二年マデハ五百七十四歳歟」という一文を付け足している。この追加部分が本行と別筆であることは、すでに穂久邇本を調査された野村精一氏も指摘されたところだが[9]、稿者はさらに、この追加部分の筆跡は、頭注「三亜説」の筆跡に一致していると主張したい。このことは、例えば『山下水』の料簡「時代」の項にも

寛弘初造之、康和末流布、／自寛弘元甲辰至永禄十三戊午／五百五十五年歟
素―私文禄二癸巳年迄ハ五百七十八年歟（朱）　（書陵部本）

永禄十三年と文禄二年という二つの年号が入っているが、前者は実澄の、後者は素然が勘注を加えた年次である『覚勝院抄』の後補の筆もまた、これと同様に解釈できるように思う。つまり元亀二年とは「三亜説」（実澄説）を追加し

た年次ではなかったか、と。

四　元亀二年前後、実澄と覚勝院

奥田勲氏によれば、元亀に先立つ永禄年間の覚勝院は、木屋薬師寺で開催された万句連歌をはじめとして、都で開催される様々な連歌会に足繁く出座していたようである。(10) もともとは清華の家格たる久我家の出身者でもあったことから、公卿らとも親しかったし、連歌を通じて連歌師や上級武士とも交流があったのだろう。

また覚勝院は永禄一一年（一五六八）九月一三日に実澄の実母教我院（甘露寺元長女）の一七回忌に参列している（『言継卿記』）。教我院は、良助・了淳と二代にわたって覚勝院の院主を輩出した甘露寺家の出身であり、覚勝院は現院主という繋がりでの参加だったのかもしれないが、実澄との交際も深かったとみてよいだろう。

さらに『継介記』によれば、禁裏での実澄講釈がおこなわれていた期間中の四月六日に、覚勝院が主催した月次歌会に通勝が出座、帰路には実澄邸へと向かったという。そしてその三日後、今度は安竹未亡人開催の法楽和歌に四辻季遠や甘露寺経元らと出座しており、この時の参加者の一人に「覚僧」なる人物がいたというが、これも覚勝院のことかと思われる。

一方、元亀二年（一五七一）当時、実澄は権大納言で、年齢は既に六一歳になっていた。それまでの彼は、四二歳から五九歳までの一七年間という長きにわたって、駿府や甲斐に在国していた。時折所用で上京することもあったようだが、生活の基盤は都では無かったのである。その彼が上京したのは、織田信長が将軍足利義昭を奉じて上洛した翌年、即ち永禄一二年（一五六九）六月のことであった。それ以後の事績を挙げてみよう。

永禄一三年（元亀元年）
三月～四月、実澄、禁中で源氏講釈。中院通勝も聴聞したか（『お湯殿の上日記』『継介記』『岷江入楚』序文）
四月一三日、実澄、座主宣下改元等上卿（『公卿補任』）
四月二九日・三〇日、実澄、煩う（『継介記』）。以後禁裏講釈の記事無し
一〇月二〇日、実澄、里村紹巴に「源氏秘訣」（花鳥余情別勘）を伝授（天理図書館蔵『源氏秘訣』奥書）
月日不明、実澄、『山下水』執筆か（書陵部蔵『山下水』料簡「時代」項）
元亀二年
一月一七日、実澄、雅敦朝臣新造会始にて点者（『徳大寺公維詠草』四四―一二七）(11)
八月二〇日、実澄、伊勢（北畠具房）へ下向（『公卿補任』）
一二月四日、帰洛（同上）
月日不明、実澄、公宴にて点者をつとめる（『徳大寺公維詠草』四四―一二七）
月日不明、『覚勝院抄』に「三亜説」加わる（『覚勝院抄』料簡）

このうち注目されるのは、永禄一三年に開催された禁裏での源氏講釈である。実澄の源氏講釈は三月一七・二二・二七日と行われ、二七日で桐壺巻が終了、四月二日に箒木巻を開始して七日・一二日・一五日と行われた。しかし四月末になって実澄が煩い、以後実澄講釈の記事は見あたらない。

ともあれ、『継介記』の著者中院通勝（当時従四位・一五歳）は、実澄の甥でもあり、この講釈に参加していた。では元亀二年に書き入れられた『覚勝院抄』の「三亜説」も、この時のものだったのだろうか。しかし、永禄一三年の

実澄講釈は、禁裏でなされたものであった。時には誠仁親王御所が会場となることもあったようだが、僧籍にあった覚勝院がはたして禁裏での講釈を聴聞できたか否か、定かでは無い。また実澄は四月下旬には病気で倒れている。以後『継介記』のみならず『お湯殿の上日記』にも講釈の記録が無いことから、それも途中で終わってしまった可能性がある。

このようにみてくるならば、この時期、覚勝院が実澄から源氏講釈を受けることはあったにせよ、全巻を読破できるほどのまとまった時間は無かったとみる方が妥当だろう。稙通主催の称名院源氏講釈ですら、全巻の読破に約三年もの歳月を要したのである。覚勝院に対する実澄の講釈は、折を見ての、ごく断片的なものにならざるをえなかった。『覚勝院抄』に「三亜説」がごく一部の巻にしか掲載されなかったり、「三亜説」以外にも肩付きを変えて実澄説が記された形跡があるのは、あるいはそうした事情の反映のように思われる。

五　「三亜説」の特徴

実隆・公条と続いた三条西家は、源氏学の権威として朝野に君臨していた。ではその後を継いだ実澄は果たして父祖を超えられたのか、それとも唐様で書く三代目だったのか。

実澄説を知る資料は、彼自身がまとめた『山下水』や、中院通勝がまとめた『岷江入楚』からも窺い知ることができる。前者は永禄十三年、つまり『覚勝院抄』に「三亜説」が書き入れられた僅か一年前の著作だし、後者は永禄十三年の実澄禁裏講釈を聴聞した聞書のみならず、「抄出」（『山下水』のことか）まで披見して、慶長三年（一五九八）にまとめられたものである。そのなかにあって、なぜ、いま、『覚勝院抄』なのか。書き入れ注として追加され、未整理の感が強い『覚勝院抄』所載の実澄説を、わざわざ持ち出す意味はどこにあるのか。

ともあれ、「三亜説」の特徴を知るべく、本稿では『明星抄』と異なる説を示す例、『山下水』や『岷江入楚』に未掲載の例、講釈の合間に脱線話を披露した例等を紹介してみたい。

公条説とは異なった説を展開した例

・同説
大般若ノサタ一向不可用也。須磨明石巻ヨリ書初タルト云事ハサヤウニ見ヘタリ
右族（稿者注有職の宛字か）ノ奥義ヲ究テ書事、奇妙ト也。是ヲ女ノ身ニテハ不審ト云説アリ。今日ハサトニイテ、史記ト云文ヲ読ハテタルト書タレバ、如何ニ女ノ身成トモ洩事ハアルベカラザル也云々。キリツボノマキヲバ、終ニカクトミヘタリ。（桐壺2オ）

これは本行（料簡）の上辺余白に加えられた頭注で、肩付きの「同説」とは、その直前に記された頭注「三亜説」に同じという意味である。本行には、源氏物語の作者や石山寺伝説に関する記事が記されてあった。

「三亜説」はかかる本行中の文言「翻般若書之説無実乎」を受け、自らもまた「大般若ノサタ一向不可用也」と繰り返しながら自説を展開したようで、須磨明石から書き起こしたこと、紫式部は史記を読破していたこと等を示し、最後に桐壺巻終筆説を打ち出した。

しかしこの桐壺巻終筆説は『明星抄』『山下水』『岷江入楚』いずれにも見られぬ独自の説である。かかる新説を打ち出す際には、それなりの用意周到な論証が必要かと思うのだが、「三亜説」は大胆な内容を無造作に発言している。講釈の余勢につられて、日頃考えていたことを口走ってしまったのだろうか。

しかし箒木巻の前遊紙に書き入れられた注（「三亜説」という肩付きこそ無いが、おそらくは実澄か）の中に、

一　此物語ハ須磨明石ノ後ニ此箒木ノ巻ヲ書とみえたり。光源氏名のミこと〳〵しうと書ても、源氏と云其出生がみえぬに依て、後に桐壺巻ヲ書加タルト也。…（箒木一オ）

とあることと勘案するなら、覚勝院に対して桐壺巻終筆説は一回性のものではなく、繰り返し語られていたようである。

この問題について三条西家の諸注釈を鳥瞰してみると、実隆や公条までは「桐壺の巻は部分までも入たゝず。此箒木巻物がたりの序分と見えたり」とか「世間の有さまを思ふに、箒木に始て夢浮橋にておさまると見るへきなり」[12]と解釈しており、それらを受けて実澄も『山下水』のなかで

始自箒木終夢浮橋、是此物語之大意也。桐壺巻未及序分。比本経、准無量義経。仍此巻為巻之初者也…（書陵部本。箒木の巻頭注）

としていたのであった。箒木から夢浮橋までが「本経」なら、桐壺は法華経の「開経」にあたる無量義経のようなもの、と経典を例に源氏物語の構想を説明した内容である。

とはいえ、構想がそのまま執筆順序という成立問題にスライドするわけもなく、そこにはまだ論証が必要だろう。しかしその溝を一気に跳び越えてしまったのが、覚勝院になされた講釈だったと思われる。

講釈が物語から離れて脱線した例

覚勝院が連歌を好み、当時様々な会に出座していたことは前述した。相手がそういう覚勝院だからであろうか、講釈はついつい昨今の連歌界への批判や和歌世界の裏話へと発展することもあったようである。次に示す三例はそうした「三亜説」である。

一　御願《三亜説》ト此物語ニハ書タルヲ、当時連歌ニスル人あり。如何ト也。此物語ニハ俗語ヲ多ク書に依テカヤウニ書歟。ソレヲ源氏ニアルトテスル事、一向無分別事ト也。（桐壺一〇オ付箋）

紫ノ色《三亜説》ハ不可替ト也。此歌当時連歌ナド、テニハノ事申、一向浅事也。鼻ノ先ノテニハ斗ヲ知テ、其ガ違ヘバテニハ悪ナド申由也。此歌ナドモ果モナキヤウノ歌也。逍遙院ナトサヘ、テニハハ無分別者ト也。（桐壺四六ウ頭注）

ゲニ《三亜説》　ヨ（■世）ニト云ヲ、色々の説在之。世　閘　ニ合坂ノ関ハユルサジト云歌モ、世ノ字《常縁説也》ニテハなし。ヨニ（。ヲ）ヨヒト、世俗ニツカウ心ト宗祇ガ注ニ書也。東常縁ガ或《イ》説ヲ先読タルヲ、宗祇ガ聞て注タル、百人一首の歌と也。是不可然説と也。最前ヨリ真直《マスク》ニ不読シテ、先如此読て、已後執心の者ニ本説ヲヨミタルト也。依其東ガ家ハ断絶シタルト云也云々。世ニ相坂ハタ、世ノ字也云々。世間ノ事也云々。（夕顔九オ頭注〜行間注）

最後の例を説明しよう。この「三亜説」は本行（物語本文）の上辺余白に加えられた注で、本行には、病気見舞いのため乳母の屋敷を訪れた源氏をみて、乳母の子どもたちが「げに世に思へばをしなべたらぬ人の御すくせぞかし」と母の僥倖に感じ入るくだりが記されている。

『岷江入楚』では「秘　前にいとみくるしと思ひてつきしろひつる子とも、又けにもとおもふ也　箋同之」[13]として、公条（秘）も実澄（箋）も同説だったと証言するが、『覚勝院抄』の場合は、「よに」には多様な意味があるとして、『百人一首』の清少納言歌「よに逢坂の関はゆるさじ」を引用、そこからさらに東常縁と宗祇の話へと発展している。

東常縁といえば、中絶していた古今伝授を宗祇に伝えた関東武士として有名だが、そののち宗祇から実隆へと伝わった古今伝授は、三条西家の中で熟成され、いまや実澄が絶対の後継者である。その実澄の認識に依れば、常縁の講釈は、最初は真直によまず異説を示し、執心ある者にのみ本説をよむというやり方で、そのため東常縁の家は断絶したというのである。宗祇を介しての内部情報であろうか。ともあれ、その実澄がこの三年後には、中絶を懸念して、実子ならぬ長岡藤孝（細川幽斎）に古今伝授を授けることになるのである。

以上、ごく一部を紹介しただけだが、『覚勝院抄』ならではの「三亜説」の特色が垣間見られたのではないか。『山下水』や『岷江入楚』は、形式が整い文章も整って、準拠の用例も豊富に引用され、最終的には編者の校正を経たものであり、いうなれば正当派の注釈書である。それに対して『覚勝院抄』の「三亜説」は、形式的にも整わず、文章も推敲されたとは言いがたい。だが講釈時の口吻をそのまま伝えたような文章といい、源氏物語から逸脱した種々の談話といい、当時の講釈の雰囲気を彷彿とさせられるものがある。

また同じ実澄説とはいえ、元亀二年という時点での、しかも聞書という方法で記録された「三亜説」には、『山下水』『岷江入楚』とは微妙なずれが見られるようである。おそらく実澄は話のネタをあれこれ持っていて、講釈時には人によって、話題はむろんのこと、時には講釈の内容まで変えていたのだろう。それが当時の一般的な講釈のありようだったとするならば、かかる『覚勝院抄』はまさに当時の注釈史を物語る〈生きた注釈書〉といえるのではあるまいか。

注

(1)『覚勝院抄』の引用は『源氏物語聞書　覚勝院抄』（平成元年〜三年　汲古書院）掲載の穂久邇本影印によった。但し私に句読点をつけ、鉤点・句点・朱引き・訓点等は割愛、清濁は本文通りとした。以下同様。

(2)『日本古典文学大事典』（一九八四年　岩波書店）覚勝院抄の項。

(3)『お湯殿の上の日記』元亀二年九月一二日条に「のふなかのほりて。ひゑの山。さかもとみなみなのこらすはうくわする。……」（続群書類従本）とある。

(4)「新出資料竹苞楼旧蔵版木台帳紙背『覚勝院抄（断簡）』解題―覚勝院抄諸本分類論への新提言―」（平成二五年　実践女子大学文芸資料研究所「年報」三二号）・「『源氏物語聞書覚勝院抄』雑攷―周辺人物・書本・成立経緯をめぐって―」（平成二四年　科学研究費補助金基盤研究(C)二〇一二年度研究成果報告書「源氏物語本文関係資料の整理とデータ化及び新提言に向けての再検討」研究代表者豊島秀範『源氏物語のデータ化と新提言』第Ⅱ号）等。

(5)伊井春樹『源氏物語古注釈史の研究』（昭和五五年　桜楓社）一〇九〇頁。島原文庫蔵『歌書集』所収本によれば、蜻蛉巻の出詠者に「宗淳覚勝院僧正」とあるという。

(6)引用は、中野幸一編『明星抄　雨夜談抄　種玉編次抄』（昭和五五年　武蔵野書院〈源氏物語古注釈叢刊　四〉）によった。以下同様。

(7)引用は、野村精一『孟津抄』（源氏物語古注集成四　昭和五五年　桜楓社）によった。

(8)例えば紅葉賀の〈聞書注〉（穂久邇本六七ウ）で

　兵部卿ノ宮ノ御心に、源氏を女になして見度との心也。又我身をあはれ、女になしてみたらは何とあらうずるぞとあり。両説也。箒木ノ巻にアル注同前也。

とあるくだり。〈青墨注〉がこの〈聞書注〉を抹消し、「三大」という肩付きこそ省いたものの、明らかに〈青墨注〉の手で「三光院ニモ我ヲ女ニテ源氏をみはやとの心等云々」と記している。

(9)野村精一「『穂久邇文庫本覚勝院抄』について―本文批判の方法論のために―」（平成三年　汲古書院『源氏物語聞書

覚勝院抄〈別冊〉』一一頁。

（10）奥田勲「覚勝院年譜稿」（平成三年　汲古書院刊『源氏物語聞書　覚勝院抄　別冊』所収）。

（11）菅原正子『中世公家の経済と文化』（平成一〇年　吉川弘文館）三五一頁。

（12）『明星抄』箒木の巻頭注。『細流抄』もほぼ同じ。

（13）中田武司『岷江入楚』（昭和五五年　おうふう刊〈源氏物語古注集成　11〉二四九頁。

架蔵『光源氏抜書』に関する考察
――新出資料の紹介とその『源氏物語』注釈史上の位置付け――

堤　康夫

一

架蔵『光源氏抜書』一本について報告したい。本書は江戸時代前期以前に成立した『源氏物語』の梗概書で、従来、全く知られていない新出資料である。本書は写本一冊。縦二十四・〇センチ、横十八・三センチ。墨付百五丁。末尾に一葉の遊紙を有する。表紙は落栗色。袋綴じ。綴じ穴は四穴。綴じ紐は茶色。料紙は通常の半紙である。全巻一筆で、極稀に朱筆を交える。裏表紙に破損がみられ、補修の跡が存する。染み跡は随所にみられるが、目立った虫損はみられない。原則として一行二十三字から二十五字位、一面十一行。和歌は一字下げ。割注や行間の注記が多くみられる。蔵書印はない。外題はなく、剥落の跡もない。内題は第六丁オに「光源氏抜書」とあり、第一丁ウには「光源氏抜書目録」とある。よって、本書の書名は『光源氏抜書』であると確定し得る。

本書の主体は『源氏物語』桐壺巻から夢浮橋巻までの梗概であるが、第一丁ウから第二丁ウまでは「光源氏抜書目録」として『源氏物語』の巻名の一覧、続く第三丁オから第五丁ウまでは『源氏物語』の系図、続く第六丁オから第七丁オまでは序文である。

第百五丁オには、以下の識語が記される(1)。

此書、或人温櫝堅秘之。而依深情之望写之、朱墨之点写本之通、令校合畢。雖然写本、処々敗壊而文字不分明、就之、烏焉馬惟夥乎。且有心疑未決処。是故以他本傍付之。両儀何劣何勝哉。能々可考之。

于時寛永拾四丁丑南呂中旬写之畢。

本書の著者、所持者、伝来等は不明であるが、本書が江戸時代前期の寛永十四年（一六三三）八月に書写されたことが知られる。従って、本書の成立は寛永十四年以前ということになる。

「光源氏抜書目録」は、まず桐壺巻から竹河巻を掲げ、以下は、「宇治十帖」として、別立てにする。また、いわゆる並びの巻を立てている。桐壺巻を第一とし、薫中将巻を第廿七とする。空蟬巻等の十七巻には「并」の表記がみられる。若菜巻は上下併せて第廿とし、雲隠巻を第廿六とする。澪標巻の並びにあたる蓬生巻と関屋巻の巻序は通行とは異なり、関屋巻、蓬生巻の順とする。第廿七は薫中将とした上で、傍らに細字で「少将」と記す。巻名の異称として、「薫少将」は珍しい。宇治十帖については竹河巻までとは別に数え、「第十　夢浮橋」に続けて、「已上五十四帖也」とあり、さらに、以下の記事が続く。

此外　洲守　一巻　　嵯峨　二巻　　指串　二巻　　優婆塞　二巻　　惣都合六十帖也。

「洲守」は巣守巻であろう。巣守巻以下、比較的よく耳にする別伝の巻々の名が記される。ただし、洲守から優婆塞まで七巻を加えると、計算上は六十一帖になり、「惣都合六十帖也」という記述には合わない。具体的内容が記されない雲隠巻を除外して数えているのかもしれない。

『源氏物語』の系図については通行のものと同様である。随所に「秋好中宮　冷泉院女御　母御息所」「式部卿宮桃園」「落葉宮　女二宮　柏木室　後夕霧室」「致仕大政大臣　頭中将」「柏木権大納言　岩漏」などの注記が記載される。

序文について先ず気付く点は、以下のように、紫式部石山寺参籠説が採られていることである。

上東門院の仰を承て、心ひとつにはいかゞ思けん、近江国石山に参籠して、此事をきせい申ける折から、十五夜の月、水海の面にうかびて、あきらかなるを見て、式部が心すみやかに成て、かくのごとく天台なる間、随心の御ため、まず目録を記す。

本書の序文の記すところが、通常の紫式部石山寺参籠説と異なっているのは、大斎院選子からの物語新作の依頼が見えない点と、須磨起筆説がみられない点である。また、本書の序文には、通常よくみられる『源氏物語』六十巻説、およびその内の六帖を宇治の宝蔵に籠めたとする説も、以下に引くように、みえている。

六十帖の内を六帖ひきはげて、宇治の宝蔵にこめられて、残る五十四帖をもちいるに、目録次第不同にて、や丶もすれば、するをよびつぎ、亦廿六の名をかきしるす事あやまりが、六十帖（巻）にやうして、巻のかずを六十帖にさだめ、巻ごとに名をかへて（下略）、

以上、本書の序文には通行の説もみられるものの、それなりの独自性もみられることを確認しておきたい。

二

小稿において、中心的に論じたいのは、桐壺巻から夢浮橋巻に至る梗概の部分である。本書の性格を考えるために、試みに本書の桐壺巻の梗概の冒頭を引用してみたい。

いづれの御時にか、女御、かうい あまたさぶらひ給ふ中に、やごとなきにはあらぬが、すぐれて時めき給ふありけり。（時めくとは、みかどのきしょくよき事也）かたへの人〴〵、をとしめ、そねみ給ふ。（かたゐとは、もろ〳〵の人也。諸人と書り。木などをもかたとも云。をとしむるは、さげしめ也）此時めく女房、きりつぼといふ所にすみ給へば、きりつぼの更衣と云り。此更衣、世にすぐれ、見めかたちうつくしき事、女郎花の風になびきたるよりもなよび、撫子の露にぬれたるよりも花やかに、らうたげなり。（ら《郎》うた《度》きは、にくげなき也。なよびは、たをやかなり）人のそねみをばはゞからず、御門もてなし給ひしこと、唐土の玄宗の、やうきひあひし給ひしごとく也。

「いづれの御時にか」以下、『源氏物語』の本文を比較的丁寧になぞりながら、梗概化している様がうかがわれる。一方、傍線部の様に、『源氏物語』本文にはみられない独自の表現も、ままみられる。桐壺更衣の容貌を植物に例えるのは、『源氏物語』本文には、有名な「太液の芙蓉、未央の柳」という記述がみえており、[2] 本書が「女郎花、撫子」に例えるのとは異なっている。

因みに、中世から近世にかけて、最も流布した『源氏物語』の梗概書は『源氏小鏡』であるから、試みに、『源氏小鏡』の桐壺巻冒頭の梗概本文を掲げ、本書と比較してみたい。[3]

きりつほといふまきのこと、大内にある御殿のなゝり。しけいしやといふは、きりつほの事なり。このきりつほにひかる源氏のおんはゝ、さふらはせたまふ。さてこそ、きりつほのかうゐとは申けれ。此かうゐは、一の人なとの御むすめなとにてはなし。ちゝ大なこむにて、うせにし人のこなり。かたち、なたかきゝこえありて、みやつかひに、うちへまいりたまひしそかし。みかと、ことのほかに、ときめかせ給ひしかは、かたへの女御かうゐを、みやすところそねみ給ふ。

両者の本文の表現には、明確な同文関係はみえない。『源氏小鏡』の方が、『源氏物語』本文を離れ、自在に梗概化を進めている感がある。以下、本書が『源氏小鏡』と接触した跡は見受けられるが、基本的に、それらは接触の範囲に留まり、本書が『源氏小鏡』の一異本、あるいは亜流であることを意味しない。

本書の梗概化の方法について検討したい。まず、その記述の仕方、言い換えれば書式、形式の問題であるが、大体において、初めに各巻の主要な経過がまとめられ、以下、必要に応じて、やや傍流的な記事がまとめられる。梗概本文がいくつかのパートに分割される場合には、原則として、「二」「一」という風に区切られる。全体を一括して梗概化し、「二」以下の部分を一切もたない巻は花散里巻、関屋巻、蛍巻、夢浮橋巻など短めの巻々や、巻毎の主題が比較的明確な巻が多いようである。一方、明石巻や朝顔巻など、もう少し場面を細分化して梗概化してもよいような気もする巻々もまま含まれる。

これに対し、場面を細分化して梗概化する巻についてであるが、たとえば東屋巻においては、三条の小家における薫と浮舟との対面の場面と、浮舟に仕える東人の様が二分割されて梗概化されているが、東人の記事は連歌の寄合に関連しており、『源氏物語』の梗概としては、明らかに補足的な記事であるといえよう。東屋巻では、補足的な部分はこの一項目だけであるが、乙女巻には九項目、玉鬘巻には六項目、補足的な記事が梗概化されている。このように、かなり長々と補足的な部分が付加されている例もみられる。

以上のように、一場面に限定して梗概化する巻から、かなりの補足的な部分を含む巻まで、巻毎の形式は様々である。「二」以下の補足的な部分についてみれば、比較的要領よくまとまっている巻もあれば、もう少しまとめてもよいかと思われる巻もある。やや不統一な感も存する。

三

次に、梗概の内容について検討したい。本書における梗概化は、概ね『源氏物語』本文の記事の順になされている。ただ、若干の記事の順序の入れ替えが行われる場合があり、その場合、原則として、光源氏本人により深く関わる部分が前置されている。桐壺巻の場合、前掲の桐壺帝と桐壺更衣の愛に続いて、光源氏の誕生と桐壺更衣の死、靫負命婦による更衣の母北の方邸の訪問、光源氏の読書始と高麗の相人の観相、光源氏の元服、添い臥しの葵の上のこと、藤壺の入内の順で梗概が記されている。『源氏物語』本文の進行と比べてみると、本来、『源氏物語』本文では藤壺入内の後に記されていた光源氏の元服に関わる記事が、藤壺入内の記事に先行してまとめられている。たしかに藤壺の入内は光源氏の一生にとっての一大事件ではあろうが、直接的には、あくまでも父桐壺帝と継母藤壺の身の上に起こった事件であり、光源氏自身が主体的に関わった事件ではないのである。本書においては、光源氏自身に関わることが、それ以外のことよりも前置される場合があることを指摘したい。

同様の例として、帚木巻の例を掲げる。本書の帚木巻の構成は、先ず光源氏が正妻葵の上と疎遠な様が語られ、次いで、雨夜の品定めにおける光源氏、頭中将、左馬頭、藤式部丞の参会、指食の女の件、木枯しの女の件、常夏の女の件、博士の女の件、中川の紀伊守邸における光源氏と空蟬の交渉、巻名の由来となった和歌の贈答の紹介の順で記述される。冒頭の葵の上との件は、『源氏物語』本文においては、雨夜の品定めの後、光源氏が左大臣邸を訪れた際に語られる。雨夜の品定めにおける光源氏は専ら聞き役であり、自身が主体的に品定めに関わってはいない。これに対して、葵の上に対する感情は、あくまでも光源氏自身のものである。ここも光源氏自身に直接関わる部分が前置されたものとみたい。

光源氏関係の記事を前置するのは、本書にだけみられる独自の性格というわけではない。中世から近世にかけて、最も流布した『源氏物語』の梗概書である『源氏小鏡』にも、全く同様の傾向がみられることは、既に論じた。[4]『源氏小鏡』帚木巻においては、先ず雨夜の品定めの概要と、頭中将の語る撫子、すなわち玉鬘の件がまとめられ、次に、光源氏の中川の紀伊守邸訪問と空蟬との件が記され、再び雨夜の品定めに戻って木枯しの女の件、常夏の女の件、博士の女の件が語られている。指喰の女の件は記されない。つまり、『源氏小鏡』帚木巻においては、雨夜の品定めを二分し、その中間に光源氏の紀伊守邸訪問、および空蟬との交渉が、いわば割り込む形式になっているのである。『源氏物語』帚木巻において、光源氏自身が最も直接的に活躍するのは紀伊守邸訪問と、それに続く空蟬との交渉であり、それを導く原動力となったのが雨夜の品定めなのである。そこで、光源氏に焦点を当てて梗概化する『源氏小鏡』においては、雨夜の品定めの最低限の概要だけ先にまとめ、光源氏自身の行動や言動と直接関わらない左馬頭、頭中将、藤式部丞の体験談の部分を後置することにし、その結果、雨夜の品定めが分割されるという、些か不体裁な形式になったと考えたい。[5]つまり、この不体裁は光源氏自身に焦点を当てるという『源氏小鏡』の方法が徹底している故に生じたものといえよう。

その点、本書は同じく光源氏自身に関わる部分を前置しているとはいうものの、雨夜の品定めは全て、分割されることなく、光源氏の紀伊守邸訪問、空蟬との交渉の前にまとめられている。本書には光源氏自身に焦点を当てるという方向性はみられるものの、不体裁を犯してまでもその方法を貫いた『源氏小鏡』とは異なっている。体裁の善し悪しはさておき、方法の徹底性という視点からみれば、本書は『源氏小鏡』には及ばないといえるかもしれない。

本書の光源氏自身に焦点を当てるという方向性は、梗概化された記事の有無からも看取し得る。たとえば、賢木巻における桐壺院の崩御や、蓬生巻における末摘花の叔母の奸計、末摘花と女房の侍従の別離などは、光源氏の一生にとって間接的に重要であったり、話題として興味深いものであったりしても、光源氏自身の主体的、直接的行動や言動と関わらないので、本書においては、梗概化の対象とされていないのである。桐壺院の崩御や末摘花周辺の記事を有さない点は、『源氏小鏡』と共通する。他方、『源氏小鏡』が光源氏の行動や言動と直接関わらないとして、完全に省筆した常夏巻における近江君の存在については、本書の常夏巻に、若干の記事がみえる。

一　此巻ばかり、すぐ六の事あり。玉かつらの御いもうと、いま姫君といふ人、のちにあふみの君とあり。わかき女房とすぐ六をうちて、手をせちにおしもみて、少さい〳〵とめをこいたる声、いとしたときを、父おとゞのぞきてみ給て、あなうたてとわらひ給し也。（したときは、はやこと也）

光源氏と玉鬘の遣り取りの後に、常夏巻における最も特徴的な人物ともいうべき近江君について、補足として、双六の挿話だけが記されているのである。近江君に関する記事を、挿話的に、若干ながら記している点、本書は『源氏小鏡』ほど徹底して、光源氏自身に焦点を当てるという方法を取っていないといえよう。

また、本書の梗概が、光源氏以外の人物に関する記事のみを梗概化し、肝心の光源氏に関する記事を省筆してしまっている例もみられる。本書藤裏葉巻には、光源氏の子息夕霧が、かつての頭中将から、その息女雲居雁との結婚を許された件、及び光源氏の息女明石の姫君が春宮へ入内した件のみが記される。一方、藤裏葉巻における光源氏に関わる最も重要な事件である冷泉帝と朱雀院の六条院訪問や、光源氏准太上天皇宣下についての記事は全くみられない。光源氏への焦点の集中を徹底する『源氏小鏡』の方は、当然、冷泉帝と朱雀院の六条院訪問や、光源氏准太上天皇宣下の記事を、きっちり梗概化している。光源氏に焦点を当てて梗概化するという本書の方向性はあまり徹底せず、中途半端に終わっている印象さえ存する。

光源氏を梗概化の中心に据え、光源氏自身に直接関わらない部分を排除してゆく方針を徹底的に推し進めた『源氏小鏡』は、光源氏没後の匂宮巻以下の巻々では、いわば梗概化の中心を失い、ただただその巻の中に記されることを順番に羅列し、長さも長く、冗漫な叙述になってゆくことは、既に論じた(6)。本書『光源氏抜書』の場合は、比較的うまく、光源氏没後の巻々の梗概化の中心を、薫大将に移行させているように見える。各巻の長さもそれまでの巻々とほとんど変わらず、冗漫な叙述も、特に見られない。宿木巻は、『源氏小鏡』においては、二四九五字と、かなり長大な巻であるが、『光源氏抜書』では、わずかに四〇六字であり、決して長文化はしていないのである。その内容も以後の物語の展開の要となる薫と浮舟との交渉が、弁の尼を交えて、要領よく梗概化されている。また、匂宮と中の君、夕霧の六の君に関わる記事等は、重要な事柄ながら、薫大将自身の身の上に生じた事件ではなく、薫大将と直接関わらないために、梗概化の対象に選ばれていない。生前の巻々において光源氏が果たしていた梗概化の中心の役割は薫大将が担い、その結果、事件が羅列的に長文で梗概化されることはないのである。『光源氏抜書』の方が、『源氏小鏡』よりも、手際よく梗概化を進めている場合も、光源氏没後の巻々の例のように、存在するのである。

四

本書には、『源氏小鏡』同様、連歌の寄合の語が、しばしば指摘される。『源氏小鏡』の場合、連歌の寄合の語は、各巻の中に、いくつかずつまとめて掲げられている。言い換えれば、『源氏小鏡』において、寄合の語はそれだけでまとめられ、いわば生の形で記されており、梗概本文に溶解してはいないのである。たしかに、『光源氏抜書』にも、『源氏小鏡』同様、ただ寄合の語が列挙されている場合もある。

ことをまくらといふには、かゞり火、やり水、初秋のけしき、かやりふすぶる、せこがころもうらさびしき比と有。（篝火巻）

『源氏小鏡』同様に、寄合の語が梗概本文中に一括して列挙されている。一方、『光源氏抜書』には、これらの例のように連歌の寄合の語が列挙される場合もあるが、むしろそれが寄合の語であることを意識させないような形で記載されている場合もみられる。

かたみのかゞみとあるも、都にて、源氏と紫の間の事也。源氏のきやうだいによりて見給へば、おもやせたる顔の、我ながらあてに（けだかき也）、きよらなれば（すぐれたり）、紫の上に、此かげのやうにややせて侍る。哀なるわざかなとの給へば、紫、涙を一目うけて、見おこせ給へる、いとしのびがたくて、源氏、

身はかくてさすらへぬとも君があたりさらぬかゞみの影ははなれじ

との給へば（はしらがくれの俤といふも、是也）、

わかれても影だにとまるものならばかゞみを見てもなぐさめてまし

ここに点在する「かたみのかゞみ」「おもやせたる」「さらぬかゞみ」「はしらがくれの俤」などの語句は、実際に、連歌の寄合の語として、『源氏小鏡』の中に列挙されているので、確認しておきたい。

かたみのかゞみ。おもやせたる。はしらがくれのおもかげ。さらぬかゞみ。あかつきかけて。いづる月。これらは、すまへおもむかせたまふおり、むらさきのうへに、なごりおしみ給ひしおりのことばなり。（須磨巻）

『光源氏抜書』の「はしらがくれの俤」は割注ながら、いずれも『源氏小鏡』において、連歌の寄合の語として指摘されている。『光源氏抜書』の方が、『源氏小鏡』に比べて、連歌の寄合の語を、梗概本文の中に、より融解させた

形で記載している様が確認できよう。『源氏物語』の梗概書が、連歌の寄合の語を列記した『源氏小鏡』的な形式のものから、よりスムースな梗概本文を樹立した北村湖春の『源氏忍草』（元禄十年　一六九七以前）のような形式のものへ移行していったとするならば、本書『光源氏抜書』は、いわば両者の中間に位置する形式を有しているといえよう。

『光源氏抜書』に記載される連歌の寄合の語は、『源氏小鏡』と共通するものも見られるが、独自のものも多く見られる。

宇治に、とはずがたりのふる人といふ事あり。おい人共云り。ふるふみ、かびくさき、しみといふ虫の、かたりの付合也。（橋姫巻）

「ふるふみ」「かびくさき」「しみといふ虫の」は、いずれも、いかにも連歌の寄合の語らしいといえるが、古本系、改訂本系、増補系等、各種の『源氏小鏡』の中で、連歌の寄合の語として指摘されたことはない。これらの語は、『源氏物語』においては、宇治八宮に仕える弁の君が薫にその出生の秘密を伝える件に関わるが、『源氏小鏡』では、当該個所は本文の梗概化が中心となっており、これらは連歌の寄合の語として指摘されてはいない。こうした例は、『光源氏抜書』の中に、他にも「せこが衣うらさびしき比（篝火巻）」「ゆみをのみよくひく（東屋巻）」など、数多くみられる。

各種の『源氏小鏡』が指摘しない連歌の寄合の語が数多く記されていることが『光源氏抜書』の一つの価値であり、これらの連歌の寄合の語は、今後、連歌の世界における『源氏物語』受容のあり方を研究していく上での新たな素材となり得ると考える。

五

次に、『光源氏抜書』が拠った『源氏物語』の本文について、検討を加えたい。結論から言うと、『光源氏抜書』が拠った『源氏物語』の本文は、『源氏小鏡』をはじめとする『源氏物語』の梗概書同様、青表紙本系、河内本系の本文に属さない、いわゆる別本に属する一本であると考えられる。まず、本文校異が比較的容易な和歌の場合から検討する。

いとけなきはつもとゆひにながき世をちぎる心はむすびこめつや　（桐壺巻）

光源氏の元服に際して、桐壺院が加冠の役を務めた左大臣に詠みかけた和歌である。「源氏物語大成」、および「源氏物語別本集成」によって検すると、(7)初句「いとけなき」とあるのは別本に属する陽明家本・御物本・麦生本・阿里莫本で、青表紙本系、河内本系はいずれも「いときなき」である。

心もてくさのいおりをいとへどもなをすゞ虫のこゑぞふりせぬ　（鈴虫巻）

光源氏が出家後の女三の宮と詠み交わした一首である。第二句、「草の庵を」とあるのは別本に属する山科言継書入本・国冬本・麦生本・阿里莫本・五島美術館蔵源氏物語絵巻絵詞であり、青表紙本系、河内本系はいずれも「草の宿りを」である。『光源氏抜書』と別本の親近性が窺われる。

次に地の文における『光源氏抜書』と別本に属する諸本との距離を測定したい。

此御使のみやう《命》ぶ《婦》に、おくり物に、更衣のかたみのしやうぞくと、御ぐしあげのぐ、おくり給へるを、御門に御らんぜさすれば、なき人のありかたづねいでたりけんしるしのかんざしならましかばと、おぼしめさるゝも悲し

くて、御門、
尋行まぼろしもがなつてにても玉のありかをそこととしるべく　（桐壺巻）

桐壺更衣の遺品を目にした桐壺帝の悲嘆が描かれる。引用中、『光源氏抜書』同様に「なき人のありか」とあるのは別本に属する陽明家本と御物本で、青表紙本系、河内本系は、いずれも「なき人のすみか」とある。

一　うしとら、夏の御かたには、涼しげなるいづみがありて、夏草かるべく、卯の花咲べき垣ね、ことさらにし渡し、しやうび、ぼたん、とこ夏など夏草うゑて、春秋の花、紅葉は、所〳〵あり。　（乙女巻）

新造成った六条院の花散里の居宅の描写である。植え渡された花々が列挙されるが、『光源氏抜書』にみえる「ぼたん」は別本に属する陽明家本に、「とこ夏」は同じく別本に属する国冬本に、それぞれみられる。青表紙本系、河内本系は共に、「花橘」「瞿麦」「薔薇」「木丹」が列挙され、「牡丹」「常夏」の名はみえない。(8)ここにも『光源氏抜書』と別本諸本の親近性がみられる。

『源氏物語』の梗概書の多くが別本に拠ることはすでに指摘がなされており、(9)それは『光源氏抜書』の場合も同様であるといえるが、興味深いのは、『光源氏抜書』が拠った別本『源氏物語』が、青表紙本系よりも河内本系に近い傾向を有しているという点である。先ず、和歌の場合である。

木枯にふきあはすめるふゑのねをひきとゞむべきことのはもなし　（帚木巻）

雨夜の品定めにおいて、左馬頭が語る木枯しの女の詠である。第五句、『光源氏抜書』には「ことのはもなし」とあるが、これは河内本系諸本と別本に属する陽明家本に一致する。青表紙本系は皆「ことのはぞなき」である。

なく〳〵もはねうちかはす君なくはわれぞすもりになるべかりける　（橋姫巻）

宇治八宮の指示により、幼い中君が詠じた一首である。第二句、『光源氏抜書』同様、「はねうちかはす」とあるのは河内本系諸本と別本に属する高松宮家本・国冬本である。青表紙本系諸本は「はねうちきする」とある。以上、ここでは二例のみ掲げたが、『光源氏抜書』所載の和歌が河内本系諸本と一本以上の別本に一致する例は数多い。

次に、『光源氏抜書』所載の和歌が一本以上の河内本系本文とのみ一致し、青表紙本系諸本、および別本に属する諸本とは異なっている例を掲げる。

君にとてあまたの春をつみしかばおりをわすれぬはつわらびなり　（早蕨巻）

宇治八宮、大君の死後、阿闍梨が中君に、蕨やつくづくし等を入れた籠と共に贈った一首である。第四句、『光源氏抜書』同様、「おりをわすれぬ」とあるのは河内本系に属する為家本であり、他の河内本系、青表紙本系、別本には「つねをわすれぬ」とある。

次に、地の文において、『光源氏抜書』と河内本系諸本のみが一致して、青表紙本系諸本、および全ての別本と対立している例を掲げる。

いとうれしくて、袖をとらへ給へば、あなおそろし、こはたそといふ。源氏、なにかおそろしきとて、

ふかき夜のあわれをしるもいる月のおぼろけならぬ契りとぞおもふ　（花宴巻）

宮中の南殿の桜の宴の後、光源氏が初めて朧月夜と出会う場面である。和歌の直前、『光源氏抜書』同様、「おそろしき」とあるのは河内本系のみであり、青表紙本系、および別本には「うとましき」とある。

以上、各一例ずつ掲げたが、『光源氏抜書』と河内本系諸本のみが一致し、青表紙本系諸本、および別本と対立する例は、他にも数多くみられる。『光源氏抜書』と河内本系諸本の親近性が指摘できよう。

むろん、『光源氏抜書』が河内本系諸本と一致しない場合も存する。

かちがたのいもうと君、やまぶきのきぬ也。

風にちることはよのつね枝ながらうつろふ花をたゞにしもみじ　　（竹河巻）

一　あをりかたしくといふ事は、にほふみや、弥生に、又御馬にて、宇治へおはしたり。　（浮舟巻）

竹河巻の例は、故鬚黒の二人の娘の、桜の老木を賭物にした碁の件である。勝った妹君の詠の第四句、『光源氏抜書』には「うつろふ花を」とあるが、これは青表紙本系諸本、および別本に一致し、「うつろふ色を」とある河内本系諸本とは異なる。

浮舟巻の例は、匂宮と浮舟の関係を知った薫が宇治の警備を厚くし、馬で宇治を訪れた匂宮が浮舟と対面することができなかった件である。『光源氏抜書』には「あをり」とあるが、これも青表紙本系諸本、および別本に属する桃園文庫本・阿里莫本に一致する。河内本系諸本、およびその他の別本には「むかばき」とある。(10)

『光源氏抜書』が拠った『源氏物語』があくまでも別本に属するとすれば、河内本系諸本と完全には一致しないのは、むしろ当然といえよう。一方、『光源氏抜書』と河内本系諸本の親近性を考慮に入れると、『光源氏抜書』が拠った別本『源氏物語』は、かなり河内本系に近い一本であったといえるのではなかろうか。あるいは、ある段階で河内本系に属する一本と接触した別本を想定することも可能であるのかもしれない。

河内本系の『源氏物語』は、一般に、室町時代後期以後、青表紙本系に圧倒されて全く用いられなくなり、江戸時代にはその所在すら不明になって、大正十年の山脇毅氏の平瀬本発見に至るまでは、いわば幻の一書であったかのような印象が存するように思われる。(11)しかし、『光源氏抜書』の梗概本文を検討すると、河内本そのものとはいえないまでも、かなり河内本的な『源氏物語』本文、言い換えれば別本と河内本の接触、あるいは混態を予想させる本が存在した可能性が指摘し得るのである。『光源氏抜書』が成立した寛永十四年（一六三三）以前、おそらくは江戸時代前期における河内本的世界は、必ずしも零落し果てて、『源氏物語』享受史上から完全に駆逐された存在ではなく、一冊の梗概書を生み出す程度の力は、まだまだ保っていたのではないか。『光源氏抜書』の価値のひとつとして、本書によって、江戸時代前期における河内本的世界のあり方の一端を看取し得ることを挙げたい。

六

最後に、『光源氏抜書』の梗概本文の間に書き込まれた注記について、検討を加えたい。『光源氏抜書』所載の注記は割注の形式で挿入されることが多いが、一部、振り仮名等、行間に書き込まれた注記もみられる。本書所載の注記の特色としては、考証的、学術的な注記よりも、実際に『源氏物語』を読み、理解するための注記が圧倒的に多いことが挙げられる。

みたけしやうじんする人有て、おきなびたる声にて、ぬかづくぞきこゆる。（ぬかづく、れいはゐ也。おきなびたるは、としよりたる男の声也）　（夕顔巻）

黒木の鳥居かう《神》〲しく見えわたれるに、かん《神》づかさのものども、爰かしこにうちしわぶきて、おのがどち、物打いひたるもほかにはかわりて、神さびたり。　（賢木巻）

九月十日は、いとゞ秋はつるけしき、心すごく、巌のくず葉も、心あはたゞしう吹ちらす山おろしに、籬の虫の鳴みだれ、滝のおとも、物思ふ人をおどろかしがほに、とゞろき落たり。（物思ふ人とあるは、あいしやうの心も有。宮す所、おのにてかくれ給しかば、おち葉の藤衣有べし。又夕霧の、落葉をこい給ふ物おもひもあり）　（夕霧巻）

夕顔巻の例は、早朝、夕顔の花咲く家の隣家から聞こえる声についての注記である。「ぬかづく」「おきなびたる」という語句について、割注の形式で、辞書的に、ごく簡明に説明している。梗概書を作成するためには、作品に書かれている内容を正しく理解することは欠かせない。本書所載の注記の内、語釈に関する注記は最も多く、全体のほぼ半数を占める。

賢木巻の例は、「かう〳〵しく」「かんづかさ」に漢字が充てられている。漢字を充当するためは文意が正しく理解されていなければならない。平仮名に漢字を充てること自体が一種の簡明な語釈になっているともいえよう。

夕霧巻の例は、語釈以上に物語の読解に踏み込んだ、本文の解釈に関する注記である。一条御息所の没後、夕霧が落葉宮を小野へ訪う件の梗概本文にみえる「物思ふ人」について、割注の形式で、御息所を追慕する落葉宮の心境と、落葉宮に恋慕する夕霧の心境を併せて述べていると指摘している。『源氏物語』の内容に踏み込んで、登場人物たちの心境を解説した注記である。本文の解釈もまた。作品の理解という点では、語釈に関する注記と同一線上にある。こうした本文解釈に関する注記は本書所載の全注記の二割以上を占める。正しい理解なしに梗概書を作成することはできない以上、本文解釈に関する注記が語釈に次いで重視されたことも理解し得る。

また、語釈、解釈に間接的に関わる注記もみられる。

こじうとの頭《カミ》の中将の物がたりに、女の心の、あまりやさしき斗にて、うらめしき事をも打出てはゆいゐぬほどに、はてはそひはてぬ事をかたり給ふ。 （帚木巻）

源氏の中将、せいがいは《青海浪》を舞給ふ。（あおうみのなみとやわらげたり） （紅葉賀巻）

あらき風ふせぎしかげのかれしよりこ萩がうへぞしづ心なき（しづ心なきは、よきことば也。いかにせんと思ひさわぎたる事に付合よろし） （桐壺巻）

帚木巻の例は、光源氏の正妻葵上の兄の頭中将について、「とうのちゅうじょう」ではなく、「かみのちゅうじょう」と読むべきであるという注記である。紅葉賀巻の例は、朱雀院五十の賀に際して光源氏と頭中将が舞った舞の名を、「せいがいは」と音読みせず、「あおうみのなみ」と訓読みせよと指示した注記である。正しい読みが作品の正しい理解の基本であることはいうまでもない。

桐壺巻の例は、桐壺更衣の母北の方が詠じた和歌の第五句にみえる「しづ心なき」についての注記である。割注の後半は連歌の寄合の語の指摘であるが、前半の「しづ心なきは、よきことば也」は著者がこの表現を評価した言である。作品を正しく理解した上でなければ評価の言を下すことはできないわけであるから、評価に関する注記も作品の理解の上に成り立つ、いわば作品の理解の副次的な注記であるといえよう。

これら、いわば『源氏物語』を読み、理解し、味わうための注記は極めて多く、二百二十項目を超え、本書所載の注記の九割弱を占める。

これに対し、考証的、学術的な注記は決して多くはない。

花のかをゑならぬ袖にうつしもてことあやまりに《とカ》いもやとがめん（北の方とがめんと也）　（梅枝巻）

人はうらむべき事をも、にくからずかすめていひなし、ねたむべき事をも、見しれるさまにほのめかしたるこそ、男の心もしづまるものなれ、あまり見はなちたるは、つながぬ舟のうきたる心ちもするといふ心は本文なり。（身をくわんずれば、きしのひたいにねをはなれたる草、いのちをろんずれば、江のほとりにつながざる舟と云事の心也）　（帚木巻）

梅枝巻の行間の「とカ」は、本文校異に関する注記である。光源氏の和歌の第四句、「ことあやまりに」に対し、「ことあやまりと」という異文が指摘されている。因みに、本行通り「ことあやまりに」とするのは河内本系の大島本と別本に属する陽明家本・保坂本・麦生本・阿里莫本、「ことあやまりと」と異文注記に一致するのは青表紙本系の諸本と、大島本以外の河内本系の諸本、即ち七豪源氏・高松宮家本・尾州家本・鳳来寺本である。こうした本文校異に関する注記は八項目みられる。

帚木巻の例は、出典の表示に関する注記である。雨夜の品定めにおける左馬頭の女性論にみえる「繋がぬ船の浮きたるためし」という一句について、割注はその出典を『和漢朗詠集』巻下、雑、無常の羅維の詩に求めている。[12]こうした出典に関する注記は四項目に過ぎない。

本文校異や出典に関する注記は、作品そのものを理解するというよりは、やや考証的、学術的な趣の存する注記であろう。これらの注記は計十二項目と、本書所載の注記の中では決して多くはない。『光源氏抜書』においては、作品の理解に直接関わらない注記は少ないと言えるのである。

以上、『光源氏抜書』所載の注記について検討を加えた結果、『光源氏抜書』所載の注記は作品そのものの正しい理解を目的とするものが圧倒的に多く、考証的、学術的な注記はごく限られているといえる。それは『光源氏抜書』が『源氏物語』の梗概書であることを思えば至極当然のことともいえようが、やはり梗概書を作成する人、あるいは梗概書を利用しようとする人の中に、作品の理解、そして味読への強い希求が存することが思われるのである。梗概書所載の注記はあくまでも作品を読むための注記であり、為にする注記、注釈のための注釈とは、自ら性格を異にしているといえよう。

七

以上、新出資料である架蔵『光源氏抜書』について検討を加えてきた。本書にみえる従来指摘されたことのなかった多くの連歌の寄合の語は、今後の連歌研究の一助となり得るかもしれないし、本書が拠った『源氏物語』本文のあり方は、江戸時代前期の河内本的世界の解明に役立つかもしれない。また、梗概書所載の注記について、いわゆる注釈書の注記と区分して考える必要も生じてくるかもしれない。

現在、我々が通常使用し得る『源氏物語』の注釈書、梗概書の類は決して多くはない。『紫明抄』『河海抄』『花鳥余情』『源氏小鏡』等、ごく限られた注釈書、梗概書を用いて『源氏物語』を読み、あるいは注釈史、享受史を研究しているに過ぎない。限られた素材だけに拠っているということは、たとえば『源氏物語』を読む場合、その読解は自ずと限定的なものにならざるを得ない。ひとつでも多くの新しい素材を開拓してゆくことによって、あるいは『源氏物語』の読みを深め、あるいは『源氏物語』の注釈史、享受史の研究をより豊かなものにしてゆくことができるのではないか。作品の読解に注釈書や梗概書を援用するという高次の研究はむろん必要であろう。その一方、未だ報告されていない新出資料を発見、報告するという基礎的研究も決して疎かにしてはならないと考える。天災、人災により、また時の流れと共に、学界未報告の資料は未報告のままに消え失せてしまうかもしれない。限られた時間と活力を有効に活用して、新出資料の発掘は続けられなければならないと考える次第である。

『光源氏抜書』がまだまだ検討の余地と、多くの可能性を残していることを確認して、ひとまず稿を終えたい。

注

（1）以下、諸資料の引用にあたっては通行の字体を用いる。句読点、清濁は私に付した。傍線は論者による。割注は（　）内に示した。
（2）『源氏物語』の引用は池田亀鑑氏校注「日本古典全書　源氏物語」（昭和二十一年　朝日新聞社）による。
（3）以下、『源氏小鏡』は古本系第一類に属する伝持明院基春筆京都大学本を用いる。引用は岩坪健氏編『『源氏小鏡』諸本集成』（平成十七年　和泉書院）による。

（4）拙著『源氏物語注釈史の資料と研究』（平成二十三年　新典社）第二章第一節を参照されたい。

（5）玉鬘の件が前置されるのは、玉鬘が将来、光源氏自身と直接関わってくるからであろう。

（6）注（4）に同じ。

（7）それぞれ、池田亀鑑氏編「源氏物語大成」（昭和三十一年　中央公論社）、伊井春樹氏他編「源氏物語別本集成」（昭和六十三年　桜楓社）による。

（8）別本に属する保坂本・麦生本・阿里莫本には「くたん」とある。「くたに」と「ぼたん」の混同とも考えられる。

（9）重松信弘氏『源氏物語研究叢書II　増補新攷源氏物語研究史』（昭和五十五年　風間書房）、伊井春樹氏『源氏物語注釈史の研究』（昭和五十五年　桜楓社）付章第二「源氏物語注釈書解題」等。

（10）別本に属する保坂本には「あふりむかばき」とある。

（11）たとえば池田亀鑑氏編「源氏物語事典　下巻」（昭和三十五年　東京堂）など。

（12）「観身岸額離根草　論命江頭不繫船」とある。

湯浅兼道筆『源氏物語聞録』について

湯浅幸代

はじめに

「注釈」とは本文に注を入れ、その本文を解き明かす行為を指す。『源氏物語』の注釈書は、時代の隔たりによって理解することが困難となった物語との溝を埋めるべく、各時代の読者により作られ続けてきた。(1)それらは現存するもののだけで膨大な数となっている。(2)このような「源氏学」隆盛の発端となったのは、平安時代末に歌壇の重鎮であった藤原俊成が、当時すでに正典の学問であった歌学において『源氏物語』を必読書としたことの影響が大きい。この俊成を父とする定家の注釈書『奥入』や『源氏物語』の校訂本文（青表紙本）がよく知られるが、(3)このような歌人における「源氏読み」の歴史は古く、その流れは後の三条西家のごとき堂上の歌人たちのみならず、(4)宗祇などの連歌師らにも受け継がれていく。(5)また武士の世の到来とともに、自身の存在意義を問い直すべく、自らの願望（光源氏のように皇族に復する）を投影し、物語を歴史化する注釈書・『河海抄』(6)や、失われつつある宮中の有職故実を学ぶべき書として物語を読み解く『花鳥余情』のような堂上の注釈書も著わされる。(7)それらは主として時の権力者たちに求められるが、戦国時代より、大名たちが貴族文化を手中に収めようと『源氏物語』の享受を始めていく。それは写本の書写であり、講読であり、絵画化であった[8]。注釈書の作成、および伝授も、この流れの一つと言える。

江戸時代、徳島藩藩医であった湯浅兼道[9]が講師から聞いて筆録したという『源氏物語聞録』（明治大学図書館蔵[10]）は、当時の一地方における武士の『源氏物語』享受のありようを示している。この本は、地方武士特有の理解の仕方、貴族文化への憧憬が他書には見られない独自注となっており、興味深い内容を有している。

そこで本稿では、この注釈書の内容や奥書を紹介した上で、その特色をもう少し具体的に検討し、本書の意義について考察してみたい。

一　本書の形式と奥書の問題

明和七年（一七七〇）の奥書を持つ『源氏物語聞録』は、五冊九帖（第一冊「桐壺」「箒木」第二冊「空蝉」「夕顔」第三冊「若紫」「末摘[11]」第四冊「紅葉賀」「花宴」第五冊「葵」）から成り、「桐壺」〜「葵」巻までの注釈を収める。各巻の講義回数は、「桐壺」七回（寛保元年九月十八日〜十月十七日[12]）「箒木」九回（同年十月十七日〜十二月一日）「空蝉」二回（同年十二月七日・十一日）「夕顔」九回（寛保二年正月二十一日〜三月一日）「若紫」十回（同年三月六日〜五月一日[13]）「末摘」六回（同年五月六日〜六月一日）「紅葉賀」七回（同年六月十一日〜八月十六日）「花宴」三回（同年九月一日〜十月十一日）「葵」十回（同年十一月一日〜寛保三年二月十六日）であり、約一年半の間に計六十三回催されている。時に次の講義日まで長期間空くこともあるが、帚木巻からは日付に「一」と「七」が付く日、夕顔巻からは日付に「一」と「六」が付く日を概ね講義日として定期的に行われている。

各写本は、縦27・5×横19・8センチで、表紙は藍色、題箋に外題を記し、扉には内題（外題と同じ）が書かれる。すべての表記は、基本的に漢字交じりの片仮名書きで、時に本文の引用は平仮名書きである。半丁十二行に、物語本文の一部を引用し、それに短い棒線を付して注を付けるが、さらに頭注と巻末注が付される。

頭注は、注釈本文の補注と見られる注、講師との問答、「師曰」で始められる講師の説、「（書名）曰」で始まる他書の説、「私考曰」と記される壺井義知の『源氏男女官職私考』の説、「兼道曰（按）」などで示される兼道自身の注釈が箇条書きで記される。巻末注は、桐壺巻から始まり空蟬巻からは「再問條々」と明記されており、「余再侍二華山那和君一受二其傳一」と奥書にある通り、二度目の講義によって付けられたものとみられる。ただし花宴巻にこの注はない。

また書名については、『源氏物語聞書』と題する注釈書が数多ある中、管見の限り『源氏物語聞録』と題する注釈書は他に例がない。ただし似た書名の注釈書に『源氏物語聞記』(14)がある。「録」の字は「書」や「記」以上に「そのまま書き写す」意が強いので、やはり奥書にある「毫モ不二漏脱一而筆一記ス」（いささかも漏らすことなく筆記した）の意を込めての書名であろう。以下、奥書の全文を掲載する。

先君故修理大夫与二南冥院殿一隔レ年
述三職ス于東武一時徴二シテ得中堂原安適ナル者ヲ一聞二
和歌者流ノ之書一帰レ阿日亦令レ従レ駕翁来二
于茲一二次我師那和先生就二其旅寓一聴二此
物語一従レ初至二葵巻一大一凡九帖翁曰此書
洪漢大一率通二此九帖一則全一編之釈例可二

以準知㆒矣余再侍㆓華山那和君㆒受㆓其
傳㆒毫《モ》不㆓漏脱㆒而筆-記《ス》且併㆔記壺井義
知所㆑考之官職私考㆒以授㆓子孫㆒不㆔肯出㆓
於窓外㆒云　明和七庚寅年二月朔旦
娥眉湯浅兼道記

（『源氏物語聞録』第五冊「葵」六二丁ウ〜六三丁オ）[15]

まず「先君故修理大夫」蜂須賀吉武[16]と、その父「南冥院殿」阿波徳島藩五代藩主・蜂須賀綱矩[17]は、江戸に上った際、歌人「原安適」（「翁」）を召して和歌の流派の書物について講義を受け、後に安適を徳島に招いた。そこで兼道の師・那波魯堂（「那和先生」「那和君」）は、この旅中に安適の宿泊先を訪ね『源氏物語』の講義を聞いた。安適は『源氏物語』について「この物語は洪漠としているが概ねは初めの桐壺巻から葵巻の九帖に通じれば全編それに準じて理解できる」と話した。兼道は再び魯堂の講義を受け、いささかも漏らすところなくこれを筆記した。あわせて壺井義知[18]の『源氏男女官職私考』（「官職私考」）を記載して子孫に授けるとし、この書を門外不出であるとした。

以上、湯浅兼道が記したとする奥書の概要である。この奥書から『源氏物語聞録』（以下『聞録』の表記は本書を指す）は湯浅兼道が那波魯堂の講義内容を記したものであり、その講義自体は、魯堂が原安適から受けたものを元にすると予想される。

原安適は、山本春正、清水宗川に師事し、木下長嘯子系の江戸歌人中屈指の存在であり、その晩年、綱矩に仕えている[19]。また那波魯堂は、大阪で岡龍州の門下で古文辞学を学んだ後、朱子学に転じて京都で私塾を営み、一時聖護院門跡忠誉法親王の侍講となっている[20]。魯堂と徳島藩との関わりは、安永七年（一七七八）、五十二歳で藩儒となったことに知られ、十一代藩主治昭の侍講を勤めている。ただし『先哲叢談後編』（東条琴台著、文政十年　一八二七）には、明和元年（一七六四）に既に阿波侯に仕えていたと見られる記述があり[21]、これによれば、兼道が奥書成立時（一七七〇）より前に徳島で魯堂から講義を受けられた可能性は高い。ただし『聞録』に見える講義開始日は、奥書の日付より二十九年も前の寛保元年（一七四一）九月十八日とあり、当時、師たるべき魯堂の年齢は十五歳となってしまう。むしろこの年齢は、魯堂が安適から講義を受けた年齢と考える方がふさわしい。しかし原安適についても、その没年は享保初年（一七一六）頃とみられており、そうなると享保十二年（一七二七）生まれの魯堂とは接点がなく不可解な点となる。

また『聞録』の夕顔巻頭注には「本性」を「ホンジヤウ」と読むべく「本上」と表記することについて「安適、師ト常ニ是ヲ称ス。余コレヲ以テヲシテミレバ此本上モソレ也」との発言が記されており、この記述によれば、魯堂には安適とは別に「師」と呼ぶべき人物がいたことになる。ちなみに安適の名は『聞録』中、五回登場するが、安適の説として紹介されるもの、安適とは異なる魯堂の見解が示されるものがあり、魯堂と安適との関係には少し距離があるように感じられる。また安適については魯堂の講義中、次のように語られる部分がある。

アヤニクハ物ノクヒ違コト也。中院通躬《ミチミ》卿へ安適ガ江戸ノカウボクヲ以テ尋ニ猫ノ引ヅナト被仰。猫ハヒツハレバ来《コ》ズ放《ハナ》セハヒザヘアガル也。クヒ違コト也。安適ハ右デスル事《コト》左デシ左デスル事《コト》右デスルト云。何分クヒ違事也。

（『源氏物語聞録』第一冊「箒木」六八丁オ）

兼道が奥書で「先君」と呼ぶ蜂須賀吉武は、中院通躬[22]に和歌を学んでいる。右記によれば、通躬と安適が親しい関係にあったことがわかるが、安適の師・清水宗川は松永貞徳に学んでおり、この貞徳と通躬の高祖父・通勝がともに細川幽斎の弟子であることに鑑みれば、その関係も首肯できよう。蜂須賀の父子が江戸で安適より講義を受けたのは、中院家の仲介あってのことかもしれない。

また総説では、光源氏の源姓の説明として、『源氏物語』の注釈書名の多くが「源」の字と関わりがあることを言うべく『萬水一露』『水原抄』『岷江入楚』『孟津抄』『細流抄』の名をあげるが、頭注に「萬水一露ハ連歌師ノ作者也。本ハ湖月ヨリ五割モ多也。今用ヌ也」とする。基本的に『湖月抄』所載の注釈、説を検証しながら講釈はなされるが、(23)特に『岷江入楚』(中院通勝著)は「コレハ岷江テモスマヌ也」と講師が言うように、基準として重んじられている。夕顔巻では、夕顔がもののけに取り殺される段において、講師は『湖月抄』所引の昔物語として京極御息所を河原院に据えた宇多法皇が邸の元の主・源融の霊に遭遇する話をするが、そこでも「岷江ニ永ク書也」と『岷江入楚』があげられ、頭注の「兼道按」でもその昔物語が『江談抄』の話として最も詳しく『岷江入楚』が引くこと、さらに「又按岷江ニモ「気はひ物うとく」と書けり。湖月抄も其通ニかく也」として注釈が加えられる。(24)

このように『岷江入楚』は『源氏男女官職私考』や『湖月抄』に次いで多く引かれる注釈書であるが、これらの書同様、『岷江入楚』は実際に兼道の手元にあったのではなかろうか。たとえば、紅葉賀巻に描かれる宮中での試楽の後「宮はやがて御宿直なりけり」(25)と本文にあるが、この「宮」の解釈について、頭注では「宮。兼道按。湖月ニ細流ヲ引テ藤壺トス。岷江ニハ秘ヲ引テ同説也。師説ハ源ヲ指ス。恐非ナラン。文ノツヾキ藤壺ノ宮トミユ。又六丁ヲニモ藤ヲ宮トアリ」(26)とあって、「宮」は藤壺であるとする。確かにこの本文の後には、桐壺帝と藤壺が試楽について会話する場面が続くので、兼道が言うように藤壺とする方が適切だろう。ここでは『岷江入楚』は『湖月抄』とともに師説を否定する根拠となり得ている。

以上のことも、兼道が仕える蜂須賀家と中院家との関係に起因する可能性もあるが、『聞録』には連歌師の注によると思われる記述や武士特有の理解と思われる記述も存在する。次の章から具体的に検討してみたい。

二　特色ある注釈について（一）――武士と儒学

魯堂の講義がどのようなものであったかについては、次の記述が参考になる。

儒者ノ方カラ云バ本性ハ堅イ者也。仁義礼智信ハソノ侭天カラウケタガ本性ナレドモ儒書ニ云本性ハ儒者ノ云生レツキ也。法便品ニ従《テ》二其本性一トアル。其生レ付ニ従テ種々ノ因ニ入レテ説譬《ヲ》説詞《ヲ》尽シテ方便力《ヲ》以テ法ヲ説トアレバ生レ付也。仏家デハ本性ト云ガ儒者ノ気質ノ性也。生レ付也。

（『源氏物語聞録』第一冊「箒木」六八丁オ）

前記は、帚木巻冒頭にある「さしもあだめきなれたる、うちつけのすきずきしさなどは、このましからぬ御本性にて」(27)と光源氏の性情を語る本文に関する注の一部である。ここで講師は「本性」について、まず堅いものとし、儒教において重要な五常「仁義礼智信」は天から受けたものを「本性」とするが、儒書では儒者の生まれつきの気質を言うことを、仏家における意味を踏まえた上で説明する。

しかし、このような講師の「儒者」としての側面が強調される講義のあり方は、注釈書全体からみるとそれほど多くはない。ただし桐壺巻以前に記された総説には儒教的な物語の捉え方が記されている。

総説ではまず作者が紫式部であること、光源氏の一生を書いた作品であることが述べられ、次いで『源氏物語』の題名について、続いて「源姓」についての詳しい説明が加えられる。その後再び作者についてその素性や作者複数説などにふれてから、その内容について「法華ニ模シテ荘子ノ寓言ニ倣ヒ史記ノ文体ヲ立ナカノモヤウハ法華ニ模スル処段々多也」(28)とする。いわゆる『法華経』の三大部の巻数や比喩・因縁の説法、『荘子』における寓言の方法、『史記』の本紀・列伝・世家といった構成法等に物語が倣うと言うのであるが、これらの記述は『河海抄』の「了簡」に始まり、『明星抄』によってさらに詳しく記述される総説のあり方をほぼ踏襲する。

しかも特に物語の大意に関わる部分では、『明星抄』の記述、いわゆる物語の「好色淫風」は最終的に「善道の媒」とすべき方便であり物語は「勧善懲悪」を旨とすること[29]、つまり『源氏物語』の内容を教訓的にみる読み方に『聞録』の注釈も則しており、それをよりわかりやすく説明する。

第一好色デ説也。ソフシテ書ニナゼニ好色デ書モチツトシヤウアラント難スル人アリ。ソレハ人ノ好ニヨリ是ハミヤウニヨル。是好色ト雖人ニヨリミヤウ違コトアルベキ也。易ニ説レ道ニ以テス二内事ヲ一云コトアル。道ヲ説ニ閫門内證カラ説ト云也。詩経ミヨ。周南召南ノ正ヒ詩アリ。又鄭衛ノ淫風モ載也。必仁義礼智ヲセヨト説ニ非ス。勧善懲悪也。善ス、ムルモ教也。悪ヲコラスモ教也。コフスレバ世間ヘ露見スル身ニ災アルト悪カラ教ヘルモ教也。好色デモドチカラデモ入易ヤウニ教タ者也。源氏ノ説ヤウ人情本ニシテ人ノ情ノ教ヘ易処ヨリ教タ者也。平生体デモ心ニ兆スコトアルニロニモ云ズ、ワザニモ顕レネドモ脇カラ見ニアノ人ハ心ニ含ミアルトミエル。又アノ人ハコフシテコト思付ソフナコフシテ陰謀企ト見ユ。カクレタルヨリアラハル、ハナシ也。内ニ思惟シテ面ヘ出ントコソ思ヘ。脇ヘロケンスル程ニロヘ出。行席ヘ出テ人ノ識ウケ身ノ災ウケル也。人ノ内処ハダカニシテ中ニ一心ノ兆カクスコト無。閫門ノ中カラ裸ニシテ閫門ノ中カラ教也。源氏一部ノ教情ヲ以教ヘルコト故ソレトモ好色ノミナラズ。君臣父子朋友夫婦兄弟ノ交菩提ノコトテモ此物語ニ残スコトナイ也。好色表ニスルハ懲悪也。

(『源氏物語聞録』第一冊「桐壺」五丁オ・ウ)

〈○易ノ繫辞ニ出歟〉

少々長い引用となったが、『明星抄』でも「好色淫乱の風」を描く物語がなぜ「仁義五常」を備えるのか不審に思う人に対し、「四書五経」にも「淫乱の悪虐」が記されることを述べ、またその例を『尚書』『毛詩』などによって示しています。ここで言われる「仁義五常」とは儒教で重要とされる「仁義礼智信」の五徳を指し、「四書五経」の儒教経典によってその例が示されるが、このように儒教的倫理観に基づく教訓性を物語に読み取るあり方については、当時、彼らの注釈書を求めていた層に武士階級があったこと、そのような時代の風潮と関わっていると思われる。一方『聞録』で例示されるのは『易経』と『詩経』であり、その後、物語に沿って詳しく「好色」（＝情）の描写が「懲悪」の例につながること、このような「情」の教えは他にも『河海抄』の述べる「君臣父子朋友夫婦兄弟ノ交」として残らず物語に記されるとするが、その中で「閨門ノ中カラ裸ニシテ閨門ノ中カラ教也」という独自の解釈も示される。

しかしながら『聞録』の場合、『明星抄』よりは丁寧に「好色性」の否定がなされるものの、たとえば熊沢蕃山の『源氏外伝』のように物語内容を悉く儒教の教義に引き付けて読むあり方とは一線を画している。

また宗祇や三条西家流の『伊勢物語』の注釈書においても、先述したような儒教的倫理観によって業平の好色が「憐愍」（人に対して情けをかけること）と解釈されているのであるが(30)、この『聞録』にも「レンミン」の語が次のように記述される。

凡書物一部デ字眼アルコト也。詩経ナレハ思無レ邪カ詩経ノ骨髄也。書経テハ欽《ツヽシム》ノ字書経ノホネ也。礼ヲ云ハ不レ敬ト云コトナシヤ。礼記ノ骨也。法華ナレバ妙ノ字諸方実相也。骨ノミツケ処コシラヘネバナラズ。源氏ハ情也。吾身ツメリ人ノイタサヲシルカラ教ヘル。誠ハ天ノ道。天デ云ハ誠。人デ云ハ忠恕也。忠恕ハ人ニ及スナレバ吾身ツメリ。人ノイタサヲ知也。己カ欲セサル処人ニ加ルコト勿レ也。忠恕ノ字アテ、ミレハ忠恕ハ情也。情ハナサケト訓ス。ナサケハ人アハレム也。忠恕ハ人レンミンスル也。情ハマコトトモ訓ズルハ、誠ハ天ノ道也。ワザヲ云バ忠恕ノ恕也。恕ハ情也。性情ト云ハ天ノ命スルハ性、人デ云ハ喜怒哀楽愛悪欲ノ情ナレドモ日本デハナサケト訓ズ。人レンミンスルヲ云也。ニホンノナサケト云心デ此書カキ立タ者也。

（『源氏物語聞録』第一冊「桐壺」六丁オ・ウ）

ここではまず書物の骨子を表すものとして「字眼」について言及されるが、続けて光源氏の「字眼」は「情」の字であると示される。この「情」とは、これより前の記述に「好色」をその一つとして数えていたように、主に光源氏がさまざまな女性たちに情をかける行為を指すとみられ、この「情」（「ナサケ」）の語が儒教で言うところの「忠恕」に等しいと説明される。さらにこの「忠恕」は「レンミン」（憐愍）する意、すなわち人に対して情けをかけることであり、儒教の教えとも一致する行為であると言う。しかし、このような「レンミン」の語は、主要な注釈書――宗祇や三条西家流の『源氏物語』の注釈書にはない言葉であり、儒者によってより教訓性を高められた解釈のように見受けられる。

ただし『聞録』においては『伊勢物語』への言及が非常に多く、それらは本文が直接典拠とするもの以外にも、たとえば急ぐ意の「とみ」についての説明では「伊物長岡ノ段ニトミノ事トテトアリ。イソギノ事トテト云事也[31]」といった形で言及され、まずは『伊勢物語』を例として読み方や解釈を考える姿勢が窺える。また「伊勢物語抄ノ季吟抄[32]」という語も見えることから、講師である魯堂は、北村季吟の『伊勢物語拾穂抄』を『源氏物語』を読み解くにあたっての参考書として重視していた可能性が高い。よって『聞録』における「レンミン」の語は、『伊勢物語』の注釈書を介して光源氏の好色性の解釈に用いられたのではないだろうか。

また桐壺巻の光源氏の「元服」に関する注釈については、これまでの注釈書に書かれた内容に加え、次のように説明する。

元服ト云字ハ今日俗ニハアタマソル事云。ドモソフデナイ也。前漢書ノ昭帝《セフダイ》紀ニ師古カ説クハシ。元ハカウベナリ。カウベニ服スル也。カムリ着《キル》事也。爰元デ元服ト云モ成人ノ初故ツムリ剃《ソル》事元服ト云ト見ユ。アノサカヤキト云コトアタマソル事云。アレハ本武士ノ事也。町人様スルコトニ非ス。アレハカブトキル為也。乱髪ハ目ニカヽル故サカサマニシテ焼《ヤク》ナリ。ソレヲ後ニ剃リソレヨリイト鬢《ビン》ニモナル也。村上彦四郎アナアツヤトテ巾《キン》ヲ取レバサカヤキノアト白〳〵ト云信長《ノブナガ》時分カラ専イトビンニナル事アリ。

〈○私考曰元服トハウヰカウフリシタマフ義也。兼道云伊物ニウヰカウフリシテトアル是也〉

〈○村上カ事太平記ニ出。コレヨリ前シラズ。白〳〵ト云バソルト見ユ。古キ事ナリ〉

（『源氏物語聞録』第一冊「桐壺」五一丁オ）


まず、今日の元服は「頭を剃る」ことであるが、そうではなく「頭に冠をつける儀」であることについて「前漢書ノ昭帝紀ニ師古カ説クハシ」としており、この注は確かに『漢書』に見える。ただし管見の限り、他の『源氏物語』の注釈書には見当たらない注である。また光源氏の例とは異なるとして、当時の武士や町人の成人儀礼である「さかやき」（月代）、いわゆる頭剃りについての話が、その由来や印象的な物語（『太平記』）の例等を示すことにより、詳しくなされている。講師・魯堂については、「資性疎脱、甚だ規則を守らず、其家に在るや、常に禮容なし」[33]との記述もあるので、そのような性格からか、少々、話が脱線している感もあるが、聞く者にわかりやすく、楽しく話を聞かせる術なのであろう。この他にも、「公家」「堂上」「貴人」は自分たちとは異なる習慣・文化を持っており、それらを理解すべく自分たちの身近な例と引き比べて説明することが度々見られる。このようなところは、連歌師たちが目指したより簡明でわかりやすい注釈に通じるものがある。[34]また全体としても、一語一語の意味を明らかにし、内容を正確に把握すること、正しい本文の読み方を知ることに重きが置かれており、それらはこの注釈書の基本的な方針といえる。

このように『聞録』においては、読み手の思想や階級が、物語の理解の仕方に影響を与えてはいることは確かである。しかし基本的な注釈態度――自分たちとは異なる社会・文化の中に紡がれた物語を当時のありように沿って正確に理解したい、という思いも随所に見ることができる。その点については次章で述べていくことにする。

三　特色ある注釈について（二）――徳島藩と阿波国

『聞録』の講義は少なくとも二度目の講義に関しては徳島藩の領国、すなわち阿波国で行われたと考えられる。『聞録』中の「阿波」の語は、夕顔巻における「揚名介」の注釈の際、国司を説明するのに「阿波ノ守阿波ノ助《ママ》ト云コト也」(35)とあるように、身近な例として挙げられる場合が多いが、筆録者である兼道が徳島藩に身を置く人物であったこととと関わると思われる独自注も存在する。

たとえば帚木巻の注釈で目を引くのは、初回の講義録の前に記された兼道による『太閤記』の引用である。

○兼道太閤記ヲ見ニ天正十六年卯月十六日和歌御會主上行二幸聚楽第一寄松祝主上乃御懐紙ハ異臺《コトニダイ》に《ニ》在。中納言参議以下之懐紙ハ取集め前にかさねをかれ侍る。読師講師發聲も主上は別也。題ハ飛鳥井前大納言殿也。

烏丸光宣
うこきなき代々のためしを引かふる岩ねの松の色ハかハらし

飛鳥井雅継
陰たかき砌の松に立そひて君かちとせの春秋やへん

三条西実條

相生の松に契りて幾千代も君か齢はつきしとそ思ふ
日野資勝
うつし植こたかくなれる松かえにいく万代をかけて契らん
烏丸光廣
陰ふかき砌の松の風たにも枝をならさぬ御代にも有哉
下冷泉ハ為時、上ハ為親也。青連院准后尊朝聖護院道澄何も詠あり。
○文禄三年二月廿五日吉野太閤花見ニ三位法印玄旨紹巴昌叱ノ詠アリ。三月三日高野山へ御登山アリ。
（『源氏物語聞録』第一冊「箒木」六四丁ウ）(36)

内容は、天正十六年（一五八八）四月十六日、聚楽第で催された「寄松祝」を題とする「和歌御會」の歌が中心であるが、『太閤記』に記載されている百首近くの詠歌の内、『聞録』の掲載歌は僅か五首であり、兼道が意図的に抜粋したと見られる。またその五首の詠者は、代々源氏学を修めた三条西家の「実條」（実枝孫）の他、日野、烏丸、飛鳥井といった歌道の名家出身者であり、続く文禄三年（一五九四）二月廿五日の記述には、吉野の花見の詠者として『岷江入楚』の作成を委託する細川幽斎（三位法印玄旨）や『紹巴抄』を著した連歌師・紹巴の名が見える。

このような『太閤記』の記述と帚木巻の直接的な関わりはよくわからないが、兼道が仕えた蜂須賀家は豊臣秀吉との縁が深く、蜂須賀家政が阿波守に任じられたことから後に徳島藩藩祖となった経緯があるため、そのことと関わるのかもしれない。

そのほか「阿波」に関わる興味深い注として、帚木巻の名の由来となった源氏歌と、その返歌である空蟬歌の引歌考証において、多くの注釈書が引く坂上是則歌のほかに、『人麿集』の国名歌で「阿波」を詠み込んだ歌「こずゑのみあはとみえつつははきぎのもとをもとよりみる人ぞなき」（『聞録』では「梢ヨリ」とする）の検討があり、それを松永貞徳の説として紹介するものがある。以下、長くなるが本文を引用する。

帚木《ハワキヾ》

此巻《マキ》ハ哥ヲ以テ題号ニメイシタ巻ナリ。哥ハ「帚木ノ心モシラデソノ原ノ道ニアヤナクマドヒツル哉」ト云源氏ノヲ哥ト其返哥ニ空蟬《ウツセミ》ノ「カズナラヌフセヤニオフル名ノウサニアルニモアラズキユルハヽキヽ」ト云二首ノ哥ヲ以テ題号ニ付タ者也。是ハ坂上是則《サカノウエノコレノリ》ノ哥ニソノ原ヤフセヤニ生ル帚木ノ有トハ見エテ逢ヌ君哉ト云哥アル。源氏ト空蟬トノ間ノ事ガナド是則ノヨマル、其原ヤフセヤ―云哥ノ心ノ様ニ目ニ見エテモ源氏ノヲ手ニマワラヌヲ取題号ニ名リ本ヨリ源氏一部ノ心ニモカヽル也。源氏ノ一部アルカト見レハナイ也。今爰ニ云帚木《ハワキヾ》ニテハ非ス、高クアル者カト見レハ側《ソバ》ヘ往テ見レハナヒト也。ソノ原ハ美濃ト信濃トノ間也。ソコニアル草ト也。惣体證哥ノ證文《モン》ノハ古《フルヒ》ヲ引ト云ニ付、貞徳ハ人丸ノ集ニアル「梢ヨリアハト見エツ、ハワキヾノモトヲモトヨリ知ル人ゾナキ」ト云ハ、キヽノ哥也。コレ古イ故コレヲ取ト雖《云コトナレ》ドモ、紫式部ノ此巻ヲ思ヒヨセテ帚木ト云ハ是則ノ哥ヲ以テ書故人丸ノ哥古リテモ是ハ是則ノ哥ニヨリテ書ト見テヨイ也。人丸ノ哥ハ六十六ケ国ヲ隠《カクシ》‐題ニシテヨム哥アル者也。是ハ阿波ノ国ヲヨム哥也。源氏一部ハ天台ノ非有非空亦有亦空《ヒウヒクウヤクウヤク》ノ四ノ門ヲ以テ記スアルカト見レバナシ。無カト見レバアル法華ノ文《モン》ノ心也。源氏一部ハアルカト見レハナイ也。ハヽキヾハアルカト見レハナヒ故一部ノ名国ニモカヽル。又此巻デハ空蟬ハヲ目ニ見テヲ手ニマワラヌ也。是ハ抄ニ委シクアル也。

〈○人丸哥コズエヨリト覚ガ外物ニハ梢ノミトアリ。是ヨシ集ニハノミトアラン。梢ハ見ユレトモ本ハ見エヌ也。阿波ノ国ヲヨム也。哥ノ心ハ是則ノ哥ト同事也。ハヽキヽヲヨム也。阿波ノ心ハナシ〉

〈○六十六巻皆人丸ノ哥歟。曰然リ。人丸集ニアリ。卅六家仙ノ中也〉

〈○貞徳ノ勘物アリヤ。曰師説也。勘物ハ不知。アリヤ〉
（『源氏物語聞録』第一冊「箒木」六五丁オ・ウ）

右記では、傍線部のように「根拠として引く歌は古い歌を引用する」といった見地から、貞徳が柿本人麿歌を挙げたとするが、講師は最終的に是則歌を支持している。このような人麿歌の検討は、管見の限り本書独自の注である。また頭注において、講師はこれを「師説」とし、「貞徳ノ勘物」については知らないと答えるが、貞徳が著わした『戴恩記』には、著者が歌学を習った人物として、九条稙通と細川幽斎の名が挙げられており、その他、物を習った人物として、中院通勝や紹巴等の名が見える。またこれらの人々と『源氏物語』との関わりについても言及されるが、中でも三条西実枝を師とする右大臣今出川晴季が聚楽第の行幸を度々取り仕切ったという記述や、貞徳が飛鳥井雅春から「寄道祝」という祝儀の題をもらったとの記述は、先に確認した『太閤記』引用との関わりを窺わせる。[37]さらに『聞録』（前記引用波線部）には、源氏歌に詠まれる「その原」（園原）について、「ソノ原ハ美濃ト信濃トノ間也」と説明するが、このように帚木巻の冒頭で、その位置について言及する注釈書は、管見によると『紹巴抄』のみであり、[38]この講師の「師」は、原安適のごとく歌道に通じ、連歌師等とも縁の深い人物であったように思われる。

このように『聞録』の独自注には地方色を有するものが多いのであるが、他にも、本文中の「格子」について、二代目藩主・蜂須賀至鎮の妻である敬臺院の菩提寺・敬臺寺（現在の徳島県徳島市に位置）の塔の中に使われていると説明するなど、[39]徳島藩に身を置く者へ向けた、聞き手にとってのわかりやすさを重視する説明を見ることができる。

またこのような建物に関する注釈は「格子」以外にも「半蔀」などに詳しくみられるが、[40]貴族文化の息づく京にいれば、容易に知りうる建物の構造であっても、地方ではなかなか知ることが難しいからであろうか。貴族の作法についても同様で、たとえば「艶書」については次のようにある。

色―此フミハ艶書也。源氏ノコ、カシコノ女ドモト取カハスフミ也。色―ハ艶書ハ色カミ也。紙二枚ヅヽ也。白ニ緑ハ卯花ガサネト云。コキ紅《クレナヒ》ニウス紅ハ紅梅カサネノウスヤウト云。白ニクレナヒ重ハ櫻ガサネト云。又キク重ト云様也。ソレ〳〵名アル皆薄様也。ソレ故色々ノ紙ナルフミト云。
〈○艶書ハ皆薄様ニシテ色ハサマ〳〵アル也。二枚ヲウラ表ニス。白表赤ヲ裏ト云様ニシタ者也。白ニ緑ノ裏ヲ春ハ柳ノ薄様ト云。夏ハ卯ノ花重ネト云。大分品多キ者也。通茂《ミチモチ》ノ作ニテ久我《クカ》殿ヨリ一条殿へ進ゼラル艶書ヲ京ニテ見ル。持タキ者也〉

（『源氏物語聞録』第一冊「箒木」七一丁オ）

右記は、雨夜の品定が始まる前、宿直所で頭中将が見たがった光源氏の元にある「いろいろの紙なる文ども」についての説明である。これらの文はまず源氏がここかしこの女性たちと取り交わした「艶書」、すなわち懸想文であるとし、その「いろいろ」が「色紙」を意味する事、またそれらの様々なかさねの色目とその名称が示される。頭注では同じ色目でも季節によって名称が異なること、その色目の数の多さに言及するが、興味深いのは傍線部の内容である。中院通茂の作で「久我殿」から「一条殿」へ届けられた「艶書」を京で見たと記されている。またこのような「艶書」について「自分も持ってみたい」と率直な感想が加えられている。

中院通茂は先述した通躬の父であり、やはり歌人として名高いが、中院家は村上源氏の嫡流である久我家の分家にあたる。また一条家は五摂家の一つであり、格としては中院・久我家より上である。これらの話もやはり藩主と中院家との親しい関係からなされたものかもしれないが、『公卿補任』によれば(41)、中院通茂（寛永八年～宝永七年）が初めて参議となった折、同じ公卿として久我廣通（寛永三年～延宝二年）が権中納言、一条教輔（寛永十年～宝永四年）が右大臣を務めている。彼らは比較的年も近いので、教輔が廣通を通じて通茂に作らせた（歌を詠ませた）懸想文を所持していたのかもしれない。それを京で見たというのだから、この頭注は実際京にいたことが確認できる魯堂の話である可能性が高い。また「持タキ者也」の語は、魯堂の発言とみるにしても、講師として聞く者の貴族文化に対する憧憬を含み込んだうえでの言葉と解してよいのではなかろうか。

このように『聞録』においては、徳島藩の領内に身を置く聞き手の立場と知識に寄り添いながらも、実際のありよう――物語が書かれた時代の社会や文化について、常に想像を巡らせつつ講義がなされていたのである。

結語

『源氏物語聞録』は、当時の『源氏物語』享受を考える上で非常に興味深い内容を有している。講師は徳島藩の儒者、筆録者は同藩の医師である。講師は聞き手に寄り添ったわかりやすい講義を意図しており、そのため儒教的な解釈と徳島藩に身を置く武士としてのありようが内容に反映している。しかし、これまでの注釈書の説を比較しながら踏まえ、さらに師説を冷静に検討し、時に従い、時に否定しながら、魯堂も兼道もともに自説を展開する。物語に書かれていること、その内容を正確に知りたい、という彼らの欲求は、当時の社会・文化とは隔たってしまった彼らの「現在」にあって、それでもひたすら「当時」に思いを馳せる情熱が窺える。このような『源氏』読みのあり方は、今の私たちの読みの姿勢を問い返す。

今現在、私たちが身を置く社会、取り巻く思想が自分の『源氏物語』の読み方に影響を与えること、それは間違いない。しかし、当時の社会や文化に思いを馳せ、物語に書かれていることを正確に知りたい、理解したい、という思いこそ、次代につながる「解釈」や「研究」を生み出すことができるのではないだろうか。先行研究を疎かにせず、師説を鵜呑みにすることなく、講師に繰り返し質問し、自らも調べ、考えを記す。『源氏物語聞録』は、『源氏物語』の読み手として必要な営みを、実に生き生きと伝えてくれる貴重な注釈書なのである。

注

（1）湯淺幸代「古注釈の世界―読者の『源氏物語』」（『人物で読む源氏物語』九、勉誠社、二〇〇五年十月）
（2）伊井春樹編『源氏物語注釈書・享受史事典』（東京堂出版、二〇〇一年）には五百冊以上の注釈書が記載されるが、『源氏物語聞録』がこの事典に載せられていないように、まだ多くの注釈書類が存在するはずである。
（3）湯淺幸代「藤原定家と『奥入』―「歌よみ」の『源氏物語』」（『人物で読む源氏物語』十一、勉誠社、二〇〇六年五月）
（4）湯淺幸代「三条西実隆の源氏学―『弄花抄』・『細流抄』を中心として」（『人物で読む源氏物語』十七、勉誠社、二〇〇六年十一月）
（5）湯淺幸代「宗祇の古注釈―連歌師の『源氏物語』」（『人物で読む源氏物語』十五、勉誠社、二〇〇六年五月）
（6）湯淺幸代「『河海抄』の準拠―歴史化される『源氏物語』」（『人物で読む源氏物語』十三、勉誠社、二〇〇六年五月）
（7）湯淺幸代「一条兼良と『花鳥余情』―有職故実家の『源氏物語』」（『人物で読む源氏物語』十四、勉誠社、二〇〇六年五月）
（8）小嶋菜温子・小峯和明・渡辺憲司編『源氏物語と江戸文化―可視化される雅俗』（森話社、二〇〇八年五月）、三田村雅子『記憶の中の源氏物語』（新潮社、二〇〇八年十二月）など。
（9）湯浅兼道。明和二年（一七六五）四月御雇、天明八年（一七八八）九月四日没。兼道を初代とする四代まで医師の家として続いたことが宮本武史編『徳島藩士譜』（下巻）によって確認できる。
（10）『源氏物語聞録』（明治大学図書館蔵092.4/75//H/貴重書・和装本）

（11）本来の巻名は「末摘花」であるが、写本にある題目の表記に従った。以下も同じ。
（12）講義の日付は「第七座」まで記されるが、「第六座」の日付はないため、桐壺巻の講義回数は計六回であった（「第六座」を「第七座」と間違えて記述した）可能性もある。
（13）計十回の講義の内、三回目の講義のみ丁数の記載のみで日付がない。そのため若紫巻の講義は計九回であった可能性もある。
（14）ただし外題は『源氏物語聞書』とするものもあり、注2の事典では『源氏物語聞書』として立項されている。内容は本居宣長最晩年の講釈の記録である。著者は服部中庸。成立は享和元年（一八〇一）四月。
（15）本文は注10の写本の翻刻。返り点・訓点等も写本のまま記載した。以下の本文引用においては句読点、和歌を示す鈎括弧、頭注を示す山括弧を私的に付した。また写本上で訂正されている文字は訂正後の文字のみ記した。なお本文全体の翻刻と一部解題は『明治大学古代学研究所紀要』一・四・五・七・八・九・十一・十六・十八号（明治大学古代学研究所、二〇〇五～二〇一二年）に掲載されている。
（16）蜂須賀吉武。元禄五～享保一〇年（一六九二～一七二五）。宝永三年（一七〇六）に十五歳で修理大夫に任じられた。歌は中院家に学び、『木葉集』を残す（福井久蔵『諸大名の学術と文芸の研究（下巻・文芸編）』原書房、一九七六年（原本一九三七年刊））。
（17）阿波徳島藩五代藩主・蜂須賀綱矩。寛文一～享保十三年（一六六一～一七二八）。
（18）壺井義知。明暦三～享保二〇年（一六五七～一七三五）。江戸中期の有職故実家。通称、安左衛門。字は子安。号は鶴翁・鶴寿など。河内（大阪）の人。有職故実の研究に従事。他に『職原抄弁疑私考』『装束要領抄』などを著わしている。
（19）原安適。医師、歌人。享保一年（一七一六）頃没するか。（『日本古典文学大辞典』岩波書店）
（20）那波魯堂。儒者。享保十二～寛政一年（一七二七～一七八九）。（『徳島市史』四巻・教育編・文化編、一九九三年、一〇頁）
（21）『先哲叢談後編＝先哲叢談續編＝』（友文社、一九一六年）七七頁に、「明和甲申の歳、韓使来聘す。魯堂、其学士南秋月と賓館に唱和す。又阿波侯に請ひて、其東行に従ひ、相與に江戸に到る。度々旅舎に詣て筆記す。」（割注略。表記は一部改めた）とある。
（22）中院通躬。公卿、歌人。寛文八～元文四年（一六六八～一七三九）。中院通茂の子。最終官位は右大臣、従一位。号は歓喜光院。家集に『通躬公集』がある。
（23）物語本文の引用に際しては、「湖月抄十二丁ウ」のように、『湖月抄』の丁数が示される。
（24）『源氏物語聞録』第二冊「夕顔」六三丁ウ
（25）『湖月抄』「紅葉賀」（講談社学術文庫）三六六頁。表記は一部私に改めた。以下も同じ。
（26）『源氏物語聞録』第四冊「紅葉賀」四丁ウ
（27）『湖月抄』「箒木」（講談社学術文庫）五七・五八頁。
（28）『源氏物語聞録』第一冊「桐壺」五丁オ
（29）中野幸一編『明星抄　種玉編次抄　雨夜談抄』（武蔵野書院、一九八〇年）六頁。以下『明星抄』についての説明は同書による。
（30）青木賜鶴子「室町後期伊勢物語注釈の方法―宗祇・三条西家流を中心に―」（『中古文学』三四、一九八四年十月）同「伊勢物語旧注論序説―一条兼良と宗祇と―」（『女子大文学（国文学編）』三七、一九八六年三月）、山本登朗『伊勢物語論　文体・主題・享受』第三章（笠間書院、二〇〇一年）など。
（31）『源氏物語聞録』第一冊「桐壺」二七丁オ
（32）『源氏物語聞録』第一冊「桐壺」十三丁オ
（33）注（21）前掲書七六頁
（34）『聞録』中たびたび「ヨミクセ」と称して説明される。
（35）『源氏物語聞録』第二冊「夕顔」三二丁オ
（36）この引用の最初には、挿入として「○同巻十六堺ノ菜《ナ》屋助右門小琉球呂宋《ロソン》へ渡夏壺ヲ持帰と云々」との記述もあるがここでは省略した。
（37）『戴恩記』日本古典文学大系、岩波書店。

（38）中野幸一編『紹巴抄』（武蔵野書院、二〇〇五年）

（39）『源氏物語聞録』第一冊「箒木」一二六丁オ

（40）半蔀については夕顔巻で説明されるが、本文中のみならず「再聞録條々」にも次のようにあって詳しい。格子についても再び説明がある。

○格子ハ井如レ此組テナカアク也。ソレヲ紙ニテ張《ハル》也。一枚物也。下ヨリアケレハアキ返ナク中ヘアゲル也。半蔀ハ一枚ニ非ズ。半分也。コレハ板也。組ニ非ス。ツキアゲド也。ソトヘアゲル也。敬臺寺ノ方丈ニ格子アル也。アゲ様アシイ也。面向ノ正面ハ皆格子也。横ニモアルコトハアル也。先正面也。

○蔀ハ明テサヘ暖ヲヲ、ウトアルモノ故窓ノ蓋《フタ》也。壁ニカ、ル者ニ非ズ。一人働スル者也。明テ陽キ日サストテ閉、風入トテ閉テヨイ戸也。物ヲ、ウ者也。

（41）『公卿補任』（国史大系）

『玉の小櫛』注釈部と『源註拾遺』
――契沖説の継承と批判――

杉田昌彦

はじめに

『うひまなび』の中で、自らが奉ずる「古学」について、「契沖ほふし、歌書に限りてはあれど、此道すぢを開きそめたり。此人をぞ、此まなびのはじめの祖《オヤ》ともいひつべき」とするように、本居宣長の「歌まなび」において、契沖が特筆して尊仰すべき存在であったことは、広く知られている通りである。宣長が契沖の学問を信用するに至った理由については、手沢本『百人一首改観抄』（本居宣長記念館蔵）上巻「凡例」末尾の書入で、「契沖ノ説ハ証拠ナキコトヲイハズ。他ノ説ハ多クハ証拠ナシ」と言い、また『あしわけをぶね』の第一七条において「近代難波ノ契沖師、此道ノ学問ニ通ジ、スベテ古書ヲ引証シ、中古以来ノ妄説ヲヤブリ…」と言っていることなどから明らかであろう。「古書」を博捜しそこから適切な用例を引いて証拠を提示しつつテキストを解釈するという、先行注釈書とは一線を画する先進的な文献学の方法こそが、「古学」の「祖《オヤ》」と呼ぶにふさわしいのである。(1)

『源氏物語』の注釈に関しても、契沖に対する評価は基本的に変わることがない。

契沖師の源註拾遺といふ物有。これは又格別の力量の人なれば、めづらしき事多し。すべて此人の著述はいづれも、近世の浮説をば一向とらず、古書を引て証せらる、是によりて発明ことに多し。

（『紫文要領』上「註釈の事」）

明和二年（一七六五）四月に宣長は『源註拾遺』八巻八冊を書写しているが、同書は、『源氏物語』を読み解いていく上で欠かすことのできない一書なのであった。[2]

ただし、宣長が記した契沖に関する言説を、さらに丹念に紐解いていくと、単純な尊敬・賛美の一辺倒ではないことも判明する。例えば、『玉勝間』五の巻では、契沖の『勢語臆断』と真淵の『伊勢物語古意』に関して、「たがひになんよきあしきところは有ける。又ともにいかにぞやおぼゆるふしもすくなからず」と述べており、その『伊勢物語』注釈に必ずしも満足していない旨が表明されているのである。

宣長のこうした必ずしも敬意のみに集約されない言説の背景には、契沖（あるいは真淵も）の古典注釈に対するどのような視座が潜んでいるのであろうか。そのことを知るためには、まず契沖の注釈書中の個別の注釈に対する宣長の受容姿勢を具体的に検証する必要があると考える。その際に、『玉の小櫛』五の巻から九の巻の所謂注釈部における『源註拾遺』への言及を分析・検証することは極めて有効であろう。先ほど引用した『紫文要領』上「註釈の事」を改編した『源氏物語玉の小櫛』（以下『玉の小櫛』と略記）一の巻「註釈」の中でも「此人はよにことなるさとり有し人なればめづらしきこと多し」「新に見明らめたることおほき也」と記されており、また注釈部において書名を明記して言及されているものだけで、実に一八六例を数えるのである。にもかかわらず、『玉の小櫛』注釈部所引の『源註拾遺』については、これまで具体的な考察の対象となることがほとんどなかったと言ってよい。そこで本稿では、『源註拾遺』を引く『玉の小櫛』注釈部の個々の注釈に焦点を当て、契沖説に対する宣長の是非両面にわたる受容姿勢について分析するとともに、さらにはその背景に存在する両者の『源氏物語』注釈の「位相差」についても論を及していきたい。

一　契沖説受容の概略

本節では、次節以降の考察の前提として、「拾遺に…」「拾遺の…」等々、『源註拾遺』の書名を明記して契沖説に言及する注釈(3)を、『源註拾遺』の注釈を肯定し継承するもの、全面的に否定するもの、部分的な継承に留まるものおよび肯定・否定の判断を保留するものの三者に分類整理をし、それぞれの割合を数値化することにより、契沖説受容の全体的傾向の把握を試みたい。

『源註拾遺』の注釈を全面的に肯定すると認定した注釈は、「拾遺にいへるごとく…」「…拾遺にわきまへたる（いへる）がごとし」「拾遺の説のごとし」「拾遺に…此説のごとし」「拾遺に…といへるよろし」等々、『源註拾遺』説の全体を継承することを明記しなおかつ部分的にでも疑義を呈していないもの、あるいは、継承を明記こそしないものの、内容的に全面肯定していることが明かなもの(4)である。ここに分類される注釈は全一八六例中九〇例、全体のおよそ四八・四%に上った。これに対し、「拾遺誤れり」「拾遺もわろし」「拾遺もよろしからず」「拾遺の説…ひがこと也」「拾遺に…かなはず」等々、『源註拾遺』説の全体を否定することを明記しているもの、あるいは説の内容のほとんどを否定していることが明かなものを、契沖説を支持しない注釈と見なした。該当する注釈は六八例、全体のおよそ三六・六%である。以上の二者に該当しない注釈が二八例、一五・〇%存在するが、これらは、例えば「拾遺考ふべし」「拾遺にいへることども考ふべし」「拾遺にくはし…なほよく考ふべし」等、『源註拾遺』説に言及しつつ支持・不支持の判断を保留するもの、ならびに「拾遺のごとし…ただし…」「拾遺に…さることなれども…」等契沖説をほぼ支持しつつも部分的に疑義を呈するもの、あるいは支持・不支持に関わると判断される言説を一切含まないものなどである。

以上、三分類を施し、それぞれに含まれる注釈例数と全体における割合を示したのではあるが、この三者に分類することの妥当性のみならず、三者中における所属の判断が微妙なものも存在するので、あくまでも便宜的な分類と割合の提示であることをお断りしておきたい。ではあるものの、『玉の小櫛』注釈部における『源註拾遺』説受容の一応の傾向を示すことはできたのではないだろうか。すなわち、前節で触れた『玉の小櫛』一の巻などでの肯定的言説に相応しく、その内容を全面的に肯定し継承しているものが最も多く全体の半数ちかくに上ること、にも関わらず、ほぼ全面的に説を否定しているものも総数の三分の一強存在することなどである。契沖源氏学に対する宣長の受容姿勢を考察する上で、こうした事象をどのように捉えていくべきなのであろうか。次節以降、さらに具体的に『玉の小櫛』注釈部の個々の注釈を取り上げていきたい。

二　契沖説支持の具体的様相

まずは、『源註拾遺』の契沖説に対して肯定的な言及がなされている注釈群に着目し、宣長による契沖説支持の具体的様相を検証する。

重松信弘氏は、契沖の『源氏物語』注釈について、「旧註の軽々しい考説とは違って、拠所を示して説を立てた」とし、「訂正する所は語釈が多いが、又文意にも勝れた解釈があ」ると述べているが(5)、宣長も、そうした語義や文意に関する注釈姿勢をこそ、第一に信頼しているものと思われる。いくつか具体例をあげつつ考察を試みたい。『源氏物語』若菜下巻には、女三の宮の唐猫を得た柏木が、宮への恋慕ゆえの物思いに沈んでいたところ、猫がやって来て、「ねうねうといとらうたげになけば、かきなでて、うたてもすすむかなと、ほほゑまる」という一節が存在する。『湖月抄』の本文傍注としても記される『細流抄』に「我が物思ひをすゝむる也」とあるのを受けて、『源註拾遺』六は、「和語にすゝむるとすゝむとはかはれり。すゝむるとは人にすゝましむるなり。すゝむはみづからはげみてすゝむなり」とし、自動詞の「すすむ」（進む、四段活用）と他動詞「すすむ」（勧む・薦む、下二段活用）の文法的相違を指摘する。そしてそれに基づいて、

　これは猫の方よりねん〳〵と鳴かるゝを、わが思ふ人をば我方よりいかでねばやと思へど及びなきを、やうかへてもかれがかたよりねん〳〵となくよといふ心なり。さやうに聞なして物思はしき中におかしき方もあれば、そこをほゝゑまるとはかける物なり。

とし、恋しい女三の宮の形代である唐猫が「寝ん寝ん」と自分からはやり鳴くことよと、柏木が辛い中にも可笑しく思い、微笑んだのだと解釈するのである。『玉の小櫛』八の巻で「これも拾遺のごとし」とし、「一本に、すゝむるかなともあれど、わろし、物思ひをすゝむるとしては、ほゝゑまるといふも、かなはず」とする宣長も、全く同意見のようである。また、松風巻の、明石の君の母である尼君が庭園改修中の大堰の館において光源氏を相手に中務宮の住んでいた頃を懐旧している場面で、修繕された遣り水の流れがよくなり音が大きくなったことを擬人化して「かごとがましう」と表現していることについて、契沖は「今案、続後撰集雑一云、東北院の渡殿のやり水に影を見てよみ侍ける　紫式部　影みてもうきわか泪落そひてかごとかましき瀧の音かな」（『源註拾遺』四）と、作者紫式部が全く同様の表現技法で使用している「かごとがまし」の用例を指摘している。それを受けて宣長は、『玉の小櫛』七の巻の

「水の音なひかごとがましう聞ゆ」と見出しされた注の中で、「拾遺に引たる、同じ紫式部の歌にて心得べし」とその用例の継承を表明しつつ、「尼公の、親王の昔をかたるを、清水も聞て、むかしを恋て泣くごとく也といふ也」と文意を解釈している。

いま一つ、具体的な注釈例に言及しておきたい。藤裏葉巻には、夕霧との仲を雲居雁の父内大臣がようやく認める顛末が描かれており、内大臣邸での藤の宴の招待を受けた夕霧が、父光源氏にその手紙を見せる場面がある。その際に光源氏が「さもすすみものし給はばこそは、すぎにしかたのけうなかりしうらみもとけめ」と言い放ち、その余りにも勝ち誇った面憎げな様子が「御心おごり、こよなうねたげなり」と記述されている。この箇所について『玉の小櫛』八の巻では、「興なかりし也、拾遺にくはし」として、『源註拾遺』六の、「今案、けうは興なり。源氏の口いれ給ひし時内府のゆるされざりし無興の恨なり」とし、「一説に大宮への不孝《フケウ》といへり。それも未通女巻に見えし事なれど、こゝには叶はず、やがて下に御心をごりにて知べし」とする注釈を全面的に肯定している。ここで問題となっている「すぎにしかたのけうなかりしうらみ」という光源氏の発言の内容については、『湖月抄』のこの箇所の頭注に、「内府の雲井雁を夕霧にゆるし給はざりしは、大宮への不孝なりし事、乙女巻に見えたり。いまゆるし給はば、其恨もとけんといはんとて、過にしかたの孝なかりしうらみ、とはのたまへる也」とする「師説」を載せるように、「孝なかりし恨み」、即ち母である故大宮（＝夕霧・雲居雁双方の祖母）に対する内大臣の親不孝な言動に対する恨みととる説が一方では存在するのである。『源註拾遺』も言及するように、確かに乙女巻には、預けていた祖母の三条邸で雲居雁が夕霧と男女の仲になっていたことを知った内大臣が、激昂して涙ながらに大宮を非難する場面が存在する。藤裏葉巻の当該シーンの直前で、態度を軟化させた内大臣が夕霧に親しげに話しかけるのが故大宮の法事の場であることなどからすると、「すぎにしかたのけうなかりしうらみ」を「過去の時点での大宮に対する内大臣の親不孝な言動」をあてこすっての「恨み」の発言ととることも可能であろう。ただし、光源氏のとりなしにも耳を傾けることなく、六年余りにわたり両者の結婚を認めなかった内大臣が、ついに自から折れて下手に出てきたことについての感想であることを考慮すると、「すぎにしかた」とはこれまでの六年余りの歳月を指し、長きにわたり不愉快な思いをさせられ続けたことに対する「恨み」を、ようやく晴らすことができたという一念が、光源氏をして思わず「御心おごり、こよなうねたげ」とまで描写されるような態度をとらせたと考える方が、より文脈にふさわしいのではあるまいか。(6) 少なくとも、契沖はそのように考たのである。「御心おごり、こよなうねたげなり」は、自らのプライドにかけて相手への優越に拘る男性的精神を象徴的に内包する記述であり、だからこそ「興なかりし」と自分自身に拘る語意でなければならないという契沖の鋭い「読み」は、宣長の賛意を得るに十分なレベルを確保していたと言えよう。

かくのごとく、古語の文法を正確に理解し、適切な用例から語義を帰納し、さらには前後の文脈から文意を的確に解釈していくという契沖文献学の基本的方法が、『源氏物語』という中古の物語テキストにおいても有効に機能している限り、宣長はその記述を支持し、自らの注釈の中において継承的に受容しているのである。

加えて、上代を中心とする古い文献テキストに通暁し、その知識を縦横に応用しつつ注釈を展開できることも、信頼に値する要件だったようである。明石巻の巻末付近で光源氏が明石の君に贈った歌「歎きつつあかしの浦に朝ぎりのたつやと人を思ひやるかな」に着目したい。この歌については、『湖月抄』頭注にも引かれる『細流抄』が、「心得がたき歌也」とし、参考歌として『万葉集』一五の「君が行く海辺の宿に霧たたばわが立なげくいきとしりませ」を挙げている。これに対して契沖は、同じ『万葉集』一五の、「我ゆゑに妹なげくらし風早の浦のおきへに霧たなびけり」「奥津風いたく吹せばわぎもこがなげきの霧にあかまし物を」の二首を挙げ、さらに『万葉集』五「大野山きり立わたる我なげくおきその風に霧立わたる」をも引きつつ、此歌どもにて心得べし。なげきは長息をつゞめたる詞なれば、朝霧はなげきのきりにて、長き息つけば霧のごとくなるをいふ。歎つゝあかす夜の息朝たつ霧のごとくやあらむと思ひやり給ふとなり。（『源註拾遺』四）

とし、「歎きが霧となって立つ」という上古以来の発想を明瞭に説明するとともに、「よく聞ゆる歌なり」として源氏の当該歌の歌意を解説している。宣長は、同歌についての注釈（『玉の小櫛』七の巻）の中で、「拾遺にいへるがごとし」と契沖に賛意を示しつつ、

注どもに、心得がたき歌也とあるは、万葉にうとき故也、又我なげく息と思ひ給へとあるも、かなたこなたのたがひあり、人を思ひやるとあるを、いかゞ見られけん。

と述べるが、前半部分は、契沖の挙げる参考歌ほどの適切ではないものの、おおよそ同趣旨で詠まれている『万葉集』一五「君が行く…」の例歌に折角思い至りながら、「此心にてみれば、わが思ひの行ゑは、そなたのながむる空の霧となるべきと也」等々、用例歌の核心部分を読み解けず、結局注釈対象歌についても見当違いな誤釈をする『細流抄』を批判しているのである。「わが立なげく息が立ちたると思ひ給へ」と記す『湖月抄』頭注所引の『孟津抄』共々、折角の用例を使いこなせず、本文テキストの構造を的確に分析できない注釈書は、論外のものであった。その点、契沖説の『万葉集』所載歌についての理解度は桁違いであり、その圧倒的な教養に下支えされた注釈を宣長が支持することは、ある意味当然であるとも言えよう。契沖の源氏注釈は、『万葉集』はもちろんのこと、日本紀や『和名類聚抄』等々、上古以来の文献に対する深い造詣を学問的支柱とするのであり、宣長も、そのことを十二分に認識していたのである。(7)

『玉の小櫛』一の巻「註釈」における「此二つの抄は、かならず見ではかなはぬもの也」との言のごとく、宣長が『河海抄』と『花鳥余情』を尊重していることは、よく知られている通りである。ただし、直後の一文で、両抄につ

いて「但し誤りもいとおほく、語の注などには、殊にひがことのみおほくして、用いがたし」と批判していることも、同時に指摘しておかねばならないだろう。五の巻以降の注釈部においては、『河海抄』や『花鳥余情』の語釈の誤りを契沖が訂正し、それを宣長が支持しているものが少なからず見受けられる。とりわけ、『河海抄』については、語義の考証における上代文献の誤用などに加えて、(8)著述者の誤記憶に起因する文献の引用ミスに言及しているものが目に付く。一例として、若紫巻で北山の聖が光源氏の容貌を賛美して詠んだ歌「おく山の松のとぼそをまれにあけてまだみぬはなのかほをみるかな」をめぐる諸抄に着目したい。当該歌について、『湖月抄』の頭注は「あし引の山桜戸をまれに明てまだ見ぬ花の色を見る哉」という参考歌を『孟津抄』に拠って載せ、また傍注で「山桜戸を稀にあけての句法也」とする『細流抄』を引いている。それに対し、契沖は、『源註拾遺』一において、

今案、定家卿の歌は、万葉第十一　足引の山桜戸を明置てわが待人をたれかとゞむる　此歌を本歌の本体にし、腰の句あけ置てといふを、今こゝのまれにあけてといふにかへ、下句花こそあるじ誰を待らんは、公任卿の花こそ宿のあるじなりけれといふを取て、わが待君をといふにあはされたれば、彼腰の句は此歌を取られたりとこそあるべきに、かへりてこゝを彼句法といふは顚倒せり。

と述べ、孟津・細流の指摘する参考歌が『源氏物語』よりはるか後世の藤原定家の歌「あし引の山桜戸をまれに明けて花こそあるじ誰を待らん」(9)であり、ゆえに定家歌の腰句がむしろ当該源氏歌の腰句「まれにあけて」を踏まえて詠まれたものであることを指摘し、『孟津抄』がその定家歌の下句を「まだみぬ花の色をみるかな」とすることについては「暗記の誤歟。伝写の誤歟」としている。これらを踏まえ、『玉の小櫛』六の巻において、宣長は、「此歌の注どもの論、拾遺にくはし」とした上で、

孟とて引たる歌は、河海に引れたる歌にて、例のおぼえたがへのひがことなるを、後々の抄に、そのかむがへも

なく、本をも尋ねず、たゞ河海のまゝに、みだりに引れたるも、いとおろそかなること也。此たぐひ常に多し、心得おくべし。

とする。同六の巻・若紫巻の後続「同じ人にや」の注釈中で、「河海に引れたる、湊入にの歌は、例のおぼえたがへの誤なり」と、「例の…」という表現を用いていることからも明かなように、『河海抄』は引歌・参考歌あるいは本説・本文などを疎覚えで記す悪癖があることを宣長は認識しているのであり、それを鵜呑みにして孫引きする「後々の抄」共々、常に原典を博捜してそれらの先行注釈書の誤りを正す『源註拾遺』の注釈とは、質的に大差があることを承知していたのである(10)。

ここまでの考察から明かなように、文法の正確な理解、適切な用例の採集と前後の文脈の構造の的確な把握による語義・文意の帰納法的読解、上古以来の文献に対する深い造詣と学問的教養、『河海抄』『花鳥余情』をはじめとする先行諸抄に対する注釈の質の圧倒的な優越などの諸要素が、契沖説の支持に結び付いていると考えて間違いないようである。そのことは、『源註拾遺』中の個々の注釈の特性と美質を浮き彫りにすると同時に、物語注釈について宣長が重要な根幹であると考えていたことについても、雄弁に物語っていると言ってよいだろう。ただし、前節で指摘したように、『源註拾遺』説を完全否定しているものが四割近く存在することも、また厳然たる事実である。宣長は、契沖の注釈のどこに不満を持ち、訂正の余地を見出したのか。次節で考証すべきは、このことである。

三　契沖説批判の具体的様相

契沖説に批判的な注釈群を検証するに当たり、まず語義の考証をはじめとする「語釈」的な注釈に着目したい。

桐壺巻における桐壺の更衣の身体状況についての表現「いとあつしくなりゆき」に関して、『源註拾遺』二が「日本紀に弥留をあつしれとよめり。病のおもる意なり。[11]篤癃をあつゑひとゝよめるにあはせて思へば、病の軽きを薄しといひて、重きを厚しといふにや」とするのを受けて、宣長は「拾遺に、病の重きを、厚しといふにやといへるは、物語にてはかなはず」(『玉の小櫛』五の巻「あつしく」)と批判する。日本紀を参照して重篤の意を見出そうとする契沖に対し、中古の物語文においては、そこまで深刻な意味ではなく、「身よわく病あるをいへり」すなわち体が弱く病気がちというニュアンスで用いられることを、宣長は指摘しているのである。

また、朱雀院による女三の宮の人格教育に関する光源氏の感想を記した若菜上巻の本文「などてかくおいらかにおふしたて給ひけん」中の「おいらか」の語義に関して、契沖は、「今案、只老らかなるべし。此物語にもあまたある所老らかにては叶ひ、ねびれたるの准《ナゾ》らへにては叶はぬ所おほかるべし」(『源註拾遺』六)とする。これに対して宣長は、『玉の小櫛』八の巻で、「拾遺に、老らか也といへるは、言の本の意也、これ又おとなしきといふと、おのづから意かよへり」と述べている。「おい」に「老」の漢字表記をあてていることなどから、「老成」の意味成分を多分に含んだ語義理解の匂いを嗅ぎつけているのである。そして、同じ注の中で「俗言に、じんじゃうにといふ意、おほやうなる意、おとなしき意也、これらの意を、ひとつに合せて心得べし、さてこゝにいへるは、かど〳〵しきかたのおくれて、たらはぬ意也」とする。契沖の語釈は「言の本の意」即ち原義としては間違っていないのであるが、時代の下った平安の物語文ではこの言葉は「じんじゃう(尋常)」「おほやう」「おとなしき」などの意味成分の混合により成り立っており、さらに個々の本文の文脈毎にその成分のバランスが異なって用いられることなどを解説しているのである。他にも、例えば『玉の小櫛』五の巻・桐壺巻「うけばりて」の注において「拾遺に、人のうけてそむかぬ意也といへる、まことに言の本の意は、人にうけらるゝ方より出たるにも有べけれど、つかひたる意は、かならずしも然らず」と言い、同・桐壺巻「そばく\しき」の注において「言の本の意は、拾遺の説の如くなるべし、然れども物語につかひたる意は、側々しき也」と述べるなど、同様の指摘が随所で見受けられる。上代文献に通暁し語彙の原義についての知識と教養が豊富なあまり、対象テキスト中でのニュアンスよりも「言の本の意」に拘泥し、ともすると原義を敷延するかたちでテキストの読解を行おうとする契沖の語釈の傾向を、宣長は明敏に見抜いているのである。

　契沖の語釈における負の側面の「癖」として宣長が指摘するのは、右の傾向のみではない。『玉の小櫛』六の巻・空蟬巻で、宣長は、光源氏との情事の後に軒端荻が「ぬぎすべし」た薄衣をめぐって、次の様に書き記している。

　ぬぎすべしたりと見ゆるうすぎぬを十のひら（中略）拾遺に、日本紀の垂髪于背《スベシモトドリ》を引て、ぬぎたれたるといふ心也といへるは、垂の字になづめるひがこと也。衣をぬぎすべすといふに、いかでかたる丶意はあらむ。

『源註拾遺』一の当該箇所の注釈中に、「日本紀第廿九に垂髪于背《スベシモトドリス》。これによればぬぎたれるといふ心也」とあるのを批判しているのである。源氏の本文に「ぬぎすべし」たとあるのだから、その薄衣は床の上に落ちていると考えるのが普通であり、わざわざ本文中からは全く想起できない「垂れる」という表現を「脱ぐ」に付加して考えるべきではないというのが宣長の言い分である。上代文献に精通しているが故に日本紀の「垂髪于背《スベシモトドリ》」(12)が脳裏に浮かんだのだとしても、時代もジャンルも異なる用例を強引に持ち出し、しかもその文献の漢記号の字義から演繹して源氏本文の語義を解釈しようとするやり方は、牽強付会に類することだと言いたいのである。上代文献などの漢記号の字義から語義を演繹的に考えようとする契沖の「悪癖」については、『玉の小櫛』注釈部の他の箇所においても、再三言及されている。とりわけ、同じ『玉の小櫛』六の巻・空蟬巻の「はうそくなる」と見出しされた注釈において、「拾遺に、放俗の字をあてたれど、これもいかゞ。すべてかやうの字音の詞は、その意によりては、字は当《アテ》がたき物也、字は字にて、意はあらぬさまにも転じ用ふるものなれば也」と述べていることからしても、漢記号の字義から日本語の意味内容を推測する際には慎重を期す必要があり、両者を短絡的に結びつけた注釈は、契沖説と言えども見直されてしかるべきだと宣長は考えるのである。

ここまでの検証からも明かなように、『源註拾遺』の中には、宣長を満足させられる水準からほど遠い語釈もかなり多いのである。(13) 上代文献に精通し、言葉の語源やどのような漢記号が相応するのか等について豊かな知識と教養を持つ余りに、衒学的にその知識を開陳し、結果物語の本文テキストに即することよりもそこで提示される文献からの用例に泥んだ解釈を行う傾向が契沖にはあり、それを明敏に見抜いていたのが宣長であったと言えるのではないだろうか。同じ言葉であっても、「すべての詞、時代によりて、用ふる意かはることあれば、物語にては、物語に用ひたる例をもていふべき也」（前出・五の巻「あつしく」）。すなわち時代や作品のジャンルによって言葉の使われ方は相違するのであり、また例え同じテキスト内であっても文脈毎の位相に微妙な差異が生じる。だからこそ語義の用例を提示するにあたっては、当該テキストの時代・ジャンルにふさわしいかどうかについて細心の注意が必要であると同時に、個々の本文脈を精密に分析した上でそれに即した語義理解を行うべきなのである。この語義解釈の文献学的原則について、宣長は契沖よりも明確な認識を持っていた。ゆえに、隅々まで神経の行き届いた文献処理の意識が保持でき、より適切に個々の注釈に臨むことができたのである。

右のような契沖の語釈の不徹底さとそれに対する宣長の不満は、そのまま『源註拾遺』の注釈における文章・文脈読解の不十分さとそれに対する宣長の批判へと繋がっていった。いくつか具体例を示しつつ検証していきたい。若菜下巻には、正月二十日に光源氏が夕霧を臨席させた上で六条院の女君たちに楽器を演奏させる女楽の場面がある。途中「宮の御方をのぞき給へれば」と、女三の宮などの女君たちのいる所を男君が覗き見たことが記されているのであるが、例えば『湖月抄』頭注において「夕霧ほのかにのぞき給ふ也」という『細流抄』と「夕霧のやうにいへども、源ののぞき給ふ也」という『孟津抄』の双方が掲出されているように、この男君が光源氏と夕霧のどちらであるのかということが解釈上の問題となっていた。『源註拾遺』六において、契沖は、『細流抄』『孟津抄』を引いた上で、「細流にしたがふべし」「源氏にあらざる事明らか也」として夕霧説を支持する。

その根拠は二点に集約される。すなわち、第一の根拠としては、「下に紫のうへはえびぞめ（葡萄染）にやあらん色こきうちきなど、又あかしはもえぎ（萌黄）にやあらんこうちぎゝてなどあり」と、傍線部のように紫の上と明石の君の装束の色合いが推測形で表記されていることから、見ている主体がこの両者の衣装を既知のはずの光源氏だとすると辻褄があわないということである。また第二の根拠としては、女三の宮・紫の上に続いて明石の君の美しい容姿が「五月まつ花たちばなの花も実もぐして、おしをれるかをりおぼゆ」と比喩された直後に「これもかれも、うちとけぬ御けはひどもを聞き見給ふに、大将も…いとよくもてをさめ給へり」と夕霧を主体とする文章が続くことから、「おぼゆ」以前の主体も夕霧とするのがふさわしいということである。(14)

これに対して、『玉の小櫛』八の巻の「宮の御方をのぞき給へれば」と見出しされた注釈で、宣長は「源氏君ののぞき給ふ也。夕霧といふはひがこと也。此時のさま、夕霧君は、簾の外にあらはにさぶらひ給ふをりなれば、かくれたる所のやうに、内をのぞき見給ふべきよしなし」と光源氏説を主張し、さらに「拾遺に、夕霧也とて、其証にいへることども、あたらぬこと也」として契沖説の二つの根拠を逐一論難していく。まず、第一の根拠に対しては、女君たちの衣装について「…にやあらん」と考える主体を光源氏として支障ないことを指摘し、「夜のことなれば、はじめより、御方々の衣服を、よく見おき給ふべきにあらざれば、火影にのぞき見ては、必ずそれ〴〵にやあらんと有べきこと也」とする。

第二の根拠に対しては、

おしをれるかをりおぼゆ、といふまでは、源氏君の見給ふところをもていへるにて、これもかれも云々といふよりぞ、夕霧君の事には有ける。大将もとある、ももじを以てもしるべし。上文の源氏君の事にならべて、大将も也。

と、「大将もとある、ももじ」を主な根拠に、「…おぼゆ」までと「これもかれも…」以下の主体は別人であることを主張する。加えて、「すべてけはひを見るといふは、其形をたゞには見ざれども、物などへだてて、そのあたりのさまを見るをもいへり」として中古の物語文中の「けはひ」を「見る」という表現が視覚的に直接「見る」ことばかりに限定されないことを指摘し、「されば内ゆかしくとはいへり。簾の外に在て、内をば見ざる故也」としている。「これもかれも、うちとけぬ御けはひどもを聞き見給ふに」に続いて、「大将も、いと内ゆかしくおぼえ給ふ」とあるのだから、この時点で夕霧が簾の内を見ていないことは明白であり、さらに本文が「対の上の見しをりよりも、ねびまさりたまへらむありさまゆかしきに…」と続くことからも[15]、「…おぼゆ」までの主体は光源氏以外あり得ず、従って「宮の御方」をのぞいたのも他ならぬ光源氏なのだと、契沖を論破しているのである。助詞「も」の用法、中古の物語文についての造詣を背景とした「けはひ」を「見る」という表現の意味するところの正確な理解、前後の文脈構造の精細かつ的確な分析など、宣長の『源氏物語』本文読解の精緻さは、『玉の小櫛』注釈部を執筆する段階で、契沖をはるかに凌駕するレベルに達していたと言えよう。

こうした源氏本文読解における両者の差異は、そのまま、作中人物の心情理解や源氏世界理解における「位相差」に繋がり、例えば、作中人物観などにも微妙な影響を及ぼしている。玉鬘巻には、紫の上も同席する中、玉鬘の君に邂逅したことを右近が光源氏に奏上するくだりがあるが、玉鬘の君の母親である夕顔の容姿と比較しても「こよなうこそおひまさりてみえ給ひしか」と言い切る右近に対し、光源氏が「をかしのことや。たればかりかとおぼゆ。この君」と発言している。[16]「この君」について『湖月抄』の頭注は、「細　源の詞此君とは紫上をいへり。花鳥此君とは源自称と云々如何」「孟　紫の事を源ののたまふ也」と、『細流抄』と『孟津抄』の二抄を引き、紫の上説（『細流抄』『孟津抄』）と光源氏説（『花鳥余情』）を紹介する。契沖は、『源氏物語』原文の直後のところで、「いかでかさまでは」と気後れしつつ述べる右近に対し、「したり顔にこそ思ふべけれ。我ににたらばしもうしろやすしかしと、おやめきてのたまふ」と光源氏の発言が記述されているのを証拠に、「此君は源氏の自称なる事明らかなり」として『花鳥余情』の光源氏説に軍配を上げる（『源註拾遺』五）。そして、

おやめきてとは、けさうする人などの事は中々紫の上のあたりにてかやうに委尋給ふ事有べからす。はゞかる所なくわがかほに似たる歟などくらべてのたまふはおやめきたる詞也。

この箇所での光源氏の発言の裏に懸想びた心情は一切なく、無邪気に「おやめきたる」気持ちでいるので「はゞかる所なく」玉鬘の君の美貌について話せていると理解するのであった。

これに対して宣長は、『玉の小櫛』七の巻で、

此君ととのたまへば同　此君は紫の上也、紫の上とは、おとりまさりいかゞととひ給ふ也（中略）拾遺に、此君とは、源氏の自称なること明らか也といへるは、ひがこと也。

と契沖説を批判する。隣にいる紫の上を引き合いに出し、女性としての容姿の「おとりまさり」を問う光源氏は、紫の上に気兼ねしつつも、明らかに異性としての立場から玉鬘の君を値踏みしているのである。だからこそ、「我ににたらばしもとのたまふは、たゞみづからの御子のやうにしてのたまへる也」（同右・当該注の続き）、即ち紫の上のさらなる悋気を意識しつつ、あくまでも父親目線であるかのように擬態することを余儀なくされているのだというのが、宣長の当該箇所の「読み」なのであった。例え夕顔の忘れ形見であろうと異性としての対象から外すことの無い「色

好み」と、それを巧妙に右近に伝えつつ紫の上の懐柔を図ることで玉鬘の君の引き取りを実現させようとする老獪さなど、宣長は光源氏の人格の深部を穿つ「読み」をなし得ているのである。それは、全編を精読する中で会得した光源氏の人となりについての造詣ゆえに可能な心情理解であり、また本文解釈なのだと言っても過言ではあるまい。『玉の小櫛』七の巻の続く「おやめきてのたまふ」と見出しされた注でも改めて「拾遺の説、いとわろし」と言及しているように、作中人物の心情を読み解けず、結果として人物造型についての理解も「甘い」注釈については、相手が契沖であろうとも、宣長にとっては厳しく批判する対象となるのであった。

四　まとめ

ここまで、宣長における『源註拾遺』受容の様相を、個々の注釈に即しつつ考察してきた。上古以来の古典文献に対する知識と教養に支えられた言語機能理解と用例の博捜・提示、「引証」を原則とする本文脈の帰納法的読解など、所謂契沖文献学の合理的な方法論が『源氏物語』注釈においても有効であり、またその文献操作における方法論的優越が先行諸抄に対する圧倒的優越の根幹であることを見抜いていたからこそ、「よにことなるさとり有し人」（『玉の小櫛』一の巻「註釈」）という契沖評になり、「新に見明らめたることおほき也」（同）という『源註拾遺』の総合評価となったのである。『玉の小櫛』注釈部におけいて契沖説を全面的に支持・継承する注釈が、全体の半数近くに上ることは、その何よりの証しであると言ってよい。

その反面、『源註拾遺』の注釈に対するある種の「不満」が、『玉の小櫛』注釈部の底辺に蟠っていることも、前節において検証した通りである。言葉の語源や漢字の字義などに精通しその知識を活用しようとし過ぎるあまりに、語源や字義に泥んだ解釈をしてしまうことや、上代を中心とする文献データの蓄積量が豊富すぎる故に、対象となる本文に相応しいかどうかの精査が不十分なままに用例を博引してしまうことなどを、宣長はまず契沖の語釈における欠点として認識していた。(17) そうした言語注釈段階における「衒学的」傾向が、過分量な傍証を縦横に駆使しようとする過剰な意識に繋がり、個々の注釈内における考察の重心が肝心な本文テキストの分析から逸れてしまい、本文文脈読解における「精度」が低下してしまうこと、その結果『源氏物語』世界に対する理解を的確に深化させられない一面が生じてしまうことなど、契沖源氏学の「限界」を、宣長はいち早くかつ正確に見通してもいたのである。

『玉勝間』九の巻「契沖が歌をとけるやう」の中で、宣長は契沖の歌説について「をり〳〵くだくだしき解《トキ》ざまのまじれるは、いかにぞや」と訝しがった後、

　こまかに意をそへてとけるたぐひは、思ふに、佛ぶみの注釈どもを、見なれたるくせなめり。すべてほとけぶみの注尺といふ物は、深くせむとて、えもいはずくだ〳〵しき意をくはへて、こちたくときなせる物ぞかし。

と述べている。真言宗の僧侶である契沖の注釈における「衒学的」傾向、あるいは詳細に説こうする余り注釈が付会的かつ煩瑣になり却って要点が不明瞭になる傾向などを明確に「弱点」と認識した上で、それらについて教典の注釈書をはじめとする仏書からの影響を指摘するのである。(18) また、同じく十一の巻「後の世ははづかしきものなる事」の項では、「今又吾が県居の大人にくらべてみれば、契沖のともがらも又、駑駘にひとしとぞいふべかりける」と、真淵に比すれば契沖は「駑駘」(＝駄馬)に等しいと発言する。『玉勝間』の本格的な起稿が寛政五年(一七九三)であり、『玉の小櫛』の成稿が同八年であることから、両者をともに宣長六十代の著作として便宜的に一括りにし、本稿の第一節でとり上げた『あしわけをぶね』や『百人一首改観抄』書入を記した三十歳前後の時期の言説と比べてみると、その温度差は歴然である。三十年という歳月を経て蓄積された古典学者としての経験値が、契沖の学問に対しても冷

静かつ客観的な視座を宣長に与えたと言ってもあながち過言ではないのかもしれない。

しかしながら一方で、これも第一節で引いた『うひやまぶみ』（寛政十年起筆）あるいは『玉の小櫛』一の巻「註釈」の記事からも明らかなように、契沖学の方法論的根幹に関する信頼と、その歴史的意義に関する敬意は晩年に至るまで基本的に不変なのであった。

大かた古へをかむがふる事、さらにひとり二人の力もて、こと〴〵くあきらめつくすべくもあらず。又よき人の説ならんからに、多くの中には、誤りもなどかなからむ。必わろきこともまじらではえあらず。（中略）あまたの手を經《フ》るまに〳〵、さき〴〵の考へのうへを、なほよく考へきはむるからに、つぎ〳〵にくはしくなりもてゆくわざなれば、師の説なりとて、かならずなづみ守るべきにもあらず。

と言うのは、『玉勝間』二の巻「師の説になづまざる事」の一節であるが、宣長にとっては師・真淵といえども最終的には凌駕すべき存在であった。「よき人の説」すなわち方法論などを肯定すべき先人の学説だからこそそれを乗り越え、考察に考察を重ねて「つぎ〳〵にくはしくなりもてゆく」ように新たな学説を積み重ねた上で後世に継承すべきであるという、学問的蓄積とそれによる学説の進歩を何よりも重要視する学問史観に宣長は立脚しているのである。だからこそ、大いなる歴史的意義を有する文献学を鼎立した契沖の学説に誰よりも敬意を払い、またその敬意ゆえに、学問的欠点や弱点までをも冷静に見据えて彼の学説を凌駕し、新たなる地平を次世代に示すという努力を宣長は怠らなかったのではあるまいか。本稿で考察した『玉の小櫛』注釈部における『源註拾遺』説受容の様相は、そのことを何よりも如実に物語っていたように思われるのである。

［凡例付記］
『源氏物語玉の小櫛』『うひまなび』『玉勝間』等、本居宣長の著作はすべて筑摩書房版『本居宣長』全集の翻刻によった。『紫文要領』については、別巻一の翻刻（底本東京大学本居文庫本）を用いた。『源氏物語』の本文については、宣長手沢本『湖月抄』（本居宣長記念館蔵）により、『河海抄』『孟津抄』『細流抄』などの引用諸抄も手沢本によった。『源註拾遺』からの引用は、宣長自筆写本（本居宣長記念館蔵）によりつつ、岩波書店版『契沖全集』第九巻の翻刻も参照した。なお、引用文の用字・清濁・送り仮名等については、筆者が適宜改変した。

注

（1）井野口孝氏は、「宣長は契沖の学問の真髄を「古書を引証し」という一言に集約」させたと指摘する（『契沖学の形成』（和泉書院、平成八年）第二篇第一章一「契沖の仮名遣い研究の方法」）。
（2）三重県松阪市の本居宣長記念館に自筆の写本が遺されており、「明和二年乙酉四月二十六日書写終業　舜菴本居宣長（花押）」という奥書が付されている。拙著『宣長の源氏学』（新典社、平成二三年）序章「源氏研究及び講義の概略」参照。
（3）今回は、例えば「さては宗祇契沖などもいへるごとく…」（五の巻・桐壺「国のおやとなりて云々」）等、契沖説を念頭においていることが明かな場合でも、『源註拾遺』の書名を明示していないものについては、分類整理・検証の対象としなかった。
（4）例えば「こその事、拾遺にいへり」（六の巻・夕顔「右近の君こそ」の項）というような言い回しをする注釈等である。
（5）重松信弘『新攷源氏物語研究史』（風間書房、昭和三六年・増補版昭和五五年）第四章第二節「契沖及び安藤為章の研究」。
（6）針本正行氏は「江戸時代の源氏学」（『國學院雑誌』第一〇七巻第一一号、平成一八年一一月）の中で、当該本文における「孝」「興」の二様の解釈について「定説をみていない」現代までの注釈状況を詳説し、「契沖が唱える「興なかりし」

と解釈する蓋然性があるのではないだろうか」と結論付けている。

（7）五の巻・桐壺「いとおしたちかど〳〵しき」の項や、八の巻・梅枝「だんのからくみ」の項等において、日本紀や和名抄などに依拠する契沖説を支持している。

（8）注（7）前掲、五の巻・桐壺「いとおしたちかど〳〵しき」の項等。契沖等国学者の源氏注釈における日本紀への言及および『河海抄』批判の様相については、吉森佳奈子「「日本紀」による注 ―『河海抄』と契沖・真淵―」（『中古文学』第七三号、平成一六年五月）参照。

（9）『拾遺愚草』中巻・仁和寺宮五十首「山花」（『国歌大観』番号二〇一六）。

（10）加えて、例えば九の巻・宿木「くやしきにも又げにねはなかれけり」の項が「拾遺に、六帖第四に、神山のみをうの花のほと、ぎす悔しくもげにねをのみぞなく、げにといへる所、此歌をふめり」と『源註拾遺』八の記述をそのまま載せるように、豊富な古典知識を背景に新たな引歌等の指摘をなし得ることも、契沖説支持の一つの要件となっているのである。

（11）「弥留」は、『日本書紀』寛文九年刊本（本居宣長記念館所蔵宣長手沢本による）の巻一四・雄略天皇二三年八月の条に「弥留《アツシレクテ》」とある。また「篤癃」の当該本文（巻三〇・持統天皇元年正月）の訓は、寛文九年刊本・賀茂別雷神社三手文庫本『日本書紀』（今井似閑筆契沖説転写書入本・国文学研究資料館マイクロフィルム（39-86-1）による）ともに「ヤマヒヒト・アツコ・アツヒト」、谷川士清『日本書紀通証』に「アツエヒト」（影印本、臨川書店、昭和五三）。

（12）『日本書紀』寛文九年刊本（宣長手沢本参照）の巻二九・天武天皇年朱鳥元年七月の条に「垂髪于背《スヘシモト、リスルコト》」。

（13）重松信弘氏は、契沖の源氏研究について、「組織的・体系的でもなく、必ずしも精密でもなかった」とし、「大まかに、力強く、新らしい路を開拓したといふべきものである」と総括する（注（5）前掲書第四章第二節参照）。

（14）『源註拾遺』六の原文「又明石を橘にたとへをはりて、これもかれもといふよりいとよくもてをさめたまへりといふまで更に明也」。

（15）宣長は、当該注において、「又たいのうへの、見しをりよりも云々、といへるにても、夕霧君は、此時は、見ざること明らけし。もしほのかにても、此時に見たらんには、かくは思ふべしやは」と述べている。

（16）『湖月抄』の「この君と」の「と」文字の右横に「と、イ」と校異表記があり、それをうけて宣長も、当該部分について「湖月本、ともじ一つ落ちたり」(『玉の小櫛』七の巻・玉鬘「此君ととのたまへば」の項)とする。

(17)『古今集』注釈における宣長の契沖説の受容と批判については、西田正宏「『古今集遠鏡』と『古今餘材抄』」(『文学史研究』48、平成二〇年三月)および「古今和歌集注釈史と誤読」(『江戸文学』36、平成一九年五月)参照。

(18)契沖の注釈と「空海・真言宗の伝統」(井野口氏著書「あとがき」より)との関係については、注(1)前掲井野口氏著書参照。

III　注釈と読みの世界

藤原定家と「高麗人」の注釈

──『長秋記』巻三紙背の渤海関係文書をめぐって──

袴田光康

「桐壺」巻に登場する高麗の相人については既に多くの論考がある。しかし、その多くは高麗の相人が語った言葉の解釈に向けられたものであった。「高麗人」の語った言葉が、主人公である第二皇子の臣籍降下に決定的な役割を果たし、更にはその将来の運命までも占う予言として機能するのであれば、その解釈が物語全体の構造にとって極めて重要な位置を占めることは言うまでもない。但し、この「高麗人」は、謎めいた主人公の運命を暗示する予言者であるだけでなく、一方では主人公を「光る君」と名付けた命名者でもあったことの意味も重い。つまり、「高麗人」は、予言と命名によって、「光源氏」という特殊な存在形式そのものを規定していく役割を担っていたのである。

さて、それでは、その「高麗人」とは、一体、何者であったのか。

そのころ、高麗人《こまうど》の参れる中に、かしこき相人《さうにん》ありけるを聞こしめして、宮の内に召さむことは宇多帝《うだのみかど》の御誡《いましめ》あれば、いみじう忍びてこの皇子を鴻臚館《こうろくわん》に遣《つか》はしたり。

（新編日本古典文学全集『源氏物語』（一）「桐壺」三九頁）

この「高麗人」が、実体としては渤海人を指すことは既に通説であろう。[1]「高麗（こま）」という語には、①高句麗（紀元前三七年～六六八年）を指す場合、②渤海（六九八年～九二六年）を指す場合、③高麗《こうらい》（九一八年～一三九二年）

を指す場合、④高句麗とその後継国としての渤海・高麗の三国を包含して広く朝鮮半島を意味する場合など、多様な意味と用法がある。(2) 従って、「高麗人」だけではいずれの国の人を指すのか明確でない。しかし、平安京の鴻臚館に正式な外国使節として迎えられたのは、渤海人のみであった。その史実に照らせば、第二皇子と鴻臚館で対面した「高麗人」が、渤海人を指すことに疑う余地はない。

ここに「宇多帝の御誡」という史実が、わざわざ織り込まれていることにも注意される。即ち、この「高麗人」の登場は、「寛平御遺誡」が宇多上皇から醍醐新帝に与えられた寛平九年(八九七年)以降という設定の中に置かれていることになる。最後の渤海使が来日したのは延長七年(九二九年)であるが、この延長七年の使節は、実は渤海国を滅ぼした東契丹国から派遣されたものであったので、一行は入京を許されなかった。従って、この物語の記述に該当するのは、延喜八年度(九〇八年)、延喜十九年度(九一九年)の両度の渤海使ということになる。このように、物語は、かなり具体的なイメージをもって、「高麗人」の登場を語っているのである。そして、それは、自ずと醍醐天皇の時代を想起させる語り口でもあった。それゆえ、古注釈以来、観相説話とも絡みながら、物語が準拠したと見られる歴史上の先例が指摘されてきたのである。

ところで、近年、渤海史研究者の石井正敏氏によって、この『源氏物語』の「高麗人」に関して興味深い見解が提起された。(3) 藤原定家(一一六二~一二四一年)によって書写された『長秋記』の料紙として用いられた紙背に渤海・高麗に関する一通の文書がある。この紙背文書は、従来、高麗との外交関係の文書と見られていたが、石井氏によれば、定家の『源氏物語』の注釈活動と関係する可能性があるというのである。俄かに浮かんできた定家と「高麗人」の接点について、ここでは注釈史の流れを視野に入れながら、その可能性について考えてみたいと思う。

一　『長秋記』紙背文書に見える「渤海」

まず、定家書写『長秋記』の巻三の紙背文書について簡単に紹介しておこう。

院政期の歌人として知られた源師時（一〇七七〜一一三六年）の日記である『長秋記』は、早くに失われ、定家によって書写された写本が現存する最古のものとして冷泉家に伝えられてきた。冷泉家時雨亭文庫には、定家自筆の『長秋記』写本四巻が現蔵されている。(4) また、これとは別に、冷泉家から皇室に献上され、現在は宮内庁書陵部に所蔵されている『長秋記』二十二巻がある。(5) この二十二巻本の方は、巻二・三・十・十三・十五・十六・十七・二十一の八巻のみが定家の自筆で、他の巻については一部、もしくは全てが他筆によるが、自筆他筆の別なく定家の補訂が加えられていることから、定家の指揮のもとに家人らの手を借りて書写されたものと見られている。問題の紙背文書は、この二十二巻本の巻三（定家自筆）の「康和三年目録」の部分に見えるものである。

この紙背文書については、一九九四年に宮内庁三の丸尚蔵館で開催された展示会「古記録にみる王朝儀礼」の図録の中に写真入りで紹介されており、そこには平林盛得氏による解説と翻刻が付されている。(6) その解説の中では、嘉禄元年（一二二五年）十一月五日に定家が家司として仕えていた前摂政藤原（九条）道家から「長秋納言記一合」を借り受けており（『明月記』同日条）、書写に用いられた紙背文書の下限が同年十二月十四日付の平知宗書状であることから、「嘉禄元年十二月十四日以後のある時期に書写の業がなされたことになる」と、この『長秋記』二十二巻本について説明されている。また、同書巻三の紙背文書の内容については、「朝鮮北部から中国東北部の東部の国である高麗・渤海の消長についての質問（定家か）に答えているもの」と見て、嘉禄三年（安貞元年、一二二七年）の高麗国の牒状問題に関係した文書である可能性が指摘されている。高麗国の牒条問題とは、嘉禄二年（一二二六年）五月に高麗国から太宰府に牒状が発せられ、朝鮮半島南部沿海への倭寇を禁圧するように求めてきたのに対して、大宰大貳武藤資頼が勝手に対馬島民を処刑し、上奏することなしに返牒をしたという事件を指している。

中世貴族の東アジア認識という点から、この紙背文書に注目した田島公氏も、「問題の紙背文書は、嘉禄元年末にそう遠くない時期に、なにか「渤海」や「高麗」にかかわるような外交問題に対応するため、書かれた可能性が予測される」と述べ、高麗の牒状やそれに対する返牒に関係した先例を調べているうちに、渤海と取り交わした牒状が多いことから渤海使への対応や渤海と高麗との関係が話題になり、それに関する回答の一つが紙背文書に残されたものではないかと推測した。そして、この紙背文書が、本来、定家宛ての文書ではなく、九条家政所あたりの反故紙を利用したものである可能性があることにも言及している(7)。

このように、この巻三の紙背文書は、高麗との外交問題に関連した文書と見られてきたわけだが、ここで問題の紙背文書の全文を揚げ、その内容を確認しておきたい。

稱東丹國使〔定〕
改名事なと候や
らん□
高麗渤海相竝事無
異議候歟延喜十九年渤
海使貢朝候延長七年
渤海使裴　球《ママ》来朝之時〔為〕

東丹国使被召過状被返〔却〕
候歟大宋之末にも渤海〔尚〕
存候歟本文可引勘候之
一旦雖被滅其地以其少□
復故地者漢家之法候
高麗尚存之条又勿論
候恐々謹言

この紙背文書は地の一字分が切り取られているため、判読が困難な部分もあるが、平林「解説」、田島論文、『大日本史料』第一編補遺（別冊三）第一編之五の延喜十九年十一月十八日条、石井論文などにそれぞれ釈文が示されているので、それらを参照して本文を記した。引用文中の〔　〕の中に表記した文字は推定である。〔定〕は大日本史料、〔為〕・〔却〕・〔尚〕は石井論文で推定されている文字に従った。なお、「東丹國使と稱するは〔定めて〕改名の事など候やらん□」の一文は、文書の冒頭に位置しているが、延長七年の「東丹國使」に関する注記のようなものして、文章の前の余白に書き加えられた追而書と見られている。これを末尾に配し、渤海大使「裴球《はいきゅう》」の誤字を「裴璆《はいきゅう》」に改めた上で、この文書を読み下すと以下のようになる。

高麗・渤海相ひ竝ぶ事、異議無く候歟
延喜十九年、渤海使貢朝し候
延長七年、渤海使裴璆来朝の時、東丹国使〔為《た》〕り。
過状を召されて返〔却〕せられ候歟

大宋の末に渤海、〔尚《なお》〕存し候歟
本文引きて勘ずべく候之
一旦、其の地を滅せらるると雖も、
其の少□を以て故地に復するは漢家の法に候
高麗尚《なお》存するの条、又勿論に候
恐々謹言
東丹國使と稱するは〔定めて〕改名の事など候やらん□

「候」体で記されたこの書簡が、高麗・渤海に関する何らかの返書であることは確かであるが、注目すべきは、その回答の内容が高麗よりも、むしろ、渤海を中心に述べられていることである。

冒頭で高麗と渤海が一時的に併存していたことを認め、次に延喜十九年（九一九年）の渤海使に触れている。延喜十九年の渤海大使は「裴璆」であり、延長七年（九二九）の渤海使「裴璆」と同一人物であった。同じ「裴璆」が延長七年に再度、来日した時には、過状を提出させられて帰国を余儀なくされたが、それは、国交のあった渤海国が滅亡し、生き延びた彼が渤海使ではなく、東丹国の使者として派遣されたからである。この点については追而書の部分で、渤海国が東丹国に「改名」したものかと推測を加えている。更に「大宋の末」には渤海がまだ存続していたことを指摘するが、この「大宋」は、当時存在していた宋でなく、広く中国を意味したもので、実際には唐を指していた。(8) 唐の滅亡は九〇七年、渤海の滅亡は九二六年のことである。九二六年に渤海が契丹族によって滅ぼされて、そこに新たに東丹国が建国された。延長七年の使者は、その東丹国からの使者であったわけだが、この回答者もそこまで精通してはいないようである。

「漢家之法」というのは、「中国の習い」の意味で、前漢から後漢へ、あるいは北宋から南宋へというような中国大陸における王朝の再興を指したものと見られるが、(9)この場合は、渤海から東丹国への継承性を説明したものと思われる。但し、実際には「裴璆」のように引き続き東丹国に仕えることができたのは一部に過ぎず、渤海の人々の多くは高麗国に亡命したり北方に逃れたりしたわけで、王朝の再興や国名の改名というものとは大きく実情を異にしていた。最後の末文では、当時、現存していた高麗国について、わざわざ今もなお存在していることを確認しているところを見ると、渤海国は滅びたが高麗国は現存しているという事実確認だけでなく、渤海国—東丹国という流れが、現存する高麗国に受け継がれたという歴史認識を示唆ものとも受け止められる。

いずれにせよ、この紙背文書が渤海について説明した文書であることは明らかであろう。特に渤海の滅亡に関して焦点が当てられており、恐らく、当初の質問は、渤海国の滅亡時期、及び、それに関連して渤海と高麗の関係ついて尋ねたものだったのではないかと推測される。このような渤海を中心とする文書の内容からすると、当時、現実的な問題となっていた高麗との外交に関する文書と見る、これまでの解釈には再考の余地があると言えそうである。

二　『源氏物語』注釈との接点

それでは、この紙背文書は、何のために書かれたものであったのだろうか。ここで、新たな見方を提起した石井氏の論について述べたい。

石井氏は、この紙背文書の年次と内容の両面から、高麗牒状問題に関連した文書という見方に疑問を呈した。定家が嘉禄元年十一月に藤原道家から『長秋記』を借用し、「嘉禄元年十二月十四日以後のある時期に」書写したことは、前掲の平林氏の解説の通りだが、その根拠とされた十二月十四日付の書状を反古にして料紙に用いているのが、定家自身が書写した最後の巻と見られる巻二十二であることから、その日付からほどなく書写を終えたのでないかと、石井氏は推測している。少なくとも、『明月記』嘉禄二年四月十四日条に、平経高（新宰相）に『中右記』・『長秋記』の永久年間の部分を、また藤原教雅（教雅少将）に『長秋記』一部を貸し送ったことが記されていることから、この嘉禄二年四月の時点で既に『長秋記』の書写作業は終わっていたと考える。そうだとすれば、巻三の紙背文書が書かれた年次も、当然、それ以前ということになるが、ところが、高麗の牒状問題が起きたのは前述のように嘉禄二年五月であった。更に、倭寇問題が京に伝わるのが同年十月、高麗の牒状が太宰府から京に届くのは翌嘉禄三年五月のことであり、いずれも嘉禄二年四月以降のことである。こうした時間的齟齬から、この紙背文書は高麗の外交問題とは無関係である可能性が浮かんでくる。

次に内容の面についてであるが、石井氏は、文書の中に「高麗尚存之条又勿論候」とあることに注目する。高麗との外交問題に関連している文書であるならば、現に交渉している当事者の高麗について、わざわざ「今もなお存在していることは言うまでもありません」などと記すのは極めて不自然であり、文面の上からも高麗との外交問題に関わる文書とは考え難いことを指摘する。

そこで石井氏が注目したのが、嘉禄元年二月十六日に定家が源氏物語五十四帖の書写を終えたという『明月記』の記事である。

自㆓去年十一月㆒、以㆓家中小女等㆒、令㆑書㆓源氏物語五十四帖㆒。昨日表紙訖、今日書㆓外題㆒、年来依㆓懈怠㆒、家中無㆓此物㆒（建久之頃、被㆑盗失了）。無㆓證本㆒之間、尋㆓求所々㆒、雖㆑見㆓合諸本㆒、猶狼藉未㆑散㆓不審㆒、雖㆓狂言綺語㆒、鴻才之所㆑作、仰㆑之弥高、鑽㆑之弥堅。以㆓短慮㆒寧弁㆑之哉。

定家の青表紙本に関連して度々引用される有名な記事だが、石井氏は、この記事を根拠に、「建久年間に盗難に遭って以来、定家のもとに『源氏物語』写本は無く、校訂作業を終えて本文全編にわたる清書本は、盗失以来およそ三〇年を経てはじめて家蔵されるに至ったと見てよいであろう」（二二頁）と述べた上で、更には次のように続ける。

「高麗渤海関係某書状」（『長秋記』巻三紙背文書を指す—筆者注）を定家による『源氏物語』「高麗人」注釈に関連する文書とみるのは、まずその年次の一致である。定家の本格的な『源氏物語』読解は全編の書写を終えた嘉禄元年二月以降に始まると考えられる。そして「高麗人」は冒頭桐壺の巻に出てくる。その「高麗人」記事について、識者に質問を出し、回答を得て、不用となったその返書を反古として『長秋記』書写の料紙に用いるという、時間的経緯を考えると、それはまさに嘉禄元年末ないしは翌年四月以前とする「高麗渤海関係某書状」の推定年代と一致することになる。（二五頁）

この紙背文書を、『源氏物語』の注釈に関連して定家が疑問点を識者に質問したその返信であったと見るならば、嘉禄二年五月以降の高麗の牒状問題に関する文書と見た場合に生じる時間的な矛盾を来すことはないということである。そこで注目されるのが、「桐壺」巻の「高麗人」の記述である。石井氏は次のように推測している。

定家の気持ちを忖度すれば、『源氏物語』の「高麗人」は来日渤海使とみる解釈があるが、なぜ渤海使を「高麗人」と呼ぶのか、その「高麗」は今の「高麗」ではないのか、そうすると渤海はいつまで続いたのか、高麗と渤海とは並存していたのか等々、定家がこのような疑問を識者に尋ねたと推測することができるのではなかろうか。（二五-二六頁）

定家が『源氏物語』の疑問点を識者や専門家に尋ねたことは、催馬楽に関する多久行の回答状、いわゆる「多久行消息」が定家自筆本『奥入』に添付されていることからも窺われる。石井氏は、「多久行消息」と同様なものとして、この紙背文書を捉えるわけである。

尤も、「多久行消息」については、藤本孝一氏が、紙料や筆跡などから江戸初期に冷泉為満（一五五九～一六一九年）が他本から書写して挿入したものであるとする異見を示している。(10) 但し、定家自筆本『奥入』「竹河」巻の貼紙の「万春楽」に関する多久行説に対して、定家が「催馬楽不可然事歟…」と批判を傍記している。また、大島本『奥入』（第一次）「空蟬」巻では、「なか〻み　何神字　長歟中歟／問安家答云なか〻み天一神也」とあって、陰陽道の安倍家に質問し、その回答をもとに注釈を記しているように、定家が不審があれば専門家に質問を寄せるなどして注釈を進めたことは確かであろう。

これまで見てきたように、石井氏は、時期と内容の両面から、『長秋記』巻三紙背文書を、『源氏物語』「桐壺」巻の「高麗人」の注釈に関するものではないかという新たな見解を示した。確かに、この紙背文書が渤海に関していることからすれば、高麗問題に関係する文書と見るよりも妥当なものにも思われる。しかし、この論の最大の難点は、定家の『奥入』に「高麗人」に関する注釈が見えないということである。

定家自筆本『奥入』「桐壺」巻の該当箇所に次のようにある。

書加之

寛平遺誡

外蕃之人必所召見者在簾中見之　不可直対耳　李環　朕已失之　慎之

この注は、『源氏釈』には見えず、定家が新たに加えたものだが、「宇多帝の御誡」には注を加えながら、その前文の「高麗人」には何ら触れるところがないのである。これは、定家自筆本だけでなく、明融本（第一次）においても同様である。定家が「高麗人」を渤海人のことかと考え、渤海の存亡や渤海と高麗の関係について、わざわざ識者に問い質したのだとすれば、なぜ、彼の注釈書に「高麗人」について一言も触れていないのであろうか。果たして、定家は、本当に「高麗人」に疑念を抱いたのであろうか。「高麗人」を渤海人と捉える認識そのものが彼にあったであろうか。そんな根本的な疑問が生じてくるのである。

三　「高麗人」の注釈史

実際のところ、定家個人の国際認識や渤海に対する理解を問うことは極めて困難である。そこで、少し視点を変えて、『源氏物語』の注釈史において「高麗人」がどのように問題視され、どのように解釈されてきたのか、その流れを確認することにしたい。

『奥入』自体、『源氏物語』の注釈書としては初期の段階に成立したものであり、それを遡る注釈書は少ない。「世にもてなすことはすべらぎのかしこき御代にはやすくやわらげる時よりひろまり、くだれるたゞ人のなかにしては宮内少輔が釈よりぞあらはれける」（『弘安源氏論議』跋）と言わた、「宮内少輔が釈」即ち、藤原（世尊寺）伊行（一一三九～一一七五年？）の『源氏釈』（成立年未詳）は注釈の嚆矢とも言うべきものであり、定家の『奥入』が最も依拠したのも『源氏釈』であった。その『源氏釈』には次のようにある。

源氏わらはにてこまのくにの人にみえ給に
　宇多院の御いさめありけりといふは
寛平の遺誡にみかとは異国の人にはみえ給ま

しとあるところなり　（源氏物語古注集成『源氏釈』冷泉家本一六頁）

『源氏釈』においても、「高麗人」については特に注釈が付されていない。ここでも取り上げられているのは「寛平御遺誡」である。前掲『奥入』の注釈は、この『源氏釈』の注を受けて、更に「みかどは異国の人にはみえ給まし」の具体的な典拠として「寛平御遺誡」の本文を引用したものであることがわかる。

『源氏物語』本文に「こまうと（高麗人）」とあるところを、ここでは「こまのくにの人」と記している。前田家本では同所を「狛国人」と表記しているが、「こまのくにの人」にしても、「狛国人」にしても、「高麗人」を言い換えた（書き換えた）ものに過ぎない。「高麗人」を、渤海人として理解していたのか、それとも現存していた高麗国と同一のものと見ていたのか、あるいは漠然と朝鮮半島の国の人を指すものとして捉えていたのか、判然としない。

前述のように、「寛平御遺誡」以降の「こまうど」は、歴史的実体としては渤海人であった。しかし、高句麗も渤海も高麗《こうらい》も区別することなしに「高麗《こま》」（「狛」）と呼んでいた、当時の国際感覚は、歴史的実体とはまた別の物であったろう。日本では、古代朝鮮の三国の一つである高句麗を「高麗《こま》（狛）」と呼び、高麗笛、高麗紙、高麗錦など高句麗由来の文物にも親しんできた。そして、六六八年に高句麗が滅亡した後も、六九八年に高句麗の継承を唱えて建国された渤海や、同じく高句麗の再興を唱えて九一八年に建国された高麗までも、全て「高麗《こま》」と呼んできた。ただし、渤海国王自らが「高麗王」を名乗る親書を送ってきているのであるから、[11]それは強ち日本人の曖昧さや混乱という問題ではなかったとも言える。

こうして、「高麗」は、古代高句麗から渤海を経て現存する高麗まで連綿と続いてきた一つの国家的な概念として定着していたものと考えられる。そうした当時の国際認識からすれば、「高麗人」という範疇に敢えて正式な国名を当てる発想には及ばなかったのではないだろうか。少なくとも『源氏釈』を見る限り、平安末期の段階では『源氏物語』の注釈においても「高麗人」がどの国であるのかは特に問題視されていなかったことが窺われる。

次に、俊成・定家らと交流もあった源光行、源親行（生没未詳）親子の河内学派について考えてみたい。ここでは『原中最秘抄』と『紫明抄』を参照する。光行の説を基に親行が著述し、更に義行・行阿の代まで代々増補され続けた『原中最秘抄』、また、光行から家学として『源氏物語』の教えを受け、和漢の口伝を残そうとした素寂（俗名源孝行、親行の弟に当たる）の『紫明抄』、両書とも『奥入』よりも後の成立ではあるが、その中に光行から代々受け継がれてきた河内学派の基本的な考え方を窺うことはできるだろう。

古老傳

延喜御時相者狛人《サウシヤコマウト》参入《ス》、天皇御《キヨス》二于簾中一、聞二御声一云此人為国王歟、多レ上少レ下之声也、叶二国躰一、天皇恥給不レ出御《シ玉》一、次太子保明左大臣時平右大臣菅三人烈座、依勅令相之。

（『源氏物語大成』所収『原中最秘抄』五四六頁）

これは、「狛人」（高麗人）の「相者」（相人）の例として記された注である。但し、後に『河海抄』が指摘するように、史実ではなく、忠平にまつわる後世の伝承と見るべきものである。しかし、「延喜御時」の指摘は、延喜準拠説の発想と重なるものであることは注意される。河内学派では、この伝承を史実と見做し、歴史上の先例、いわゆる準拠として捉えていた可能性も考えられる。一方、『紫明抄』は、これとは異なる先例を挙げている。

光孝天皇嘉祥二年、渤海国入覲大使王文矩望下見天皇《ノ》在二諸親王《ノ》中一拝起之儀上、謂《テ》二所親《ニ》一曰《ク》、此公子者《ノコウシハ》有二至貴之《シキノ》相《サウマシマス》一、其登《ノホラムコト》二天位一必矣《カナラシ》

（玉上琢彌編『紫明抄　河海抄』一五頁）

「嘉祥二年」は、仁明朝のことである。『紫明抄』は「たゝあふきて延喜の聖代を時代にはたて申へき也」（「桐壺」巻冒頭）と延喜準拠説の立場を明確にするが、ここでは敢えて河内学派の「延喜御時」の例には全く触れずに、その代わりに『三代実録』の光孝天皇即位前紀を引用している。光孝天皇がまだ親王であった仁明朝の逸話は、延喜準拠

説の枠組みから漏れるだけでなく、「寛平御遺誡」以降のこととして語られた物語の時代設定とも齟齬する。それでも『紫明抄』が、この逸話に注目するのは、登極などを望むべくもない親王がやがて即位に至るという「至貴之相」が、光源氏の「帝王の上なき位にのぼるべき相」に通じるものとして把握されたからに他ならないだろう。ここで重視されているのは、準拠枠や史実との対応関係ではない。それらを越えた予言の内容の類似性である。そこに、河内学派でありながら本流とは異なる主張をした『紫明抄』の独自性があるとも言える。

その中で初めて「渤海国」の名が現れるわけだが、果たして、ここに「高麗人」が渤海国の人であったことを史実に照らして明らかにしようとする意図がどれだけあったであろうか。仮に、この記事の「渤海国」が「高麗国」であったとしたら、素寂はそれを引用しなかったであろうか。恐らく、そうではあるまい。相人が異国の人であるという点は重要であるにしろ、素寂の眼目が、皇位継承に絡む「至貴之相」という予言の内容であったことからすれば、必ずしも「渤海国」の国名に固執したとは思えない。ここに「渤海国」の名が現れるのは、期せずして史書の網に掛かった偶然に過ぎない。その証拠に、『紫明抄』以降も、「高麗人」を渤海人と注釈したり、あるいは「高麗人」を問題視したりする注釈は見られないのである。

中世古注の集大成とも言うべき『河海抄』（貞治年間（一三六二〜一三六五年）初期に成立）は、さすがに『原中最秘抄』の「延喜御時」説と『紫明抄』の光孝天皇説の両説を掲げてはいるが、自説としては伴別当廉平という相人が源高明の背中に苦相を読み、左遷を予見するという伝承を挙げている。『河海抄』では、源高明を光源氏の準拠と見做す観点から、観相の例についても、高明という人物に重きが置かれているのである。肝心な「高麗人」には次のような注釈が付されている。

こまうと　　高麗人

応神天皇廿八年高麗王遣使朝貢

（玉上琢彌編『紫明抄　河海抄』二〇四頁）

『源氏物語』の本文「こまうと」を「高麗人」と漢字表記する形で、初めて「高麗人」に注釈が付されているが、注意すべきは、ここに引かれている応神紀の「高麗王」が古代高句麗の王を指していることである。「高麗」の語の初見として挙げられたものと思われるが、『河海抄』では、応神紀の高句麗王を指す「高麗王」の「高麗」も、「こまうと」（＝「高麗人」）の「高麗」も、区別されることなく、同一の「高麗」として捉えられているようである。更に、鴻臚館に関する注の中では、「古来於此所勃客餞する詩句多之」とも記している。この「勃客」は渤海使を指している。つまり、四辻善成は、鴻臚館に滞在し、日本人と漢詩を唱和したのが渤海の使節団であったことを承知しており、『源氏物語』の「高麗人」が渤海使と重なることも十分に理解しながら、「高麗人」が渤海人であることには特に注釈を付さなかったことになる。これは、高句麗・渤海・高麗を全て「高麗」という一つの国家的概念で捉えていた中世的な「高麗」認識を示すものと言えよう。『河海抄』にあってさえ、「高麗人」が実は渤海人であることを特に問題視する発想はなかった。むしろ、渤海人が「高麗人」と呼ばれることは自明のことと見られていたようである。

『河海抄』の「高麗人」注釈は、その後も長く近世まで継承されるが、そこに大きな変化を与えたのは本居宣長の『源氏物語玉の小櫛』（一七七九年刊）であった。

延喜のころ参れるは、みな渤海国の使にて、高麗《コマ》にはあらざれども、渤海も、高麗の末なれば、皇国《ミクニ》にては、もといひなれたるまゝに、こまといへりし也

（『本居宣長全集』巻四「源氏物語玉の小櫛」五の巻三二七頁）

ここに至って初めて明確に、「高麗人」が渤海人であったことが示されたのである。「渤海も、高麗の末なれば」と述べているように、宣長の言う「高麗」は、高句麗を指している。高句麗と渤海に関する宣長の説明は合理的で明解であるが、「もといひなれたるまゝに」というのは、正確ではないように思われる。高句麗を継承する渤海は正式な

国名として自ら「高麗王」を名乗ったのであり、その渤海が滅んだ後も、今度は高句麗再興を唱えた高麗国（後高麗、王氏高麗）が長く存続したのであって、それらを一連の国家的な範疇として「高麗《こま》」と呼び続けてきたのである。

高麗国は、九一八年に王建によって建国され、九三六年に後百済を滅ぼして朝鮮半島を統一、その後は外圧に苦しみながらも一三九二年に李氏朝鮮の祖である李成桂に王位を奪われるまで、実に四七四年の長きにわたり存続した国家である。つまり、高麗国は、紫式部の時代も、また定家の時代も、更に四辻善成が『河海抄』を記した頃にも、現に存在していたのである。彼らの時代に「高麗」と言えば、第一に現存する高麗国が想起されたのは当然ではなかろうか。ただ、その高麗国は、歴史的な実態とは異なっていた。それは、「高麗」が高句麗から渤海を経て高麗に至るまで連綿と続いてきたという中世的な異国認識に基づくものであったと考えられる。それに対して、宣長の注釈には歴史的事実に照らして分析する極めて近代的な発想が働いているが、伝統的な古注釈の世界の終焉と共に、渤海の問題が浮上してくることは極めて象徴的である。

四　まとめ

これまで「高麗人」についての注釈史を辿ってきたが、それによれば、宣長以前に渤海に言及する注釈は見られなかった。確かに、注釈史の早い段階で『紫明抄』が引く光孝天皇即位前紀の記事の中に「渤海国」の名が見えるが、渤海と「高麗人」が結び付けられて解釈されることは、その後の注釈書にも皆無であった。『河海抄』にあっても、「高麗」は、高句麗から高麗国《こうらい》まで連綿と続く一つの国家的概念として認識されていたことが窺われる。それは、高麗国が十世紀初頭頃から十四世紀末頃まで現実に存在していたことにより、「高麗」が自明のものとして認識されてきたことが大きく影響していると考えられる。高麗国が滅亡した後も、歴史的実態とは無関係に、『河海抄』の中世的な「高麗」観だけが、その権威と伝統のもとに繰り返し注釈書に引用されてきたのである。

　こうした注釈史の流れからすれば、注釈史の草創期とも言うべき定家の時代に、「高麗人」が渤海人であるということが解釈上の問題として論じられた可能性は低いと考えざるをえない。定家の時代は、高句麗も渤海も高麗《こうらい》も「高《こ》麗《ま》」として同一視した平安期の「高麗」観の延長上にあり、『源氏物語』の「高麗人」と、定家の時代に現存していた高麗国の「高麗人」との間を明確に区別するような認識は希薄であった。それゆえ特に問題とされることもなかったものと考えられる。

　石井氏は、「定家の気持ちを忖度すれば、『源氏物語』の「高麗人」は来日渤海使とみる解釈があるが…」(前掲)と、定家の時代に既に「高麗人」を渤海人とする注釈があったことを前提にしている。これは、「渤海国」の名が見える『紫明抄』あたりを根拠としたものであろうが、『紫明抄』の注釈は、「高麗人」の解釈というよりも、「高麗人」の観相の内容に関する注釈であった。少なくとも、『紫明抄』以降も、「高麗人」を渤海人と明確に指摘する注釈は見られなかった。それは、『源氏釈』・『奥入』・『原中最秘抄』・『紫明抄』・『河海抄』などの古注釈の時代を通じて、渤海人が「高麗人」と呼ばれることは、むしろ、自明であったからである。そのような歴史とは異なった「高麗」観を、古注釈の世界は共有し、継承してきたのである。そのために、渤海使や渤海使との鴻臚館での交流という史実は知っていたとしても、「高麗人」が渤海人であることを問題視する意識はなかったであろうし、またそのような発想そのものが浮かばなかったであろう。

　『長秋記』巻三紙背の渤海に関する文書が、定家の『源氏物語』の注釈活動に関わる可能性について否定的な見解を述べたが、しかしながら、定家の近辺にそのような文書が存在した事実は変わらない。『源氏物語』とは無関係な外交上の文書であれ、定家が偶然に手にしたものであれ、そこに記されていた渤海に関する情報を定家が知った可能性は十分にある。仮にそうだとすれば、その知識が『奥入』をはじめとする定家の『源氏物語』の注釈に全く反映されていないという事実こそ、重い意味を持つであろう。「井蛙之浅才、寧及哉。只可レ招二嘲弄一。纔雖レ有二勘加事一、又是不レ足レ言。」という『奥入』奥書の一文が想起される。出典や引き歌などについては精力的に注釈を記した定家であったが、自説を述べることには極めて慎重であったことが窺われる。「高麗人」についても、新たな見解を示すことに禁欲的な姿勢を貫き、本文の「こまうと」（=「高麗人」）のまま、理解することを是としたのかもしれない。

いずれにせよ、定家の手元にあったこの渤海に関する文書は、『源氏物語』の注釈に活かされることはなかった。ただ、『長秋記』書写のための紙料となって今日まで残ったのである。それが、定家からの、そして『源氏物語』の注釈史からの答えでもあった。

注

（1）新編日本古典文学全集の頭注には、「高麗は古代朝鮮北部にあった国。ここでいう高麗人は渤海国使のことか」と記されている。かつて山中裕氏はその著『平安朝文学の史的研究』（吉川弘文館、一九七四年）第二章「源氏物語とこま人」の中で、「高麗人」は紫式部の生きた時代に存在していた高麗（こうらい）の人である可能性を指摘し、準拠の重層性を論じた。しかし、奥村恒哉「桐壺の巻の「高麗人」の解釈」（『文学』第四六巻四号、一九七八年四月）は、山中説に反論し、「高麗」が渤海の正式な呼称であること、平安京の鴻臚館に滞在したのは渤海使のみであること、高麗（こうらい）とは最後まで正式な国交関係（朝貢）がなかったことなどを明らかにした。渤海説は、辻村全弘「「高麗人」考―『宇津保物語』・『源氏物語』の準拠として―」（『国学院大学大学院文学研究科論集』第一八号、一九九一年）でも詳細に論証されている。田中隆昭「『源氏物語』における高麗人登場の意味と背景」（『交錯する古代』勉誠出版、二〇〇四年）、河添房江『源氏物語時空論』（東京大学出版会、二〇〇五年）、同「国風文化の再検討―モノ・人・情報から見た高麗人観相の場面―」（日向一雅・仁平道明編『源氏物語の始発―桐壺巻論集』竹林舎、二〇〇六年）など、近年の論考は「高麗人」を渤海人とする立場から論じられている。

（2）特に「高麗（こま）」と高麗（こうらい）は漢字表記が同じであるため混乱しがちである。ここでは以下、「こま」の意の場合には「高麗」とカギカッコで表記し、必要に応じてフリガナを付すことにする。

（3）石井正敏「藤原定家書写『長秋記』紙背文書「高麗渤海関係某書状」について」『人文研紀要』第六一（中央大学出版部、二〇〇七年九月）、以下、石井氏の論文は同論による。なお、同氏には「『源氏物語』にみえる「高麗人（こまうど）」と渤海」高句麗研究会編『高句麗研究』二六輯（「東アジアと渤海」2、二〇〇七年三月）の論もある。

（4）同書の影印は、冷泉家時雨亭叢書『古記録』（朝日新聞社、一九九七年）に所収されている。

（5）同書の写真帳は、東京大学史料編纂所所蔵『長秋記』八冊（請求番号六一七三―一七三）として一般に公開されている。

（6）平林盛得「冷泉家旧蔵『長秋記』『平兵部記』の史料的価値について」宮内庁三の丸尚蔵館編三の丸尚蔵館展覧会図録『古記録にみる王朝儀礼』（菊葉文化協会、一九九四年七月）

（7）田島公「冷泉家旧蔵『長秋記』紙背文書にみる「高麗」・「渤海」・「東契丹」」上横手雅敬編『中世公武権力の構造と展開』（吉川弘文館、二〇〇一年）

（8）前掲田島論文二一三頁を参照。

（9）前掲石井論文の注5を参照。

（10）藤本孝一「『奥入』と平瀬家本」、及び図一七解説文『日本の美術』第四六八号『定家本源氏物語』冊子本の姿（至文堂、二〇〇五年五月）

（11）『続日本紀』聖武天皇神亀四年条の渤海使来朝の記事には、「渤海郡者旧高麗国也」と説明し、また、その天皇あての親書の中にも「復高麗之旧居、有扶余之遺俗」と記されていた。更に、同書天平宝字三年正月条では「高麗国王大欽茂言…」と、渤海使が「高麗王」を名乗り、日本側も「賜渤海王書云、天皇敬問高麗王…」（天平宝亀三年二月条）と、正式な称号として渤海王を「高麗王」と呼んでいる。

藤壺像はどのように読まれてきたのか
――室町期の古注釈書における〈読み〉の深化をめぐって――

栗山元子

はじめに

光源氏にとって藤壺とは生涯にわたって憧れ続けた相手であり、その人生や恋愛観に決定的な影響を及ぼした存在であった。物語は光源氏にとっていかに藤壺が特別な存在であったのかということを饒舌に語っていく。しかしながら一方で藤壺にとって光源氏はどのような存在であったのかということについては、物語の表現は多分に禁欲的・暗示的であり、読者はおぼろげな表現のうちに藤壺の思いを読み取っていくことしかできない。藤壺の心中は直叙されず、語り手の忖度に委ねられた表現となっていることが多く、その詠歌についても歌意がとりにくい。そのようなこともあって、論者により藤壺の光源氏への愛情を否定する立場と積極的にこれを看取しようとする立場とに別れるなど、見解の相違をもたらすこととなっている(1)。

いずれの立場においても、物語本文を細やかに読み込むことで藤壺の思いを探ろうとするものであることには変わりはないが、このように幾重もの絹のカーテンの背後に佇んでいるかのような藤壺像に迫ろうと、物語の一語一文あるいは行間を読み込んでいこうとする態度は、実に室町期以降の古注釈より綿々と受け継がれてきたものでもある。早くに『源氏物語提要』に認めうる藤壺の源氏への思いに着目しての萌芽的な解釈は、連歌師たちの講釈を反映した地下の人々の注釈書の中に息づき、その後藤壺と光源氏のあやにくな関係を細やかに読み取っていく『細流抄』以下の三条西家の注釈書において発展を見せていく。以降はさまざまな箇所にその複雑な源氏への思いや葛藤を読み取く動きが展開を遂げていくが、そうした〈読み〉の営みの延長線上に現代における藤壺像の解釈がある。本稿ではそうした注釈書での藤壺像をめぐる注記内容を概観することで、『源氏物語』の享受史上における藤壺像のあり方について考えていく。

なお、本稿の目的は藤壺が光源氏に愛情を有していたか否かということの結論を導くための論証として注釈書の記述を挙げるということにはなく、あくまでもそれぞれの注釈書が示した〈読み〉の営みを藤壺像の把握のされ方という視点を通じて追うことにある。なお便宜上『源氏物語』本文の引用はⅠなどのローマ数字で、古注釈書類の引用は(1)(2)などのようにカッコ付の算用数字で記して区別している。

一

物語における引歌や故事の出典考証が中心となっていた『河海抄』までの注釈書には、本文の表現から藤壺の心中を読み解こうとする注記は見られない。文意文脈の理解に新味を出したとの評価が高い『花鳥余情』においても、藤壺の源氏への思いに触れているものはない。わずかに須磨巻で須磨へ下った光源氏のことを藤壺が悲しみ、「年ごろは、ただものの聞こえなどのつつましさに、すこし情ある気色見せば、それにつけて人の咎め出づることもこそとのみ、ひとへに思し忍びつつ、あはれをも多う御覧じすぐし、すくすくしうもてなしたまひしを」(二─一九一)とある物語の本文に対して、

(1)としころはた、もののきこえやあらむと　これより下の一段は入道宮と源氏との御なからひのこと也　たかひに物のきこえをは、かり給てめやすくもてかくし給へる事也

との注が施されているが、この折の藤壺の心中に深く降り立っての批評ではない。しかし『花鳥余情』に先行して成立している今川範政の『源氏物語提要』の中には、歌に込められた藤壺の思いに迫ろうとする記述が見られる。花宴巻、桜の花の宴での光源氏の一際美しい姿に目を奪われてしまった藤壺が「おほかたに花の姿を見ましかば露も心のおかれましやは」(一─三五五)と心中密かに詠じた、その独詠について、

(2)御歌の心は、花は咲をも散をもしらすかほにてあるへきを、露のことく花の上に心をおく故に、よしなき物おもひはあり。源氏の御すかたたくひなくおはしませは、是を見給ふに付ても、かくつらね給ひける。

と、範政は「露のごとく花の上に心をおく」ように、花にたとえられる源氏に心をかけるが故に、藤壺は歌を詠まずにはいられなかったとしているのである。この藤壺歌の「心をおく」の語意については「心をかくる(執着)」説と「隔心」説との二通りの解があるのだが、[2]『提要』では前者と採ることで、結果として藤壺の秘めた思いを前面に出しての解釈を示していることになる。これは『河海抄』が「露ならぬ心を花にをきそめて風ふくことに物おもひそつく」の古今歌(巻一二・恋二・五八九)を引歌として挙げるに留まるのに比して、より鑑賞的な方向に一歩踏み込んだ付言がなされているものといえる。これは、『提要』の梗概書としての性格を反映してのことなのかもしれない。なお『提要』の注については、南北朝期までの様々に流布した説が流入しているとの指摘が稲賀敬二氏にあり、[3]この箇所についてもほぼ同文の注記を『細流抄』及び『岷江』所引の「秘抄」が有していることから、範政独自のものでは

なく先行する古注からの引用を想定されている。[4] ただここではこの解釈が範政の創見であるか否かに拘わらず、『提要』が藤壺の心情を読み解いていこうとする記述を有する早い例であることを確認しておきたい。

『提要』で見られたこのような注釈態度は、日下部忠説が文明十六（一四八四）年ごろに編じたかとされる『尋流抄』においても同様のものを見出しうる。紅葉賀巻で試楽の翌朝に藤壺が光源氏からの贈歌に対して珍しくも返歌した心中について、光源氏の「目もあやなりし御さま容貌に、見たまひ忍ばれずやありけむ」（一―三一三）と語り手が推量する物語本文に対し、

(3)あなかしことある返しめもあやなりし已下
此御返しと云詞下ニ有へきをか様ニ書たり　源氏の御さま形ニめて、忍え給はて御返あると見へし
（紅葉賀・一八）

との注が付され、本文をそのままなぞったようではありながら、源氏の美しさに「忍え給は」ず返歌をなしてしまった心情を強調する書きぶりとなっている。『尋流抄』は連歌師である正徹や宗砌の講釈聞書に一条兼良の有職故実の説を加え、物語の意味内容を採ることに重点を置いた注釈書と言われるが、[5] ここも返歌せずにはいられなかった藤壺の心を掬い上げようとしている点で鑑賞批評的な注となっているといえよう。

明応二、三（一四九三、九四）年ごろ成立したかとされる藤原正存の『一葉抄』でも、他書に見られない藤壺の源氏への慕情を読む注記が存在する。紅葉賀巻での藤壺が出産予定と思われていた日を大幅に過ぎた上で後の冷泉帝を出産する次の場面、

Ⅰ宮（藤壺）いとわびしう、このことにより身のいたづらになりぬべきことと思し嘆くに、御心地もいと苦しくてなやみたまふ。中将の君は、いとど思ひあはせて、御修法など、さとはなくて所どころにせさせたまふ。世の中

の定めなきにつけても、かくはかなくてややみなむと、とり集めて嘆きたまふに、二月十余日のほどに、男皇子生まれたまひぬれば、

（一―三二五）

での傍線部の表現について、『一葉抄』（紅葉賀・五〇）では次のような注記をなす。

(4)世中のさためなきにつけても　藤つほの御心なるへし　はかなくてやミなハやとハ御命の事也　又源氏の御心にや云々　とりあつめとハ御懐妊の事恋ちの事なるへし

現代のテキストでは、本文の「中将の君は」とあるところから光源氏の心中を語る表現に切り替わっていると解するため、「世の中の定めなきにつけても、かくはかなくてややみなむ」と「とり集めて嘆」く主体は源氏と採られている。(6) 一方、古注釈においては、『弄花抄』が「藤壺の御心成へし」（紅葉賀・一九）と注し、その後の注釈書においても『岷江入楚』に見られる「聞書」及び編者中院通勝の私注、それを受けての萩原広道『源氏物語評釈』が異を唱える他は、(7) この解が基本的には踏襲されていく。『一葉抄』では「源氏の御心」かとする説を紹介しつつも、やはりここは藤壺の心と読み、初めての出産で死を意識する藤壺の嘆きの内に、源氏との「恋ち」とのことがあったと指摘するのである。「恋ち」（恋路）とあるということは、藤壺も源氏と相思と見ているということなのであろう。この解釈は『一葉抄』を引用する『林逸抄』以外では他の室町期の注釈書には見られず、特異なものである（ただし江戸期の『湖月抄』『源氏物語新釈』においては同様の解釈が復活する(8)）。

『一葉抄』は宗祇や肖柏の影響が強いといわれる書であるが、(9) 肖柏の『源氏物語聞書』には『弄花抄』と同じく「藤壺御心なるへし」とあるのみである。『一葉抄』のこの箇所の注記が編者の藤原正存独自の〈読み〉を示したものなのかは不明であるが、正存のオリジナルの解としても、こうした作中人物の心情に深く寄り添っての批評的な注釈態度は、宗祇・肖柏らの講義を受ける中で培われたものだったと考えられる。『一葉抄』・肖柏『源氏物語聞書』・『弄

花抄』に共通して見られる注記で、賢木巻で心強くも出家した藤壺が、我が子の東宮からの使者を前にしてはさすがに耐え難い悲しみに襲われる場面について、

(5)御心つよさもたへかたくて　中宮御心也　哀也〱　（『一葉抄』賢木巻一八一）

とするものがある。連歌師たちの『源氏物語』講釈の場を彷彿とさせる注記内容である。そこには主情的に人物の心情に分け入って物語を味わおうとする講義態度が伺える。それはまた平易さが何よりも求められていたことの反映でもあったのだろう。岩坪健氏は、主に女性たちによってなされた、作中人物の振る舞いや心もちなどを思い思いに批評して興じる享受のあり方を「女性性読み」と命名され[10]、連歌師たちの講釈にそうした鑑賞批評的態度が取り入れられていったことを指摘されている。そしてそのような姿勢の元に講じられた解釈が『尋流抄』や『一葉抄』といった地下衆の編じた著作の注記に取り入れられていったということなのだろう。こうした鑑賞批評的な注記は、いわばそうした正統的ではない注釈書の中にまずは現れて来るのだが、宗祇・肖柏と三条西実隆が出会い、宗祇の講釈に大きな感銘を受けたりする中で[11]、地下の源氏学もまた堂上の源氏学に影響を与えていくことになる[12]。その様相を次節において確認していく。

二

肖柏の協力の下、一条兼良や宗祇の説を『弄花抄』にまとめた三条西実隆は[13]、宗祇や肖柏との交流の中で連歌師たちによる、より鑑賞に重きを置いた注釈態度にも影響を受けたものと考えられる。実隆の編じた『細流抄』には、『花鳥余情』では見られなかった藤壺の心中に深く降り立った解釈が見られる。ただし、それは、地下の人々の手に

なった注釈書に見られるものよりも、より物語の表現を深く読み込もうとする点において特色を持つ。たとえば若紫巻での光源氏と藤壺との密通の場面、

II何ごとをかは聞こえつくしたまはむ、くらぶの山に宿もとらまほしげなれど、あやにくなる短夜にて、あさましうなかなかなり。

見てもまたあふよまれなる夢の中にやがてまぎるるわが身ともがな

とむせかへりたまふさまも、さすがにいみじければ、　（一―二三一）

とあるところでは、『細流抄』は「さすかの字妙也」（若紫・二〇四）と「さすが」の一語に込められた複雑な藤壺の感情の動きに着目している。この語を取り上げた注釈はそれまでのものにはなく、『細流抄』以後は実隆の子の公条の『明星抄』に同内容の注記が継承されている他、公条の説を引いているとされる『長珊聞書』の「御説」に、「藤つほの御心に源氏のむせかへり給ふをさすかにいみじくおぼすとなり」とあり、またやはり公条の晩年の説を引くものとされる『岷江入楚』所引の「秘抄」において「秘さすかの字妙也　藤つほの心也　源のさまを女御もさすかあはれとみ給ふ也」との注記が見られる(14)。ここでの『細流抄』の示唆するところは明確ではないが、『長珊聞書』や『岷江入楚』に書き留められた公条の講釈のように、おそらく具体的には光源氏との逢瀬をあるべからざることとして拒もうとしつつも、光源氏がむせび泣く姿を見ると心を動かされ返歌をせずにおれない藤壺の屈折した思い、それが「さすか」の語に集約されているのだという解釈がなされた上で、その書きぶりを「妙也」と評価したということなのであろう。

『細流抄』では、賢木巻の次の場面でもこの語に着目しての注が施されている。

III男も、ここら世をもてしづめたまふ御心みな乱れて、うつしざまにもあらず、よろづのことを泣く泣く恨みきこ

えたまへど、まことに心づきなしと思して、（藤壺は）答へも聞えたまはず。ただ、「心地のいとなやましきを。かからぬをりもあらば聞こえてむ」とのたまへど、尽きせぬ御心のほどを言ひつづけたまふ。さすがにいみじと聞きたまふ節もまじるらん。（賢木巻　二―一一二）

右は桐壺院の死後藤壺の許に忍び入った源氏の口説きに背を向けて拒絶を示そうとする藤壺のさまを語る場面であるが、傍線部の「さすがに」について『細流抄』は、「さすかに　源の詞のさすかに藤壺の耳にとまる事もましるなるへし」（賢木・一六二）と敢えてこの語を強調して当該場面の藤壺の苦渋を読むべきことを示唆する。この注記は『明星抄』においては「東宮の御事なるへし」と付記され、更に、公条は講釈の場ではより詳細に論じていたようで、『長珊聞書』の「御説」には「春宮の御うしろみを源氏へたのみ給はんとおぼしめせば源氏のおほせらるゝ事をさすがにいみじうきゝたまふふしもまじるらむと作者のをしはかりにかけり」とある。そこには、光源氏の口説きに女心を揺さぶられるからということでなく、我が子の春宮への後見を光源氏に託したいがゆえに、光源氏を拒まねばという思いと拒み切れない思いに藤壺は今引き裂かれているのだ、ということを語り手（原文では「作者」）の推量として書いているとの指摘がなされており、この解釈が実隆の説をそのまま継承しているのかは不明であるものの、矛盾する思いに引き裂かれる藤壺の胸の思いを「さすか」の語に読み込もうとする姿勢は『細流』の解釈を踏襲したものと考えられよう。

なお『細流抄』・『明星抄』では該当する注記は見出せないものの、『長珊聞書』の「御説」には更に、若紫巻で藤壺の妊娠が発覚して後、宮中に帰参した藤壺を桐壺院が慰めるために光源氏をも呼んでの管弦の遊びを催したとある場面、

Ⅳ（源氏が）いみじうつつみたまへど、忍びがたき気色の漏り出づるをりをり、宮もさすがなることどもを多く思

しつづけけり　（一―二三四〜五）

において、「源氏の思ひみだれ給ふを藤つほもさすがあはれとおほず《ママ》となり」と「さすが」の語に留意しての注記が見られる。右の例からは、「さすが」の一語を葛藤する藤壺という存在を象徴するものとして読もうとした『細流抄』の態度が、子の公条の講釈の中に受け継がれていることを確認することができる。

須磨巻、須磨へ下った光源氏を思いやる藤壺の心中を「あはれに恋しうもいかが思し出でざらむ」（二―一九一）と語る物語本文について、「あはれに恋しうも　草子地ことはる也　かやうなるゆへに薄雲も源をあはれにおほすへきと也」（須磨・一五九）と『細流抄』（『明星抄』も同じ）では、語り手の推量という形で藤壺の光源氏への慕情が示唆されていることに注意を促す。他にも、藤壺の心情を窺うといったものではないが、若紫巻での藤壺と光源氏の逢瀬の場面で「命婦の君ぞ、御直衣などはかき集めもて来たる」（一―二三二）とある箇所では、「御なをしなとは　女なとにまきれてまいりより給歟又はいつくにてそなをしなとぬきかへ給しなるへし」（若紫・二〇六、『明星抄』も同）などとの注記がなされており、源氏が藤壺の許に人目に立たぬようにどのようにして近づいていったのかを具体的に再現するかのような独自な解釈も見られ、藤壺と源氏との仲らいに関心をもって注釈をなしていたことが知られる。それは物語の表現を細やかに読み解いていくことが、物語を読んでいくということになるのだとの立場を表すものだといえ、鑑賞批評的な注釈の在り方を更に進めて発展させたものと言いうる。(15)

三

『細流抄』により飛躍的に進展した鑑賞的な注の在り方は、『明星抄』を経て公条の子の実枝の注釈態度にも受け継がれていく。しかし一方で実枝がただ家学を継承するだけでなく、自らの〈読み〉を求めていこうとした姿勢も藤壺関連表現に対しての注記内容から窺うことができる。紅葉賀巻、藤壺の出産後にその生んだ皇子を一目見たいという気持ちもあって藤壺の三条宮に通うものの埒が明かず、王命婦に愚痴をもらして帰っていく光源氏の様子を語る次の場面、

Ｖ（光源氏は）かくのみ言ひやる方なくて帰りたまふものから、人のもの言ひもわづらはしきを、わりなきことにのたまはせ思して、（藤壺は）命婦をも、昔思いたりしやうにも、うちとけ睦びたまはず。人目立つまじう、なだらかにもてなしたまふものから、心づきなしと思す時もあるべきを、（王命婦は）いとわびしく思ひの外なる心地すべし。（一―三二七〜八）

について、実枝はここに見られる二つの「ものから」に着目して、『細流抄』の発掘した「さすがに」の語に留意しての解釈にも通ずるような、屈折せざるをえない藤壺像を描出してみせる。

(6)なたらかにもてなし給物から　物からノ詞此段ニアリ　上ノハ源ノ歎給心ノ中ヲ藤つほト深ク哀ヲハ知ナカラ木石ニ成ハテ、思取給所也　此物からハうへハなたらかにシテ底に隔心シ給也　（『山下水』七九、傍線部「藤つほト」の「ト」は天理本では朱にて「ノ」と傍記されている）

源氏の熱情に哀れを感じないわけではない、だけれども自分は「木石ニ成ハテ、」拒否するしかないのだ、と感情を理性で抑え込もうとする藤壺の心の動きを、実枝はこの場面での一つ目の「ものから」の一語に読み込んでいるのである。

実枝の注釈で大きく『細流抄』『明星抄』とは異なっているのが、女としての自分の気持ちを封印してでも光源氏を遠ざけねばならないと心強く振舞おうとする藤壺への賞賛の態度である。それらは、先に挙げた引用注記(6)の前後

に集中して次のように現れる。

(7)人の物いひも　是ヨリ藤つほノ御心ノ中也　定テ命婦カ源ノやうたい物語申ツランヲ取モアハ〇レスシテ身ヲ慎マレタル所ヲ物からト書タル絶妙也　（七六）

(8)うちとけむつひ給はす　藤つほノ御心ノ治マレル所此段ニテ見タリ　殊勝ノ儀也又やハたハかりのアルヘキノ用心也　（七七）

(9)人めたつましく　俄ニ命婦ヲうとまれハ人の不審アルヘシ　用捨奇特也　（七八）

(10)心つきなし　トハ命婦ニとかハナケレハかやうニへたてラル、事本意ノ外也　ソレヲ心ツキナシト云へリ　いつも如ク親シク用《召》使ハ又もやアルマシキアヤマチモ有ランノ用捨也　（「用捨」は天理本では「用意」。八〇）

右の注記からは、あやまちを繰り返すまいと慎重に身を持そうとする藤壺の決意が物語の表現に込められているものとして、それを細やかに読み取り、その振る舞いについて最大限の賛辞を送っていることが知られる。こうした倫理的な人物批評というものは実隆・公条の説には見られないものであった。『細流抄』『明星抄』では、建前と本音に引き裂かれながら葛藤する藤壺の心を物語の妙味として読み込んでいくという注釈態度であったからである。『細流抄』の桐壺巻冒頭部分では「好色の人をいましめんかためおほくは好色漢(淫)風の事を載也」とし、『明星抄』では序の「大意」で「此物語も好色淫風の事をのせて、此風をいましめとす」とするが、前田雅之氏の指摘にもあるように[16]、そうした理解は具体的に個々の注記には反映されることはない。公条の子の実枝に至って、その注釈書である『山下水』の注記の中に儒教的な倫理観に基づいた右のような評が見られるのである。このような実枝の評価は、実枝の講釈を受けた中院通勝にも影響を及ぼしている。通勝の『岷江入楚』では、藤壺の「貞心」を指摘する注を一度ならず記している。

(11)御むねをいたうなやみ　藤中宮のしゐていとひ給心ふかき故也　一たひの密通ありしも御心とけぬ事なるへし　よのつねの人ならは桐御門のおはしまさねはうちとけもし給へき事なるをかやうにてつれなくおはせしは一段の貞心なるへし　（賢木巻）

(12)あらさりし事には　一たひの密通は有しなから更に再会をはおもはさる也　是又貞心なるへし　（賢木巻）

この注記は肩付がなく編者の中院通勝のものと解しうるが、右のような「貞心」を藤壺の批評に用いた例はこれより以前の注釈には見られない。このような通勝の注記は師の実枝の読みを更に推し進めたものであると言いうる。実枝が、実隆・公条の解釈を受け継ぎ、物語の表現を細やかに読み解いていく姿勢を有している一方で、『細流抄』・『明星抄』では具体的に示されなかった藤壺の倫理性を指摘する注記を有していることは注目に値する。既に、実枝が祖父や父の学問に対し徹底的に吟味した上で継承すべきは継承し、訂正すべきは正していく姿勢を持つということや、自らの読みをも不断に更新していくということが榎本正純氏(17)や松原志伸氏(18)らによって指摘されている。右のような事例からも実枝のそうした注釈姿勢が顕著に窺える。

四

『細流抄』以降の三条西家の源氏学で深められた鑑賞批評的な注釈態度を独自な形で受け継いでいるのが九条稙通の『孟津抄』である(19)。『孟津抄』は、源氏と藤壺の関係の描き方に物語が意を注いでいることに留意すべきであると積極的に論じている点で特色を放つ。賢木巻で桐壺院亡き後、藤壺の許に光源氏が忍び込む場面での注記を挙げよう。

(13)おとこもこゝら世をもてしつめ給御心みたれてうつしさまにもあらす　源の心に藤の御躰をみるに我御心に

任たけれともさすかに深切に源の思給所をはすてかたし又心よはけれは思たかふとの御心にてひれふし給心を源の分別してうつゝともなきと也　かやうの所に心を入てみるへき也

（賢木・一九五）

前夜に忍び入った源氏が既に帰ったものとばかり思っていた藤壺の背後に、帰れぬまま塗籠に閉じ込められていた光源氏が再び近づいてきた。さっと匂い立った香りでことの次第を察知した藤壺は「あさましうむくつけう思されて、やがてひれ伏したまへり」（二―一一〇）と突っ伏してしまう。そんな藤壺を見て、源氏から逃れたいと思う一方でこまで深く思ってくれる源氏の気持ちを考えるときつい態度を取ることもできず、さりとて心弱くなってしまえば自分の意志に反して源氏に身を委ねることになりかねないとの葛藤の中に置かれて藤壺は身動きがとれなくなってしまったのだ、と源氏が理解し、彼自身もまた煩悶し正気でいられないほど心を悩ましている、という解釈がここには示されている。源氏が「うつしさまにもあらず」という状態となっているのは、藤壺を目の前にして思いが高ぶっている様子をいうものと解されることが一般的であり[20]、『孟津抄』の解釈は異色といえようが、傍線部にもあるようにこのような表現の中に味読すべきものがあると力説する注記からは、源氏と藤壺の、お互いがお互いの心を知り尽くしながら、そうであるがゆえに自らを貫くことで相手を傷つけることになるのを恐れる気持ちを細やかに読み取っていく姿勢が窺える。

更に薄雲巻、藤壺の臨終間際に駆け付けた光源氏に、藤壺が冷泉帝への後見のことを感謝する旨を女房を介して伝えさせようとする場面は、光源氏と藤壺は相思であったとの立場を採る小学館新編日本古典文学全集において「藤壺の臨終の言葉は、表面には桐壺院の遺言を守ったことへの感謝を言いながら、冷泉帝への心づかいに触れることによって、源氏への愛をこめたものとなっている。この言葉が、藤壺の最後の命をふりしぼったものであったことは、その直後の死によって明らかである」との解が示されるところであるが、ここに筆舌に尽くしがたい源氏と藤壺の心中を読み込んでいく注記を記すのは、源氏の心中に注目してのものではあるが、管見の限りでは『孟津抄』がその嚆矢となる。

⒁はか〱しからぬ身なからも　源心也　種々の事有へきをこゝをあさ〱と書はたしたる処紫式部か作意深切也　尤面白云々　此云々と所々ニあるは入道右府尺なれは逍遥院の吟味たるへし　（薄雲・一三七）

最後の対面の場でありながら、人目を思い、源氏は自らの悲痛を見舞いの言葉に乗せることができない。口から出る言葉は公的な型通りの味気ない言葉のみである。『孟津抄』はこの書きぶりを「種々の事有へきを」「あさ〱と書きはたしたる」ことが素晴らしいと評価する。死に引き裂かれようとする二人の万感の思いを淡々とした表現の裏に読むべきである、との解釈は、実は『孟津抄』自身の記すところによれば逍遥院すなわち植通の祖父である三条西実隆の説を間接的に引用したものらしい。ただしこの注記は『細流抄』では見られない。現存する他の注釈書に見られない、あるいは敢えて記されなかった説に再び注目して拾い上げ記していくことに『孟津抄』の〈読み〉へのこだわりをみたい。

おわりに

以上、藤壺の源氏への思いはどのように理解されてきたのかという問題をめぐって、室町期以降の注釈書における注記内容を辿ることで、それぞれの注釈書に見られる〈読み〉の姿勢や独自性などについて考察を行った。藤壺像の語られ方については、清水好子氏が、藤壺が源氏にとって理想の女人であり、決して人に知られてはならない、秘さねばならぬ恋だからこそ、「文章もまた身をひそめ、ひそひそと少ししか語らない」のである、とその特殊性を指摘されている。[21]そしてそれゆえにこそ、秘された藤壺の源氏への思いを探ろうとする営みが綿々と続けられてきたのであった。室町期以降、地下の人々の注釈書の中に現れてくる藤壺の源氏への恋心を読む注記は、連歌師の鑑賞批評的な講釈の在り方ともかかわるものと考えられるが、堂上の源氏学においても、三条西実隆と宗祇・肖柏らとの交流を経て、そうした注釈態度が取り入れられていく。三条西実隆の『細流抄』は、複雑な藤壺の心中を物語の一語の表現に読み込むといった形で、それまでの注釈書よりも鑑賞批評的な注の在り方において深まりを見せている。『細流抄』のこうした繊細に物語の表現の中に藤壺の心を読み取っていこうとする姿勢は、『長珊聞書』の「御説」や『岷江入楚』の「秘抄」に書き留められる実隆の子の公条の講釈にも窺え、さらに実隆の孫・実枝の『山下水』の注記内容にも受け継がれていく。しかし実枝は家学を単に引き継いだだけでなく、独自な見解も付加し、自らの〈読み〉を更新し続けようとした。実枝は藤壺の光源氏への愛情故に葛藤する姿よりも、その気持ちを抑制し、心を鬼にして拒否しようとする振る舞いを儒教的倫理観でもって称揚している。こうした評価の在り方は実枝の講釈を受けた中院通勝の『岷江入楚』にも影響を与えていった。なお三条西実隆を母方の祖父に持つ九条稙通の編じた『孟津抄』には、『細流抄』のような、細やかに藤壺と源氏の仲らいのあやにくさを読み込もうとする姿勢がより強く継承されている。

江戸期においては、儒教的風諭観により藤壺と源氏との関係をとらえようとする傾向が強まっていくが、[22]こうした〈読み〉は既に三条西実枝の『山下水』に現れていたものであった。また、本居宣長が『玉の小櫛』で提示した、「物の哀れ」を知るが故に源氏の思いに応えてしまう藤壺像についても、「物の哀れ」という語での把握こそ新しいものではあっても、基本的には室町期の古注釈書における藤壺像の理解と径庭はない。室町期の注釈書では、例外なく（藤壺の倫理性を強調する実枝の説においてさえも）、源氏の気持ちに感応し、心を惹かれずにはいられない藤壺像というものが読み取られていた。こうした解釈は、『湖月抄』を経て、契沖の『源注拾遺』や賀茂真淵の『源氏物語新釈』

にも受け継がれており、(23)宣長にも影響を与えていったのである。江戸期の源氏学は室町期に見られた注釈活動を大きく継承しているのである。

対象とした古注釈書ならびに使用したテキストは以下のとおりである。

○『源氏釈』…『源氏物語古注集成』16（渋谷栄一氏編、おうふう）、○『奥入』…『源氏物語古註釈叢刊』第一巻（中野幸一先生・栗山元子編、武蔵野書院）、○『光源氏物語抄』…『源氏物語古註釈叢刊』第一巻（上記に同じ）、○『紫明抄』・『河海抄』…『紫明抄・河海抄』（玉上琢彌氏編　山本利達氏・石田穣二氏校訂、角川書店）、○『源氏物語提要』…『源氏物語古注集成』2（稲賀敬二氏編、桜楓社）、○『源氏一滴集』…『未刊国文古註釈大系』第十一冊（吉沢義則氏編、帝国教育会出版部）、○『尋流抄』…『源氏物語古注釈書　尋流抄』（井爪康之氏編、笠間書院）、○『花鳥余情』…『源氏物語古註釈叢刊』第二巻（中野幸一先生編、武蔵野書院）、○『一葉抄』…『源氏物語古注集成』9（井爪康之氏編、桜楓社）、○『弄花抄』・肖柏『源氏物語聞書』…『源氏物語古注集成』8（伊井春樹氏編、桜楓社）、○『細流抄』…『源氏物語古注集成』7、（伊井春樹氏編、桜楓社）、○『明星抄』…『源氏物語古註釈叢刊』第四巻（中野幸一先生編、武蔵野書院）、○『山下水』…『源氏物語山下水の研究』（榎本正純氏編著、和泉書院）○『長珊聞書』…国文学研究資料館所蔵のマイクロフィルムの紙焼き写真、○『休聞抄』…『源氏物語古注集成』22（井爪康之氏編、おうふう）、○『紹巴抄』…『源氏物語古註釈叢刊』第三巻（中野幸一先生、武蔵野書院）、○『覚勝院抄』第一～四巻（野村精一氏・上野英子氏編、汲古書院）○『孟津抄』…『源氏物語古注集成』4（野村精一氏編、桜楓社）、○『萬水一露』…『源氏物語古注集成』24・25（伊井春樹氏編、桜楓社）、○『林逸抄』…『源氏物語古注集成』23（岡嶌偉久子氏編、おうふう）、○『花屋抄』…『正宗敦夫収集善本叢書』第一期　第二巻（正宗文庫・国文学研究資料館・ノートルダム清心女子大学編、武蔵野書院）、○『岷江入楚』…『源氏物語古註釈叢刊』第六巻～九巻（中野幸一先生編、武蔵野書院）、○『湖月抄』…『源氏物語湖月抄　増注』（講談社学術文庫）、○『源註拾遺』…『契沖全集』第九巻（久松潜一氏監修、築島裕氏、林勉氏、池田利夫氏、久保田淳氏編集、岩波書店）、○『源氏物語新釈』…『賀茂真淵全集』第十三巻（久松潜一氏監修、秋山虔氏・鈴木日出男氏編、続群書類従完成会）、○『紫文要領』・『源氏物語玉の小櫛』…『本居宣長全集』第四巻（大野晋氏編、筑摩書

房）、〇『源氏物語評釈』…『國文註釋全書』第十二編（室松岩雄氏編輯、本居豊穎氏、木村正辞氏、井上頼圀氏校訂、皇学書院）

※ただし注釈書の引用については、便宜上異文表記は必要のある場合のみ示し、また文の切れ目を一字分開けたり、合字をカタカナ表記にするなどの処理を行った。

※源氏物語の本文の引用は小学館新編日本古典文学全集本に拠った。

注

（1）この問題についての研究史は西沢正史氏企画監修・上原作和氏編集『人物で読む源氏物語第四巻―藤壺の宮』（勉誠出版、二〇〇五）における吉野誠氏の「研究史」でのまとめが詳しい。なお最近の研究では、紅葉賀巻における藤壺の源氏への恋情の存在を否定的にとらえる陣野英則氏「「紅葉賀」巻における不分明な「御心の中」」（同書）や、藤壺の恋心を読み解いていく鈴木宏子氏「葛藤する歌―藤壺の独詠歌について―」（『源氏研究』9、翰林書房、二〇〇四）・山崎和子氏『源氏物語における「藤壺物語」の表現と解釈』風間書房　二〇一二）などの論がある。

（2）『岷江入楚』に引く「聞書」では、「心を、くといふは隔心と又心をかくるかたと二つ也」とする。なおこの「聞書」については、徳岡涼氏「『岷江入楚』所引「聞」「聞書」について」（『上智大学国文学論集』二〇〇〇・一）が、里村紹巴の講釈を反映したものとされている。

（3）『河海抄』と『花鳥余情』のあいだ―中世源氏学諸流の動向―」（『源氏物語研究叢書4　源氏物語注釈史と享受史の世界』新典社、二〇〇二）

（4）「『源氏物語提要』―注釈の源流と注釈圏の広がり―」（注(3)同書）

（5）井爪康之氏『源氏物語古注釈書　尋流抄』（笠間書院、二〇〇〇）の「解題」に拠る。

（6）玉上評釈、新編日本古典文学全集、新大系においては、いずれも源氏の心と採る。集成は明示していない。

（7）『岷江入楚』では、「聞書云」として「藤壺御産の時いかやうの事もありてはと大事におほす源の心也」と記し、次いで

「私云」として「此両義を案するに源の心とみて然へし　御産の時いかやうの事もありて藤壺のはかなくなともなり給ては又かさねての対面もなくてややみなんとそれをさへとりそへておほすと也」と断ずる。更に「箋にも藤つほの心とありてかくのことく墨にてしるしあり」と念押しをするが、『山下水』では「藤つほノ御こころノ中さすか可如此」とある。萩原広道『源氏物語評釈』は『岷江入楚』の「私云」の説を挙げて「右の御説よろし　箋細流湖月新釋など藤壺の心と見られたるはさらによしなし　やみなんといふに心を付べし　やみなんはつひに逢ことなくて止《ヤマ》んの意也」と「源氏の心」と採る『岷江入楚』の説を支持している。

(8)『湖月抄』頭注に見える「はかなくてやみなばやとは、御平産もなくて終に御命もたえ果なんかと也。とりあつめとは、御産の心もとなきと、源の御中の事などなるべし。」との評は、肩付がないが『一葉抄』を引用したものと考えられる。真淵の『新釈』は『湖月抄』の理解を踏襲しつつも、「この前後にて源をうとみ給ふ様にのみ見ゆるを、下にはさすかにさもあらぬ事みゆ」と相思と読む立場を更に鮮明にする。なお『湖月抄』が書名を出さないものの『一葉抄』を引いていることについては、井爪康之氏「湖月抄の資料と方法」(『源氏物語注釈史の研究』新典社、一九九三)の指摘がある。

(9)伊井春樹氏は『一葉抄』には、宗祇の講説が色濃く反映していることを指摘されている(「『一葉抄』の成立—宗祇源氏学の継承—」『源氏物語注釈史の研究　室町前期』桜楓社、一九八〇)。また井爪康之氏は正存が肖梢の講釈を聴聞していた可能性を指摘される(「肖梢聞書から一葉抄と弄花抄へ」注8と同書)。

(10)「出典考証と鑑賞批評—源氏読みにおける男性性と女性性」(伊井春樹氏監修・渋谷栄一氏編集『講座　源氏物語研究　第三巻　源氏物語の注釈史』おうふう、二〇〇七)。

(11)三田村雅子氏「宗祇と戦国大名たちの源氏物語」(『記憶の中の源氏物語』新潮社、二〇〇八)。

(12)勿論井爪康之氏が「連歌師と源氏物語」(注8と同書)において指摘されるように、実隆の源氏学への宗祇ら連歌師の影響を強調しすぎることには慎重であらねばならないが、本稿では藤壺の心情を読み込む注記が連歌師の講釈を受けた地下衆の注釈書に先行して現れ、次いで『細流抄』以下の三条西家の注釈書にも見られるようになることを、実隆が宗祇ら連歌師たちの鑑賞批評的な源氏学を吸収し、かつ触発されての結果であったのではないかと捉えている。

(13)横溝博氏「『弄花抄』の注釈者たち—肖柏・実隆による後注をめぐって—」(陣野英則氏・新美哲彦氏・横溝博氏編『平

安文学の古注釈と受容』第二集、武蔵野書院、二〇〇九）では、『弄花抄』は一条兼良の説を継承・展開する宗祇の講釈をまとめた肖柏の『源氏物語聞書』を実隆が清書したものとの理解が示されている。

(14)『長珊聞書』所引の「御説」・『岷江入楚』所引の「秘抄」の理解は、伊井春樹氏『源氏物語注釈史の研究　室町前期』（桜楓社、一九八〇）に拠る。

(15) 宮川葉子氏は、『細流抄』とは実隆が自らの講釈の経験から、難義を解明するという従来の注釈書の殻を破り、初心者用に本文を読み解く助けとなるものを志向した注釈書であるとされている（「第一次「弄花抄」から「細流抄」への道筋」『三条西実隆と古典学　改訂新版』風間書房　一九九九）。『細流抄』における鑑賞批評的な注記は、こうした平易さへの志向とともに〈読み〉の深まりを示すものと考える。

(16)「藤壺密通事件をめぐる言説と注釈―それははたしてタブーだったのか」（『源氏研究』9、翰林書房、二〇〇四）

(17)『源氏物語山下水の研究』（和泉書院、一九九六）

(18)「中世源氏学の形成―『山下水』の性質と成立をめぐって―」（『三田国文』二〇〇一・九）

(19) なお『孟津抄』の成立は、正確には室町期に含むことはできないが、三条西家の源氏学を受け継ぐものという意味で本節で取り上げた。

(20) 新大系では「多年、思慕の心を自制してこられたお気持がすっかり乱れて」との注記が付される。玉上評釈、新編日本古典文学全集、新潮古典集成も同様の解釈である。

(21)『源氏の女君　増補版』（塙新書、一九六七）

(22) 江戸期における『源氏物語』に対する儒教的注釈言説を網羅されたものに日向一雅氏・木下綾子氏「源氏物語についての近世儒教言説資料集」（『古代学研究所紀要』第19号、明治大学古代学研究所二〇一三）がある。

(23) 契沖の『源注拾遺』には、紅葉賀巻での藤壺の「から人の」詠について、「○今案、おもひなから逢ことの遠き中をかくかすめて、立居につけてとは舞には立居すれはそれによせて、たつにつけ居るに付てもありし事とも思ひ出てあはれと見侍りきとなり」と強く藤壺の源氏への慕情を読み込む注記が見られる。また真淵が『源氏物語新釈』において、藤壺の源氏への恋情を丁寧に掬い上げようとしていることについては、吉野瑞恵氏「江戸時代注釈は藤壺の光源氏に対する感情をどう解釈したか」（鈴木健一氏編『源氏物語の変奏曲—江戸の調べ』二〇〇三、三弥井書店）による指摘がある。

※なお注では触れられなかったが、以下の先行研究の恩恵を受けた。
上坂信男先生『光源氏・女人群像—藤壺と六条御息所—源氏物語受容史一斑』（右文書院　二〇〇五）、今井卓爾氏・鬼束（田中）隆昭先生・後藤祥子氏・中野幸一先生編『源氏物語講座８　源氏物語の本文と受容』（勉誠社、一九九二）、岩坪健氏『源氏物語古注釈の研究』和泉書院、一九九九）

源氏物語古注釈史における『尚書』と周公旦注

日向一雅

はじめに

本稿では『源氏釈』（一一七〇頃）から『奥入』（一二三三）、『光源氏物語抄』（一二六七）、『紫明抄』（一二九四）、『原中最秘抄』（一三六四）、『河海抄』（一三六二）と続く古注釈史において指摘された漢籍の出典・典拠のうち、主として『尚書』と周公旦を指摘する注釈を中心に、その注釈がどのように発展していったのか、それはどのような源氏物語の読みを導くものであったのか、源氏物語の表現の構造にどのくらい深く切り込んでいたと考えられるか、あるいは逸脱した注釈―誤読になっていたのか等々の問題を検討してみたい。

古注釈を総集した『河海抄』は前注の整理統合にとどまらず、注の引用を増やし出典を正確に記して、源氏物語の表現世界の広がりと奥行きを立体的総合的に捉える注釈を達成した。『河海抄』の序文と「料簡」はそのことを端的に示す。序文では注釈史を概観し、「料簡」では源氏物語の成立、作者、主題、方法、後世への影響等について略述するが、特に主題把握は明確な儒教的言説を提示する。(1) 本稿ではそのような『河海抄』の儒教的主題把握の成立に果たした『尚書』と周公旦注に注目し、その展開をたどるとともにその意義を明らかにしたい。併せてその後の儒教的注釈言説の変遷を見てゆきたい。

一　『尚書』の受容史

源氏注釈史で最初に『尚書』と周公旦に言及したのは藤原伊行『源氏釈』であり、次いで藤原定家『奥入』がそれを踏襲したが、その注釈史をたどる前に、『尚書』注成立の背景として、平安・鎌倉・南北朝時代の『尚書』の受容史を概観する。『尚書』がどのように受容されていたのかは十分に明らかになっているわけではないからである。

巻末に「九～一四世紀『尚書』受容史年表」を付したが、期間は貞観二年（八六〇）から『河海抄』成立時期を目途にして一応一四〇〇年までとした。年表を見ると、その間『尚書』は大学寮における釈奠の講書、皇子誕生の産養の御湯殿の儀における読書の儀、改元勘文の年号候補にもっぱら活用されていたことがわかる。これらは『尚書』が当時の儀式や制度に関わって重要な文献として尊重されていたことを示しており、経書としての『尚書』の重要性をよく示している。その他三善清行「意見封事十二箇条」、菅原文時「意見封事三箇条」、慶滋保胤「令上封事詔」などに引かれる。「意見封事十二箇条」では刑法の公正な運用のために「職員令」の規定のとおりに判事を置くことを求めるが、『尚書』「舜典」を引く（「請依旧増置判事員事」条）[2]。「意見封事三箇条」では「請禁奢侈事」条で「君陳」を、「請停賣官事」条で「舜典」を引く[3]。「令上封事詔」では「皐陶謨」「説命」を引いて君主は臣下の諫言を受け入れる心構えが必要だと説く[4]。『尚書』が政治や政策についての提言に当たって拠るべき文献であったことを、これらはよく示しているが、それも経書としては当然のことであろう。

もう一つ『権記』の次の記事を見ておこう。「参國忌、請大學博士廣澄宿禰、受古文尚書、此夜参内」（長保六年三月廿一日）の「受古文尚書」は、藤原行成が「古文尚書」の講義を広澄宿祢から受けたということなのか、「古文尚書」そのものを受領したということなのか。講義を受けたとすると、その日は「参国忌」のことと、「此夜参内」のこととがあったのであるから、行成はその空き時間に特に広澄に願って「古文尚書」の講義を聞いたということになる。いわば仕事の合間の空き時間に広澄を呼んで「古文尚書」の話を聞くわけで、講義を受けるというよりも、行成としてはかねて疑問に思ったり、確かめたいと思っていたことを質したというようなことではないかと思われる。「請……受」の構文は、多忙な一日の中で時間を割いて「古文尚書」について質疑が交わされた様子を想像させる。しかし、もう一つこれはかねて広澄に依頼していた「古文尚書」を受領したという意味ではないかとも考えられる。この時期参議であった行成には『尚書』は手元に置いておきたい書物であったということである。どちらに取るのがよいか判断に迷うが、いずれにしても『尚書』の流通や受容の様相の一端がここからは生き生きと想像される。[5]

そのような『尚書』受容の様相について、次に『本朝文粋』について見てみたい。『本朝文粋』の成立時期は明らかではないが、編者藤原明衡の没年が一〇六六年であるから、それ以前の成立であり、収載された詩文は四二七編、嵯峨天皇弘仁年間（八一〇～二四）から後一条天皇長元年間（一〇二八～三七）までの二百年以上に及ぶ。『本朝文粋』に『尚書』がどの程度引かれているかを、柿村重松『本朝文粋註釈』上下によって、そこで指摘された膨大な典拠、出典の中から、『尚書』注を検索して引用数を一覧にしたのが次頁の表である。[6]すべてを正確に数えているわけではないが、同書の指摘する典拠、出典のうち、もっとも引用数の多いものは『易経』『礼記』『詩経』『史記』『文選』『白氏文集』である。それらに次ぐものが『漢書』『後漢書』『晋書』『論語』などであるが、『尚書』はこれらと同列に属すると思われる。表に見るように、『本朝文粋』における『尚書』の引用総数は二一二、「虞書」が各編飛びぬけて多く引用数は八九、引用総数の四割強になるが、『尚書』全体の編目数で見ると、六割強から引かれていることがわかる。これは『尚書』の受容が一部分に限られるのではなく、全体に及んでいたことを示している。源氏物語の書かれた時代の『尚書』受容の一端を推測することができよう。

『本朝文粋』の『尚書』引用　柿村重松『本朝文粋註釈』上下による

＊算用数字が引用数、編目の順は尾崎雄二郎・小南一郎他訳『書経』筑摩書房、昭和五六による。

虞書	89	堯典第一　30	舜典第二　24	大禹謨第三　15	皐陶謨第四　11	益稷第五　9	
夏書	21	禹貢第一　14	甘誓第二	五子之歌第三　5	胤征第四　2		
商書	31	湯誓第一　3	仲虺之誥第二　8	湯誥第三　2	伊訓第四　2	太甲第五第六第七　2	咸有一徳第八
		盤庚第九第十第十一	説命第十二第十三第十四　14	高宗肜日第十五	西伯戡黎第十六	微子第十七	
周書	71	泰誓第一第二第三　7	牧誓第四　3	武成第五　4	洪範第六　12	旅獒第七　2	金縢第八　2
		大誥第九　2	微子之命第十	康誥第十一　1	酒誥第十二　2	梓材第十三	召誥第十四
		洛誥第十五　4	多士第十六	無逸第十七	君奭第十八　5	蔡仲之命第十九　1	多方第二十
		立政第二十一　3	周官第二十二　8	君陳第二十三　5	顧命第二十四	康王之誥第二十五	畢命第二十六　2
		君牙第二十七　2	冏命第二十八	呂刑第二十九　6	文侯之命第三十	費誓第三十一	秦誓第三十二
総計	212						

大学寮は十一世紀以降は衰微し治承元年（一一七七）の大火で廃絶するが、『尚書』など明経道の学問は主として清原、中原の両家が、紀伝道は菅原、大江、藤原家が世襲的にになうようになっていた。(7)『尚書』が鎌倉・南北朝にも前代同様に尊重され受容されていたことは、「年表」によっても推測できる。院政期における藤原頼長の『尚書』への関心の高さ、南北朝期の亀山・花園・後醍醐・光明などの歴代天皇への『尚書』進講、あるいは後醍醐の度々の『尚書』談義が目を引く。藤原定家も個人的に『尚書』を学んでいた。鎌倉幕府の博士家の招聘によって儒学が武家の世界に普及していったことも新しい時代の潮流であったが、そうした時代の激動のなかで明経道の経書は再評価されたのではなかろうか。源氏物語の古注釈史が『尚書』や周公旦に注目したのはそうした時代的背景をも考えておく必要があろうと思う。

二　「文王の子武王の弟」──『源氏釈』から『岷江入楚』まで

先にも触れたが、最初に『尚書』を指摘した注は、『源氏釈』の帚木巻「三史五経」（帚木①一四二頁。『源氏物語』の引用は小学館・新編全集本による）の注であり、周公旦については同じ『源氏釈』が賢木巻で光源氏が「文王の子、武王の弟」と口ずさんだところに注した。以下ではその注がどのように展開していったのか見て行く。

『源氏釈』の帚木巻の注は次のようである。「三史といふは史記漢書後漢書をいふなり。五経といふ毛詩礼記左傳周易尚書をいふなり」(8)とあり、これは後の『光源氏物語抄』『紫明抄』『河海抄』がそのまま引き継ぐ。『花鳥余情』『細流抄』は「三史五経」そのものには注せず、「三史五経道道しき方云々」という本文の解釈を述べる。『岷江入楚』は『源氏釈』『花鳥余情』『細流抄』を総収するかたちである。ここでの『尚書』の指摘は「五経」の一つという以上の特段の意味はない。あていえば『尚書』に目が向けられたということである。

次に賢木巻の周公旦注を見てみる。源氏物語の本文は次のようである。

わが御心地にもいたう思しおごりて、「文王の子武王の弟」とうち誦じ給へる、御名のりさへぞげにめでたき。成王の何とかのたまはむとすらむ。それぱかりやまた心もとなからむ。（賢木②一四三頁）

『源氏釈』はここでなぜか『本朝文粋』巻四、「貞信公天皇元服後辞摂政表　後江相公」の一文を引いた。

周公旦者文王之子武王之弟、自知其貴。忠仁公者皇帝之祖皇后之父、世推其仁。忠仁公良房太政大臣也。号白河殿、清和祖父、皇太后宮明子父也。染殿后文徳女御

「世推其仁」までが「貞信公天皇元服後辞摂政表」の本文で、「忠仁公良房」以下は「忠仁公」についての『源氏釈』の注である。「周公旦者文王之子武王之弟、自知其貴」は、次の『奥入』が引いたように『史記』「魯周公世家」第三を出典とするものなので、なぜ『源氏釈』がこれを引かないのかよく分からないが、光源氏が口ずさんだのに見合うように、貞信公忠平の言葉として引いたのであろうか。しかし、忠平は自分は器量才覚ともに良房や周公旦にはとても及ばないとして言っているのに対して、光源氏は「わが御心地にもいたう思しおごりて」とあるように、みずからを誇っているので、『源氏釈』のこの注は適切とはいえない。

『奥入』はこの『源氏釈』の注を引いた後に『史記』「魯周公世家」の当該箇所を引いた。新釈漢文大系本（明治書院）によりその箇所を引用する。

於是卒相成王。而使其子伯禽代就封於魯。周公戒伯禽曰、我文王之子、武王之弟、成王之叔父。我於天下、亦不賤矣。然我一沐三捉髪、一飯三吐哺、起以待士。猶恐失天下之賢人。子之魯、愼無以國驕人。（『史記』⑤一一八頁）

この『奥入』注が後の注釈書に受け継がれるのだが、『原中最秘抄』は「我文王之子武王之弟成王之叔父也」までを引き、『光源氏物語抄』『紫明抄』『河海抄』は『奥入』と同じ箇所を引く。

いったい『奥入』が「我天下に於いて亦賤しからず」というところまでではなく、それに続く「周公吐握」の故事まで引いたのはなぜか。光源氏の「思しおごりて」という態度とこの注とはどのように関わるのか。『奥入』はどのような意図でここまで引いたのか。これを引用することで、『奥入』は「賢木」巻のこの源氏の発言をどのように解釈していたのか。引用されたところは周公旦のまさしく儒教的理想的為政者像を語るところであった。周公旦は言う。自分は髪を洗っている時でも、食事している時でも、士の来訪を受けるといつでも即座に席を起って応待した。天下の賢人を失うことを恐れたからである。伯禽よ、魯に封じたら、慎んで国君だからといって人に驕ってはならないと。これに照らして光源氏の発言を解釈すれば、光源氏は自分を儒教的な理想的為政者たる周公旦になぞらえているのではないかということである。「文王の子、武王の弟」と言った源氏は、周公旦のこの故事をも当然承知していたはずである。とすれば、源氏はみずからを周公旦的な理想的な為政者として自負していたということになろう。「わが御心地にもいたう思しおごりて」という尊大な自尊心は、そういう自負に基づいていたのだと解釈できるのではなかろうか。

ところが、物語本文では続いて、「成王の何とかのたまはむとすらむ。そればかりやまた心もとなからむ」という草子地が介入する。文王─桐壺院、武王─朱雀帝、周公旦─光源氏、成王─東宮冷泉というふうに対応させると、周公旦は成王の叔父であるが、光源氏は東宮冷泉の実の父なのだから、何と名のるつもりなのかというのである。この箇所について、『光源氏物語抄』は次のように批評する。

云心は六條院（略）自讃の詞に、周公旦文王の子武王の弟との給へは、我は桐壺帝の子朱雀院の弟也とまては、さもときこゆ。成王のをちとはの給にくき事也。冷泉院には父子の御事なれは、ここそわつらはしけれと、あさむきたる、おもしろくたくみなる詞にそあらんかし。素寂(9)

『紫明抄』もこの素寂説と同文を載せる。物語では源氏は「文王の子武王の弟」とまで言って「成王の叔父」とは言わなかったが、語り手はそこまで踏み込んで、「成王の何とかのたまはむとすらむ。そればかりやまた心もとならむ」と批評したのである。これは数多い草子地の中でももっとも辛辣な草子地であろう。それは光源氏と周公旦との違いの指摘であり、光源氏は周公旦に相当しえないということを意味していたはずである。素寂の「冷泉院には父子の御事なれは、ここそわつらはしけれと、あさむきたる、おもしろくたくみなる詞にそあらんかし」は、この草子地の意図を解説するものであろう。この草子時は自らを周公旦になぞらえるような光源氏の尊大さや自負を批判し相対化する語り手の視点を示すものであったと見てよい。草子地はそういう光源氏の言わなかった言葉を明らかにすることで、光源氏を捉え返していくのである。

この後の注釈では『河海抄』はこの素寂説にはいっさい触れない。『花鳥余情』（一四七二）は別解をのせるが、『細流抄』（一五二〇）、『岷江入楚』（一五九八）がともに『花鳥』説は誤りと批判する。両書は素寂説を支持しているものと思われる。

ともあれ、ここには物語作者の光源氏を造型する複眼的な視点が端的に示されていると解されるのであるが、そうした物語の視点を明確にするためには『奥入』の指摘した範囲の引用が必要であったということである。光源氏は本人の発言の示すように周公旦になぞらえる視点から語られる一方で、そういう光源氏を批判的に相対化するもう一つの視点が確保されていたということである。そのように考えると、光源氏の須磨退去は源氏じしんが周公旦東征の故事に倣おうとしていたのだと言ってよい。光源氏の意識においては周公旦の「東征」を手本にして行動しようとするところがあったということになろう。物語は周公旦の故事を周到に配置して構想されていたと思われる。

三　須磨の光源氏――「堯典」の「象恭滔天」と「浩浩滔天」

須磨巻の冒頭、須磨に下った光源氏は住む家をどこに定めるか思い乱れる。

かの須磨は昔こそ人の住み処などもありけれ、今はいと里ばなれ心すごくて、海人の家だにまれになど聞きたまへど、人しげくひたたけたらむ住まひはいと本意なかるべし、さりとて都を遠ざからんも古里おぼつかなかるべきを、人わるくぞ思し乱るる。（須磨②一六一頁）

この「ひたたく」について、『光源氏物語抄』が「ひたたくは混字也教隆。叨《ヒタタク》素寂」とし、『紫明抄』『河海抄』『花鳥余情』が「叨《ヒタタク》」とする。『花鳥余情』はまた「人しけくかまひすしき心なり」と注する。現在の注釈はこの『花鳥』説を踏襲する。これに対して『岷江入楚』は次のように注する。

秘河花叨字を出せり云々。同勘物云愚案滔天一ノ点滔天。尚書堯典帝曰吁静言庸違①象恭滔天―註滔歌象者恭敬而心傲狼若滔天言不可用。又云②浩々滔天註盛大若漫天。箋聞洪水滔天。ひたたくは滔字也。是は人しけくにきはゝしき処といふ也。聞書同之。

「秘」は称名院三条西公条の説であり、「同勘物云」も同じ公条説であろう。「箋聞」は三光院三条西実枝の説であるが、実枝『明星抄』には「洪水滔天」はない。但し「愚案」以下「盛大若漫天」まではほぼ同文が載る。すなわち『岷江入楚』は『光源氏物語抄』『紫明抄』『河海抄』『花鳥余情』の「叨《ヒタタク》」説に対して、公条説、その子の実枝説の「滔天」説を示したのである。「滔天」の出典は『尚書』「堯典」である。「堯典」のその個所を引用する。

帝曰。吁。静言庸違。象恭滔天。帝曰。咨四岳。湯湯洪水方割。蕩蕩懐山襄陵。浩浩滔天。下民其咨。

書下し文を二つ示す。

帝曰く、「吁《ああ》、言を静《よ》くすれども、庸《もち》ふれば違ひ、恭なるに象《に》て、天を滔《あなど》る」と。帝曰く、「咨《ああ》、四岳よ。湯湯《しやうしやう》として洪水方《あまね》く割《そこな》ひ、山を懐《つつ》み、陵《をか》に襄《のぼ》り、浩浩として天に滔《はびこ》り、下民、其《すなは》ち咨《なげ》く。（「蕩蕩」を省く）

（池田末利『尚書』集英社、昭和五五）

帝曰く、吁《ああ》静言なれども庸《もち》うれば違う。象恭《かたちうやうや》しきも天に滔《はびこ》る。帝曰く、咨《ああ》、四岳。湯湯《しょうしょう》として洪水方《かたがた》割ない、蕩蕩として山を懐《つつ》み、陵《おか》に襄《のぼ》り、浩浩として天に滔《はこび》る。下民、其れ咨《なげ》く。

（尾崎雄二郎・小南一郎他訳『書経』による。『詩経国風　書経』筑摩書房、昭和五六）

引用したところは帝堯の人材登庸についての話である。堯が誰か私の仕事を引き継ぐ者はいないかと言うと、驩兜が共工が功績を現していると答えるが、堯は共工は言葉はうまいが用いれば違い、恭しいようだが天を侮っていると言う。これが①「象恭滔天」である。次に堯が四岳に向かって、「今洪水があちこちで災害をなし、山をつつみ丘を乗り越え天にまであふれ、下民は嘆いているが、誰かこれを治めることのできる者はいないか」と言う。洪水が天にまであふれるのが、②「浩浩滔天」である。

公条はここに「ひたたく」の典拠として「堯典」の二例の「滔天」―①「象恭滔天」と②「浩浩滔天」とを挙げたのであるが、ここからどのような解釈を導こうとしていたのであろうか。まず①「象恭滔天」については、「天の附する所の五常の性を慢る」意、「象恭とは令色、滔は嫚、滔天とは天を畏れぬ」意、「貌は恭敬なれども天命を信ぜず」の意、「天を君とし、貌は恭順に似る、即ち令色なり、上を慢るなり」、「その貌、恭謹に似て実は天に対して傲慢不敬なり」等々の解釈がある(10)が、②「浩浩滔天」とは別義である。

これらの内では「天を畏れぬ」や「上を慢る」、「天に対して傲慢不敬」という意味に取るのが、「秘」説の理解であろう。それは光源氏の心情として、「天を畏れず、上を慢り、傲慢不敬」と見られるような住まいは望まないという考え方を読み取ろうとしたということになるであろう。源氏が進んで須磨に下る意図は謀反心のないことを示すためであり、朝廷に対する謹慎を身をもって示すためであったはずだからである。「秘」説は①の引用によって、そうした光源氏の謹慎の強い意図を読み取ろうとしたのであろう。

②についていえば、「箋聞洪水滔天。ひたたくは滔字也。是は人しけくにきははしき処といふ也。聞書同之」というように解する。この「聞書」も「箋聞」と同じく三条西実枝の説である。「洪水滔天」は「浩浩滔天」のことかと思われるが、その解釈は、今日の通説に近い。これに対して①は光源氏の朝廷に対する謹慎の強い意志をはっきりと読み取ろうとしているものだということができよう。「秘」説の注はそのように解釈できる。それは『河海抄』「料簡」で示された、「君臣の交」「仁義の道」という主題把握にそった読み方を示すものであったと考えられる。あるいはそういう方向での読みを強化するものである。

四　須磨の嵐――「金縢」の周公旦の故事

須磨巻末から明石巻冒頭にかけての須磨の嵐の場面に、『尚書』「金縢」篇の「周公旦居東」の故事を典拠とする理解は今日では定説となっているが、『源氏釈』『奥入』にはその指摘はなく、最初に言及したのは『光源氏物語抄』である。「よろづ吹き散らしまたなき風なり」（須磨②二一八頁）の本文について、「周公旦居東二年、秋大熟未穫、天大雷電以風禾盡偃、大木斯抜、邦人大恐。尚書　素寂」として挙げた。『紫明抄』は同文の引用であるが、『河海抄』は

「周公旦居東」の全文を載せ、『花鳥余情』はそれを解説するかたちでまとめた。『岷江入楚』は『史記』「魯周公世家」の冒頭から抜粋して引用する一方、『尚書』「金縢」篇の全文を載せた。こうした注釈の積み重ねによって、須磨の嵐の場面に「周公旦居東」の故事を踏まえて読む読み方が確立するが、その際『尚書』と『史記』といずれに拠るべきか、『岷江入楚』は「尚書ヲ用ヘシ。史記ニハ雷雨ノ説無之」とするが、「雷雨ノ説無之」は誤りである。『史記』ではこの「暴風雷雨」が周公旦の死後の出来事とされている点、光源氏の物語に比較する上では『尚書』を用いるのが適当である。

　とはいえ詳細な周公旦注が展開した一方で、『細流抄』は「周公旦の讒言をふくめる也」「花鳥周公旦をひけり[11]」と付言するだけであり、『河海抄』以後の注釈書でも扱いは異なることが分かる。特に近世の賀茂真淵『源氏物語新釈』、本居宣長『源氏物語玉の小櫛』になると周公旦注は無視された。

　もう一つ注意しておきたいのは、この嵐の場面の「雨風」「雷」について、『漢書』や『尚書正義』が引かれる。『河海抄』は上掲の「よろづ吹き散らしまたなき風なり」について、「漢書曰君霧恒風若。〈師古曰凡言恒者謂所行者失道則寒暑風雨不時恒久〉」を典拠として引いた。また「なほ雨風やまず、雷鳴り静まらで日ごろになりぬ」（明石②二二三頁）については、『光源氏物語抄』と『紫明抄』は「后蒙風若　尚書文　素寂」としたが、その出典は『尚書正義』巻十二「金縢」の「二年秋也。蒙恆風若。雷以威之。故有風雷之異」であろう。訓読すれば、「二年の秋也。蒙には恒風若う。雷して以って之れを威す。故に風雷の異有り[12]」。この『尚書正義』と似ている文が『尚書』「洪範」の「咎徴」にある。「蒙恆風若」は同文である。

　咎徴。曰狂恆雨若。曰僭恆暘若。曰豫恆燠若。曰急恆寒若。曰蒙恆風若。

（咎徴。曰く、狂なれば恒雨若《したが》う。曰く、僭なれば恒暘《こうよう》若う。曰く豫なれば恒燠《こういく》若う。曰く、急なれば恒寒若う。曰く、蒙なれば恒風若う。）（上掲、筑摩書房版『書経』）

「洪範」は武帝が箕子に「彝倫」を尋ねたのに対して、箕子が答えたもので、王が「僭」であれば「恒雨」となり、「豫」であれば「恒暘」となり、「急」であれば「恒寒」となり、「蒙」であれば「恒風」となる。すなわち「王が蒙昧であれば大風が吹き続く」というのである。風雷の異変は風が暗愚の象徴、雷は脅し叱ることで、天の怒りの表示を意味する。王のありかたは天候と連動するという議論であるが、『尚書正義』では成王が暗愚であったから風雷の異変が続いたというのである。このような注が意味するところは、須磨の嵐は朱雀帝の蒙昧を暗示する隠喩として理解することが可能である。『尚書』注はそのような読みを示唆する。こうした読みの当否はそれとして、古注から旧注において『尚書』注による読みのコンテクストが形成されたことには注目してよい。

五　夢の告げ――「説命上」の傅説の故事

須磨の嵐がおさまった日の早朝、明石入道が光源氏を訪ねて来た。その時入道は嵐の最中に夢の告げがあったことを話し、「人の朝廷にも夢を信じて国を助くるたぐひ多うはべりける」（明石②二三一頁）と言って、源氏を迎えに来たと告げる。この「夢を信じて国を助くる」の典拠として、『源氏釈』は「高宗夢得傅説」と注したが、『奥入』にはない。稲賀敬二氏によると、『水原抄』逸文に次のようにある。

殷武帝位ニついて三年、夢に傅説を見てさめて其形を求に、傅巌の野に得たり。武丁政を任て殷国大興尚書　水原云、黄帝風何と云臣をえんとて大風の塵を吹払と夢にみる、また殷の湯賢人を求しかば、伊尹と云人鼎俎をひて夢のうちにきたり、同高宗夢の中に傅説を得たるためし等也。(13)

『光源氏物語抄』には次のようにある。

殷武丁位ニつきて後三年、政をいはす。夢のうちに傅説をみてさめてそのかたちをうつして求むるに、傅巌の野にしてえたり。武丁政をまかせて殷国大興。海をわたらむには汝を舟かちとせんとそきこえける。武丁は高宗也

西円素寂

『紫明抄』は「殷国大興」の一句を除いて右に同文である。この部分を『尚書』「説命上」によって示せば、次のようである。

高宗夢得説。使百工営求諸野。得諸傅巌。作説命三篇。

（高宗夢に説《えつ》を得。百工をして諸《これ》を野に営み求めしむ。諸を傅巌《ふがん》に得。説命三篇をつくる。）

王宅憂亮陰三祀。既免喪。其惟弗言。……台恐徳弗類。茲故弗言。恭黙思道。夢帝賚予良弼。其代予言。乃審厥象。俾以形旁求于天下。説築傅巌之野。惟肖。爰立作相。王置諸其左右。……若済巨川。用汝作舟楫。

（王憂いに宅《お》り、亮《まか》せ陰《もだ》すこと三祀。既に喪を免《のぞ》けども、其れ惟れ言わず。……台《われ》、徳の類《よ》からざるを恐る。茲の故に言わず。恭しみ黙して道を思う。夢に帝、予に良弼を賚《たま》う。其れ予に代りて言わむ。乃ち厥《そ》の象《かたち》を審かにし、形を以て旁《ひろ》く天下に求めしむ。説、傅巌の野に築く。惟れ肖《に》たり。爰に立てて相と作す。王諸《これ》を其の左右に置く。……若し巨川を済《わた》らば、汝を用って舟楫《しゅうせつ》と作さん。）

（筑摩書房版『書経』）

これら『源氏釈』『水原抄』『光源氏物語抄』『紫明抄』が何を出典としているかは、『源氏釈』は「高宗夢得傅説」によって『尚書』「説命上」によることが明らかであるが、『水原抄』逸文は『尚書』とするが、『史記』殷本紀と合わせたような文である。『光源氏物語抄』『紫明抄』は「海をわたらむに云々」とあり、『尚書』である。しかし、『河海抄』は『史記』殷本紀を引き、『岷江入楚』も『河海抄』に従う。『史記』は『尚書』を簡略にまとめたかたちであ

る。引用は省略するが、「夢を信じて国を助くる」賢人を得た話の典拠を『尚書』に求めたところに注目すれば、それは源氏物語に経書の思想を読もうとしていたということになる。これほどの『尚書』へのこだわりは右に見た注釈書が代表的であり、三条西公条の秘説、『弄花抄』『細流抄』などは「故事不可勝計」として、特別『尚書』を典拠とは見做していない。

六　内大臣・太政大臣――『原中最秘抄』の注

もう一つ官職の注に『尚書』「周官」が引かれることろを見ておく。明石から召還された光源氏が、冷泉帝の後見として内大臣になるところである。「源氏の大納言、内大臣になりたまひぬ」（澪標②二八二頁）について、『原中最秘抄』には次のようにある。

> 震旦には以太政大臣左右大臣為三公、内大臣本朝始置此官。漢家無之。行阿云、周公旦といひし賢人弟二人讒奏により被左遷たりしに、國土に風雨の災害ありしによりて被召返て後、天下の政被仰て柱石の國《ママ》として舟楫の用となれりし也。周公旦は文王の太子、源氏君は桐壷の御子也。周公旦は為丞相、源氏君は任内大臣、相叶此儀者歟(14)。

右の引用文の前に「行阿云」として、日本における内大臣の初例を天智八年大織冠に授けたとする例を挙げるが、それに続けて引用文のように漢家には内大臣はないとしながら、周公旦が「風雨の災害」により召し返されて丞相になったことと、光源氏の召還と内大臣就任を比べて、源氏の例は周公旦の場合にかなっているのではないかという。ここの言い方は光源氏の内大臣は漢家の「三公」に相当すると言っているように見える。

しかし、「若菜上」巻、夕霧が雲居雁と結婚したことについて、朱雀院が太政大臣に先に婿取られて残念だと語るところで、『原中最秘抄』は「行阿云大臣唐名已下勘文」として、『尚書』「周官」を引いて次のように記す。

尚書周官云、太師太政大臣也　太傅左大臣也　太保右大臣也　已上名三師茲惟三公太政大臣左右大臣　内大臣は三公之外也

ここでは内大臣ははっきり「三公之外」としているが、官職については、「周官」のほか「唐開元令」を引いて日本の官職との相当を検討している。こうした「職員令」の官職についてわざわざ「周官」や「唐開元令」を引くところには、『尚書』に規範を仰ぐ意識があるのであろう。

行幸巻、光源氏と内大臣が対面する場面で、光源氏が「羽翼を並ぶるやうにて朝廷の御後見をも仕うまつるとなむ思うたまへしを」（③三〇六頁）について、『原中最秘抄』は次のように記す。

行阿云、翔を並事、大臣の唐名に夾鳩と云名あり。夾鳩は傅説入殷帝之夢、為大臣登夾鳩之位。（中略）又左右大臣如股肱、亦如竝翼、國一不之義なり尚書毛詩文選等在之

ここは今日の通説では『史記』「留侯世家」の四皓の故事、「羽翼已に成る」によると解されているところであるが、行阿は「夾鳩」「股肱」「竝翼」の例を指摘する。「股肱」は『尚書』「説命下」にある。

また明石より帰京した光源氏が権大納言になり、源氏と苦難を共にした人々が元の官に復す様子を、「枯れたりし木の春にあへる心地していとめでたげなり」（明石②二七三頁）と語られたところにも、『紫明抄』は『尚書』「金縢」を引いた。その個所を筑摩書房版の書き下し文で引く。

昔、公王家に勤労す。惟れ予沖人知るにおよばず。今天、威を動かして以て周公の徳を彰かにす。惟れ朕小子、其れ新たにし迎えん。我が国家の礼も亦た之れに宜しと。王出でて郊す。天乃ち雨りて風を反し、禾則ち尽く起

つ。二公、邦人に命じて、凡そ大木の偃《たお》る所、尽く起てて之を築かしむ。歳則ち大熟す。

『河海抄』『岷江入楚』もこれに従う。これは今日の注釈書の採るところではなく、注として妥当でも適切でもない。しかし、こういう注によって何を読もうとしていたのか。『尚書』へのこういうこだわりの意味するところは何か。物語の構造に『尚書』があることを読もうしていたのではなかろうか。

以上、古注、旧注における『尚書』と周公旦注を中心に見てきた。この他にも少女巻の夕霧の大学入学のところでは『尚書大伝』が引かれる（『河海抄』）し、澪標巻の致仕大臣が摂政につくところでは、「摂政異朝」の事例が堯の時の舜、湯の時の伊尹、成王の時の周公旦、漢昭帝の時の霍光等々を挙げて「濫觴」を考える。源氏物語には多くの漢籍が引用されているが、注釈は本文に明らかでない典拠を明確にする。特に『尚書』注の儒教的言説は物語の「君臣の交、仁義の道」という王権の主題を明らかにする上で重要な意味を持ったと言ってよいであろう。『尚書』は『白氏文集』の引用とは異なる次元で物語を内部から支える働きをしていたと考える。

注

（1）「儒教的主題把握」とは、『河海抄』「料簡」の「誠に君臣の交、仁義の道、好色の媒、菩提の縁にいたるまて、これをのせすといふことなし」を指す。なお本稿は拙著『源氏物語　東アジア文化の受容から創造へ』（笠間書院、二〇一二）、第一章「光源氏の物語と『尚書』」と重複するところがある。また本稿は第五八回国際東方学者会議日本部門のシンポジウム講演（二〇一三年五月二四日）を基にするが、摂関期の『尚書』受容については当日大津透氏からご教示を受けた。

（2）日本思想大系『古代政治社会思想』岩波書店、一九七九。九〇頁。

（3）大曾根章介他『本朝文粋』岩波書店、一九九二。二三、二四頁。

（4）柿村重松『本朝文粋註釈』上、冨山房、昭和五〇。一四二〜一四四頁。

（5）坂上康俊「古記録を中心に見た一〇―一二世紀漢籍利用年表」（研究代表者・坂上俊康『中国法制文献の日本への伝来とその伝存状況に関する基礎的研究』二〇〇五年三月、平成一三〜一六年度科研費・基盤研究（B）（1）研究成果報告書）では、「行成、広澄より古文尚書を学ぶ」とする。

（6）柿村重松『本朝文粋註釈』上下、冨山房、大正十一年初版、昭和五十年新修版再版により、『尚書』を典拠出典として指摘する個所を調査した。

（7）市川本太郎『日本儒教史』三中世篇、汲古書院、平成四。第二章「大学寮と博士家の儒教」。

（8）『源氏釈』の引用は渋谷栄一編『源氏釈』おうふう、二〇〇〇による。

（9）『光源氏物語抄』は中野幸一・栗山元子編『源氏釈奥入光源氏物語抄』武蔵野書院、二〇〇九による。

（10）池田末利『尚書』集英社、昭和五五。六一頁。

（11）伊井春樹編『細流抄』おうふう、一九八〇。

（12）『吉川幸次郎全集』第九巻『尚書正義』第十二「金縢」、岩波書店、一九七四。

（13）稲賀敬二『源氏物語の研究』笠間書院、一九九三。二八五頁。

（14）『原中最秘抄』は『源氏物語大成』巻七、中央公論社、昭和三八による。

九〜一四世紀『尚書』受容史年表

以下の年表は、市川本太郎『日本儒教史』二・三「儒教年表」（汲古書院・一九九一、一九九二）、ならびに坂上康俊「古記録を中心に見た一〇〜一二世紀漢籍利用年表」（研究代表者・坂上俊康『中国法制文献の日本への伝来とその伝存状況に関する基礎的研究』二〇〇五年三月、平成一三〜一六年度科研費・基盤研究（B）（1）研究成果報告書）により『尚書』記事を抜粋したものである。下限は『河海抄』成立を目途に一応一四〇〇年までとした。（　）内は出典名で、（　）の付く項目は坂上康俊年表によるが、若干私に追加したものもある。

天皇	年代	事項
清和	貞観2（八六〇）	秋釈奠に助教布瑠清野『尚書』を講ず
清和	貞観12（八七〇）	菅原道真「省試対策文二條」の「明氏族」に「周官」を、「辨地震」に「洪範」を引く（『菅家文草』巻八）
光孝	仁和1（八八五）	釈奠に直講山辺善直『古文尚書』を講ず
醍醐	延喜14（九一四）	三善清行「意見封事十二箇条」に『尚書』を引く（『本朝文粋』）
醍醐	延長1（九二三）	寛明親王（朱雀）誕生、藤原元方・大江知古七日間御湯殿に伺候し「漢書」「論語」『尚書』などを読誦
朱雀	天慶5（九四二）	釈奠講書『古文尚書』
村上	天暦3（九四九）	蔵人所にて『尚書』竟宴を催す（『村上天皇御記』『西宮記』14、『日本紀略』『九暦』）
村上	天暦4（九五〇）	憲平親王（冷泉）誕生、明経博士十市良佐『礼記』『尚書』「堯典」読誦（『九条殿記』『御産部類記』）
村上	天徳1（九五七）	菅原文時「意見封事三箇条」に『尚書』を引く（『本朝文粋』）
村上	康保1（九六四）	文章博士菅原文時、藤原後生、年号字文奏上、「康保」と改元。出典『尚書』「康誥」「用康保民弘千天」
花山	永観2（九八四）	慶滋保胤「令上封事詔」に『尚書』「説命上」を引く（『本朝文粋』二）
一条	正暦1（九九〇）	改元。菅原輔正の年号勘文に『尚書』を引く（『元秘別録』）
一条	長保1（九九九）	改元。菅原輔正の年号勘文に『尚書』を引く（東山御文庫記録）
一条	寛弘1（一〇〇四）	行成、大学博士海広澄より『古文尚書』を受ける（『権記』三月二十一日）
一条	寛弘6（一〇〇九）	敦良親王、三夜産養に為忠が『尚書』「堯典」を受ける（『御堂関白記』）
後一条	治安1（一〇二一）	清原頼隆、本年の辛酉が革命に当たるか否かの勘申に『尚書』「洪範」を引く（革歴類）
後一条	万寿1（一〇二四）	年号勘文に藤原広業、為政、義忠が『尚書』他を引く（『小右記』『改元勘文部類』）
後朱雀	長久1（一〇四〇）	改元。年号勘文に橘孝親が『尚書』を引く（『小右記』）

後三条	延久1（一〇六九）	改元。勘文、藤原実綱他、出典『尚書』「君奭」正義「王之徳欲延久」。源経信、「延久」の語が『尚書』注にしかなくとも問題ないと述べる（『小右記』）
白河	承暦4（一〇八〇）	秋釈奠講書『尚書』、詩題「徳治民心」文章生基親序
堀河	寛治1（一〇八七）	釈奠講書『尚書』、詩題「野無遺賢」。改元、年号勘文に『尚書』他を引く（『元秘別録』）
堀河	嘉保1（一〇九四）	釈奠講書、『尚書』（『中右記』）。改元、年号勘文で匡房、『尚書』他を引く（『時範記』『元秘別録』『江記逸文集成』）
堀河	承徳1（一〇九七）	改元。年号勘文に『尚書』『尚書正義』他を引く（『元秘別録』）
堀河	康和1（一〇九九）	改元。年号勘文に『尚書』他を引く（『元秘別録』）
堀河	長治1（一一〇四）	改元。年号勘文に『尚書』他を引く（『元秘別録』）
堀河	嘉承1（一一〇六）	改元。年号勘文に『尚書』他を引く（『永昌記』『改元部類』『元秘別録』）
鳥羽	天仁1（一一〇八）	改元。年号勘文に『尚書』他諸書を引く（『中右記』『元秘別録』）。釈奠講書『尚書』（『中右記』）
鳥羽	天永1（一一一〇）	彗星天変により改元。勘文、大江匡房。出典『尚書』「召誥」「欲王以小民受天永命」
崇徳	大治1（一一二六）	改元。年号勘文に敦光『尚書』他を引く（『長秋記』）。釈奠講書『尚書』、題「政在養民」
崇徳	大治4（一一二九）	釈奠講書『尚書』（『中右記』）
崇徳	天承1（一一三一）	改元。年号勘文に敦光『尚書』他を引く（『長秋記』）
崇徳	長承2（一一三三）	釈奠講書『尚書』（『中右記』）
崇徳	保延1（一一三五）	改元。年号勘文に顕業『尚書』『尚書正義』他を引く（『長秋記』）
崇徳	保延6（一一四〇）	藤原頼長、『尚書』他を読む（『台記』）
崇徳	永治1（一一四一）	藤原頼長、『尚書正義』巻一「尚書音義」他を読む（『台記』）
近衛	康治1（一一四二）	藤原頼長、『尚書正義』『尚書』「微子之命」を読む（『台記』）
近衛	康治2（一一四三）	十月以降に読んだ書目を記す。『尚書』あり（『台記』）
近衛	天養1（一一四四）	藤原頼長、八月『尚書』を講じる。十月『尚書』巻十三読了。年末、本年読んだ書目を記す（『台記』）

近衛	久安2（一一四六）	藤原頼長『尚書』を講じる（『宇槐記抄』）
近衛	久安3（一一四七）	藤原頼長、入道左大臣の薨去に関し、『尚書』の説を肯定する（『台記』）
近衛	久安4（一一四八）	藤原頼長の女子の名前について藤原成佐が勘申、『尚書』を引く（『台記別記』）
近衛	仁平1（一一五一）	清原頼業、『古文尚書』。頼長、宋商人に大量の書籍を発注、『尚書疏』あり（『宇槐記抄』『古今著聞集』）
近衛	久寿1（一一五四）	頼長『尚書』を講じる（『台記』）。改元。頼長『尚書』を参照。茂明、長光が年号勘文に『尚書』を引く（『台記』『朝隆卿記』（歴代残闕日記））
後白河	保元1（一一五六）	改元。年号勘文に長光が『尚書』を引く（『兵範記』）
二条	永暦1（一一六〇）	改元。長光が『尚書』を引く（『顕時卿記』（歴代残闕日記））
二条	応保1（一一六一）	改元。年号勘文、藤原資長、永範がそれぞれ『尚書』を引く（『顕時卿記』（歴代残闕日記））
高倉	嘉応1（一一六九）	改元。年号勘文に永範が『尚書』を引く（『兵範記』）
高倉	承安1（一一七一）	改元。藤原資長撰進『尚書』「洛誥」「王命我来承安汝文徳祖」
高倉	安元1（一一七五）	釈奠に『尚書』より出題（『玉葉』）。改元。年号勘文に光範が『尚書正義』を引く（『玉葉』）
高倉	治承1（一一七七）	改元。年号勘文に敦周が『尚書』（『玉葉』）
高倉	治承2（一一七八）	親王の名字勘文に、藤原資長『尚書』を引く（『玉葉』）
後鳥羽	寿永2（一一八三）	清原頼業、藤原良通・良経に『尚書』を講じる（『玉葉』）
後鳥羽	元暦1（一一八四）	清原頼業、藤原良通に「尚書聞書」を授く。改元。勘文、藤原俊経ら、出典『尚書』緯「天地開闢元暦紀名」
後鳥羽	文治1（一一八五）	清原頼業、藤原良通に『尚書』を教える（『玉葉』）
土御門	元久1（一二〇四）	大学頭良輔『尚書』を清原良業に受く
土御門	元久2（一二〇五）	藤原定家『尚書』を清原良業に受く
後嵯峨	仁治3（一二四二）	中原師弘、『古文尚書』の秘説を大炊御門信嗣に伝授する
亀山	文永3（一二六六）	天皇、二月に『尚書』、九月に『古文尚書』を講読。十二月『尚書正義』講筵
亀山	文永4（一二六七）	清原良季『尚書正義』進講

花　園	文保1（一三一七）	清原宗尚『尚書』「盤庚」を進講。清原淳光『尚書』序侍読始
後醍醐	元亨2（一三二二）	花園上皇御所において『尚書正義』を用いて『尚書』談義をはじめる
後醍醐	正中1（一三二四）	『尚書』談義、たびたび行われる
後醍醐	元徳2（一三三〇）	中原康隆『古文尚書』を書写し、朱点黒点を施す
後村上	興国3（一三四二）	紀行親、光明天皇に『尚書』を進講
後村上	興国5（一三四四）	光厳上皇、明経博士に『尚書』を講ぜしむ
長　慶	文中2（一三七三）	清原良賢『古文尚書』を進講し終る

源氏物語「御簾のうち」をめぐって

中西健治

はじめに

六条院で催された蹴鞠はそれに参じる貴公子たちばかりでなく、彼らをひそかに垣間見る女房たちにとっても大きな関心事であった。貴公子たちは女房たちの袖口が御簾の下から透いていることをもって彼女たちの異様な視線をつねに意識せざるを得なかった。そこで事件が起こった。

色々こぼれ出でたる御簾のつまづま透影など、春の手向の幣袋にやとおぼゆ。御几帳どもしどけなく引きやりつつ、人げ近く世づきてぞ見ゆるに、唐猫のいと小さくをかしげなるを、すこし大きなる猫追ひつづきて、にはかに御簾のつまより走り出づるに、人々おびえ騒ぎてそよそよと身じろきさまよふけはひども、（中略）逃げむとひこじろふほどに、御簾のそばいとあらはに引き上げられたるをとみに引きなほす人もなし。

（若菜上・四・一四〇）*

人物以外に事件を組み立てている素材を拾い上げてみるならば、とりわけ重ねて用いられている「御簾」の存在が大きいことがわかる。何らかの暗示的な意味を読み取ろうとするならば、「御簾」は物語の大きな展開を潜在させている象徴物として位置づけられるかもしれない。と同時に、このあたりに繰り返し記される「御簾のそば」、「御簾のつま」、「御簾の透き影」、「御簾のはざま」など、「御簾」を冠した語句にいやでも応でも注目せざるを得ないこともわかる。その挙句には「御簾のつま」から走り出た唐猫がやがて六条院全体を覆う暗雲を招来したのであった。「御簾」は単なる室内の一道具ではなく、物語構成上の象徴的伝言の役割を担っていると推測することは容易である。「御簾」は内と外とを隔てる境界としての存在であり、御簾を掛けている所に入る際には「両端ノ方ヨリ可レ入也、中ヨリ不レ可レ入」とも、「手シテ提テ不レ可レ入也、前簾ヨリ跪テ可レ入也」との作法があった（「故実拾要」巻第七・翠簾ノ項・国文学研究資料館マイクロフイルム）とも言われていることからも、物としても存在感のある障害物として捉えられるのであるが、これが物語に組み込まれることで齎される意味も、一方では考えておかねばなるまい。篁物語の冒頭に、小野篁が腹違いの妹に漢籍を教える場面が描かれる。それは「すだれ越しに、几帳たてて」（古典大系・二五）なされたのだが、やがて二人はこの物理的な垣根を越えるという展開になる。簾は「教え子と教師を仕切るトポス」であると同時に、物語の展開を孕む「夢のトポス」をも潜在させていたのである（前田速夫氏「簾―兄妹相姦の闇・篁物語」・「国文学」平成十九年七月）。冒頭の引用箇所に注意して、「御簾」の「もと」、「御簾のつま」、「御簾のはし」を考察した山本利達氏（「簾の『つま』・『はし』―紫式部日記覚書―」・「滋賀大国文」第二十八号）や今井久代氏（「柏木の密通をめぐる表現―『御簾』の『そば』『はざま』『つま』『透き影』から―」・「むらさき」第四十七輯）の先行論考はある。もちろんそれらは物語の展開と深く関連することを指摘した有益な論考ではあるが、事件自体は「御簾のうち」にて生起したものである。さればこそ、これらの考察に加えて「御簾のうち」自体にも注目しておくべきではないかと思えてくる。

一　源氏物語の「御簾の内」の類別

源氏物語には「御簾の……」という語句が散見され、先学も注目した表現であったが、いずれも人間関係を抜きには理解されないとする見解ではあった。とりわけ、「御簾のうち」にはその意味合いが濃厚であるように思われる。

弘徽殿などにも渡らせたまふ御供には、やがて御簾の内に入れたてまつりたまふ。（桐壺・一・三八）

帝が弘徽殿にお渡りになるときにも、源氏はその素晴らしさ故に桐壺更衣を憎んだ当の首謀者弘徽殿女御の御簾の内にも入ることが許されていたと言う。源氏は何の抵抗もなく弘徽殿女御の御簾の内に入れたのは、まったき信任の証と見られる。「いと幼き人といへども、男子をばみだりに簾の内へ入られざりし昔の風俗想ふべし」（源氏物語評釈）と注されてもいるところである。そのような源氏であったが、成長するに従い、元服、葵の上との結婚を経て、藤壺への思いが生じてくる。

大人になりたまひて後は、ありしやうに、御簾の内にも入れたまはず、御遊びのをりをり、琴笛の音に聞こえ通ひ、ほのかなる御声を慰めにて、内裏住みのみ好ましうおぼえたまふ。（桐壺・一・四九）

「御簾の内」に男子を「入る」「入れず」ということは、行為の表面的な相違だけでなく、「入れず」には男女間の関わりが生じることへの懸念が背景にあると思われるのである。先の引用例と対照させるならば、その際だった相違はあきらかであろう。源氏物語の用例には単なる障壁具の意味を越える用例もありそうなので、まずは「御簾の内」がどのように用いられているか、全用例に限定し文脈に即して検討してみた。その結果、大別しておおよそ次のように類別ができるように思われる。

一　特定の場所に存在する境界物として描く場合。
二　肉親などが対面する場に存在する境界物として描く場合。
三　心を通わす男女関係を前提としての境界的存在として描く場合。

一は、単に固定的物理的な場所に存在することを示すもので、それ以外に特段の意味をもたないと考えられる用例。二は、その中でもとくに親子、友人や親しい者同士が御簾の内にて対面して話をしたり何事かを伝達したりする場面に用いられている場合で、御簾の内側が重要な場所として描かれている用例。三は、一、二の意味を有しつつも、なおそれ以上の秘密の情報や特別な意味合いを付帯させて前後の文脈に意味を含ませる用例、というように大まかに分類できるように思われる。一応の分類ではあり、明確な区分が難しいものもあるが、その幾つかを試みに用例をあげて説明してみよう。

春の殿の御前、とりわきて、梅の香も御簾の内の匂ひに吹き紛ひて、生ける仏の御国とおぼゆ。
（初音・三・一四三）

廂の御簾の内におはしませば、式部卿宮、右大臣ばかりさぶらひたまひて、それより下の上達部は、簀子に、わざとならぬ日のことにて、御饗応などけ近きほどに仕うまつりなしたり。
（若菜下・四・二七八）

前者は新造成った六条院の紫の上の春の御殿を描く箇所。紫の上の御殿の御簾のうちの薫香と梅の香りが相和して素晴らしい光景であると言う。このときの「御簾の内」は特定の場所を指定してはいるが、それ以上の意味は少ない。後者も同様の用例で、朱雀院の賀宴に柏木を招き出した源氏が激情を抑えながら御簾の内側に座している場面である。この後にやがて柏木との対面がある、その直前の静まり返った座を指定している。

大臣は、「いとあざれ、かたくななる身にて、けうさうしまどはかされなん」とのたまひて、御簾の内に隠れて

ぞ御覧じける。（少女・三・二五）

特定の場所を指定することでは先の二例と同じであるが、柏木を待つ先掲の若菜下の用例と異なる点は、源氏が夕霧の字を文章博士につけてもらう儀式を隠れて簾中で見る場面で、子供への教育方針通りに進行するさまを父親として余裕と愛情をもって見ている姿が描かれている箇所である。

「あなかたじけなや。かたはらいたき御座のさまにもはべるかな。御簾の内にこそ。若き人々は、もののほど知らぬやうにはべるこそ」など、したたかに言ふ声のさだ過ぎたるも、かたはらいたく君たちは思す。（橋姫・五・一四三）

女房たちは宇治にやって来た薫の訪問を歓迎し、都からの親しい人として待遇してもいいのではないかと弁は無遠慮に言う。薫を御簾のうちに招き入れることが好感を態度で示すことになる。「御簾のうちにぞ」とする本もあり、また「御簾のうちにこそ」と読めという古注（孟津抄）もあり、「御簾のうちにぞいれまゐらすべき事を」と解せともいう（湖月抄）注記が示すように、人物の好悪を判断する基準が御簾にあるのでもある。

ところが問題は三である。たとえば、藤壺の出家。源氏がはじめて藤壺と歌を交わす。藤壺は自分の思いが妨げられ乱れるのを恐れて命婦を介して返事をする。その場面。

「今はじめて思ひたまふることにもあらぬを。もの騒がしきやうなりつれば、心乱れぬべく」など、例の命婦して聞こえたまふ。御簾の内のけはひ、そこら集ひさぶらふ人の衣の音なひ、しめやかにふるまひなして、うち身じろきつつ、悲しげさの慰めがたげに漏り聞こゆる気色、ことわりにいみじと聞きたまふ。風はげしう吹きふぶきて、御簾の内の匂ひ、いともの深き黒方にしみて、名香の煙もほのかなり。大将の御匂ひさへ薫りあひ、めでたく、極楽思ひやらるる夜のさまなり。

（賢木・二・一三二）

右の傍線を付した二つの隣接する語句は、出家をした藤壺の姿を間接的に表わしていることはもとより、「御簾のそと」にいる源氏から見ればいかようにしても容易に入る事の出来ない厳しい場所を指していることになる。溢れる恋情を伝えることすら叶わず悶々としている源氏の思いが御簾に妨げられることでより深く沈潜する。「藤壺のいる御簾の中の『けはひ』『音なひ』『気色』を通して、藤壺や近侍の女房の動静に聞き耳をたてている源氏のさまをも語る」との新編古典全集の頭注は、やはり「御簾」自体への読みとりを促していると判断されるのである。出家を遂げた藤壺のもとに参上した源氏は命婦を介して伝えられる藤壺の言葉を聞きながら、「御簾の内のけはひ」に心を研ぎ澄まし、「御簾の内の匂ひ、いともの深き黒方にしみて、名香の煙もほのかなり」と「御簾の内」を繰り返し、そこに纏わりつく身体の研ぎ澄まされた感覚を総動員しながら藤壺の姿を追い求めているのである。「御簾の内」には、抽象概念化した恋人を象徴する語句が裏打ちされていると判断される。

みづからも、掻き合はせたまふ御琴の音にも、袖濡らしたまひつ。御簾の内にも耳とどめてや聞きたまふらんと、片つ方の御心には思しながら、かかる御遊びのほどには、まづ恋しう、内裏などにも思し出でける。

（鈴虫・四・三八四）

八月十五日、源氏は女三宮を訪れ、夕霧や蛍兵部卿宮たちと合奏を楽しみ話をする。源氏は和琴の名手であった柏木のことを思い出して話をしていると、「御簾の内」で聞いているであろう人も同時に思われる。つまり、「御簾の内」は場所をさすと同時にそこにいる女三宮をさしているのでもある。女三宮自身を間接的に指している用例と判断できるのである。

隅の間の高欄におしかかりて、御前の庭をも、御簾の内をも見わたしてながめたまふ。

（幻・四・五三〇）

これも前例と同様に、源氏が亡き人を思い出している場面である。源氏の目にはただ庭や御簾のみが見えていて、他の誰もいないのではあるが、源氏はそこについ今しがたまで生きていた紫の上を思い出し、「人やりならず悲しう思」っているのである。「御簾のそと」では共有できない思いを抱きながらひたすら哀惜の念に浸っているのでもある。これは他の誰でもない、まさに同じ時間を共有した人ならではの目を通して描かれる「御簾の内」に他ならないからである。

このように、おおまかな分類手法を以て仕分けた若干の用例をみたのだが、もちろんこのような仕分け自体が絶対のものでもなく、また仕分けがかなり困難な用例もある。ただ、次のような箇所を参考に見てみようか。

今日は、御簾の内に入れたてまつりたまひて、母屋の簾に几帳そへて、我はすこしひき入りて対面したまへり。「わざと召しとはべらざりしかど、例ならずゆるさせたまへりしよろこびに、すなはちも参らまほしくはべりしを、（中略）年ごろの心のしるしもやうやうあらはれはべるにや、隔てすこし薄らぎはべりにける御簾の内よ。めづらしくはべるわざかな」とのたまふに、　（宿木・五・四二四）

前の傍線部の「御簾の内」について新大系の脚注には、「前回の薫訪問時の座は『御簾の前』、『御簾の外』であった。『御簾のうち』は廂の間」（五・六四）とあり、後の傍線部の「御簾の内」については、「さるは」以下の訳文として「それはともかく、長年あなたを思ってきたかいも徐々に現れてきたのでしょうか、御簾内に入れていただき、あなたの他人行儀が少しばかり薄らいだ感じがします」と記されている。次第に自分にも心を開いてくれるようになったかと薫が思うところ。「御簾の内」は新大系の脚注に言うように、空間的な距離がすなわち心理的な状況と密接にかかわることを示し、「御簾」自体が男女の境界をきちんと示しているものと思われる表現であるのだとわかる。「御簾の内」はすなわち男女の心が通い合うか否かを判断する指標として存在することを示す語句なのである。「源氏物語の鑑賞と基礎知識・宿木（前半）」の「鑑賞欄」にも「御簾の内」という項目を立て、女性が夫や恋人以外の男性と対応するときには、一般的には母屋の簾の外の廂の間である場合と廂の簾の外の簀子である場合があるが、この場面は特別であり、中君が薫を「御簾の内」に請じ入れているところに、薫に対する信頼感、親近感、慕わしさが増しているのであって、それは「中の君の側の薫に対する心理的な接近が、空間的な接近の許容という具体的な形となったわけだ。中の君が薫との心の『隔て』を取り除こうとして、空間的な『隔て』を自ら取り除いたのである」（井野葉子氏執筆・一七七）と読解を深める記述がなされていて参考になる。

このように「御簾の内」というわずかな一語句を契機として物語の読解をすすめることは、ある重要な読解の手懸りを読者に暗示しているのではないかと判断される用例もあり、同様な表現が源氏物語に少なからず見えることから、かれこれ対照させつつ検討することも無駄ではなかろうと考えたのである。作者の構想の内に一つの場面設定が構築された場合、それをどのような人物と場面に仕上げて表現するか、物語をどのように展開し、人物をいかなる状況下で操作させるかということは重要な問題であると思われるのである。

源氏物語と比較される作品に枕草子があるが、この語句に関しても両作品はいささか異なった捉え方がなされているようである。「上に候ふ御猫は」の段で「痴れ者」（翁まろ）に追われた猫は「おびえまどひて、御簾の内に入りぬ」（三九）とあったり、「清涼殿の丑寅の隅の」の段で、「御簾の内に、女房、桜の唐衣どもくつろかにぬぎ垂れて、藤、山吹など、色々このましうて」（四九・五〇）と女房たちがはなやかな装束でいる場所を指定する場面に用いられており、先にあげた三分類のうち一に相当する用法が殆どである。三田村雅子氏は、枕草子の積善寺供養の段（「関白殿、二月二十一日に、法興院の」）における御簾の内外の描き分けに中関白家の運命が象徴されているとして、「簾に遮られた世界を一つの理想境として、王朝文化伝承再生場面を演じて見せるというのがこの段の枠取り」であって（『枕草子表現の論理』一八五）、「定子を始めとする中関白家の、〈明〉から〈暗〉へ移る境目とも言うべきこの日の出来事を描くこの段は、簾の外側の〈明〉と内側の〈暗〉というかたちで、象徴的に表現されていると言ってよかろう」（同・七〇）とも、「中宮定子の運命の明から暗への転換点が簾の向こう側の光溢れる風景と、こちら側の空虚感にみちた暗さというかたちで、対照的に表わされているのは明らかであろう」（一八八）と説いておられる。これは貴族生活を御簾に焦点をあてて読解した場合の説明であって、枕草子に描かれる御簾は権威を描くための重要な素材であったこともわかって来るのである。

二　狭衣物語・夜の寝覚の場合

現実の生活において簾は重要な障壁具ではあるが、物語に描かれるとさまざまな意味をも含めたものとしてとり込まれる。源氏物語はそのことを端的に物語っている。それでは、源氏物語の強い影響下に成った物語ではいかがであろうか。まずは狭衣物語の「御簾の内」について見ておきたい。

狭衣物語には「御簾」が多く用いられているものの、「御簾の内」として用いられているのは七例である。

なほ、いとものぐるほしければ、少しほほ笑みて、「こは、いかに。うるまの島の人ともおぼえはべれ」とて、後目にただならぬ御けしき、御簾の内までこぼれ入るらんと見ゆる御愛敬など、まことの人に見せまほしかりけり。（巻一・一〇七・一〇八）

狭衣の際だってすぐれた媚態について言う箇所である。今姫君に仕える女房達は「御簾所々押し張りて」（二〇四）狭衣を見ようとし、狭衣も挨拶をするのに「御簾の前の」（二〇六）と言ってその様子について触れ、騒ぐ女房たちも下長押に寄りかかって座っている狭衣の姿を「この御簾の前には合はずぞありける」（一〇七）と見ている。このように「御簾」を何度も繰り返し用いていることは、女房たちの狭衣を見る視線を明確に表わす重要な道具立てと認識されているものの、源氏物語にあったような三の用法ではなく、むしろ二の用例として分類できよう。

ここらの月ごろわづらひて臥したまへるありさま思ひやらるるに、やがてこの御簾の中にも這ひ入りぬべう、ゆかしうあはれにおぼえたまへば、

（巻二・二一四）

女二の宮に近づいた狭衣は彼女を懐妊させ、それを知った母大宮は自身の懐妊と偽り臥す。彼女を見舞った狭衣は同情の余り「御簾の中《うち》」に入り込みたい衝動にかられる。ここも「御簾の内」は女を男から隔絶する物として存在するようになっている。男女の思いを仕切る道具として描かれていると解せるのである。

しばらくして大宮の死後、女二の宮は出家し、途方に暮れた狭衣は源氏の宮を訪れる。そこで若い侍たちが「雪まろばし」をしている光景を女房達が見る場面。

若きさぶらひども五、六人、きたなげなき姿どもにて雪まろばしするを見るとて、宿直姿なる童べ若き人々などの出でゐたる、また寝くたれのかたちども、いづれとなくとりどりにをかしげにて、「踏ままく惜しきものかな」と言へば、御簾の中なる人々もこぼれ出でて、

（巻二・二三九）

新編全集の頭注は「御簾の内には年輩、上位の女房たちがいる。これも興に乗って身を乗り出してくる」とあるように、本来は姿をあらわにしてはいけない場ではあるが、あまりのおもしろさに女たちが身を乗り出してくるというところで、「御簾のうち」は普段は姿を見せないところにいる女たちをさしていることになる。源氏物語の分類でいえば、明らかに場所自体をさす一に属する用例である。

以下に引用する巻四の四例のうち前の三例は源氏物語・若菜上巻の蹴鞠の場面を踏まえた記述である。

「いろいろの姿ども着こぼして、足もとしたためつつ、あまたうち連れて歩み出でたり。御簾の中よりわざとなうところどころ漏り出でたる袖口どもなど、例のことなれど、（巻四・二三六・二三七）

「ややもせば、下りたちぬべき心地こそすれ。などて、今しばし若うてあらざりけん」とのたまへば、御簾の中の人々、「まめ人の大将は、おはせずや侍りける」「さらばしも、花の散るも惜しからじ」など、口々、いと立てまつらまほしげなるけはひどもなり。（巻四・二・二三八）

さまざまの御琴ども、御簾の中より出ださせたまへれば、とりどりに譲りたまひつつ、大将は手も触れたまはぬを、（巻四・二三九）

消えはてて屍は灰になりぬとも恋の煙はたちもはなれじ

と、のたまはするままに、御簾のうちに、なからは入らせたまひて、御袖の褄を引き寄せて、泣きかけさせたまふ御涙の滴の所狭さも、（巻四・四〇九）

前の三例は、若君達が蹴鞠に興じる姿を垣間見ようとしている女房たちのいる場所にたまたま御簾があることを示しているのだが、そこには源氏物語の六条院での蹴鞠の場面を重ねてはいるものの、御簾自体にはそれ以上の深い意味を持たせていない用例と思われる。ただ、最後にあげている用例は、帝になった狭衣が御簾の内に体をやや入れる格好で入道の宮の袖を引き寄せるという直接的行動を描いている場面である。禁忌に触れる男女の行為という点で、他の三例とは異なった意味合いがあろう。

このように見ると、狭衣物語の「御簾のうち」全用例のうち、源氏物語の用例類別の三に相当するのは最後にあげた巻四の用例くらいかとみられたことから、あるいは狭衣物語は源氏物語の修辞方法を、少なくとも「御簾」の描き方については学ばなかったのではないかとも言えよう。これに反して、夜の寝覚ではかなり明確な使用方法を採っている。

物語第一年目の十月一日、太政大臣邸に中納言は新婿として通い始めた。その当初から先夜に九条で会った女の面影が離れないことから、中納言は新しい妻を見るにつけても不思議なほど彼女の事が思い出され、日ならずしてそれがとんでもない事態の前触れ、すなわち新妻の妹であると知らされることになった。これは夜の寝覚が読者をひきつける大きな趣向の一つである。新春を迎えた大君側は華やいだ雰囲気に包まれている。これに反して同じ邸内の中君側は病に苦しむ主人を慮って周囲の人々も沈痛な様子である。父大臣がやって来て、「などかくのみは。なほなほ、ためらひて起きさせたまへ。いとゆゆしくも」(八〇)と言って、御几帳を押しやる。先ほど見た大君たちの様子とあまりの差異に愕然としたことであろう。中君の病の依って来るところを知らず、むしろ病に伏せる我が子の美しさをしいて見出しつつ「いとかなしと見たてまつ」(八二)るのであった。この姉妹の対立する構図は、新年の挨拶に訪れた中納言を描くことでより鮮明に描かれる。

中納言は、鶯の声よりも先に音づれわたりたまへれど、見聞きとどむる気色もなきに思ひあまり、三日も過ぎ、のどやかなる昼つかた、内に参りたまふとて、(中略)つねよりも心殊にひきつくろひたまひて、南の簀子より、いと様よくのどやかに歩みおはして、中の間のかたにうち声づくりて、つい居たまへれば、御簾のうち、心にくくうちそよめきて、おどろき顔にはあらず、しめやかにうちそよめきて、褥さし出でたれば、「ゆかり離れずあなづらはしき人をば、ただ御簾のうちにこそ入れさせたまふべけれ。いとうとうとしく顕証なる心地する」とのたまへば、「いつ馴れてか、さまでは。いますこしも面馴れさせたまひてこそ、御簾のうちは」と、いと馴れて答へかけて、なべての女房のきこえむはかたはらいたかるべければ、対の君ゐざり出でたまふに譲りて、入りぬなり。
（巻一・八四・八五）

長々と引用したのはわけがある。新年の挨拶をするために同じ邸内にある中君の部屋にやって来た中納言がうやうやしく案内を乞うたのに対し、中君側では慌てる様子もなくこれを警戒し褥を出すのみで、御簾の中に入ることを拒もうとしているのが中納言にとっては「いとうとうとしく顕証なる心地」であると反発している。「御簾のうち」は極めて親近感のある人物に限って入ることの許された場所であることで、この直後にもある女房の声で、「いつ馴れてか、さまでは。いますこしも面馴れさせたまひてこそ、御簾のうちは」と臆することなく応じているのである。中君側の女房のなかでもかなりしっかりしている者の言い方でもあるし、また中納言と中君との事情を知らずに対応しているかとも思える物言いではある。中納言に対し平然と言ってのける女房の言を確認すれば、親しくなれば「御簾のうち」に入ることは何のためらいも不要であるということを意味しているのである。つまり「御簾」は人間関係をどう捉えるかを明確にする一種の判断の標識として設置され、「御簾のうち」で篩にかけられる人間関係は、その後に続く文言によって人物関係の親疎が明確に示されることに繋がるのである。「御簾のうち」には当事者間の機密性を有する空間が確立することになる。ということは、物語の記述にこの語句を見出す事、あるいは構想のなかにそれを記述することにはある種の意味合いを含むことになる。瞬間に内外を単に移動するだけではない大きな意味を見てもいいように思われるのである。夜の寝覚の中で形式的に「御簾のうち」が物語のどのような場面に使用されているかを、先に引用した例以外をあげて検証しておきたい。

ア　あるにもあらぬやうにて過ぐるに、宰相中将、かの御方に、御簾のうちにも入れず。
（巻二・一七七）

イ　なにがしも、一つ心にてなむ通はしたてまつるといふことにて、御簾のうちにも入れられはべらず。類なき天の下の有識にはものしたまふめれど、一人に二人の妹を見せたてまつらむとは、思ひ寄るべきことにもはべらず。
（巻二・一八一・一八二）

ウ　心みるとて、御消息もなくて、宮へ参りたまふついでにも、南の御簾のうちにて、「姫君はいかに」とばかり、あさはかにて、やがて立ち入らで、
（巻三・二二九）

エ　薫物のにほひは雲の上までも通るばかり心にくきけはひ、かたはらに多く推し量らるる、御簾のうちの気色なり。
（巻三・二四一・二四二）

オ「雨に増さりつらむ木の下露のしほどけさに、蓑代衣や要るべからむ」とのたまひもはてぬに、御簾の中より、ことごとしき女の装束にはあらで、
（巻四・四二〇）

カ・キ　とりあふべくもあらぬほどなれど、御簾のうちの用意、わざと女房漏り出でなどせねど、あまた御簾の際に居たるべしなど、けはひ聞こえたるほど、いとなべてならず、織物の御衣ども、小袿、濃く薄く打ちたる色、にほひは、似るものなくて、御簾のうちより押し出だされたるを、
（巻五・四九六）

ク　御方々は、母屋の御簾のうちに、近くおはしますに、廂の簾の……
（巻五・五四三）

女子を出産した中君の祝い事に次いで姉大君にもたらされたのは、女子の父親がなんと自分の夫であるという衝撃的な事実であった。大君の苦悩に同情する長兄、左衛門督は「目も口も一つになる心地して、爪弾きを」（一七五）して中君方に同情するあらゆる者を非難し、弟である宰相中将に対しても「中将は気色見はべりぬらむ」（一七六）と疑いの矛先を向け、大君方は宰相中将を「御簾のうちにも入れ」（一七七）ない態度に出るというのがアの箇所である。大君と中君、左衛門督と宰相中将、互いに敵対する関係が出来上がってしまったのである。父入道が耳にした噂に対し

て宰相中将が答えるのがイで、アの状況を報告している箇所である。「御簾のうち」に入れるか否かは重大な基準として作用していることが確認されよう。

ウは巻三の冒頭近くで、巻三と巻二の間には女主人公と老関白との結婚という大きな事件があり、男女主人公の人生にもひと波乱があった。しかしそれも老関白の死ということで、大きな障害が取り払われ、男主人公は女主人公のもとで養育されている大君との間に出来た「姫君」の様子を尋ねたりすることも可能になった。「南の御簾のうち」とは故老関白邸の対の屋の南面で、その「御簾のうち」とあることから、まったく自由な空間が出来た事を示していると解される。御簾越しにものを問うのとはまったく違ったことであること。そこに二人の打ち解けた関係が、少なくとも男主人公の側には生じていることが確認されるのである。

エは巻三で、督の君が入内した翌朝、帝からの後朝の文を待ち受ける場面。装束、薫物も整え盛大な様子である。女主人公の母親としての誇らしい気持ちが「御簾のうち」に溢れているという。

オは高村元継氏編『校本夜の寝覚』(四六四)によれば、「みすのうち」とする国会本以外は「みすの中」と漢字表記をとっているが、「うち」と読むことにする。ここも男主人公からさまざまな禄が用意され、使者に与えられる。「御簾のうちより」ということは新編古典全集の注に「使者に対する禄の品々がまことに早く、見事に出されたことをいう」(四二〇)とあるように、品々に反映される男主人公の気持ち、権勢並びなきおごりが満ち溢れているようである。「御簾のうち」はたんなる人物を特定するだけでなく、そこに漂う気持ちをも包括していると見ることが出来よう。

カとキとは冒頭に掲げた例文と同様、二例が集中して用いられている。女主人公の出家を留めるべく広沢に行き、父の入道に今までのことを告白し長年のわだかまりが解け、女主人公も子供と共に帰京することになった。その直前に開かれた盛大な宴の様子。「御簾のうちの用意」とは女主人公方の配慮をさし、「御簾のうち」から差し出される品々を集まった人が被けられるという場面である。「うち」とはあくまでも女主人公の側にいる人々をさしていることは明らかである。

クも同様で、「御方々」とはこの場合、女主人公の娘である督の君の妹たちで、衛門督殿の上と大将殿の上をさす。以上、夜の寝覚の用例を概観しておいた。この結果、夜の寝覚の「御簾のうち」とは単なる空間をさすことは勿論であるが、それ以上に、人間関係の親疎の仕分けを明示する場合に使用されている用例が多く、その象徴的な語句として理解することが望ましいのではないかと思われたのである。その意味で、強いて言えば、源氏物語でみた三分類のうちの二に属する用法の新たな用法と位置付けされるのであろう。

三　浜松中納言物語・とりかへばや物語の場合

浜松中納言物語には「御簾」の語が二十三例見出せる。そのうちの多くが巻一に集中しており、唐土に渡った中納言が唐后や唐の大臣の五の君と対面する場面に用いられているのが多く、また、先の三分類を適応するならば、「御簾」を単なる境界物として描くよりも、多くは二もしくは三の型に分類されることが大きな特徴であろう。

例えば、巻一で中納言が蜀山を訪れる箇所は次のようにある。

内も外もしめじめとして、御簾のうちのにほひ、えも言はずかをり出でたるなど、春の夜の夢の名残、いまだわが身にしみかへり、その夜通ひし袖の移り香は、百歩のほかにもとほるばかりにて、世のつねの薫物にも似ず、（巻一・八五）

蜀山を訪れた中納言は、「御簾のうち」に漂う香りに山陰で偶然逢った女性を思い出し、涙にくれる。もちろん中納言は両者が同一人物とはまったく思いもつかないように書かれ、唐帝が日本に帰る中納言との別れの宴を開いたときに唐后は、「つくづくと御簾のうちにて見給ふに、口惜しかりける契りと、なげかしうおぼし」（九六）、唐帝は「中納言を御簾のうちに召し入」（九七）れ、中納言も「かたちも琴の音も、后に似たてまつりたるにこそ、と思ふに、なほあやしく、たづね分くべきかたなき心地」（一〇〇）であった。ここで何度も確認するように「御簾のうち」が繰り返されているのは、単なる場所の特定ではなく、それ以上の宿命的な関わりを表わすための象徴的な事物であると位置付けられていたからではないかと思われる。帰国間際に女王の君から真相を知らされるときも中納言は「名残なく御簾の内に入れ」（一〇二）られてそれを告げられたのである。唐后が日本にいる母親宛の文を中納言に託す場面では、中納言を見守る唐后を「御簾のうちの人」（一一二）と言い、その後、別れの宴になって皇子から琵琶を賜って演奏する音に琴を合わせる女性を「御簾のうち」（一一七）に居るとするのは、まさにある特定の場所を指示する役目を越えているように思われる。これらの用例を見ると、浜松中納言物語では「御簾のうち」を描写の中に設定するにあたって、源氏物語の用例を大別して三類としたうちの三に相当する表現手法を学び取ったのかも知れないと考えられるのである。

巻二で、日本に帰国後、宮中に参内した中納言は唐后の御簾のあたりを思い出しつつ、中宮の御座所に立ち寄るが、中宮側でも中納言のことが気にかかり、女房たちも気配りをしながら待ちかまえている所へ中納言がやって来る。

河陽県の御簾の前、ふと思ひ出でられて、もの遠き心地するにも、さもさすがにこと変りて帰らむとせしほど、なつかしうものなどのたまひし御けはひのめでたさは、（中略）御簾のうちにも心かかるにや、

思ひだに寄らましものかむらさきの雲のかからぬならひなりせば

と心のうちに思ふも、めざましうおほけなきことなりかし。いたく用意して、御簾のうちにも、はかなきことど

も聞こゆる中に、

（巻二・一七七）

「御簾」が繰り返し用いられるように、「御簾のうち」が単なる空間の指示ではなく、中宮を含めた女房たちの居る場、さらには人物を指しているのである。中納言と中宮との関わりは不詳という他ないが、肉親以上の感情があったものと見ることはできよう。そう考えると、さきの分類では二もしくは三の分類に入るとみて差支えはなかろう。

御簾のうちに入れたてまつりて対面し給へり。おのおの御心のうち、たぐひなき人の御ゆかり、かたみに聞こえ出づべき言の葉もおぼえ給はざりけり。

（巻三・二〇八）

朽木形の几帳の帷子、年経にけるをし添へつつ、吹き通ふ御簾のうち、何となく薫り出でて、仏の御前の名香のにほひもひとへに合ひて、さすがにあてはかなる内のけしきも、思ひやりあはれなり。

（巻三・二一五）

巻三の右の二例は吉野尼君と中納言との対面の場面で用いられている。「おのおの御心のうち、たぐひなき人の御ゆかり」とあるのは、中納言にとっての吉野尼君は恋人唐后の母ということであり、吉野尼君にとっての中納言は娘唐后の消息を持参した恩人であり、娘の手紙からそれ以上の大切な人物であると知らされているのであって、唐后を中心に互いに深い契りで結ばれていることを意味する。中納言を「御簾のうち」に招じ入れるのは、深い縁ゆえである。唐后との関係を語ろうと思い尼君の御座所を訪れるのが後者の用例で、尼君の方では設えを整え中納言を待ち受ける。「御簾のうち」は尼君の居場所をさすことはもちろん、和歌にも詠まれる「吹き通ふ」の語句を冠していることから、改まった抒情的な場面を効果的に表わすようになされていると思われる。このように見てくれば、浜松中納言物語での「御簾のうち」の用法が、源氏物語の三分類のうち二よりも三の方に重きを置いているように考えられるのである。

とりかへばや物語を見ておこう。この物語には「御簾のうち」は四例ある。

「世づかぬ有様をも、異人に言ひあはせたまはんよりはかたみにうち語らひつつこそ過ぐしたまはめ」と言ひ知らせつつ、おのおのおよすけたまひしより、御簾のうちには入れたまひしかど、ことのほかの御もの恥ぢに、母屋のうちの御簾の隔てはなほあべかりしを、（巻一・二〇〇）

新年になり二人の子供を前に、父君が今までの自分の養育のあり方を思い出すところ。男女間の「御簾の隔て」は必要ではあったが、互いに「御簾のうち」に入れてなんでも相談できるように仕向けてきた父の配慮と、当人たちも互いに深く相手を思いやっているというのである。「御簾のうち」は肉親の情愛が交流する特別な場としてあることを意味していると読みとれよう。とりかへばや物語において「御簾」の用例は十二例みられるが、「御簾のうち」は右の用例以降、巻四まで見られないばかりか、調度としての「御簾」の他、「かかる御簾の外」（巻一・二四五）、「もの遠き御簾の外にて」（巻三・四〇三）というまったく逆の意味をもつ用例すら見られるのである。

「げにかろがろしき御座なり。これにを」とて御簾のうちに導き入れて、わが北の方具してあなたに渡りたまひぬ。（巻四・四九三）

二条邸に権中納言を招き、遊宴。その夜、権中納言と吉野の中君とが結ばれる箇所。「御簾のうち」には、ここから新しい男女関係が生じることを意味している。引用の直前に権中納言の言葉として「この御簾の前にて明かしはべらん」（四九三）という呼び掛けがあったことへの対応として「御簾のうち」が用いられているのである。

中宮の御ゆかり、大将の御心もおろかならずこの御方ざまに親しくものせさせたまふにことづけて、御簾のうちにも入れきこえて、いみじう興じうつくしみたてまつるを（巻四・五一〇）

女院腹の若君が童殿上する条。新編全集の頭注は、「宮の宣旨は、若君が中宮の甥であり、大将の嫡男であることから、親しい者として、若君を廂の間まで招き入れる」と注する。

かれはいま少しにほひやかに、愛敬づきたるさまさへこよなく見ゆるも、めざましく、あはれに忍びがたく、御前に人あまたもあらぬほどなれば、心やすくて、御簾のうちに呼び入れたまへば、宮入らせたまひぬれど、入らぬを、「なほ入りたまへ。苦しからぬことぞ」とのたまへば、縁にやをらうちかしこまりて、（巻四・五一二）

中宮が宇治の若君と二の宮とを御簾の中に呼び入れようとするが、若宮は一向に中に入らない。大納言の息子として童殿上している若宮を見て生長した姿に感動している場面である。右と同様、肉親の愛情を伝えるのが「御簾のうち」である。これら四例に共通するのは、「御簾のうち」に「入れる」という表現には、いずれも肉親の愛情を伝えることが根底に据えられていることにあるのではないかと思われる。肉親の愛情のこもるのが「御簾のうち」なのである。要するにとりかへばや物語での「御簾のうち」は、性の交替に関わって生じる深く重大な秘密の事実ではあるが、本来の性に戻って肉親の情愛を表現することにつながる場面に関わって用いられている語とみられる。

おわりに

物語の文脈の中で「御簾のうち」がある特別な意味をもつとすればどういうことだろうかという前提のもとで源氏物語とその影響の濃厚な作品を概観してみた。その結果、狭衣物語には源氏物語の用法は継承されていず、夜の寝覚では特別な人間関係を峻別する意味に用いられ、浜松中納言物語では源氏物語の特別な用法を継承し、とりかへばや物語では性の交替に関わる肉親の情愛を表わすところに関わっていることが分かった。

簾自体が作品に取り込まれることによって障壁具以外の要素を付加されることは十分予想されることではあった。伊勢物語第六十一段に、「むかし、男、筑紫までいきたりけるに、『これは、色好むといふすき者』と、すだれのうちなる人のいひけるを、聞きて」（一六三）とあれば、簾を境として男女の交流を想起しながら読むことが妥当であるし、兄が異腹の妹に漢籍を教えるときに「すだれ越しに、几帳たてて」対面する先に「インセスト・タブーを犯す」事態を予測することもある（前田速夫氏・前掲論文）。宇津保物語にも「御簾の内を見入るれば」（嵯峨の院・一・三五八）と仲頼があて宮を見る場面や、正頼が恋愛譚を語るところに、「透きたる御簾の内におはしますに、うち見ゆるほどにさらに魂なくなりて」（内侍のかみ・二・一八〇）などとあり、類例を見出すのはさほど困難ではない。もっとも、さきにも触れたように、単なる障壁具である場合もあり、場所を示す用例も多い。ただ、それ以外に物語の手法として語句の背景に読者へ暗黙の了解、あるいは暗示を付与している用例もあるのではないかと思われる場合があり、それには慎重な読みとりが必要になろう。

＊引用本文は注記以外はすべて新編日本古典文学全集を用いた。

「宇治十帖のうち第一の詞」

――源氏物語における注釈世界――

横井　孝

『源氏物語』における注釈とは何なのか。

その問いに答えるのは、案外に簡単ではない。一様ではないからだ。本稿は、注釈史のなかにあらわれた片々たる評言をひとつの手がかりとして、「注釈」なるもののあり方を検討する試みの一端である。

一　注釈と和歌

注釈史をさかのぼってゆくと、その始原のあたりに位置するのは、おそらく異本『更級日記』にいう「譜」であろう。その記載は、「ひかる源氏の物がたり五十四帖に譜ぐして[1]」というものだった。

菅原孝標女が「をば」から念願の『源氏物語』写本を手に入れるくだりは、高校の教科書にも引かれたりして広く知られる箇所である。定家自筆本（御物本）では「源氏の五十余巻ひつにいりながら云々」とあるのが、現存しない、非定家本である異本の本文では右のごとくであった。その本文は、了悟の『幻中類林（光源氏物語本事）』に記録されてかろうじて残ったわけだが、「譜」を目録や裏書などとする旧説に対して、系図ではないかとした稲賀敬二の見解が表明された。その後、それ以上の明瞭な別解を聞かない。(2) とすれば、『源氏物語』における「注釈」の発生は、本文テキストに添えられた人物関係表が出発点となるはずだが、数えようによっては三〇〇人とも四〇〇人ともいわれる登場人物が錯綜する長篇物語であるから、系図の制作はなるほど便宜ではあったろう。

しかし、「注釈」なるものが意識化されはじめた契機を平安末から鎌倉初期の『源氏釈』『奥入』にうかがうと、むしろ歌作との関連の深さ――そのための「効用」を印象づけられる。世尊寺伊行『釈』については、早くに池田亀鑑が前田本によって、「和歌　三六〇／漢詩文　四九／歌謡　三二／故事　一九／仏典　一三／語釈　一一／古物語三」と項目別にかぞえて圧倒的に和歌に偏している点を示している。(3) ついで、阿部秋生は池田の調査をもととして、『六百番歌合』の俊成の判詞、『順徳院御記』『花鳥余情』あるいは本居宣長などを引きあいにしつつ、

物語を物語として評価することは、近代にいたるまで始まらなかった……「源氏釈」が、源氏物語をとり上げた頃には、文学として評価しようとすれば、和歌的美意識以外に拠り所はなかったのだ。(4)

と指摘したのは四〇年以上も前のことながら、今にして思えば、近現代の観点でしか読めていない研究者の目を覚ますはずの至言であったろう。

当の『六百番歌合』（冬部）はいつでも言及される有名なものであるが、引いておけばこういうものだった。

十三番　枯野　左勝　　女房

見しあきをなににのこさむくさのはらひとへにかはる野辺の気色に

右　　隆信

しもがれの野べのあはれを見ぬ人や秋の色にはこころとめけむ

右方申云、「くさのはら」ききよからず。左方申云、右歌ふるめかし。

判云、左、「なにのこさんくさのはら」といへる、えんにこそ侍るめれ。右方人「草の原」難申之条、尤うたたある事にや。紫式部歌よみの程よりも物かく筆は殊勝なり。そのうへ花宴の巻はことにえんなる物なり。源氏見ざる歌よみは遺恨の事なり。右、心詞あしくは見えざるにや。但、常の体なるべし。左歌宜し、勝と申すべし。

右は鎌倉末期の最古写本とする日本大学総合図書館蔵本を底本とする『新編国歌大観』に拠ったが、右方の難陳「ききよからず」のところ、旧古典大系『歌合集』の底本、陽明文庫蔵藤原親長奥書本「き、つかず」、書陵部本「き、よらず」とするという。

これは俊成の意見表明ではあるが、従来は俊成固有の意識であったか否かが問われぬまま、そして中世の歌論の研究情況を無視したまま『源氏物語』受容史のなかで特筆されてきたし、彼の歌論の重要な部分と見なされてきたのではないか。しかし、阿部秋生の指摘を前提にすれば、当時の先取的な歌人たちには共有されうる『源氏物語』観ではなかったか、と見えてくるのである。

定家『奥入』についても同様にかぞえてみると、引歌の指摘とおぼしき項目は、定家自筆本では「三五一」。他の「漢詩文　七二／歌謡　一二……」などとくらべても圧倒的な数字であることがわかる。(5) 藤原定家という強烈な個性を考慮したとしても、伊行・俊成の指摘するところを並置してみれば、『奥入』もまたそれらの延長線上にあるものであることが明らかだ。

従来の代表的評価としては、『釈』については、物語本文の引用の形態から「梗概書の先蹤」、「さくら人」の巻の散佚に言及する点に「構想論的な研究」と評価され、『奥入』についても「引歌・出典の考証」とともに「年立による構想論の言及」が強調されている。(6) 事典の概括的記述としては、たしかに誤りではないものの、これはあくまでも注釈史を俯瞰できる現代からの視点というべきだろう。

平安期以来伝わる言辞としては、たとえば辞書類に引くところ(7)を見ても、

『顔氏家訓』（北斉・顔之推）一七書証篇

劉芳具さに注釈あり。而るに河北俗人の多くはこれを識らず（劉芳具有二注釈一、而河北俗人多不レ識レ之）。

『孝経正義』（北宋・邢昺）序

奥旨微言、已に解を注疏に備ふ。尚辞高く旨遠きを以て、後学は討論を尽し難し（奥旨微言、已備二解乎注疏一。尚以二辞高旨遠一、後学難レ尽二討論一）。

『続日本後紀』承和元年（八三四）一二月辛巳条

おもへらく、法令の文義、隠約にして詳らかにし難し。前儒註釈して、方円を逓執すと（以為。法令文義。隠約難レ詳。前儒註釈。方円逓執）。

——などのごとく、儒学における注釈学の義であり、和歌の世界におけるそれとは径庭があったと見るべきである。『釈』『奥入』あるいは俊成の判詞などによって、当面「注釈」という概念を用いないとすれば、阿部秋生が指摘するように、「和歌的美意識」を拠り所にして読むよりほかに選択肢があったわけではないのだ。俊成の判詞は、歌人としての紫式部を評価したものでないことは「歌よみの程よりも」という文言を見れば一目瞭然である。「源氏見ざる歌よみは遺恨の事」というのは、「歌よみ」たちが「えんなる物」を享受するようすが＝「効用」として「見」るべきことを示したのであって、現代のわれわれの身近にあるごとき「注釈」を意識したり、『源氏物語』を物語以上の何かとして評価した揚言ではなかった。

二　注釈史への視点

ふたたび本稿冒頭の問い、『源氏物語』における「注釈」について、歴史的な流れを追って問いなおさねばならない。

前田本『源氏釈』(8)、

源氏わらはにて狛国人にみえさせ給に、うだの院の御いさめありけりと云は、
これは寛平遺誡みせば、異国人にはみえ給はじと云事なり。（桐壺）

定家自筆本『奥入』、

わかむどほり　王孫をいふ
夢かとぞ見るとうちずじて　伊行釈不相叶可勘之（末摘花）

など、すでに初期から「語釈」ともいうべき注記は存したように、時代とともに『源氏物語』の世界にも「注釈」は、必要に応じて定着してゆく。文字どおりの『源氏物語』における「注釈」の概念の生成である。

『花鳥余情』（松永本）の序には「注釈」の用語が明記される。

……我国の至宝は源氏の物語にすぎたるはなかるべし。これによりて、世々のもてあそび物になりて花鳥のなさけをあらはし、家々の注釈まち〳〵にして、蛍雪の功をつむといへども、なにがしのおとゞの河海抄はいにしへいまをかんがへて、ふかきあさきをわかてり。もとも折中（イ抄衷）のむねにかなひて指南のみちをえたり。しかはあれど、筆の海にすなどりてあみをもたれる肴をしり、詞の林にまぶしてくいぜをまもる兎にあへり。残れるをひ

ろひ、あやまりをあらたむるは、先達のしわざにそむかざれば、後生のともがらなんぞしたがはざらんや。つゐに愚眼のをよぶ所を筆舌にのべて、花鳥余情となづくるところ、しかなり。

ここでは直接言及されるのは『河海抄』だけだが、すでに「家々の注釈」があったというところには『河海抄』序と対応する一節がある。

光源氏物語は寛弘のはじめにいできて、康和のすゑにひろまりにけるより、世々のもてあそびものとして所々の枕ごとゝなれり。その中に、中納言定家は巻々に難義を注して奥入と名付、大監物光行は家々の口伝を抄して水原と号せり。……

四辻善成はこの序のうちには「注釈」の語を用いてはいないが、「むらさきの筆の跡にそむる心ざしをあらはさんとす」という志を述べ、『花鳥余情』と同様に「なをくゆがめるをわか」つことを事とするという。

これが、さらに後代、『岷江入楚』におよべば、

それ光源氏物語はあまねく人のもてあそびものとして、世につたはれる事すでに百とせを六かへりばかりにも成ぬ。しかあれど、そのかみは人のこゝろかしこく、身づからわきまへしれるによりて、しゐて註釈するにをよばず、彼伊行が一部の所々を釈したるを、京極黄門巻々に難義を勘加られて奥入と名づけし、これらをや濫觴と申べからん。……

という史的観念が濃厚になる。

なお、ここで室町期の注釈史をめぐる典型のひとつの姿を見てみたい。かつて実践女子大学本『紫式部集』の奥書年紀の、いわゆる延長年号の実例のひとつとして引い[9]たことのある資料だが、天理図書館蔵・三〇冊本『源氏物語』（九一三・三六―イ一四七）の奥書には次のようにあった。

右以正徹自筆青表紙本校合之証本一挍訖句切自元在之
永禄十年六月朔日　加賀守平賢兼
此一巻以冷泉民部卿入道宗清御奥書御自筆御判証本
重而令挍合加朱書者也自元亀二二朔始之
右以原中最秘鈔類字源語抄千鳥河海殊去永正拾
三年度於防州山口県陶安房守弘詮所宗碩法師講
尺聞書等自今日読合之引哥漢語以下書加之而已
元亀四暦五月朔日始之　大庭加賀前司入道宗分（花押）
這一帖事河海抄花鳥余情一葉抄之諸説
集以写加之仍至今度遂三挍之功者也
于時天正八年龍集庚辰衣更着十八日　任弄叟宗分五十八歳書之（花押）

これは、毛利家家臣であった大庭賢兼（宗分）・藤原護道によって『源氏物語』の書写がなされるにあたって、永禄一〇年（一五六七）に正徹本、その後も冷泉入道宗清奥書本との校合を果たしたという。さらに諸本の校合だけでなく、『原中最秘鈔』『類字源語抄』『千鳥抄』『河海抄』『花鳥余情』などの諸注釈を引用注記したうえに、去る永正一三年（一五一六）に連歌師宗碩（一四七四―一五三三）が陶弘詮の所望によっておこなった講釈の聞書をも書き加え、三校を経たのち天正八年（一五八〇）四月一八日、第一冊・桐壺の巻の書写が完了したというもので、テキストの制作として本文校訂・施注など当時としても徹底したものだった。ここに引かれる諸注釈への目配りといったものが、時代のなせるわざでもあったろう。連歌師の活躍する時代は、講釈と注釈とは一体のものとして相交錯した。奥書に名を残す宗碩の講釈とは、当然師・宗祇の流れを汲むものであり、延いては彼らが出入りする三条西家学のそれでもあった。

さて、このようにして注釈書を拾いあげながらたどってみると、これらの「注釈」に一貫している意識が、それぞれ明確に表明されていたことは、右を通覧するだけでも気づかれることであろう。『河海抄』序は『弘安源氏論義』跋の「ひろくひろき（寛弘）年のほどよりいでき……やすくやはらげる（康和）時よりひろまり……」を援用しつつ「光源氏物語は……世々のもてあそびもの」といい、『花鳥余情』は「我国の至宝」と評しながらも「世々のもてあそび物」であったことを記しているし、『岷江入楚』に至っても「あまねく人のもてあそびものとして世につたはれる」と、『源氏物語』を高く評価する文学的環境を示しながらも、社会的な位置づけでは「もてあそびもの」でしかないことを追認していたのである。しかも、兼良が自らの書名にいうごとく、それが「花鳥のなさけをあらはし」ている、という。「注釈」の初期からの課題、前節にふれた問題である物語と和歌世界との関連は、ここに至ってもまだ意識され続けていなければならない。

三　引歌と准拠

ところで、話頭を転じて「注釈」から離れるようで恐縮ながら、さきごろ全く別のところ――『紫式部集』について調べている過程で浮上した問題に関連する部分があったので、このような場ではあるが言及しておきたい。(10)

『紫式部集』の定家本（実践女子大学所蔵本）は、奥書の年紀の信憑性は措くとしても、定家筆に書写の淵源をもつとする点については、表記の面において定家仮名遣いをよく保存していることは事実として確認しうるのである。だが、古本系〔陽明文庫本〕の本文を検討する適当な手がかりをいままでは見いだしがたかった。「表記情報学」という新たな視点が、その手がかりをもたらしてくれるかも知れないということで、返歌を意味する「返し」「かへし」「返」の表記を通して、定家本・古本の本文の位相差を導き出せないかどうか検証してみたかったのである。その結果は、現状ではおもわしいものではなかったが、定家自筆本に基準となっているとおぼしき「返し」の表記が『紫式部集』においても優勢と見なしうるものの、「かへりごと」の表記が「返事・返こと・かへり事・かへりこと」など、かつ漢字使用の場合も「返・返し・返事・返こと」というばらつきを散見しうることなど、垣間見ることがかろうじて可能かと思われる。

そうした調査の際、座右にあって参考にしたのが、『源氏物語』をめぐって「返」の訓みにおける諸本の状況を通観した野村精一の見解であった。[11] 野村は『源氏物語』のなかの「返」の語が「かへし」とも「かへり」とも訓め、実際に諸本に異同が生じているところに着目して、

「返し」は「歌の返し」であって、歌に対応する歌という、組合わされた歌をつなぐ概念をあらわすことばであるのに対して、「返り」は……あらゆる事態ないし具体的な情況に対して幅広く展開する状態そのものを表示することばである。

と明確に定義づけした。通行の大島本で『源氏物語』を読む場合は「かへり」と訓ずる例は多くないが、たとえば右の『紫式部集』古本では「返事・返こと」のように「かへり」としか訓みようのない例があり、かつ、『源氏』の諸本に視野を拡げると、「かへり」の例が顕著になることがある。これについて野村は、

……三条西家本のみに限っていえば、これが今一つの興味ある事実を指摘しうる。とは、三条西家本は総体としていえば、「かへし」よりも「かへり」とよみたがる趨勢を持っている、という事だ。すなわち、前々節の表と

同じ範列に、数字を記せば、三条西家本源氏物語は、（かへし）9、（かへり）68、（返）77、（かへりこと）40となるはずである。これは大成本文によった前々節の数字に対して、かへし－3　かへり＋11　返－5　かへりこと＋1　という増減となる。抽象化していえば、三条西家本は大成本文に比べて、より訓んでいるのであり、その訓みは、「かへり」に傾いている、としうる。（丸括弧内は横井の私意）

と指摘する。これは本文テキストについての発言であり、また片々たる一語のよみについての発言ではあるが、重要な問題に直結している感がある。特に、物語内部における返歌が、単なる唱和や贈答のセットをあらわす「返し」ではないとする認識のもとに「かへり」があるのであって、野村は「時に恣意的な読みが、それらの、いいうべんば、異文ならぬ異訓を発生させたのだ」というように、三条西家流ひいては三条西実隆の『源氏物語』享受の姿勢を示すものといえるのではないか。「注釈」がそのすぐかたわらに隣接していることは、ここにあらためて確認しておかねばなるまい。

ここで、前節に遡って、『源氏物語』が歌人たちにとって「効用」があることを明言したのが『六百番歌合』における俊成であった。『釈』『奥入』は贅言しないものの、その「注釈」の体裁自体が「引歌」という形の読み方の、いわばマニュアルであったと考えられる。

「引歌」とは、「注釈」から発生した用語のひとつであることは間違いない。つまり、紫式部が実際に当該歌を本説として引いたという事実確認なのではなくて、「物語作者がその歌を本説として引いた、と『釈』『奥入』が認定した」「伊行・定家が『源氏物語』をそのように読んだ」というのを証しているに過ぎないということなのである。

「引歌」とは、野村精一による右とは別の論によれば、一条兼良のころから使われはじめ、その後連歌師たちが多用するようになって定着した用語だ、という。[12]「注釈」のなかではしきりと「本歌」「証歌」「引歌」などという類語が用いられるが、野村は「本歌」の概念が歌作の立場——創作技法上の用語であるのに対して、「証歌」「引歌」なる語は批評における用語であるとしたうえで、

河海（抄）の指示する、いわゆる引歌が、実はことばにおける准拠を挙げているにほかならぬことに、誰しも気付くはずである。

という。引歌がことばにおける「准拠」だとしたのは、実に重要な指摘であり見立てであったと思われる。「准拠」もまた、モデル論などと安易に置換できるものではなく、創作技法上の用語ではなく、「注釈」の立場がそのように読んだ、認定したという結果だからである。

清水好子の初期の仕事は『源氏物語論』（塙書房、一九六六年一月刊）に代表される准拠論であったが、そこでは「物語の人物や事件を史上実際のそれにあてはめて考えうる場合、古注は史実のそれらを準拠と呼んだ」（八四頁）「源氏物語では……当時の歴史的情勢を正確に認識している事を示し」（二七四頁）などと論じていて、よく読めばそうではないにも関わらず、単なるモデル論と誤解されていたふしがある。しかし、「彼（横井注―河海抄の四辻善成）の立場、〝なにがし〟という背後には実在を連想しなければならぬとする立場ならそれは一つの具体物に決めるべきなのである」（九七頁）というような言致には、清水のいう「準拠」が古注における批評の用語だとわかるはずである。現に、清水は後年、

準拠とは、従い拠るという意味であるが、源氏物語の場合、たとえば桐壺帝は醍醐天皇、光源氏須磨流謫は西宮左大臣源高明の左遷に相当するといったふうに、物語の人物や事件が歴史上実在のそれをもとに、あてはめなずらえて書いていると解するとき、それらの史実を物語の準拠というのである。そのような読み方をやかましく言ったのは、文献の上では弘安源氏論義などが早く、注釈書では河海抄にとくに強く見られる傾向である。(13)

といっている。私に傍線を施した箇所、物語作者がそのように「書いている」という創作状の指摘なのではなく、そのように「書いていると解する」という忖度、批評した用語だというのである。

「准拠」なる用語もまた「注釈」から生まれた概念であり、「引歌」と同様に考えうるのであれば、その後者を「ことばにおける准拠」と言い換えることは、何ら問題はないということになろう。「注釈」が、注釈家たちの読解の努力の結果に過ぎない、とはいまさらいうのもおこがましいことなのではあろうが。

四　「我おもかげにはづる比」

ここでようやく本稿の表題にかかげた、問題の箇所に逢着する。

総角の巻、すでに匂宮と中の君の仲をとりもって既成事実をつくった薫が、宮をともなって宇治を訪れ、女あるじの大君とあらためて挨拶をする場面。物越しの対座を恨む薫に対して、大君の応える科白がそれである。実践女子大学蔵の明融本の本文で見よう。

（薫）「たゞいとおぼつかなく、物へだてたるなん、むねあかぬ心ちするを、ありしやうにてきこえん」とせめ給へど、「つね《大君》よりも我おもかげにはづる比なれば、うとましと見給ひてんも、さすがにくるしきは、いかなるにか」とほのかにうちわらひ給へるけはひなど、あやしうなつかしくおぼゆ。（四六ウ＝一六三三頁）(14)

明融本は「つねより……」に話主を示すためだろう、「大君」と傍書し、「我……」に引歌を示す合点を施している。この「我おもかげ云々」に『古今集』（巻一四・恋歌四）の伊勢の題知らず歌（歌仙家集本『伊勢集』にも所収）、

夢にだに見ゆとは見えじあさなあさなわがおもかげにはづる身なれば（六八一）

が引かれていることは『釈』以来の指摘がある。『紫明抄』『河海抄』は伊勢歌を引くのみだし、『一葉抄』は「河」を引いた後「上の詞にやせ〳〵にてといひし心によくかなへり」との評言を付しているだけなのである。

その注記が変化するのは『細流抄』あたりからであり、三条西家の注釈の影を強く感じさせるものであった。『細流抄』『明星抄』はほとんど同じく、

308つねよりもわがおもかげ

此ころは事のほかに衰たると也。此詞宇治十帖のうち第一の詞と云々。夢にだにみゆとは見えじ朝な〳〵我面影にはづるみなれば　（引用は『細流抄』による）

とあり、本説を持つ大君の科白を宇治十帖中の第一の秀句と評しているのである。

以下、三条西家の注釈のながれを汲む諸注は、ほぼ同じ評言を「注釈」に書き記すことになる。

『孟津抄』内閣文庫本

390つねよりも我おもかげにはづる比なれば

宇治十帖の内第一ノ詞ト云也。

夢にだにみゆとは見えじ朝な〳〵我面かげにはづる身なれば

この哥ことに感あり。

稲賀敬二旧蔵永禄奥書『源氏物語抄』（紹巴抄）

324わが俤に

〽夢にだにみゆとは見えじ朝な〳〵我俤にはづる身なれば」此詞宇治第一面白詞と也。「いかなるにか」は、さすがにくるしきはいかなるわが心ぞと。行末あはじ共思はぬ心こもれり。「常よりわが俤に」、軽服の時分の

故かいかなる事ぞ、おとろへたると也。

『休聞抄』は伊勢歌の上句を引くのみだが、流布本『覚性院抄』（伊達観瀾閣旧蔵・内閣文庫本）は「聞書」と肩付して「我面影にはつる比ミなれハと云詞宇治十帖第一ノ詞也」と傍書しており、同様な文言は実践女子大学山岸文庫蔵の「公条本」と称する『源氏物語』写本四〇丁ウラにも細字の傍書に見える。

ちなみに『孟津抄』の「この哥ことに感あり」とは九条稙通の感想ではなく、『弄花抄』にすでに、

129 我おもかげにはづる

「夢にだに」の哥心也。此哥殊有感。

とあるものだった。『弄花抄』には直接の言辞は見えないが、おそらくこの段階で牡丹花肖柏・三条西実隆は「宇治十帖第一の詞云々」の心証をもっていたのではなかったか。内閣文庫本『細流抄』には「……第一の詞云々」とするが、『明星抄』以下はほぼ「……の詞と也」で統一されているところをみると、直接実隆でなくともその周辺で形成された評価と見なしてよかろう。

いうまでもなく、「宇治十帖のうち第一の詞」という筆致には、明石の巻の一節に藤原定家が呈したという「源氏第一の詞」の褒辞が意識されているはずである。一条兼良が『花鳥余情』（文明四年〈一四七二〉初度本成立）に、

65 月いれたるまきの戸ぐち、けしきことにをしあけたり

定家卿の青表紙には「けしきばかりをしあけたり」とあり。明石入道、源氏を引導申につきて、「けしきばかり」といふは、源氏に、このとぐちより入らせ給へと思へる心、むげにことさらばかりあけたる心也。「けしきことに」といふはもとよりみちびきたてまつるうへは、これより入らせ給へと、わざとがましくをしあけたるべし。両説ともに其謂なきにあらず。人の所好にしたがふべし。この「月入れたるまきの戸口」は、源氏第

一の詞と定家卿は申侍るとかや。

と紹介したことはよく知られているが、「両説ともに其謂なきにあらず。人の所好にしたがふべし」と、放り投げたような判断停止にも見える発言をめぐって、本文研究・注釈史において議論のあることは周知のとおり。肖柏・実隆もまた『弄花抄』の段階ですでに明石の巻の当該本文に対する注記のなかで「此詞殊勝也と定家卿も感じ給けると也」と紹介していたのである。

当該の場面は、光源氏がはじめて明石の君の許に訪れるくだりにある、名高い箇所であった。

……………………………三まいだうちかくて、かねの声、枩の風にひゞきあひてものがなしう、岩においたる松のねざしも心ばへあるさまなり。せんざいどもに』虫の声をつくしたり。こゝかしこのありさまなど御らんず。むすめすませたるかどは、心ことにみがきて、月いれたるまきのとぐちけしき（ことには 事也）ばかりをしあけたり……

（二六ウ⑧～二七オ③＝四六四頁）

明融本では右のとおりで、「はかり」の右に「ことに　事也」と小字で傍書されたものの、それをミセケチしていることと、すでに指摘がある。さらに、通常読まれることの多い大島本もまた、同一箇所やや複雑な体裁をしている。

＼月いれたるま木の戸くちけしき（槙の戸をやすらひにこそさゝさらめいかに明ぬる秋の夜ならん）
（はかり）をしをしあけたり・うちやすらひなにことの（月いれたる槙戸口は源氏第一詞と定家卿は申侍ると也）

（三三オ⑨～⑩行）

両本にミセケチされた「けしき（気色）ことに」は定家本では横山本・陽明文庫本・三条西家本、河内本は岩国吉川家本を除く諸本があり、訂された結果と同一の「けしきはかり」は池田本・飯島本・肖柏本・幽斎本・公条本、別本の阿里莫本（麦生本「けしきはかり」としながら「ことにイ」と傍書する）など。

必ずしも校合の痕跡とも見えぬこうした本文の動揺は、一条兼良の「両説ともに其謂なきにあらず」と連結しているかのごとくではあるが、伊井春樹が紹介したところによれば(15)、当該箇所の異同を論じた先蹤は『花鳥余情』よりも六〇年以上も遡ったところにあった。今川了俊が『師説自見集』（応永一五年〈一四〇八〉成立）所収「源氏之雑説抄物」に、

26月いれたる真木の戸口、気色ことにおしあけたり

是は紫明抄説也。「月いれたる真木の戸口、気色ばかりおしあけたり」。是は青表紙説也。定家卿云、此言源氏一の面白言云々。又紫明抄云、月入たる槇の戸口とは、

真木の戸をやすらひにこそさゝ、ざらめいかに明ぬる秋の夜ならん

此歌の詞を為証哥云々。私云、此言必しも本哥の心を取たるにはあらざる歟。只其時の気色を云たればこそ面白き言とは定家卿も被申つらめと存也。本哥本説を取て書たる言は別の事歟。月みるとてもとより明たる戸口を、源氏を引導の気色におしひらきたるよしを明石入道のしたればこそ、げにも面白く侍れ。源氏をみるに、心も付《ツキ》、言もうるをふとおしへられたるに、則如此事にや。

と記していたのである。了俊は定家の「源氏一の面白き言」を引いて、「げにも面白く侍れ」と定家本の本文を支持したのである。伊井春樹は、兼良が定家の「源氏一の面白き言」を「源氏第一の詞」と言い換え、本文のゆれに対して「人の所好にしたがふべし」という立場をとり、のち、『弄花抄』で「此詞殊勝也と定家卿も感じ給けると也」とさらに表現をかえ、本文も定家本を是としたことをあげて、

肖柏の時代になると詠みの深まりにともない、二者択一による解釈を呈示して、判断を避ける姿勢は許されなく

なった。そこで求められた基準というのが、鑑賞批評の詠みによる判断であった。「けしきことに」よりも「けしきばかり」の方が、この場面を鑑賞する上においては「殊勝」であり「艶」であるとの立場から、青表紙本を是としていくのである。(16)

と指摘する。伊井がここで指摘するのは、「月いれたる……」の文脈で、「けしきばかり」か「けしきことに」かのどちらかが本文批判として正しい、ということではなく、兼良の場合は兼良の批評的意識のもとに「両説ともに其謂なきにあらず」と判じたがゆえに「人の所好にしたがふべし」という結果に落着したのであり、肖柏や実隆は彼らの読解の結果として「けしきばかりをし明たると書て、尤艶」と評したのだ、としたのに過ぎない。近代国文学的方法として導入された本文批判が注釈世界で展開されているわけでないことは一目瞭然のはずだからである。

そうした点を確認したうえで、『細流抄』以降に三条西家流の源氏学をおさめた「注釈」が、総角の巻の大君の言にあった「我おもかげにはづる比」を「此詞宇治十帖のうち第一の詞」と評したのも、右の件とまったくアナロジーであったことを再確認しなければなるまい。前節で見たような、野村精一のいう、注釈家たちの物語「訓み」の問題とは別に、注釈家たちにとっての「読み」あるいは読みなしの問題もここには体現化されていたことになる。『細流抄』以降であっても、「注釈」は彼らの「読み」の実演がそこにあるのであって、近現代のそれとは一線を画しておかねばならない。

副題に示したところの「源氏物語における注釈世界」は、本稿にとりあげた片々たる評言ひとつをとっても、いまだ道なかばである。今後も考察をすすめなければならぬゆえんである。

注

（1）島原松平文庫所蔵・了悟『光源氏物語本事』（今井源衛『源氏物語の研究』〈未来社、一九六二年七月刊〉二九四〜二九五頁）。
（2）稲賀敬二『源氏物語の研究—成立と伝流』（笠間書院、一九六七年九月刊）。
（3）池田亀鑑「伊行の源氏釈より見たる初期の『註釈』の性質とその形態」（初出一九四七年三月、『物語文学Ⅱ』至文堂、一九七八年一〇月刊、所収）六二頁。同『源氏物語大成　巻七　研究資料篇』（中央公論社、一九五六年一月刊）第一部第三章「源氏釈の形態と性質」三〇頁。
（4）阿部秋生「源氏釈」（『武蔵野文学』第二一集、一九七二年一二月）八頁。
（5）著名な歌や再出の場合、上句だけの項目が少なくない。それらも一項目と認定した数字だが、かぞえかたによって変動がある。目安の数字と考えて頂きたい。
（6）伊井春樹編『源氏物語　注釈書・享受史　事典』（東京堂出版、二〇〇一年九月刊）による。
（7）以下の例文は、『顔氏家訓逐字索引』（香港・中文大学出版社、二〇〇〇年刊）、『孝経注疏（十三経注疏・整理本）』（北京大学出版社、二〇〇〇年一二月刊）、『新訂増補国史大系』など、公刊された通常の刊本によった。
（8）古注釈本文の引用について、『釈』『奥入』は『源氏物語大成』、『河海抄』は角川版『紫明抄　河海抄』、他は桜楓社版『源氏物語古注集成』など、公刊された通常の刊本により、通読の便のため句読・濁点等を付した。
（9）横井「実践女子大学本『紫式部集』奥書考—年紀への疑惑をめぐって」（『国語と国文学』八四巻一号、二〇〇七年一月）。
（10）横井「紫式部集古本系表記考—「かへし」「返し」「返」」（今西祐一郎＝研究代表者『日本古典籍における【表記情報学】の基盤構築に関する研究Ⅱ』科学研究費補助金基盤研究（A）二〇一二年度研究成果報告書）。
（11）野村精一「異文と異訓—源氏物語の表現空間（三）」（紫式部学会編『源氏物語とその影響　研究と資料—古代文学論叢第六輯』武蔵野書院、一九七八年三月刊、所収）。

(12) 野村精一「源氏物語の和歌—続・訓みの表現空間」(『文学』第五一巻第四号、一九八三年四月)。
(13) 清水好子「源氏物語における準拠」(『源氏物語の文体と方法』東京大学出版会、一九八〇年六月刊、所収)、二七六頁。
(14) 『源氏物語』は実践女子大学蔵のいわゆる明融本(伝明融等筆本)により、その所在を『源氏物語大成』の頁数で示した。
(15) 伊井春樹「『源氏之雑説抄物』(『師説自見集』所収)」(紫式部学会編『源氏物語及び以後の物語 研究と資料—古代文学論叢第七輯』武蔵野書院、一九七九年一二月刊、所収)、三五五頁。
(16) 伊井春樹「了俊筆『源氏物語』の本文と書入注の性格—付、伊予切拾遺」(初出一九八四年九月、『源氏物語論とその研究世界』風間書房、二〇〇二年一一月刊、所収)八五五頁。

編者紹介

日向一雅（ひなた　かずまさ）
一九四二年生。元明治大学教授、社団法人紫式部顕彰会理事
著書『源氏物語の準拠と話型』（至文堂　一九九九年　紫式部学術賞）、『源氏物語　その生活と文化』（中央公論美術出版　二〇〇四年）、『源氏物語の世界』（岩波新書　二〇〇四年）、『源氏物語　東アジア文化の受容から創造へ』（笠間書院　二〇一二年）。
編著『神話・宗教・巫俗―日韓比較文化の試み』（風響社　一九九九年）、『源氏物語　重層する歴史の諸相』（竹林舎　二〇〇六年）、『王朝文学と官職・位階』（竹林舎　二〇〇八年）、『源氏物語と平安京　考古・建築・儀礼』（青簡舎　二〇〇八年）、『源氏物語と漢詩の世界　『白氏文集』を中心に』（青簡舎　二〇〇九年）、『源氏物語と仏教　仏典・故事・儀礼』（青簡舎　二〇〇九年）、『源氏物語と音楽　文学・歴史・音楽の接点』（青簡舎　二〇一一年）、『源氏物語と唐代伝奇　『遊仙窟』『鶯鶯伝』ほか』（青簡舎　二〇一二年）、『源氏物語の礎』（青簡舎　二〇一二年）。他。

執筆者紹介

伊井春樹（いい　はるき）
一九四一年生　大阪大学名誉教授、前国文学研究資料館館長、阪急文化財団理事、逸翁美術館・池田文庫・小林一三記念館館長
著書『源氏物語注釈史の研究』（桜楓社）、『源氏物語注釈書・享受史事典』（東京堂出版　二〇〇一年）、『ゴードン・スミスの見た明治の日本』（角川学芸出版　二〇〇七年）他。

伊藤鉄也（いとう　てつや）
一九五一年生　国文学研究資料館・総合研究大学院大学教授
著書『源氏物語の異本を読む―「鈴虫」の場合―』（臨川書店　二〇〇一年）、『源氏物語本文の研究』（おうふう　二〇〇二年）、『ハーバード大学美術館蔵『源氏物語』「須磨」』（編著　新典社　二〇一三年）など。

加藤洋介（かとう　ようすけ）
一九六二年生　大阪大学教授
著書『河内本源氏物語校異集成』（風間書房　二〇〇一年）、論文「本文系統の認定をめぐる諸問題―書陵部蔵三条西家本源氏物語について―」（『詞林』第52号、二〇一二年十月）、「奥入付載の定家本源氏物語―飯島本若菜下・夕霧・総角巻の場合―」（『源氏物語の展望』第十輯　三弥井書店　二〇一一年）、「大島本源氏物語の本文成立事情―若菜下巻の場合―」（『大島本源氏物語の再検討』和泉書院、二〇〇九年）など。

田坂憲二（たさか　けんじ）
一九五二年生　慶應義塾大学文学部教授
著書『源氏物語享受史論考』（風間書房　二〇〇九年）、『文学全集の黄金時代』（和泉書院二〇〇七年）、『大学図書館の挑戦』（和泉書院、二〇〇六年）、『恵慶百首全釈』（共著、風間書房　二〇

〇八年）など。

渋谷栄一（しぶや　えいいち）
一九五一年生　高千穂大学教授
論文「岩国・吉川家本「源氏物語」の巻頭目録と事書標記について　付・翻刻」（『高千穂論叢』第43巻1号　二〇〇八年五月）、「岩国・吉川家本「源氏物語」の巻末系図と人物呼称について　付・翻刻」（『高千穂論叢』第43巻2号　二〇〇八年八月）、「岩国・吉川家本「源氏物語」（毛利家伝来）と「七毫源氏」の巻頭目録と事書標題について　附表・河内本源氏物語の巻頭目録と事書標題―河内方の初期の注釈研究と人物呼称を中心に―」（『源氏物語本文の再検討と新提言4』平成19年度科学研究費補助金基盤研究（A）研究成果報告書　二〇一一年三月）など。

芝﨑有里子（しばざき　ゆりこ）
一九八五年生　明治大学大学院博士後期課程
「『落窪物語』と『遊仙窟』」（『源氏物語と唐代伝奇　『遊仙窟』『鶯鶯伝』ほか―』青簡舎二〇一二年）など。

河野貴美子（こうの　きみこ）
一九六四年生　早稲田大学文学学術院教授
著書『日本霊異記と中国の伝承』（勉誠社　一九九六年）、共編著『東アジアの漢籍遺産―奈良を中心として』（勉誠出版　二〇一二年）、『日本における「文」と「ブンガク《bungaku》」』（勉誠出版　二〇一三年）、論文「北京大学図書館蔵余嘉錫校『弘決外典鈔』について」（『汲古』五八　二〇一〇年一二月）など。

吉森佳奈子（よしもり　かなこ）
一九六四年生　筑波大学大学院准教授
著書『『河海抄』の『源氏物語』』（和泉書院　二〇〇三年）、論文「『河海抄』の「万葉」」（『国語国文』二〇一二年一月号）、「光源氏と内覧」（『国語国文』二〇一〇年四月号）、「『仙源抄』の位置」（『源氏物語とその享受　古代文学論叢第十六輯』武蔵野書院　二〇〇五年）など。

上野英子（うえの　えいこ）
一九五六年生　実践女子大学教授。
論文「近世の源氏物語本文―古活字版源氏物語を中心に―」（『講座源氏物語研究第七巻　源氏物語の本文』おうふう　二〇〇八年）、「山岸文庫蔵伝明融等筆源氏物語に関する書誌報告書１―本文料紙と書写者の関係を中心に―」（國學院大學文学部日本文学科『源氏物語本文の研究』二〇一一年）、「新出資料竹苞楼旧蔵板木台帳紙背『覚勝院抄（断簡）』解題―覚勝院抄諸本分類論への新提言―」（実践女子大学文芸資料研究所「年報」三二号　二〇一三年）など。

堤　康夫（つつみ　やすお）
一九五七年生　國學院大學兼任講師
著書『源氏物語注釈史の基礎的研究』（おうふう　一九九四年）、『源氏物語注釈史論考』（新典社　一九九九年）、『源氏物語注釈史の資料と研究』（新典社　二〇〇二年）など。

湯淺幸代（ゆあさ　ゆきよ）
一九七五年生　明治大学専任講師
論文「光源氏の六条院―源融と宇多上皇の河原院から―」（日向一雅編『源氏物語の礎』青簡舎、二〇一二年）、「玉鬘の尚侍就任―「市と后」をめぐる表現から―」（『むらさき』第45輯、二〇〇八年一二月）、「朱雀院行幸の舞人・光源氏の菊の「かざし」―紅葉と菊の「かざし」の特性、及び対照性から―」（『日本文学』五六―九、二〇〇七年九月）など。

杉田昌彦（すぎた　まさひこ）
一九六五年生　明治大学教授
著書『宣長の源氏学』（単著　新典社　二〇一一年）論文「宣長における上代研究の淵源―「道の学び」と源氏研究に通底するもの―」（『文芸研究』第一一九号、二〇一三年二月）、「「宣長における擬古歌論の源流　―平安朝文学と「古言」―」（『国語と国文学』第八八巻五号、二〇一一年五月）など。

袴田光康（はかまだ　みつやす）
一九六四年生　静岡大学准教授
著書『源氏物語の史的回路―皇統回帰の物語と宇多天皇の時代―』（おうふう　二〇〇九年）、『源氏物語の新研究―宇治十帖を考える―』（共編著　新典社　二〇〇九年）、『源氏物語を考える―越境の時空―』（共編著　武蔵野書院　二〇一一年）、『三国遺事』の新たな地平―韓国古代文学の現在―』（共編著　勉誠出版　二〇一三年）など。

栗山元子（くりやま　もとこ）
一九七〇年生　早稲田大学・千葉経済大学短期大学部非常勤講師
共著書『源氏釈・奥入・光源氏物語抄』（源氏物語古註釈叢刊第一巻　武蔵野書院　二〇〇九年）、「『光源氏物語抄』編者考」（『平安文学の古注釈と受容』第二集、武蔵野書院　二〇〇九年）、「『源氏物語』絵合巻の表現方法」（『源氏物語と王朝世界』武蔵野書院　二〇〇〇年）など。

中西健治（なかにし　けんじ）
一九四八年生　立命館大学特任教授
著書『浜松中納言物語全注釈』（和泉書院　二〇〇五年）、『源氏物語忍草の研究』（和泉書院　二〇一一年）、『杜陀日記の研究』（風間書房　二〇一二年）、『源氏物語のなごり』（新典社　二〇一三年）など。

横井　孝（よこい　たかし）
一九四九年生　実践女子大学教授
著書『円環としての源氏物語』（新典社　一九九九年）、『紫式部集大成』（共編著　笠間書院　二〇〇八年）、『源氏物語の新研究　本文と表現を考える』（共編著　新典社　二〇〇八年）、『平安後期物語の新研究　寝覚と浜松を考える』（共編著　新典社　二〇〇九年）、『源氏物語の風景』（武蔵野書院　二〇一三年）など。

源氏物語　注釈史の世界

二〇一四年二月二八日　初版第一刷発行

著　者　日向一雅

発行者　大貫祥子
発行所　株式会社青簡舎
〒一〇一-〇〇五一
東京都千代田区神田神保町二—一四
電　話　〇三—五二一三—四八八一
振　替　〇〇一七〇-九-四六五四五二
装幀　水橋真奈美（ヒロ工房）
印刷・製本　株式会社太平印刷社

ISBN978-4-903996-71-4 C3093